NK INK INK INK INK INK IN
INK INK INK INK INK INK
NK INK INK INK INK INK IN
INK INK INK INK INK INK
NK INK INK INK INK INK IN
INK INK INK INK INK INK
NK INK INK INK INK INK IN
INK INK INK INK INK INK
NK INK INK INK INK INK IN
INK INK INK INK INK INK
NK INK INK INK INK INK IN
INK INK INK INK INK INK
NK INK INK INK INK INK IN
INK INK INK INK INK INK
NK INK INK INK INK INK IN
INK INK INK INK INK INK
NK INK INK INK INK INK IN
INK INK INK INK INK INK
NK INK INK INK INK INK IN
INK INK INK INK INK INK
NK INK INK INK INK INK IN
INK INK INK INK INK INK
NK INK INK INK INK INK IN
INK INK INK INK INK INK

楊照作品集⑤

大愛

楊照·著

【目次】

【新版序】懷念連載時代

楊照

一

翻讀舊雜誌，一九七五年九月出刊的《書評書目》上，有一篇題目爲〈文學之死〉的文章，裡面凶悍地批判：

「朱羽的崛起，正好說明了各報副刊的墮落。朱羽的小說取材於民初的江湖人物，恩怨加上仇殺，完全是武俠小說的翻版，無新思，更談不上境界，但他能投編者（或者說是報館老闆）所好，在每日刊出字數的末了，一定製造一個『扣子』，引誘你明天再看……他的小說……一篇接一篇地在《中國時報》、《聯合報》、《中華日報》和《大華晚報》連載，而眞正作家的文學作品，卻乏人問津！」

曾經擔任過聯副主編的平鑫濤，在回憶錄《逆流而上》，則是提到了他剛接編副刊時，對連載的武俠小說非常感冒，一直想把它停掉，可是卻遭到業務部門強烈反對，認爲不登武俠小說會影響報份。平鑫濤後來還是不動聲色地腰斬了連載，等下一回開會，業務部門報告最近業務如何蒸蒸日上，突然發言表示：「這證明了停刊武俠小說對報紙銷售沒有負面影響。」業務經理當場目瞪口呆，因爲他甚至沒留意武俠小說已經不在版面上了！

嗯，那個逝去的時代，那個每家報紙都有副刊，每份副刊上面天經地義一定要有武俠小說連載的時代，那個金庸在香港靠著每天在自家報紙上寫武俠小說，創造了「明報傳奇」的時代。那個文學中人，對連載小說又愛又恨的時代。

我去翻出了在那個時代，曾經比朱羽還要風光十倍的古龍的代表作《絕代雙驕》，除了重溫那有名的簡短文句、古怪對話外，還發現了一個祕密，古龍小說的情節，是靠連綿不斷的意外轉折來推動的，這裡突然出現了一個人、那裡突然飛來兩枚暗器，應該死掉的人卻復活了、被點了穴道應該不能動的人卻動了……這些無窮無盡的意外轉折，其實都是前面引文裡講的「扣子」。在每天連載字數結尾，擺上一個出人意表的神祕現象，於是就達成了「欲知後事，請看明天」的效果。換句話說，那些都是吊讀者胃口的小把戲，因爲必須不斷吊讀者胃口，結果小說中就非得不斷有意料之外與奇妙巧合了。

古龍這種筆法，和朱羽一樣，能迎合報館賣報紙的業務要求。不過依照眾家友人對古龍個性與生活習慣的紀錄、描述，我一邊讀《絕代雙驕》，一邊彷彿看見已經喝得微醺的古大俠，看看報館來取稿的時間到了，攤開稿紙隨意寫寫，寫到後來時間愈是緊迫，說不定報館的人都已經佇立門口了，於是匆匆草草讓一個聲音、一個人影、一樣武器憑空竄出，於是只要故弄玄虛形容形容那聲音那人影那武器，就能塡滿字數交差了事了！

至於那聲音那人影那武器，究竟是什麼？交完稿回頭喝酒的古大俠，應該就沒興緻再去想了吧！

等明天再說。等明天又要交稿時，再來傷腦筋解釋。沒到下筆那刻，古龍自己也不知道究竟天外飛來的是人是鬼、是刀是箭。

這是那個年代連載小說最大的特色，應該也是連載小說最被詬病的地方吧——連作者都不知道小說再下來要寫什麼，更不知道小說要發展到哪裡去。

二

不寫武俠小說，但在連載時代跟朱羽、古龍一樣紅透半邊天的高陽，有他自己的方式對付門外等稿子的人。高陽寫歷史小說，照理講故事前因後果、來龍去脈都已經先被史實給卡緊了，不可能像武俠小說有那麼大任想像隨意揮灑的空間；歷史小說得靠眞實的歷史人物來承載敘述，也不可能像寫武俠小說那樣在中間穿插編造那麼多神奇意外。沒關係，跟古龍一樣才氣縱橫、跟古龍一樣任俠好酒的高陽，自有他「跑野馬」的絕招來應付連載所需。

高陽式的「跑野馬」就是在歷史故事的主線中，挑出一項零星瑣事，岔出去開始滔滔不絕地累積相關的掌故資料。例如說要寫汪精衛南京僞政權前後始末，一個歷史名人都還沒出場前，高陽光大寫特寫抗戰前後南京的賭場，設在哪、玩什麼、怎樣規矩、如何一夕致富或一夕破產的軼事，接連而來，令人目不暇接。

讀高陽小說，我也似乎看到了微醺中的高陽懶得費心編派情節，順手拈來就寫自己記得的、正好讀到的掌故材料，從這條牽到那條、由這樁聯想及那樁，野馬一跑隨心所欲想到哪裡寫到哪裡，自然就可以快快交稿，回頭再去赴宴續攤了。

這種歷史小說，表面看似乎有一定的框架，實則中間可以無窮無盡旁枝歧出，也就近乎可以無窮無盡連載下去。換個角度看，寫連載歷史小說的高陽，跟寫連載武俠小說的古龍一樣，都不可能預先設想自己寫出的小說會有怎樣的結構，不可能預先規畫排比好小說將具備的完整面貌。每寫一天，小說就展現一種新的可能，沒到連載結束，作者也不曉得結局是什麼。

三

這種寫法違背了小說作爲嚴肅藝術的標準。藝術應該灌注了作者一種追求完美的精神，多一字不可減一字不可，謀篇有伏筆有呼應、有比例有策略，而且最好數易其稿刪刪增增、左挪右移，才會達到精致典範的程度。連載小說完全反其道而行，大段大段「跑野馬」的部分跟主文間沒什麼必然、有機關係，寫到後面忘了前面，以至於自我矛盾衝突是常有的現象，甚至整部小說看來就是由眾多複雜部分，雜混拼湊起來的。

難怪帶著嚴肅現代小說品味的讀者，會那麼不滿意於朱羽、古龍，乃至高陽了！不過說老實話，連載小說與現代文學品味標準間的齟齬，並非起自朱羽、古龍，而有更遠的淵源。看看晚清如雨後春筍大量出現的小說吧，這些小說有文言有白話，內容上有社會寫實、有未來預言還有科技奇幻，不過有意思的是，不管其語言爲何、其精神主旨爲何，這批小說在形式上最大最特殊的共通點竟是——絕大部分都沒有寫完。

光是號稱「清末四大小說」的，其中只吳趼人的《二十年目睹之怪現狀》，算有正式結局；其他劉鶚的《老殘遊記》、曾樸的《孽海花》及李伯元的《官場現形記》全都沒完。吳趼人後來又幫《二十年目睹之怪現狀》寫了續篇，實質上打破了原本小說的結束狀態，句點也成了逗點。

五四新文學開路先鋒胡適之，在〈建設的文學革命論〉裡不客氣地說：

「我以為現在國內新起的一班『文人』，受病最深的所在，……在沒有高明的文學方法，我且舉小說一門為例。現在的小說（單指中國人自己著的）看來看去只有兩派。一派最下流的，是那些學《聊齋誌異》的劄記小說。篇篇都是『某生，某處人，生有異稟，下筆千言，……一日於某地遇一女郎……好事多磨……，遂為情死』；或是『某地某生，遊某地，眷某妓，情好綦篤，遂訂白頭之約，……而大婦妒甚，不能相容，女抑鬱而死，……生撫屍一慟幾絕』；此類文字，只可抹桌子，固不值一駁。還有那第二派是那些學《儒林外史》或是學《官場現形記》的白話小說。上等的如《廢陵潮》，下等的如《九尾龜》。這一派小說，只學了《儒林外史》的壞處，卻不曾學得他的好處。《儒林外史》的壞處在於體裁結構太不厚嚴，全篇是雜湊起來的。……分出來，可成無數劄記小說；接下去，可長至無窮無極。《官場現形記》便是這樣。如今的章回小說，大都犯這個沒有結構，沒有布局的懶病。……所以我說，現在的『新小說』，全是不懂得文學方法的；既不知布局，又不知結構，又不知描寫人物，只做成了許多又長又臭的文字；只配與報紙的第二張充篇幅，卻不配在新文學上占一個位置。」

對晚清小說做過最全面整理研究的王德威則說：

「……晚清小說即使以中國的標準視之，其形制也都大有問題。晚清小說情節之蕪蔓無序、資料之偽飾堆砌、主題之無聊炫耀，以及角色之光怪陸離，組成了一種龐雜的敘事類型（或反敘事類型），每每威脅作品的統一性與我們對其結構的感知。……晚清作家太急於說故事，根本沒時間好好地發展一個角色或一幕場景。在敘事正當中他們會轉向不相干的事；他們會彼此剽竊或重複；等而下

之的是，他們連作品完成與否都不放在心上。」（見《被壓抑的現代性》，第一章）

晚清小說這種明顯的缺點，有一大部分何嘗不是來自當時盛行的「連載風氣」的制約？正因爲這些小說逐日逐期連載，「與報紙的第二張充篇幅」，所以作者也就逐日逐期地寫，再加上報紙雜誌提供的稿費驚人優渥，於是作者也就想方設法把小說寫得長些，最好可以永永遠遠連載下去，都不必面臨連載下檔上檔的閱讀與酬勞風險。這跟有收視率的連續劇總會拖慢步調、總會橫生枝節越演越長，是完全一樣的道理。

雖然胡適說得輕蔑，「只配與報紙的第二張充篇幅」，晚清連載小說的這項社會功能，非同小可。在新聞事業剛剛起步，社會上對於種種光怪陸離已經萌生了大好奇，可是相應記者這行、採訪報導這門工夫，卻還未能成熟到位，眞能滿足好奇、引誘大眾掏錢買報的，主力其實反而在這「報紙的第二張」。

「報紙第二張」關係報社存亡榮枯，大意不得。眞能日復一日製造滿足好奇心的作者，但不太多，於是他們就在那個時代的商業競爭下，成了搶手貨，這裡開個連載、那裡又開個連載，忙得不亦樂乎，同時日進斗金、快速致富。

也別小看這些連載小說作者的本事。對照一下，今天的《壹週刊》得用多大的人力編制，才能蒐羅排比那麼多社會的光怪陸離，每週滿足一下讀者的好奇。晚清小說作者，通常得「一人抵一社」，一個人一隻孤筆寫出來的內容抵得上今天一本《壹週刊》。

正因爲買報看「第二張報紙」的人，要看的是社會的光怪陸離、奇情異聞，晚清小說自然就長成了「社會大雜燴」的面貌。這些作者日日寫日日交稿，常常還要一心多用寫幾個連載，也自然只能東抓西抓、東抄西偷，怎麼顧得到什麼結構與統一性呢？

那個時代連載小說之結束，往往也不是由作者從創作意念上予以控制的。最普遍的理由，是連載寫到讀者膩了煩了，至少是報館主事者膩了煩了，下令結束。還有同樣普遍的理由，是連載小說的報紙或雜誌，經營不善不得不改組，甚至關門大吉。還有我們現在很難想像的重要原因，小說作者突然遭逢變故或是大病一場，交不出稿了，連載被迫中斷，等事過病好了，反正讀者都忘了跑了，再接舊連載就一點意義都沒有了，乾脆另起爐灶再開新篇章。

想想這些現實因素，晚清小說會寫不完，也就不足爲奇了。寫作的人心中固然沒有現代文學那種對於作品整全度與完成度的尊重，社會條件上也沒鼓勵、更沒逼迫他們寫完作品的條件。

四

我們如果把眼光再往上看，還會發現這種小說又臭又長而且有頭沒尾的現象，倒也不是中國晚清一代的專利。十九世紀的歐洲，尤其是法國跟英國，不也產生過一堆轟動社會的大眾小說，而且也幾乎都是一部比一部長。

例如說大仲馬的名著《基督山恩仇記》，是一八四五年八月二十八日起，開始在巴黎的《辯論報》連載的。小說一出，讀者如響斯應。爲了知道故事發展，讀者不只搶買新印好的報紙，竟然還有人到印刷廠去買通印刷工人，只求能「先睹爲快」。

《基督山恩仇記》的故事原型，來自於從巴黎警署退休的檔案保管員寫的回憶錄，講到了一樁眞實的案件。拿玻崙時代，巴黎一家咖啡館的老闆盧比昂和三個鄰居，對隔壁剛訂了婚的鞋匠皮科開了個惡意的玩笑。他們跑去誣告皮科是英國間諜，導致皮科被捕下獄。

皮科在獄中待了七年，偶遇同遭囚禁的一位義大利人，結成好友，義大利人臨終前竟然留遺囑將龐大遺產全都送給皮科。七年後，皮科出獄，不但自由而且有錢，可是卻遭受更深的打擊——發現當年的未婚妻早就嫁給了陷害他的盧比昂。

皮科因此誓願復仇。他喬裝化名到盧比昂的咖啡館服務，藉機殺死了同謀鄰居當中的兩位。而且耐心地花了十年時間，一定要讓盧比昂嘗到家破人亡的痛苦。不過他最後要下手殺盧比昂時，卻反而當場被那倖存的第三位鄰居給殺了。

在這奇情社會檔案上面，大仲馬將之增飾附麗而為一部超過百萬字的小說。讀者除了被基督山伯爵復仇計畫深深吸引之外，一定也會記得卡德魯斯撬鎖夜盜那段，記得貝爾圖喬講邁貝內代托身世的趣味，記得羅馬強盜榨乾了唐格拉爾財產的精采過程……。

喔，且慢，前面那個「一定」，下得武斷了一點、快了一點。我應該講得周全些：「如果讀完全本《基督山恩仇記》的讀者，一定也會記得……」不過事實是，絕大部分中文讀者讀的，都是節譯本，而我剛剛列舉的那幾個段落，在通行節譯本中，不一定找得到蹤影。

為什麼要用節譯本代替全譯本？不只是全譯本工程浩大、印製成本昂貴，而且因為完整版冗長囉唆，違背了現代小說結構規範。被視為冗長囉唆、必去之而後快的，正是那些跟主軸主線似乎沒什麼必然關係的插曲，哈，大仲馬也愛「跑野馬」。

刪掉了那些「枝節」，還眞不影響我們理解基督山恩仇的來龍去脈，然而老天，那些「枝節」讀來多麼過癮！

五

連載是項奇特的制度，連載打破小說獨立自主的時間意識。小說時間與現實生活時間平行流淌著，而且不斷地互相指涉。現實生活無窮無盡日復一日地走下去，於是小說似乎也就會同樣地無窮無盡日復一日連載下去。連載小說因而沒有了具體的頭中尾的分配，不只是結構鬆散的問題，而是永遠隱伏著一個呼之欲出的「然後呢？」

有頭有尾有中腰的文學作品，講究的是選擇好一段具特殊意義的時間，把它從長流中切截開來，封閉成一個完整、有機的單位。有頭有尾有中腰的文學美學，在意講究小說應該有個「絕對」的開頭、「絕對」的結尾。小說內在要展現出一種意義一種姿態，「行於所當行，止於所當止」，就是在這裡，小說完結了，多說一句都是累贅、都會破壞作品的完整性。

連載小說不吃這套。或者說，連載的條件使得這種小說不可能如此講究。同樣都叫「小說」，邊寫邊登的連載小說其實是獨樹一格的文體，具備了專屬的風格，因而也就刺激誕生了不一樣的寫作與閱讀經驗。

我們看到連載小說的種種毛病，其實是因爲透過有頭有尾有中腰的美學，而不是連載小說自身的邏輯來進行評斷的。

連載小說有自己的邏輯、自己的美學嗎？我認爲有的。連載小說能提供別的小說不能提供的樂趣，就在其豐富的內在多元性，以及其層出不窮的意外轉折。講白一點，連載小說之可貴，就在那些「跑野馬」的內容，就在那些爲了吸引讀者讀下去而刻意穿插的花招。內在多元性與意外轉折，除了來自考慮「勾住」讀者的因素外，還受到作者寫作過程的強烈影響。

連載作者幾乎無可避免，都會把在漫長寫作年月中的所遇所感所讀所思，帶進作品裡。連載每天交稿、每天要找題材寫下去，當然逼著作者東抓西捕，拉進什麼是什麼了。連載小說跟隨著作者呼吸、跟隨著作者生活、跟隨著作者成長或老化。好的連載小說，就是作者能夠善用這些生活變化，順帶將小說寫得多采多姿，絕無冷場。

大家都說金庸小說好看，很多人讀到金庸小說裡有當時現實政治的影子，這兩件事其實二而一、一而二。爲什麼金庸小說比別的武俠小說好看？因爲別的作者用固定方式炮製武俠故事，金庸卻一邊寫武俠一邊辦報寫政論，報業興衰榮枯、政治是非得失，全在他眼中、全在他心上，也就全到了他的筆下。所以他的武俠隨日子而變、隨政經情勢而走，就不會落套，不會無聊重複了。

六

台灣報紙副刊有一段奇異的轉折歷程。在報業競爭中，副刊扮演過重要角色，副刊走向企畫編輯、支持以文學介入社會甚至改造社會的行動主義理念，在那種氣氛下，臥龍生、東方玉的武俠小說越來越顯得不搭調、跟不上時代。於是武俠小說，乃至南宮博式的插圖歷史小說，慢慢淡出副刊版面，可是刊登連載小說的習慣卻沒那麼快隨而停止。

於是副刊上開始出現非歷史非武俠的連載現代小說。這是將兩種不同傳統的東西、兩套相異美學的條件，混雜在一起了。結果竟然還混出不錯的結果。

依照當時的現實狀況，如果沒有副刊連載，台灣的小說家們大概很難寫出長篇小說來吧。嚴肅小說的出版市場胃納有限，單靠出版版稅，不足以支持小說家苦捱幾月幾年來寫長篇。副刊連載稿費撐住了作家的生活，每天見報也給了作家足夠的動機壓力。

現代小說、嚴肅小說也能邊寫邊登連載嗎？能。連載形式帶來的性格，就滲入了那個時代的長篇小說裡。在沒有辦法一氣寫完、也沒有辦法大幅刪修整編的情況下，那個時代的長篇小說展現了清楚的駁雜與多元。也比一般完整作品更容易看出作家生活與情緒的波動。

我是個讀連載小說長大的人，開始寫作時又剛好趕上連載制度在台灣消逝前最後的尾聲。《大愛》這部小說，就是從一九八九年起在《自立晚報・本土副刊》連載的。那是我第一次嘗試寫長篇小說，寫的是一個時空交織錯亂的故事，而我人在美國，進入史學博士班研究課程的第二年，卻又保持了和島內風起雲湧社會騷動，密切觀察的關係。那種生活，也是時空交織錯亂的。

坦白承認，如果沒有連載的刺激與壓力，《大愛》絕不可能完成。那個時候，不像後來寫《暗巷迷夜》、寫《吹薩克斯風的革命者》，已經養成了基本的寫作紀律，可以安靜孤獨按照既定的大綱表，把意念一步步化成爲文字。

《大愛》不是沒有事先規畫擬定的大綱表。可是後來寫出來的，不到大綱規畫預定要寫的一半。這當然意味著寫進了很多當初沒打算要寫、沒料到會寫的東西。

我還記得那時的生活，主要是以不同性質的閱讀來劃分的。一早起來，閱讀美國報紙《Boston Globe》和《New York Times》，也讀自由派雜誌《New Ymker》和左派雜誌《The Nation》。看人家如何報導新聞、如何評論批判政治社會事件，逐漸形成我對新聞行業，尤其是自由派新聞價值的認識，與信仰。

北溫帶的陽光暖起來之後，我就開始穿梭課堂與圖書館之間，從上午到下午，接觸閱讀的就大部分是專業學術書籍。中國思想史、西洋近代思想史、中西經典古籍，再加上人類學社會學的書籍，因爲修的課很雜很散，需要讀的書也就很雜很散了。

晚餐過後，時間幾乎都留來翻閱家人朋友從台灣寄來的報紙雜誌。哈佛燕京圖書館藏了四十五萬冊中文書，裡面有很多珍貴的舊日台灣出版品，還有包套台灣銀行經濟研究室編纂的史料叢刊，更有助於滿足我對台灣歷史沿革變化的好奇。常常一整個晚上穿梭逡巡，從十七世紀海洋台灣以降至李登輝執政初期的堂內鬥爭，上追清末大小社會經濟慣習，再到日據時代帝國殖民政策的種種演變，時而憂心、時而焦躁，時而又因在字裡行間讀出特殊歷史變化消息，而爲之撫掌擊節、激動不已。

到了週末，常有各方同學好友齊聚家中。最多的是在哈佛或周圍波士頓其他學校就讀的台灣同學。跟我一樣學歷史的很少，卻有學文學、宗教、人類學、心理學、教育，乃至數學、生化、公共衛生的。也有其他美國同學或宿舍裡的鄰居。反正一定是一夕高談闊論，天南地北，聊到東方將白才盡興散去。

那眞是我生命中不可思議的資訊、知識大爆炸時期。每天接收那麼多書面或口頭的新鮮東西，等到坐在桌前要寫《大愛》續稿時，再怎樣努力都不可能將這些所讀所聞所思完全排除在小說之外吧？

這些資訊與知識，日日改變著我對現實的認知、對歷史的評價，也就必然日日滲透衝擊著小說裡那個虛構時空的意義，甚至進一步直接影響了時空虛構形式。就這樣，現實與小說一路彼此相攜相助、相抗相鬥，兩股都很繁複的時間之河灘湍流急地沖刷激盪，終至兩者都不可能繼續維持在原本的河床上，終至許多地方兩者互動混同，似乎再也分不清哪個是「作者」，哪個是「敘述者」；哪個是發生在台灣的《大愛》情節，哪個是我遠在太平洋彼岸的生活了。

七

二十四萬字的《大愛》，塞進了比本來就很長了的篇幅，更多更雜的內容。而那蕪雜正是讓書寫《大愛》的過程那麼值得珍惜與懷念，最重要的原因。連載結束，我也不能再把這部小說刪修增補成嚴格縝密有頭有尾有中腰的作品，只改掉了明顯前後矛盾的部分，保留了多元龐雜、旁枝繁複的面貌。

對了，就是那種連載時代產生的連載小說的面貌。誤打誤撞，多元龐雜、旁枝繁複，剛好也是《大愛》要記錄的那個解嚴威權乍放時代的核心精神，內容與形式、書寫者的思想狀態與閱讀者的情感關懷，竟然就呼應勾搭了。

《大愛》舊版在一九九一年夏天，由遠流出版公司印行，收在當時由陳雨航主持的【小說館】系列中。在那之後，沒幾年間，連載小說就從台灣的副刊逐步撤退，以迄消失於無形了。不只這樣，副刊也從報紙逐步撤退，由中心而邊緣，由邊緣而至掙扎求存。不只這樣，報紙也在電視與網路的競爭逼擠下，漸次改變了其社會位置。

懷念連載時代，有多重的情緒。懷念誕生《大愛》這本舊作的外在氛圍。懷念一種被遺忘的閱讀享受，懷念因爲這種閱讀方法消失而被湮沒埋葬了的眾多奇異小說。懷念一個文字仍能「扣住」讀者，讓讀者日日追讀連載小說的時代。

懷念自己年輕時期，對於各種異質現象、知識、思想、價值，仍然充滿激動好奇與認眞，那種積極的力量。

1

我對邵萍的愛，啊，永恆而純眞的夢。

2

是小學時候的事

躺下去睡了才想起來一樣功課沒有做。忘了做。數學參考書練習題五之三。

廿年後依舊記得那本參考書灰藍底的封面，反白顯著些幾何圖形、數字和加減乘除符號，上方適當的位置有黑色的方體字寫「小四數學」。

練習五之三一共有十二題。

從和三姊一起睡的上鋪可以清楚看到隔壁爸媽房裡天花板吊著的日光燈透來的光。也清楚地聽見蒸汽熨斗噴嘴「嗤——嗤——」的聲音。媽媽低聲抱怨今早來的一個客人。折騰了一個多小時，連身材都量了，最後一聲招呼也沒打就跑了。「ㄟ幺客。」媽說。

這時候起來寫功課一定狠挨一頓數落。我決定等爸媽去睡了才偷偷爬起來，我知道停電時用的手電筒在五斗櫃最上一層靠床這邊的抽屜裡。從上鋪床沿探出去就可以拿得到。

等著等著就睡著了。

夢見各排排長開始收作業簿了。沒交的起立。先把兩手藏在桌底下猛力地搓了一陣，才站起來。順手提起掛在桌邊的書包，假裝在裡面翻找，事實上利用機會拚命繼續想把手心搓熱。

這個禮拜倒楣輪到坐最後一排。得先看別人挨打。這是最痛苦的時刻。沒交打五下。模模糊糊知道大概五、六個人站著。

啪啪啪啪啪。低著頭聽見藤條和肉的接觸，還有咻咻劃過空氣的聲音。繼續假裝在書包裡找著。打了三個了。就快輪到了。知道老師走近了，加緊在書包裡翻，翻著翻著心裡彷彿生起一股希望。但願在最後一秒寫好練習題五之三的作業簿眞會在書包裡出現。奇蹟出現。

眞的出現了。不是作業簿，是奇蹟。有一個女生在哭的聲音。抬頭一看是隔壁排的邵萍。邵萍。模範生。副班長。

「有寫，忘了帶是不是？」老師低側著他胖胖圓圓充滿菸味的臉問邵萍。邵萍拚命點頭，長辮子像鞭子一樣上下一揮一擺打著她的背。

老師拿著藤條垂下來的右手一直抖動著，但卻沒有要揚起來的意思。

老師突然轉頭向我，喝問一聲：「你呢？爲什麼沒交？」

在猛驚中，依然本能似地迅速回答：「忘了帶。」沒有一點猶豫。

老師狠狠地瞪了我一眼。開始走向黑板。快到講台時說：「統統坐下，開始上課。」

夢中當然不會有無聊上課的細節。跳過去就是下課了。

邵萍還是趴在桌上哭。兩肩一聳一聳的。抓著毽子要出去時經過她的桌子。我突然覺得應該表現一下我的歉疚。其實我也沒做什麼對不起她的事。就算我被打了也不會改變她沒交作業的事實。更何況沒交作業也不是眞的什麼了不起的事。前面三個被打了的人也都沒哭。

可是就是覺得欠她些什麼。

我站在她的桌邊。小小的手緩而沉地，儘可能很有分量地在她背上拍了兩下，把嗓子壓得低低地，說：「沒關係啦。不要哭了。」

沒等她有任何反應，怕其他同學會注意到我的舉動，我連忙三步併做兩步繞過講桌，踩得木頭釘成的講台呯呯呯響地奪門而出了。

一邊跑向操場，一邊自己覺得好笑。我從來就沒有想過有一天會和邵萍有任何「私人」的來往。倒不是因爲她是女生，而是她的成績、她的書法、她的演講、她的畫畫、她洗得乾乾淨淨的臉，經常維持簇新光澤的制服，所有她會得獎、上台接受表揚的東西。

還有她過節時來送禮給老師的媽媽。

愈想愈覺得奇怪。我怎麼會走過她的身邊，拍拍她說：「不要哭了」？不知道有沒有在她制服上留下兩隻黑手印？咦，我記得邵萍的位置應該和我隔三排才對，而且昨天我還坐在倒數第二排，輪掃操場的那一排啊？這些疑惑拖慢了我的腳步。我看見同學們開始在比踢毽子了。只差幾步，可是我突然覺得我走不到那裡去參加他們了。

因爲我想起來我在作夢。我睡著了，可是因爲心中掛記著數學參考書練習題五之三，所以警覺到這一切原來是夢。我知道我該起來了，摸出手電筒來把習題做完。明天在眞實的世界裡，不會有邵萍忘了帶作業簿的這種事的。

我知道快要醒了。掙扎著。至少玩一會兒毽子罷。掙扎著，在夢和清醒之間。我堅持地走向那群在陽光下飛舞的毽子。那麼近。連羽毛中央白色的毽管都可以分辨得出來。愈走愈慢，卻還在走。要加入他們。

我成功了。

3

很長一段時間，晚上上床睡覺是我最害怕的事。我總是努力地讓自己在不被爸媽察覺的情形下保持清醒。只有在極端疲倦時才不支睡著。

因爲我害怕一覺醒來發現自己回到小學四年級，數學參考書練習題五之三原來還沒有寫。我真的害怕。

甚至到了高中。有一個晚上我從床上醒來發現自己睡在小時的上鋪。眼前有些模糊的白光。眼睛睜不太開。可是可以知道光源來自左邊。左邊隔牆是爸媽的房間。然後聽到蒸汽熨斗「嗤——嗤——」的叫響。爸的聲音說：「差不多了，這件弄好就去睡了。」媽說：「老三參加遊藝會要穿白裙，怎麼辦？」爸沒回答。媽又叨念了一句：「一塊白布要五塊。」熨斗「嗤——嗤——」的聲音。

沒錯了。我四年級時三姊六年級。參加遊藝會跳採茶舞。她們老師說最後一次遊藝會了，以前五年都沒參加過的一定要參加。要穿白裙。晚飯時媽罵那個老師。媽一開始罵人我們就趕快跑掉。免得被波及。我跑去找黃文信踢毽子。忘了數學參考書練習五之三。

沒錯了。該要醒來的還是要醒來。逃不掉了。趁爸媽他們還沒睡再賴一會兒罷。被窩裡好暖。等會兒起來會好冷。

於是又睡著了。醒來時卻又在高中時代的單人床上。原來是作夢。

從那天以後，我突然不怕睡覺了。夢與眞實又有多大的差別呢？我會在哪個夢或是哪個眞實中醒來？不管是哪個夢或哪個眞實，只要依然有邵萍，依然有我對邵萍的愛，那就都沒關係。

我對邵萍的愛。唉。

4

我帶著一些不愉快的心情上床的。很複雜的不愉快。我這一整天都不愉快。爲了邵萍。不知道邵萍會不會記得今天是我的生日。她至少應該打個電話來。一分鐘、兩分鐘都好。我卅歲了。不過不該期待她記得。她很少記得日期什麼的。期望就有失望。

而且我對邵萍的愛，唉。這麼多年以來就是一個又一個永恆而純眞的夢境的堆積。對自己竟然揣測著邵萍會不會打電話來感到失望，不滿，不愉快。

下班後，被事務所的同事挾著到卡拉OK喝酒慶生。不愉快的昏暗環境裡充滿了各種味道。我的視覺原本就遲鈍，這下子幾乎什麼都看不見了。陷坐在差不多一張小板凳高度的軟沙發裡，仰看出去只見一道道拔豎的影子晃漾。分不清哪個是哪個。相對移動的兩個影子逐漸融合成爲一個，不知過了多久，又散落開成爲兩個、三個、四個。然後各種不同的重組。這倒有點像小時候星期六下午，陰灰而悶燠的天氣，跑到學校玩累了，躺在椰子樹下休息。眼皮慢慢地重了，重了，高高懸著的椰子樹葉隨風游移，分合，分合。

如果不是過度敏感的嗅覺不時被各種味道激刺著，也許就在酒廊裡睡著了，一覺醒來發現自己還是六年級，五月準備畢業時，手伸在口袋裡緊緊捏著邵萍剛送我的畢業照。

如果不是那麼多嗆人的味道，一直提醒著我要早點離開這裡。我答應玉玲早早結束和同事的聚餐，然後和她一起去青葉吃消夜的。

實在是不知道該找什麼藉口。懶得想了，抓住不知哪裡傳來的香水味，用心摒開其他氣味，猛吸了兩口，哇啦哇啦便把剛剛吃的炒菜和酒一併瞄準了對面說話時老愛帶刺損人的趙小姐，粉紅色沒腰身的直筒罩衫，一古腦地吐了出去。

人聲爆發。夾著桌椅杯盞移位的響音。我閉上眼睛控制住胃裡的翻覆，直挺挺地靠躺在沙發上。我知道不用再講什麼，我可以回家了。

眞的想回家。吐過後胃像被什麼東西緊緊綁著，不放鬆地往身體更內深處拉。總需要有一隻手在背後頂支著，怕胃會從那裡突穿出來。眞不知道身體裡到底有多深。胃還在無窮無盡地往後退縮。退縮。十分不愉快。

小蔡開車送我的。我要他在敦化北路上放我下來。我想走一段。他很體諒地什麼也沒問。爽快的人。

下車後，用最近的公用電話找到玉玲。我眞的想回家了。

我告訴她我吐得很厲害，要回去休息了。她先是抱怨我喝太多酒。然後開始提議要到我那裡去看我。要照顧我。我一直說：「不用。眞的不用。」僵持拉鋸了三個銅板的長度。她還在描述她如何用心地準備禮物要幫我慶祝，我忍不住打斷她說：「我已經累得快站不住了，你能不能讓我回去休息？」她那邊沉默了一下，音高提高了一度：「你幹嘛那麼凶!?」

我很清楚接下來會是什麼。重重地把話筒掛上。總是這樣開始的爭吵。

走回家大約需要十五分鐘。希望夠讓她平息下來和解。在我住的地方樓下再打一次電話給她。我說：「玉玲，是我。」那頭潮水般湧來：「你到底算不算大丈夫男子漢，說過的話都不算數，答應我的事要改就改……」我再次重重地把話筒掛上。歎氣。沒有希望了。

還好一直沒有把電話號碼給她。只有家人、兩個同事曉得我有電話。當然還有邵萍。我必須確定拿起話筒時不會聽到什麼不熟悉、不友善的聲調。電話是個可怕的黑盒子。作決定要不要揭開前沒有辦法預知裡面有些什麼。考驗人對不確定性的忍受程度。很多時候是潘朵拉的盒子。災難叫囂著從裡面跳躍出來，一個個長著大眼睛的小鬼，跳出來，跳出來，跳滿你一屋子，破壞掉你的一天、兩天，讓你沮喪、讓你不得安寧。

我沒有那麼強壯的神經。

上樓後，打開電視讓聲音和影像隨意流洩著。和電話相比，電視是個馴服多了的黑箱子。很少讓你驚訝。抬頭看看鐘就可以預期到電視裡會出現的影像和聲響。七點鐘，古裝的歌仔戲。七點半，穿西裝的記者、穿西裝的官員。八點，俊男美女，鮮麗的衣服，高高的房子。九點，單調的旁白介紹一些所謂的常識、枯燥乏味的歷史、風景或交通規則。九點半，另一群俊男美女，或者閃爍的燈火舞台。總是這樣。你覺得箱子裡的世界很規律，照著一條一條的軌道輕快地滑行。一切都在控制之中。沒有意外，所有東西都是你智力範圍內可以猜想得到的。

對著電視機胡思亂想。努力想壓抑下一個不斷固執地浮現出來的念頭。我知道我在等邵萍的電話。我其實是知道的。知道心裡多麼擔心錯過萬一的機會。萬一邵萍打來而我卻不在。這樣一個想法一日露頭了，伴隨著的另一個不愉快的感覺就更難阻擋了。邵萍沒有打電話來。嚴格算，我的生日已經沒剩幾個鐘頭了。這樣值得嗎？得罪同事、得罪女朋友、得罪自己的胃，匆匆趕回來，卻什麼也沒等到。沒等到。

可是，我竟然算計值不值得！我竟然在我對邵萍的愛裡算值不值得！

非常非常沮喪地躺下來。非常非常不愉快。一再地夢見自己還在看電視。螢光在屋子四周流盪。又一再地醒來發現唯一微弱的綠色螢亮來自鬧鐘。時針兀自逐漸接近，然後遠離12。

記不清是第幾次夢見自己癱坐在沙發裡看電視了。這回演的是布袋戲。我和小時一樣弄不清哪些角色是屬於「史豔文」、哪些屬於「六合三俠傳」的了。不太對，好像都不是我認識的布偶。這些布偶都穿西裝。而且講各種腔調的國語。討論一些我們中學作文時常出的題目。眞奇怪。而且演得眞差。弄布偶的人比黃俊雄差多了。六合一定講要忍，老和尚一定忘了武功步數，黃俊雄一個人講，換來換去都不會弄錯。哪像這些布偶，顚來倒去同一個布偶都講前後矛盾的話。荒謬極了。

我伸手要去抓遙控器時，電話鈴響了。我、就、知、道、她、會、記、得、的。

邵萍。邵萍。我對邵萍的愛呵。

「生日快樂。」她說。

「生日快樂。」我說。我一時間找不出適當的話來講，只好重複了她說的。

她在那頭輕輕地笑起來了。然後她解釋說爲什麼這麼晚才打來，她幾乎忘了。「沒關係。沒關係。」我說。

她很忙，我知道。她問我對卅歲有什麼感覺。

我想了很久。眞的認眞地想卅歲是什麼感覺。

距離卅歲愈遠的時候，愈覺得這個日子應該是如何如何地特別。尤其是開始想望成人世界的半大不小年紀。總以爲卅歲就該差不多走到人生的頂峰了。電影裡那些主角不都看起來像廿幾歲嗎？卅歲之前就該把要經歷的都經歷了罷。浪漫的愛情、事業的掙扎奮鬥。卅歲應該是安穩幸福的開端罷。

可是隨著眞實的卅歲逐漸接近，感覺也就愈來愈麻木。日子算著算著，也就到了。而且也就接受了。沒有什麼特別的，也特別不起來。

「有訝異嗎？訝異怎麼一晃眼也就到這個關頭了？」邵萍又問。

有嗎？大概不能算有，「因爲訝異、思索，比眞正的卅歲來得早，所以心情比實際上先到了罷。」我說。

訝異、疑惑幾個月前就來襲過了。邵萍卅歲生日前後那幾天。她比我大將近半年。年底十月生的。我很早就擔心著要送她怎樣的禮物，卅歲應該是值得特別慶祝一下的。應該有一份壯觀奇異一點的禮物。可是心裡總存在著一股抗拒，很難平服下去的反對勢力。眞的要這樣大張旗鼓地標示出來：邵萍進入卅歲了？

邵萍在那頭呵呵地笑了出來。

聽我講完。原先覺得是擔心邵萍不能接受。女孩子總是不願意想起年紀罷，尤其是從廿幾跨進卅的這一個轉變似乎最折磨人，是不？「喔喔，你把我想錯了，我不是那樣的『女孩子』，我早就接受自己『女人』的身分了……」邵萍說。

聽我講完。原先是認爲邵萍不能接受。後來終於——多麼長的一段自我奮鬥啊——看清楚了，是我自己不能接受。不怎麼能接受邵萍馬上要卅歲了的這件事實。

「因爲你自己馬上也就到卅了。」邵萍在那頭輕輕地帶著一點感慨意味地說。

倒也不全然是。應該說這只是其中的一個原因。另外還有些別的。我一直覺得自己比邵萍大。覺得必須比她大才能在她不快樂的時候幫助她。電話那頭響了一個無法辨認的單音，我以爲邵萍要講什麼，停下來等著，卻只等到一大片沉默。

我只好繼續講下去。知道她一下跳到卅歲的那層，而我還留在廿幾歲，儘管是廿九歲半，對我而言這種感覺有很大的衝擊。還有，在我的印象裡，邵萍似乎一直保持著廿歲出頭大學畢業前夕的心情。對她，眞實冷酷的社會好像已經逼得很近很近了，卻又帶些朦朧色彩。那種年紀特有的，介於少女與女人意識交接地帶的浪漫情緒，在這七、八年間一直延續著。我總覺得她一直這樣活著。一些大學時代的理想、大學時代的興趣、大學時代的生活方式，甚至大學時代的愛情，一直存留著。一直存留著。怎麼會也就要卅了呢？

「眞是這樣嗎？你覺得眞是這樣嗎？我倒覺得我自己變了好多。這幾年，什麼都變了。」邵萍說。

「不會罷，很多東西都沒變。像你的理想，像你對陳忠祥的愛……」

邵萍沒讓我講完。「對陳忠祥的愛？變了，早就變了好幾回了。我不是告訴過你，我終於想通了，我並不愛他。我說我愛他只是因爲需要一股愛來支持我作一些決定，現在不需要了……」

我承認聽過邵萍這樣講。可是我以爲那是在夢中。我分明記得那是一個夢。分明記得醒來後在浴室洗臉時，我還對著鏡子拍拍自己黑黃、然而卻有日漸豐厚跡象的臉頰，對自己說：「你眞是作了個荒謬的夢。邵萍不愛陳忠祥？這麼多年之後邵萍發現自己不愛陳忠祥？眞是荒謬的夢啊。還好醒來了。」

我明明記得那是個夢，而且我記得我醒來了。我告訴邵萍那只是個夢。夢裡她告訴我她不愛陳忠祥。這不是眞實的。

邵萍堅持那不是夢，是眞的。我沒有再說什麼，我不願在生日時和邵萍爭吵。事實上我從不和邵萍爭吵。

我們的談話結束在邵萍說：「再說一次生日快樂。」我重複說：「生日快樂。」邵萍又笑了，說：「眞的要快快樂樂的噢！」我點點頭，雖然知道她看不見，卻點得很鄭重，說：「我會。」

「Bye-bye.」「Bye-bye.」

放下電話後，疑問卻像水族箱裡的泡沫般紛湧著浮冒上來。電視跳閃的畫面不時改變了沒有開燈的客廳的色澤。還在演著不可置信、奇怪的布袋戲。我坐回到電視機前想著這是怎麼回事。

邵萍說她不愛陳忠祥。怎麼可能？她說上次就告訴過我了，不是在夢中。不可能。她不可能眞的告訴我她不愛陳忠祥。她對陳忠祥付出了那麼多年幾乎沒有任何報償的愛之後，有一天忽然告訴我她不愛陳忠祥？想不透的詭異。

百思不解中偶然瞥見布袋戲裡竟然出現立法院的布景。立法委員個個被操弄得一點生氣都沒有。爛得不可思議的布袋戲。驀地一道線索閃過我打結了的腦袋。

我一定是在作夢。只有夢裡才會出現這種電視節目。只有夢裡邵萍才會說她不愛陳忠祥。只有夢裡她才會說我聽到的不是作夢。只有夢裡……

只有夢裡才會接到邵萍的電話。只有夢裡她才會記得要對我說：「生日快樂。」

這一切都是夢嗎？我會醒來發現這是卅歲生日過後一天，走進浴室，對著鏡子說：「你作了個多麼荒謬的夢哪。夢見邵萍說她不愛陳忠祥。夢見邵萍像個大姊姊一樣對你說：『眞的要快快樂樂的。』而你傻乎乎地點頭說：『我會。』夢見她記得你的生日。夢見她打電話來說：『生日快樂。』多麼荒謬啊……」然後趴倒在白色搪瓷洗臉槽冰冷的邊緣上，爲這荒唐的夢終於醒了而痛哭一場？

我眞的寧願這不是個夢。我到廚房冰箱裡拿了一罐啤酒，走去走回經過房門口時都特別探頭進去看看空空的床。確定沒有另一個我憩睡在上面。沒有。

沁涼的液體順著喉管、食道一直貼著胃壁滑落。這實在不像夢裡會有的感覺。不過誰又知道什麼是夢、什麼是眞實？關掉吵鬧而無甚劇情可觀的布袋戲立法院，我儘量讓自己舒服地沉在沙發裡。

如果這就是現實，我想著，那倒也不是頂壞。雖然有一些不合理的事需要解釋，但也不是頂麻煩。如果這就是現實，那我就不必再不愉快下去了。邵萍記得我的生日。

如果這就是現實，我忽然想起一件事，拿起電話來撥報時台，那個熟悉、無感情、平板的聲音：「下面音響：廿一點四十五分零秒……」我看看我的錶，竟然指著凌晨三點五十分。荒謬的錶。荒謬的壁鐘。荒謬的鬧鐘。我把家中所有的計時器都按照報時台的時間調正了，心滿意足地扭開茶几上的檯燈，瞬時白柔的光線盈滿了整間屋子，深淺有致的各種反影映在玻璃窗上。

我決定就這樣過下去。至於那些不合理的事，明天再作打算罷。

5

邵萍告訴我她喜歡卓廷彬。後來又不喜歡了。她說她考慮也許會喜歡上范維麟。後來決定還是不要。有一陣子她說她眞的戀愛了，愛上陳南生。沒多久陳南生有了新的女朋友。邵萍跟我說，她發誓再也不會愛上任何人了……

這一類的故事，從小到大，我不知道聽了多少。有一回邵萍很坦白地說她很喜歡跟我聊天，因爲我像一個「閨中暱友」般可以和她分享幾乎是最私密的感情。而且又是個男的，可以比較準確地跟她解釋，男人的世界是怎樣運作的，內在世界與外在世界。

「閨中暱友」。她眞的用這個字眼。我大笑起來，很誇張地笑。笑是因爲無可奈何，誇張是因爲需要掩飾受傷。我們坐在草地上，浪漫如茵的春天草地上聊天的，我笑得翻了一個觔斗過去，把邵萍也逗笑了。翻回來之後，渾身上下拍了一陣，拍掉沾上身的草屑，順便檢查一次受傷的部位。

在心口拍了幾下，發現其實也沒怎麼受傷，也不知多早以前就接受了這樣一個傾聽、提供意見的角色，邵萍只是用了一個比較戲劇性的字眼來形容罷了。

眞的沒什麼。

我對邵萍的愛，啊。

回憶可以一直遠溯到小學時代。對於跟邵萍有關的事，我總是記得特別清楚。

我們家搬到台北的第三年。小學五年級。聽說是要復興中華文化。剛開始沒有我們的事。我們總以爲復興中華文化是老師和邵萍的事。老師帶著邵萍去參加作文比賽、書法比賽和演講比賽。朝會的時候老師帶著邵萍上台去領獎，我們站在驕陽底下拚命地拍手，拍得手掌心比流滿汗珠的臉頰還要紅。尤其是幾個沒補習的。老師看得到誰有鼓掌誰沒鼓掌。等會改完昨天的數學作業之後，誰手心還紅紅的也許就可以逃過藤條。老師說這樣的人對班上有向心力，所以可以不用打。老師說半夜起來看棒球的也是有向心力，對國家的向心力。可是老師禁止我們下課打地下棒。她說太野蠻了。爲什麼不學學邵萍。練書法、寫作文，替團體爭光？

我們是眞的都很期待邵萍替團體爭光。她也很少讓人失望。雖然手拍紅了跟被打一樣都麻麻的好一陣子，不過我們當然寧可自己打。

後來復興中華文化就沒那麼好玩了。開始來了講國語運動。老師帶回來好幾片串著紅繩子的木牌。老師在台上說：「這叫做『狗牌』。看過掛牌子、掛鈴鐺的小狗沒有？『狗牌』是給小狗戴的，所以戴狗牌的就是小狗。」全班哈哈大笑。我前面的謝水深回過頭來跟我們說：「放尿時不用去便所，在外面電火柱子（電線杆）腳舉起來就好了。」我們周圍的人笑得更大聲了。

結果我和謝水深突然被老師叫起來。老師問我們在講什麼。我連忙說：「我只有笑，沒有講話。」謝水深低著頭沒回答。老師又問謝水深說了什麼。他不回答。他是個非常倔強的小孩。老師走過來了，她看都沒有看謝水深，直接走向我。藤條和長裙的下襬以同樣的韻律擺去、擺回。

「謝水深說什麼？什麼東西這麼好笑？你講給大家聽。」老師把頭偏斜下來逼視我。「你講。」

我心跳又急又快，彷彿每一次都撞擊到左胸肋骨。聲音很低，抖得很厲害，「他說戴了狗牌的人『放尿不用去便所』。」我說。

四周傳來悶鼓般一爆發立即便被壓抑下去的笑聲。大家都知道每當老師從講台走下來時，無論再怎麼好笑的笑話，這都不是個笑出聲的時機。

我話剛講完，老師就用沒拿藤條的那隻手拉住我白上衣寬大的袖口。我感覺到一股往外扯的力量。「到講台上去！」然後老師又用藤條頂端戳了戳謝水深的背脊。「你也上去！」

整間教室的空氣好像突然間凝結起來。四面八方的臉隨著我、謝水深和老師的移動而潮浪般地擺過去。木頭板釘成的講台站上去會發出咿呀的叫響。我和謝水深的兩聲小咿呀。然後是老師重而長的大咿呀。

老師一回到講台上，下面的空氣就解凍了一半。沒有人講話，但這裡那裡傳來了調整姿態、好奇地準備看好戲的窸窸窣窣聲。

「把頭低下來。」老師命令。我不知道謝水深怎樣，我是早就恨不得把頭縮進領口裡去了。一樣東西突然從頭上滑落下來。後頸上瞬間一線涼意，還有些微的重量感。一塊牌子。木牌子。在我胸前不馴服地晃盪、晃盪。快要觸到白色制服了又盪開。又盪回來。剛剛拿在老師手上的狗牌。

哄堂大笑。我偷偷用眼角掃視老師。她也開懷地大笑。好像很少看她這麼快樂過。她這種態度更鼓勵了全班。好像每個人都開懷地想把肺也笑出來一樣。

耳朵燒得好厲害。我不知道邵萍是不是也參與貢獻了那足以掀掉屋頂的笑聲。

他們好像笑了一整個世紀。我有一次夢見他們笑完了都變成廿歲的大人了。那一次開完小學同學會，回來後我就夢見我和謝水深站在台上，底下像沸騰的鍋爐一樣嘩啦啦地滾著笑聲。我緊張地在台上叫：「把爐火關掉。把爐火關掉。」結果他們笑得更厲害了。水一直一直在滾。

終於不知誰把瓦斯啪地一聲關掉了。我定睛一看，台下的他們已經一個個都變成參加同學會時、廿歲的大人樣了。他們竟然笑了這麼久。我在夢裡驚歎著。

他們竟然笑了這麼久。終於，老師把手揚一揚，示意大家停下來。隔壁班一定以爲我們學期中就在開同學會了。

「知不知道他們爲什麼要戴狗牌？」老師問。

沒有人回答。只有此起彼落小規模浮動的嗤嗤笑聲餘波。

現在回想起來，老師眞是有不錯的舞台天才。曾淑女。我還牢牢記得這個名字。她知道應該吊觀眾胃口多久能達到最佳的效果。

「牌子上寫什麼，唸給大家聽。」我感覺到藤條輕輕點在手臂上。全身肌肉不禁繃緊抽搐了一下。其實那只是輕輕一觸，可是這樣直截了當地提示藤條的存在，還是自然地引發了我身體肌肉的防衛反應。

還好牌子上的每個字我都認識。還好。「愛用國語。」我一個字一個字唸。「唸大聲一點，蚊子叫一樣。」老師說。「愛用國語。」我再唸了一次。

老師走回到講桌前。終於結束了這段戲劇化的開場白進入正題。

「狗牌就是給那些不愛講國語的人戴的。從現在開始不准再聽到有任何人講方言。講方言的人就要戴狗牌。戴了狗牌的人要負責去抓其他講方言的人。如果聽到別人講方言，來報告老師，就可以把狗牌拿掉。狗牌戴了一個禮拜沒有找到替身就要罰五塊錢。今天就從他們兩個開始……」

老師講話似乎變慢了。而且有些不連續。碰到ㄓㄔㄕ的時候，音都會拖得特別長。

下課的時候，江伯傑提議不要讓我和謝水深參加。他們決定要去找一個隱蔽的地方躲起來比賽踢毽子。跟戴狗牌的人一起玩太危險了。戴狗牌的人一定會做「報馬仔」去跟老師報告誰講方言。我和謝水深一再保證一定不會，他們也都不理。眞的四散跑得遠遠的了。

剛才還在慶幸至少沒有挨藤條，現在才曉得狗牌比藤條還厲害。看著他們一個個跑遠時操場上飛揚的塵沙，我氣得想哭。回頭看見謝水深也一樣在眺望同學的背影，我忍不住恨恨地說：「都是你害的啦！」謝水深習慣性地把頭一歪，斜過眼來，沒什麼特別地回了一句：「我怎麼知道會這樣？」我也不知道。可是就是氣怨不過。我狠狠地踢了一腳飛沙，又說一次：「都是你害的啦！」

於是謝水深也走了。半跑半走地往福利社的方向去了。可以看見狗牌在他胸前活潑跳躍的影子。

我慢慢才了解到狗牌有多麼大的威力。那幾天沒有人要跟我玩。沒有人要跟我講話。放學時我在第二路隊和謝水深他們第六路隊走出校門時都靜靜的，沒有人講話。只有邵萍她們那幾個在教室裡玩沙包的女生不會急著躲我。因爲她們根本就不會講什麼方言。可是她們也不會理我。本來就不理我。我也從來沒想過要理她們。

一整天每到下課，我就一個人不知道要幹什麼才好。除非跟謝水深玩。可是我實在太氣他了。不想跟他好。他一個人坐在教室裡玩鉛筆盒、玩小汽車，也沒有要理我的樣子。

兩天。三天。我像遊魂一樣每當下課就在走廊上、水泥地上、操場上頹喪地尋找一個空間安放自己。狗牌好像愈來愈重了。覺得很奇怪。書包比狗牌重得多，可是常常上學或放學時我會忘記自己到底有沒有背著書包。必須要摸摸看才能確定。狗牌卻不一樣。不管我多麼希望它下一秒鐘就消失，它卻一直持續、清楚地在那裡。

一直到第四天才看到一絲光明。在我下課的漫遊中意外地聽到還有人在講方言。我的右手迅速地——不知道已經反覆練習了多少次——抓緊了狗牌的繩子，試驗過了的一個最容易在最短時間內取下狗牌的位置，準備下一秒鐘就把狗牌套在下一個替身脖子上。可是不對，下一秒鐘我發現我並不認識那個講方言的人，應該說那群講方言的人。他們愉悅地踢著毽子，自然地交換著夾雜國語和方言的語言，像是活在我剛剛失去了的天堂裡。

我是在十三班（我們班是十六班）的後走廊上。更令我驚訝的是他們那一群人中也有人戴著狗牌，他踢毽子時就把狗牌毫不在意地甩在背後，寫著「愛用國語」的小木牌翻騰在空中，不情願地被紅繩子拘執回來，彈在他背上，又飛起來……

他聽到別人講方言竟然沒有反應！對我，在過了三天孤獨的折磨後，這簡直像是另一個世界，以另外一種邏輯生存、運轉的世界。

我花了三堂下課的十分鐘勉強被接受進入那個世界的邊緣。當他們終於很疑惑不解但卻甚爲寬大地答應讓我加入踢毽子時，我眞的第一次了解到課本上寫的「快樂得眼淚都快流出來了」，是怎樣的感覺。快樂得鼻酸。在廿年後仍然記得那種特殊的感覺。

戴狗牌的第五天，我才知道另一個戴狗牌的竟然是他們班的班長。在他們班，狗牌也不叫狗牌。叫做金牌。眞是一個顚倒了的世界。

他們說他們老師自己上課時都會講台灣話。在我們班，甚至「台灣話」這三個字都不能講。我們小時候講的那種話就叫做「方言」。「方言」才是正確的名稱，不是什麼「台灣話」。我們老師說的。

他們老師要他們少講方言。可是沒有規定不能講。學校發下來的「愛用國語」的牌子不能沒有人戴，他們老師就說這禮拜班長、副班長先拿去戴罷，下禮拜再換風紀股長和衛生股長。而且班長、副班長都站在講台上，老師像運動會頒獎牌那樣替他們戴上。所以叫做金牌。

我多麼想立刻轉班到十三班去！從那時候起一直到畢業，每當在班上有什麼挫折，我最喜歡去十三班，找這些活在另外一個快樂天堂的同學，順便看一看他們老師那張圓胖、兩頰微鼓的臉，和沉穩厚實的肚子。雖然他們告訴我他們老師打人也打得很凶，可是我知道，他是全世界最和藹的老師。

我在快樂天堂的好日子只有短短的一天。星期六早自修時老師指名提醒我和謝水深，這是最後半天了。如果我們還找不到替身的話，下禮拜一就要罰五塊錢了。

疙瘩迅速地從身體內部不知何處爬出來，刷地劃過全身，集中擠到頭頂上，嘩——一聲炸開來，炸得我頭皮發麻，同時狠狠地打了個冷顫。我幾乎都忘了狗牌的這條規定。

五塊錢。我們一學期的課本費才十二塊半。我怎麼可能跟媽媽要五塊錢？五毛錢也許還能撒個謊的。五塊錢騙不過去的。媽一定會來問老師的。然後……

媽會氣瘋的，如果她知道因爲講一句方言而損失五塊錢。她會打我。也許叫爸爸打。然後她會來學校和老師吵架。她會跟校長吵架。不行，太丟臉了。

謝水深突然的舉動更加深了我的恐懼。我還沒從老師的話產生的震撼裡恢復過來，我前面的謝水深已經站起來了，手裡捏著剛從口袋裡掏出來的五塊錢，直接走到講桌前，不聲不響地把錢放在老師面前。

老師的臉色變得非常非常非常地壞。像一個大的冰箱壓縮器，一下子把教室裡的空氣冷凍起來。每個人都不知不覺地趕緊坐正，不過還是忍不住乜斜著對謝水深投去一個混攙著訝異和崇拜的眼光。

謝水深他們家是學校旁邊市場裡最成功的商人。有一個水果攤、一家冰果室，還有一家醬菜店。聽說他媽媽以前每天早上三、四點就起來做醬菜，整天手泡在醬菜汁裡，泡得都爛掉了。不過就是因爲特別仔細處理，他們家的醬菜是大家公認最好吃的。

謝水深是他們家的獨生子。從他上小學以後，他爸每星期都會送一罐醬菜和一盒水果給他的導師。每個禮拜。

我們五年級換了這個導師以後，原來他爸也還是按時送禮物的。可是後來有些不愉快，他爸決定這老師不值得這樣的敬重。

很多年以後我才知道，那件不愉快是發生在台灣政壇老前輩郭國基剛過世不久。曾淑女老師不知怎地在謝水深他爸面前提起這件事，並說郭國基早死些，可以少做點反對政府、煽動人民的惡罪。她又說郭國基死得其所，一點也不冤枉。因爲那次郭國基競選時的口號正是：「賜我光榮死在議壇。」她還批評康寧祥和黃金龍是沒有知識的台灣人。

謝水深他爸其實不懂什麼政治。也不是確切知道郭國基、黃金龍、康寧祥是什麼人。不過曾老師這樣講話卻冒犯了兩條他認爲永遠不可動搖的信念。第一是不應該隨便批評死去的人，尤其是剛剛離開這個世界，肉體尚未腐化，在另外那個世界未曾安穩落居的人。他相信死人要在撿骨改葬之後才不會受生人世界的影響。而且他堅持不管對再怎麼惡性重大的人，也不能在他死後就說他死得好、死得應該。第二是他可以忍耐外省人怎樣罵台灣人，可是台灣人自己要尊重台灣人。

於是謝水深他爸改把禮物送給校長。校長的地位比老師高，所以水果也升級成爲兩盒，自從和校長熟識之後，謝水深他爸益發覺得老師實在沒什麼了不起的。謝水深也愈來愈顯現得對老師愛理不理的模樣。說眞的，我們當時眞是羨慕得不得了。大部分時候老師也不怎麼管他。只是碰到機會時，我們都可以感覺到揮在謝水深手心上的藤條帶起的咻咻風聲格外響亮。被打完後，謝水深通常都會回過頭來，臉上肌肉緊緊地鼓凸著，跟我們說，下次老師再打他，他就要轉班。他只是因爲別班的人他不認識，所以才沒有轉的。如果轉成了，他就要讓曾老師慘慘的。

那是我一生第一次接觸到這一種類型的權力顯示。在謝水深憤怒的眼裡看到一種完全不同於班長、幹部的權威。另一種英雄。偷偷地被班上其他人崇拜著。羨慕他帶有一種羨慕班長不會有的危險激刺。覺得不應該。但正因爲不應該所以興奮。

不過這回羨慕、興奮完全輪不到我。老師把眼光直直地瞪向我們這裡大概有十分鐘之久。我總覺得那眼光射不進謝水深的身體裡，然而卻全部誤刺在我的胸口。像打針一樣足以讓肌肉痙攣的痛。汗像打完一場躲避球時無止無盡地冒湧出來。

完全寧靜無聲的教室似乎一直在加熱。就在我覺得自己下一秒鐘就要燒融時，突然聽到老師叫我的名字。我的背猛往後一緊，感覺到椅子靠背的那根橫桿好像嵌進肉裡去了。

「你也要交罰款嗎？」老師問。

我拚命地搖頭。搖得兩側短短的髮梢打在耳朵上都有力量。

「那就趕快去找到一個替身來。」老師斬釘截鐵地下了一個結論。那語調像極了邵萍演講到最後總會有的「反共必勝！建國必成！」一類的結論。完全沒有絲毫可以懷疑、討論的餘地。

「那就趕快去找到一個替身來。」這句話不只在我腦子裡響了那一整個星期六，它在空間上擴展到每一個那天看到我的人。幾乎每個人看到我就趕緊跑開。在時間上，這句話延續到廿年後，還不時響著，留給我許許多多的疑問。

「那就趕快去找到一個替身來。」到哪裡找？所有可能會在沒防備狀況下講出方言來的人都不讓我靠近他們。替身在哪裡？

到了第三節下課，我已經絕望到不想離開教室了。我呆呆地坐在教室裡不知道該做什麼。沒有替身。沒有錢。我聽到幾個女生一邊玩沙包一邊玩著一種猜數字的遊戲。小女生的遊戲。再簡單不過了。我知道她們在做什麼。

那一陣子不知爲什麼，幾個女生偷偷地在討論男生愛女生。誰愛誰、誰不愛誰。她們不好意思公開，所以就發明了一套密碼。當廿年後回想起來，稱這種小孩遊戲爲「密碼」是有點誇張了些。尤其對一個當過兵的人來講。

這套密碼就是用字的筆畫數來代替字。例如「愛」就是13。謝水深就是17、4、11。一個人講一串號碼，另外的人就去猜它相對的字到底是什麼。

她們好像在討論8到底13誰。我想8應該就是邵萍的邵。她向來是這種談論的中心。邵萍給了她們一組號碼是8、7、11。她們七嘴八舌猜著。

我忍不住也在桌子畫了幾個字。有一個女生遠遠地注意到我的舉動，她低下頭去宣布了她的發現，一堆女生全都笑起來。格格格。格格格。

突然之間，邵萍的臉轉了過來，從一群女生的形影裡凸顯出來，正對著我說：「你還不趕快去找替身！」

我不好意思地趕緊從後門衝出教室。跑了好遠才拋開後面久久不息的笑聲。

喘息未定，邵萍剛才轉頭的樣子再次出現在我腦海裡。我靠著牆，閉上眼睛，幾乎不敢相信她眞的轉頭跟我說：「還不趕快去找替身！」

我一直都記得那張轉過來、充滿善意、稚氣然而美得不可置信的臉龐。廿年來每一個細節都還記得。她綁起辮子時露出來圓凸的後腦勺。她轉頭時優雅地如海波般韻律飛舞的長辮。最先露出來白皙的耳朵。小小的耳垂。喜氣紅潤的兩頰。晶亮像是漫畫裡有許多星星藏著的黑眼珠。薄薄的唇自然成一個微笑的曲線。

而且是我掛狗牌一個星期以來第一個關心我找替身的人。我不能忘記這一張臉。往後這廿年中，每當聽到什麼足以羨慕的浪漫愛情故事時，我都會想起這一景。邵萍，我對邵萍的愛的開端，完全屬於我自己的浪漫。然後我就不再覺得別人的故事眞的那麼値得羨慕了。

不過邵萍的關心並沒有改變我的運氣。一直到放學在巷子口離開路隊，我沒有聽到班上其他人講一句方言。沒有替身。我忘了那樣漫長的星期六下午、晚上是怎樣過的。我實在沒有勇氣告訴媽媽狗牌和罰錢的事，也沒有勇氣去想星期一上學時要怎樣面對老師。

上床時，老師的話「趕快去找到一個替身來！」和邵萍說的「還不趕快去找替身！」交互在我耳裡穿梭。穿進腦裡再穿出來。把已經不怎麼聰明的腦袋穿出好幾個洞來。我多麼希望我還有機會去找一個替身來。多麼希望這星期還沒過完。

老師和邵萍的聲音還在我腦袋裡穿洞。感覺上好像有什麼濕濕的東西慢慢地從那些洞裡流出來。剛開始是稠稠的。像煉乳一般慢慢不情願地爬出來。爬在我頭皮上。又爬到枕頭上了。洞愈穿愈多，那液體也就愈流愈快，愈流愈稀。我不知道該怎麼辦。我看不到那液體，它們就從我腦裡一直流下去。我又不敢去摸。我知道枕頭濕了。它還在流。一直流。愈來愈稀，像水一般嘩啦啦地流著。

我不知道這樣到底持續了多久。我覺得好像背都整個浸在液體裡了。我一動也不敢動。不知過了多久。睡在旁邊的三姊尖聲大叫起來：「媽——媽——，你來看啦！」

我只好張開眼睛，爬起來，外面竟然已經天亮了。這麼快。床上淹滿了白白黃黃的汁液。有一些從床沿溢出來，開始滴滴嘟嘟地滑落到下層床的邊緣，還有地上。

爸先出現的。睡下面的大姊、二姊也起來了。三姊還在大叫，「你看弟啦，把床弄成這樣。」

我糟了。我的腦汁把床全弄髒了。我覺得腦袋裡空空的。爸的臉色很壞。大家的臉色都很壞。然後媽也來了。食指和中指關節不輕不重叩在我已經變得中空的腦殼上。啌啌。啌啌。「下次再尿床你就去睡便所！」媽說。

清理的時候，我一直試圖解釋。我沒有在床上尿尿。是我的頭上有好幾個洞。腦汁流出來把床弄髒的。不是尿。我想找幾個洞給他們看，可是東摸西摸竟然一個也沒找到，洞都合起來。可是我還是很確定那是從腦袋裡流出來的。我的頭殼敲起來跟人家的聲音不一樣。我一直敲自己的頭給他們聽。啌啌。啌啌。像敲在可以拿去換麥芽糖的空奶粉罐上。可是他們都不理。我敲敲自己的頭。又敲敲三姊的頭，讓他們聽聽聲音差別多大。

三姊哭起來了。說我打她，因爲她發現我尿尿。我沒有打她。唉。我只是敲敲她的腦袋聽聲音。完全不同的聲音。可是沒有人理我。房裡一片混亂。爸氣起來大吼。叫我們都換衣服去上學。

我不敢再敲腦袋了，趕緊從抽屜裡找出制服來。剛換好褲子才想起來，我回過頭告訴大家：「今天是禮拜天，不用去上學！」

爸一巴掌啪地揮在我屁股上。「你還在瞑夢是不是？」爸說，同時在爸媽房裡換衣服的二姊替爸的話加了個注腳，「今天禮拜六啦！三八！」

今天禮拜六？還是禮拜六？禮拜六明明過完了，我記得。我不敢跟爸爭。我想，到學校去就知道了。大不了是白跑一趟再回來。反正現在能夠儘快脫離闖了禍的現場總不是壞事。

一出門就看到巷子口三三兩兩有穿制服的人。眞的是星期六！我幾乎高興得跳起來。還是禮拜六，這禮拜原來還沒有過完。走進校門後，按規定從口袋裡把狗牌拿出來戴上。眞好，原來還有半天的機會可以找替身。找到替身就可以不用罰錢了。

我下定決心要找替身。也許是我把決心表現得太明顯了罷，下課時大家躲我躲得更遠、更小心。不管我怎樣努力，我都沒有辦法接近任何人到足以聽到他們講話的距離內。

竟然又是兩個下課過去了，竟然兩個下課過去了！第三節上課時，我完全不知道老師在講什麼。我不能再錯失這個機會了。這個禮拜六過去不會再有另一個。我知道。我非找到替身不可。

第三節下課，搋著一顆忐忑的心，我走向老師辦公室。這是我最後的機會了。我覺得整個腦袋空洞得不得了，只剩下這麼一個念頭。

我告訴老師我聽到黃文信講方言。黃文信是我最好的朋友。可是他也是老師最討厭的學生。我知道他和其他幾個人下課都在玩尪仔標。老師禁止我們玩尪仔標。說那沒水準。我空空洞洞的腦子裡想不出還有什麼辦法。於是我告訴老師我聽到黃文信玩尪仔標時講方言。

沒料到老師竟然還要追問黃文信講什麼。我答不出來。空洞洞的腦子裡沒存這一項資料。我很爲難地低著頭。老師問了兩次我都答不出來。

老師突然把音調緩和下來。「你不敢講是不是？不要怕，沒關係，老師問你的，講了不算說方言。」我還是沒有答。老師旁邊坐的是自然老師。男老師。他主動來幫忙，說：「我知道黃文信的習慣。那個壞東西我最清楚不過了，讓我來問。」他叫我不要怕。他問什麼我只要點頭搖頭就好了。

「他講台灣話是不是？」他問。點頭。我已經掏空了的腦袋一次只能放一個念頭。現在這個念頭是點頭。點頭應該就沒有錯。到老師辦公室本來就只能點頭的。「他講的是髒話對不對？」他又問。點頭。「他是不是講『幹你娘』？」他又問。點頭。

自然老師很得意地對我們老師說：「你看看這樣子不就問出來了嗎？你們班這個害群之馬每天髒話都是掛在口頭上的。家裡一大堆修摩托車的工人，這鬼孩子好不到哪裡去的！」我不敢抬頭看老師的反應。

星期六的第四節是班會課。班會才開十分鐘就「老師講評」了。老師一上台就叫黃文信。我趕緊低下頭，希望這一切很快就過去。不知怎地，我突然想起黃文信他媽端著兩碗冰豆花到後巷來找我們的模樣。胖胖的臉笑嘻嘻的。兩碗豆花。向來是兩碗。一碗給黃文信，一碗給我，我空空的腦袋好像變成了一片寬幅的大銀幕，整個銀幕上就是黃文信他媽和豆花。

「你今天有沒有玩尪仔標？」老師劈頭就問。黃文信沒有表現得很驚訝的樣子，遲疑一下就承認了。黃文信跟我說過他也知道玩尪仔標常常會被老師抓到，可是實在太好玩了。「玩尪仔標時有沒有講髒話？」老師接著又問。這一問黃文信倒是嚇了一跳，他連忙拚命地搖頭。

老師聲音突然拔尖起來，「有人聽到你說了，你還要撒謊？」我感覺到參差不齊地有些眼光投向我這邊來。我眞的沒有辦法。對不起啦，黃文信。突然又想起豆花。涼涼甜甜的。玩得熱呼呼時，黃文信他媽會端來兩碗豆花。

黃文信堅持不承認有講髒話。老師說：「看你要撒謊到幾時。」我好擔心老師會叫我。還好沒有。她叫那些有一起玩尪仔標的人都站起來。羅志賢、鄭正議和陳明安，慢慢不情願地站了起來。

「看看這些敗類，愛玩這種下流的遊戲！」老師說。說眞的，廿年後，我一點都想不透爲什麼尪仔標會是一種下流的遊戲。可是當時似乎我們大家都普遍相信這種說法。包括那些忍不住愛玩的人都相信。

然後老師先問羅志賢有沒有聽到黃文信講髒話。羅志賢想了很久，說沒有聽到。黃文信其實不愛跟羅志賢玩。只是因爲我不跟他們玩尪仔標，他才找羅志賢的。羅志賢沒有吃過黃媽媽端來的涼涼的豆花。

老師又問一次羅志賢確定沒聽到黃文信講髒話。羅志賢一說：「沒有。」老師馬上冷冷地說：「羅志賢，把手伸出來。」先打五下，因爲玩尪仔標。羅志賢的眉頭皺得緊緊的。老師這次似乎打得特別重、特別響。打完五下，還要再打十下。「竟然敢幫黃文信說謊騙老師！」老師氣得說話時伴著牙齒相擊的聲音。羅志賢幾乎是被打一下縮一次手。臉漲紅起來好像有平常的兩倍大。而且五官扭曲得幾乎不能辨認。兩手緊緊地夾在腋下好半天，老師一再催促才再伸出來。

打完了羅志賢老師換到陳明安位子邊。一樣的問題。陳明安嚇得眼珠子到處瞟，定不下來，好像下一秒鐘就要從眼眶裡滾出來了。老師再問第二聲，他終於點頭。老師立刻回頭狠狠地瞪了黃文信和羅志賢一眼。

陳明安和鄭正議都承認聽到黃文信講髒話。各被打了五下。然後老師走回去跟黃文信算帳。先掛狗牌。玩尪仔標打五下。講髒話十下。說謊又十下。一共要打廿五下。

好像打了一個世紀那麼長。沒有人敢講話吸引老師的注意力。可是不知是誰大膽地把一團紙條丟來打在我身上。我小心翼翼地打開一看，上面寫著「報馬仔」。「報馬仔」是我們所知道全天下最卑鄙的人。布袋戲裡連殺人魔王都看不起「報馬仔」。我不是報馬仔。我當然不是！

我轉頭想找出到底是誰丟的，卻發現紙團一整蓬地從四面八方向我射來。像是布袋戲裡城樓頭上射下來的亂箭。紙團打到身上後就自動攤開來。每張上面都寫著「報馬仔」。

我不是。我不是。我不是。我不知道要向誰去爭辯。紙團繼續打來，我絕望地望向老師，她太專心於打黃文信。

有些紙團開始打進我身體裡。就像眞的箭一樣。穿進去。有的甚至還從後面穿出來。我可以感覺到血從那些洞裡開始流出來。

叫天天不應、叫地地不靈。黏黏的血慢慢地淌出來。像昨天晚上流在床上的腦漿。我的腦袋已經空空的了。現在身體也在掏空當中。

有些紙團打在頭上。「啌！」地一聲又彈飛出去。我的腦袋已經空空的了。空空的腦袋裡終於出現了一個早就該有的疑問了：「沒有腦袋還能活著嗎？」

對呀，沒有腦袋還能活著嗎？一定有哪裡出錯了。我不是報馬仔。我不會出賣黃文信。他媽媽端著甜甜涼涼的豆花走來。羅志賢說黃文信沒講髒話。可是他沒吃過涼涼的豆花，黃文信一直被打。一直被打。寫著「報馬仔」的紙團一直丟來，一直丟來。錯了，錯了。

我拚命敲著已經空了的腦袋，急著想敲出個答案來，啌啌、啌啌。啌啌。啌啌響聲持續著，持續著。啌啌。啌啌。慢慢沉緩下來。啌啌。啌。啌。啌。啌。

熟悉的響聲。啌。啌。啌。啌。對了，是爸媽房裡的老鐘。鐘錘擺來。啌。擺去。啌。是了，是那台老鐘。

我醒來發現四周還是一片墨黑。原來是夢。還好。一股輕鬆倏地從腹間湧上來，湧到喉間時甜甜涼涼的，像豆花的味道。還好，是一場夢。

不過緊隨著從腹間滾冒出另一股苦味來。糟糕，這竟然是一場夢。我的狗牌還沒有脫手。星期一要交五塊錢。這悲慘的世界瞬間又合攏過來。

這大概是我第一次感覺到什麼叫做絕望，這一生。現實與夢中的世界同樣殘酷。「愛用國語」的狗牌即使在夢裡都躲不過，侵占進夢裡來的國語。

我的國語一直很爛。不會用注音符號查字典，上次查字典考試考「成功」和「法律」。我都查不到。後來才知道ㄔ和ㄘ是不一樣的。「成」要找ㄔ。ㄈ和ㄏ也不一樣。ㄏ那裡沒有「法」。眞複雜。數學爸爸還會教我。這個沒辦法。爸說搬來台北才一下子，會講國語就不錯了。可是每次母姊會老師都說要媽媽在家裡也要講國語。不然我們的國語不會進步。

誰要在家裡講國語?大概只有邵萍她們罷。邵萍大概不會覺得講國語是一件很彆扭的事罷。如果有一天我的國語可以講得跟邵萍一樣好，就根本不用擔心什麼狗牌的事了。「愛用國語」。邵萍不需要愛用國語。她只會用國語。

如果國語講得跟邵萍一樣好。即使心頭像千百斤重的擔子壓著，也還是被自己這個荒謬的想法逗笑了。笑了。笑了一下似乎有點發洩的效果，竟然也就又睡著了。

夢見自己站在講台上。這次不是掛狗牌。而是在演講。我的聲音，沒錯。但講的都是標準國語。「古人說得好：一日之計在於晨，一年之計在於春，一生之計在於勤……」眞好笑。竟然會輪到我來講這樣的話。

台下沒有幾個人。所以也沒覺得什麼好緊張的。只有一個老師。余老師。她是專門負責學校國語文比賽的老師。其他零星地坐著幾個其他班、不認識的學生。只有邵萍是我認識的。

眞好玩。我在台上演講，邵萍在下面聽。我忍不住趁余老師低下頭去時，跟邵萍做了一個鬼臉。可惜她沒看到。她的臉色有點白。兩眼直勾勾地。口中似乎念念有辭。

我記起來了，這是她背講稿時的模樣。原來她也要來演講。這是個比賽嗎?那邵萍一定會贏的嘛!不知不覺地我發現自己已經正經八百地握緊拳頭，高舉右手，用力地喊：「爲了要節約能源，我們要反共到底!爲了要復國成功，我們必須遵守校規!我的演講到此爲止，謝謝大家!」

底下散落了些許掌聲。我要走下台時彷彿瞥見一個熟悉的臉孔從敞開的後門口偷偷摸摸地探進來，隨即又閃了出去。非常熟悉，但又引發一種極其神祕感覺的臉。我試圖把記憶固定在捕捉到那個影像的那一剎那，讓時間準確停留在那個定格。

三分之二張臉浮現出來。只有左下角的臉頰和下巴被門柱遮住了。我認識這個人。想不起來到底是誰。可是有一股更強烈的疑惑。我相信我不應該看到這個人。

神祕的事逗引人注意。我正想著那張臉時，台上下一個演講者已經開始演講了。是個小女生，瘦瘦小小的，緊張得彷彿下一秒鐘就要暈倒了。聲音也小，尤其抖得非常厲害，完全沒辦法辨聽她講的內容。一連串相近且起伏不大的語音流著。這樣的模糊反而吸引了我。記憶中從來沒有這麼認眞地去聽一個演講，甚至連方才那件神祕的事也暫時拋到腦後去了。

愈是聽不清楚，愈是覺得聽到了什麼特別的東西。捕捉到的幾個語音可以作不同的詮釋。甚至可以詮釋成明知道在這種演講比賽裡永遠不可能聽到的事。彷彿聽到她說老師是王八蛋。彷彿聽到她說反攻大陸干我們屁事，彷彿聽到她說放假太少。彷彿聽到她說方言！

我自己的想像、詮釋弄得自己樂不可支。要不是余老師在場，一定笑得從椅子上翻下來了。說眞的，也不知道到底在樂什麼。是不是小孩都有一種本能，當看到這個世界似乎從正當的位置上要逆轉過來時，都會感到一股無可抑遏的興奮？我還記得後來在國中時，我們學校是全台北市最先進的，每班教室都有一台電視。中午被老師強迫看新聞。老師自己回辦公室睡午覺了，卻規定我們睡覺或跑出教室的要被風紀股長登記名字。當時我們最盼望在新聞裡看到的是出現越南地圖。看見代表北越占領地區的顏色又向南移了一點。我們全班會興奮得大叫起來。其實沒人知道越戰到底在打什麼。只是覺得一天到晚被告知南越一定會贏是一件極其無聊的事。像一場實力懸殊的球賽。因此，看到這個世界和球賽一樣不照原先的預測運作，頭下腳上地倒了過來時，感到格外有趣。

不過在演講比賽的教室裡，這種興奮和有趣沒有維持太久。就在我彷彿聽到她講方言之後一會兒，台上的小女生似乎終於克服了她自己的緊張心情，講辭開始句句可辨了。「國父十次革命」、「北伐消滅軍閥」。一下子氣氛回到無聊的軌道上。隘擠的牆馬上又逼過來限制住了一切混亂的可能性。我立刻喪失了所有的興趣。原本豎起的耳朵跟電視紀錄片裡的花一樣快速地矮萎下來。只剩下剛剛彷彿聽到的那句方言還在耳輪之際迴繞。

如果演講比賽可以講方言會是什麼情況？這個念頭剛浮起來時，方才沒有解決的那張神祕的臉立刻隨著冒了出來。驀地我明白了一切的來龍去脈。我看到的是我自己。那張熟悉的臉是永遠跟這種比標準國語的競賽無緣的。頂多只能在下課時偷偷摸摸地探進半張臉來，這就是我平常的作法。

所以我不是我。門外那個才是我，會講外省腔國語，會來參加比賽的不可能是我，那我是誰？我知道了，掛狗牌的我找不到講方言的替身，於是在夢裡創造了另一個不講方言的自己，另一種替身。

我總是在夢裡就知道自己在作夢。

可是這次卻沒有馬上醒來。我繼續坐在那裡等到邵萍上台。邵萍講得眞好。她的音調起伏得很自然，稿子也背得很熟。用稍息的姿勢穩穩地站在台上，晃都不會晃一下。我皮膚上沒有起疙瘩。我這一生聽演講比賽或詩歌朗誦很少有不起疙瘩的。

我知道邵萍會拿第一名的。我看到余老師一直點頭就知道。而且邵萍被排在最後一個，一定就是因爲她最好。壓軸，一方面讓她有更多時間背講稿，準備更充裕些。

她講完時的掌聲也特別熱烈。連余老師都鼓掌。我知道她會拿第一名的。我發現我眞的喜歡邵萍了。以前還只是遠遠地看她。這是第一次我走進她所在的這個圈圈的活動裡欣賞到她的另一面。這種氣氛中，她的優雅、優越，是眞實世界那個掛狗牌的我永遠不可能認識的。

余老師終於上台要講評了。我相信我是全場最輕鬆的。我知道這是個夢，我又知道邵萍一定會得第一名。小小的夢的滿足裡，我幾乎都忘了自己也曾經上過台。

一直到余老師唸出我的名字。不可思議的怪夢。余老師說要選出前兩名來受訓，最後派一名去參加台北市的演講比賽。這兩名之中竟然有我。而且竟然沒有邵萍。

我胸中的義憤迅速淹過了驚訝。邵萍講得那麼好，她一定很失望、很失望。尤其是輸給一個掛狗牌的人。余老師的評判實在不公平。

當大家還在收拾東西準備離去時，余老師把我和另一個入選的女生叫到前面去。我必須把握機會替邵萍力爭。我一走上前，就大聲地跟余老師說：「我願意把機會讓給邵萍。我覺得邵萍講得比我好。最好的人應該代表學校參加比賽。」

我不知道自己哪來這股勇氣，即使在夢裡。我是聽說過余老師對學生非常好，她一個人在台灣，沒有結婚，也沒有任何親人。聽說當年在混亂中，她家人想趕快把她嫁掉，她不願意，所以才隨同青年軍來台的。在逃難過程裡受過很多男人的欺負，她發誓一輩子不結婚。可是她很喜歡小孩，所以很疼學生。不過即使對這麼好的一個老師，我也從來沒想過可以這樣講話。頂撞大人在家裡、在學校都是最嚴重的錯。

余老師並沒有生氣，她把手探長過來摸摸我的頭說：「這怎麼能用讓的？而且你也講得很好啊！」我急得又說：「可是邵萍……」我無意識地回頭一指，卻發現邵萍楞站在角落裡，東西緊緊地抱在懷裡，所有人的眼光都投在她身上。

她的眼光卻正對著我。恨恨的眼光。我突地了解到自己幹了一件傻得不能再傻的傻事。完了。邵萍一定在恨我。我怎能這樣渲染她的失敗呢？

我頹然地沉默下來。爲什麼連夢都沒有一個順利一點的。我開始想醒來了。可是沒有。聽完余老師交代每天早自習要去找她之後，我沒精打采地收拾了東西跟在邵萍後面回到教室。上完最後半堂課。然後排路隊回家。

回家以後我幾乎一句話也沒說。一方面是太沮喪了。一方面是怕爸媽聽出我奇怪的外省國語。那個掛狗牌的我沒有回來。

我一直知道這是個夢。可是卻一直沒有醒來。

我一點也不想去參加比賽。早自習時余老師講什麼根本就沒有聽進去。星期天還要來學校個別訓練。簡直恨透了這整件事。

星期天早上黃文信他們會來學校打棒球。平常老師禁止打的。說球飛來飛去會打到別的同學，太危險了。所以我們都是星期天才玩。可是這次我只能遠遠從老師辦公室裡看他們在陽光底下奔跑的形影，還聽到些遠遠的叫喊餘音。因爲距離遠，看到的動作和聽到的聲音不是同步的，格外逗引人想走過去弄個究竟。

余老師回她房裡去拿寫講稿用的參考書，叫我在辦公室裡等。她一直就住在學校裡。東邊那一棟教室的樓梯底下隔起一間房間來。她走路很慢。去了很久都還沒有回來。

我覺得我已經等了有半個世紀那麼久。棒球都打了大概有兩局了。還換了投手。一種反叛的想法一直在心裡醞釀。我爲什麼要等下去？我如果跑掉了還有另外那個女生會去參加比賽。而且余老師對邵萍那麼不公平。這本來應該是邵萍的機會。我如果去參加比賽，邵萍一定會更恨我。那張曾經那樣充滿善意回過來一笑的臉，瞪起人來格外令人難過。而且再等下去他們棒球都要打完了。

我決定不再等下去。從辦公室飛奔出來，直直地朝操場那端跑去。把那個講外省腔國語的小男生拋在後面、把余老師拋在後面、把演講比賽拋在後面、把這整個奇怪的夢中世界拋在後面。

我拚命地跑、拚命地跑。大概還差廿公尺的時候就開始大喊：「黃文信——，我也要參！」

喘息未定，就看到一張張掛著奇怪表情的臉。每一張我都認識，可是每一張都好像不認識我。每個人維持著聽到我喊叫時的姿勢沒有動。我差點錯覺自己站在一堆雕像間。只聽見自己急促濃重的呼吸聲。

喔，該死！那個掛狗牌的我還是沒有回來，我剛才喊叫用的還是標準國語！

他們當中的一隊剛好少一個三壘手，所以讓我參了。可是每個人看到我都維持著一副狐疑的表情。而且更可怕的是，我發現自己講不完一個清楚的台語句子。喉頭好像被什麼東西哽住了，有些講台語需要用到的角落被塞得緊緊的。攻不進去。只有彆扭帶腔的語調勉強擠出來。

我很難參與他們的遊戲情緒。不管是興奮、憤怒，還是爭執。他們用閩南語自由地交談，我插不進去，而他們也儘量弄得好像我不存在一樣。愈少注意到我的存在愈好。

原來地下棒也可以變得這麼難玩。沒有輪到打擊時，我一個人坐在單槓旁的榕樹蔭下，藍藍的天上有幾朵白雲。他們玩時揚起的黃沙一直飄上去、飄上去，彷彿飄得快跟白雲一樣高了。一塊天空被染黃了。然後慢慢又恢復了原來的顏色。再被染黃。再變回藍色。如是反覆。

隨著風沙仰頭時，無意中看到越過整個操場對角的東樓二樓陽台上，有個人影一直面向這邊。我知道那一定是余老師。她在等我回去練習演講。棒球並不好玩。可是演講也不好玩。我不知道要去哪裡。

第二天早自習時余老師照常來叫我去。一句話也沒提禮拜天的事。我和另外那個女生輪流講同樣的講辭，余老師寫的。禮拜天再來個別訓練。

下一個禮拜天，我從大門走進學校，遠遠就看到黃文信他們一批人，懶得走那麼遠，從後門底下爬進來。我突然不想讓他們看到我。我不知道要不要跟他們一起玩。他們大概也不知道要不要招我跟他們一起玩。我匆匆忙忙跑進走廊，上了南棟的二樓。

發現余老師已經站在東棟二樓等了。我連忙閃進樓梯間裡。實在不想去練演講。也不想打棒球了。我跑到三樓，東棟的三樓走廊上，開始來回地走。無目的地走。我不知道要去哪裡。

那個禮拜天以後，余老師就再也沒有來找我了。而我也沒有再打過棒球。我開始和溫錦雄他們踢毽子。溫錦雄是我們班班長。

過了大概有一個月罷。有一天朝會跟我一起練習演講的那個女生到台上去領獎。全台北市第二名。而且她還對著全校把比賽得獎的講稿講一次。

她的稿子好長。等了半天等到一個舉拳頭喊口號的句子，我們都準備要鼓掌了，她卻又滔滔不絕地講下去了。也許是太專心等她的結尾罷，我竟然沒有注意到余老師和我們導師已經走到身邊了。

腦袋轟地一聲彷彿炸成了碎片，晶晶亮亮地映著陽光滾了一地。完了，余老師來告密了。我已經一個多月沒有挨藤條了，不過看來這次逃不掉了。

余老師小小的手看起來沒有比我的大多少。右手。隔著帽子重重地在我頭上壓了兩下。她跟曾老師說：「你們班這小子其實講得比那個還好。」她努努嘴指向台上。「不過就是脾氣太大。覺得我不公平沒讓邵萍入選就不來練了。要不然可以拿第一名。這小子……」

我沒聽到曾老師的回答。我什麼都聽不到了。糟糕，邵萍就站在我右後方。我不知道她會怎樣想。我不知道曾老師會怎樣想。我眞的是希望邵萍入選。我也是爲了班上好。不知道老師會不會因爲這樣處罰得輕一點？老師眞的相信我去會得第一名嗎？但願不會。

朝會突然變得好短。馬上就向右轉進教室了。快走到走廊時，老師走過來摸了摸我的頭，一句話也沒講。驚魂未定走進教室，教室似乎特別陰冷。等了一整堂課，不知換了多少坐姿，老師什麼也沒提。咻！

不過從第一堂下課開始，就有無聊的女生開始傳說我愛邵萍了。被人家這樣公開宣揚實在是一件夠不好意思的事。更不好意思的是邵萍竟然毫不避嫌地來跟我說話。我感覺到好像一整天耳朵的紅熱都沒有機會褪過。

不太記得過了多久了，邵萍說她要告訴我一個祕密。她只告訴我一個人。因爲我對她最好。爲了替她打抱不平而放棄參加演講比賽。她報答我的方式是告訴我她眞正喜歡的是誰。她塞給我一張寫有號碼的紙條。

拆開紙條時，我緊張得手幾乎要抽筋。第一個號碼是8。血液好像突然統統沉到腳板下去了。8、7、11。我見過這個號碼，很明顯不是我。我花了一堂課，艱苦地解開這個密碼。

你喜歡的是卓廷彬。我寫在紙上問她。她鄭重地點點頭。美麗圓亮的眼睛天眞無辜地眨巴眨巴。藏在眼睛裡的星星釋放出來澆在我頭上。卓廷彬。眞好的報答。

這是這一類故事的第一個。卓廷彬之後有范維麟、范維麟之後有陳南生，然後陳忠祥。邵萍一個一個講，我一個一個聽。

我們就是這樣長大的。

我對邵萍的愛，唉。邵萍對我……唉。

6

我對邵萍的愛啊，一個積一個純眞的夢。

似乎總是只有透過夢，才能完成我對邵萍的愛。任何連續時空中的作法彷彿都只招來了可笑的失敗。我需要一再的夢的飛躍，才不至於讓自己被各種濤流沖離邵萍的生活邊緣。

這樣講似乎很抽象。我可以舉出很多例子來說明這些話眞正的意思到底是什麼。

例如大二的時候，我第一次被文學感動。原來文學不只是國中高中國文課本的那些選文。邵萍介紹我看一系列幾個約略和我們同年紀的大學生合編的一部集刊。終於了解到浪漫是什麼。男女之間純純浪漫的愛慕。對民族國家崇高浪漫的頌揚。對傳統文化執著浪漫的堅持。

我很後悔到成功嶺時竟然不知道要怎樣給邵萍寫信。如果先讀過這些作品就好了。出操、站崗、聽蔣將軍演講、打靶，甚至吃饅頭，原來都是這麼好的題材！唉。

也很後悔不會寫小說。（我怎樣開始寫小說的？那是後來另外一個夢的飛躍。）「每當夕陽落日向西天飛快地沉降，滿天的晚霞絢麗得彷彿下一刻就要死去時，邵萍總是感到一點點的淒楚，一點點的蒼涼……」如果用這樣開頭的小說登在集刊上，邵萍一定會大吃一驚。

更後悔自己畢竟沒有考上建中。從來沒有機會和穿綠制服的邵萍走過植物園彎彎曲曲欄杆並排兩側的小道。沒有能指指點點教邵萍多識鳥獸草木之名，上古淳樸國風般的民間情調。

我甚至不會唱幾首歌，雖然歌喉還勉強可以。我隨口可以唱得出來的都只是些靡靡之音，根本算不上是歌。〈在銀色月光下〉、〈小河淌水〉、姜成濤……我竟然連聽都沒聽過。

我幾乎陷入了半昏迷的幻想中，那陣子。我幻想自己是那個坐在後山坡上高聲唱了一下午歌的男孩。女孩不在家也一樣高聲響亮地坐一下午。女孩回來時她媽媽會告訴她。我幻想詩、幻想畫。幻想如詩如畫般流盪華麗的小說。每天這樣幻想著，幻想得自己的胸口積鬱得彷彿要迸開來。

「理想猶如高山：我們招喚高山，高山不來，於是我們便向它走去。」在文具店的一張小書籤上讀到這樣的句子。還有一小塊淡彩的畫浮在句子下面。一個小男孩和一個小女孩的背影，他們面前是一座大山，類近於富士山般完美的弧線構成，兩隻小手高高舉著招喚大山。

感動。莫名的心悸與領悟。那是個剛要入秋的下午，氣候突然轉涼。我一個人下課後在軍史館旁的餐館裡吃過飯，便沿著紅磚人行道走到總統府、轉進樹木蒼茂的信義路，一直走到底。基隆路。回家。

我越走越急。疾走時激起的熱能恰好與快速下降的周遭溫度相抵銷。我決心從幻想裡逃脫出來走向高山般難以攀登的現實。

我花了差不多兩個月的時間才學會足可以唱一下午的歌。全部都是大陸各地的民謠小調。我要去窗下唱給我的情人聽。她也許正在午睡。她也許不知道究竟是誰在歌唱。只知道夢裡有歌聲飄著。像一朵降下來又揚上去的白雲。降下來鋪滿她的床間。揚上去帶她去飛翔。飛啊飛啊，飛過一片掛滿樂符的竹林，她央求白雲讓她下來看看，偷摘了一顆音符含在嘴裡，她便自己變成了一隻黃鶯鳥，飛著、唱著，在故鄉的大地上。

這童話般的美呵。

我還記得那是個年尾的週末。風刺刺地刮在臉上。可是我等不及陽光出來了。我相信我的浪漫的歌可以就是陽光。

我沒有去過邵萍她家。不過從小學時就知道她家在哪裡。大概全校的人都知道。從小學的後門走出去，斜穿過一個小公園，就到了一條林蔭特別濃重的小巷。巷裡只有兩個門牌。左邊一號是我們那一區最高級的醫院。右邊二號就是邵萍家。

我一直記得她們家後面就緊挨著隄防。小時我們也常到隄防上玩。在隄防半腰的地方就看得到她們家大概有半個操場大的院子，陳舊但是乾淨的日式木房相比之下，小小地縮在離隄防不遠的一角。沒有比這個更理想的地理環境了。隄防上不太有人來往。我可以在長得高密的野草堆裡舒服地躺下來，隨著天空顏澤的變化，想到什麼唱什麼。歌聲從木頭窗隙裡鑽進去，絲毫不用顧忌將軍家森嚴的門禁，一直鑽到邵萍的房裡。甚至邵萍的被窩裡。

想到這裡，不覺臉紅了一下。趕緊抑制住其他念頭的出現。即使在最沒有防備的熟睡中，潛意識完全接管的夢裡，我也不曾有過一絲一毫對邵萍褻瀆的想法。

我純眞美麗的夢與愛啊。

經常與現實有些齟齬的夢。我穿過舊日的小學發現本來後門所在的位置現在聳立著一棟壁上瓷磚即將鋪貼完成的四層樓房。好不容易繞過圍牆卻發現本來小公園的位置上蓋了死板無變化的方形紅磚房——一眼看去便知道是憲兵隊。門口端槍站著一個整裝魁梧的大漢。

我甚至不敢走近憲兵隊一百公尺距離以內。感覺上總怕下一秒鐘就會有哨聲吹起來。或是一隊人馬突然衝出來。爲此多繞了好些路。總算找到了原來的那條小巷。左邊一號沒變的是那家高級醫院。可是右邊原來邵萍她們家現在變成了一排三層樓的公寓。不，不只一排，是相背並立的兩排。

我把眼睛閉了兩下，再張開。兩排鋼筋水泥的龐大建物還在那裡。我甚至走向前去探手去摸摸那牆。多麼希望這整個影像會如一個大泡沫般，一碰就輕輕幾乎無可察覺地發出「啵」的一聲破開來，完全蒸發到空氣裡，連碎片也沒留下一塊，重新露出原來的院落和日式老房子。

沒有院子。沒有老式對開的木頭紅門。沒有「邵宅」的木牌。有的只是零落從不同高度、不同角落傳來，典型冬日午後會有的人聲、電視聲、鋼琴聲。每一種聲音都喪失了個性，重疊地融成一片。冬日午後的苦寒與抑鬱。

我不能想像自己的歌聲怎樣對抗這龐大的建築物，糾結在一起像一座密不通風的城堡。甚至連邵萍他們家是否就藏在這城堡的深處我都不確定了。有點沮喪。向高山走來卻發現它變成了一座中世紀的城堡。

當然不可能召喚城堡自己打開大門。我鼓足勇氣在對面醫院門口撥了個電話到邵萍家。她還沒有回家。好像是她弟弟的聲音。我騙他說要寄小學同學會的通知給邵萍，所以要確定一下她的住址。還好她弟弟沒有懷疑什麼。我把她們家的住址抄在中現課本上。

攜著課本繞巡城堡一周。邵萍她們家在面對隄防那一排的最左邊。隄防和房子中間現在開出了一條大約有五、六米寬的巷道。隄防斜坡也統統打上了一層厚實灰黑的水泥。隄防頂端整出來變成二線的柏油馬路。

沒有地方讓我躺著唱歌了。我的歌聲也沒有希望能在嘈譁間歇的機器聲中穿透城堡的防衛系統。更沒有公主會垂下長髮助我攻城。

我只能無望地呆坐在隄防硬冷的水泥階梯上。無望地等待著也許會有一個靈感突然劈雷般打進我腦裡。或者等待邵萍佻麗的身影出現在巷口。這兩個等待都很渺茫。

向高山走去，並不意味著便能成功地攀登頂峯。我獲得的教訓。甚至連想找根草咬在嘴裡搭配心中不斷沁出的苦澀都不可能。

正當我想放棄這整個荒謬的浪漫事件時，天上開始飄雨了。先是細細的碎水珠瀰滿了周遭。然後是冰冷的雨滴落在早晨才洗過的頭髮上。

多麼浪漫的諷刺！我突然不想走了。何不就這樣悲苦然而依舊浪漫地完成這個下午？我想像著邵萍回來時，天色昏晦得如同世界末日，在濛暈的濃黯包圍裡只有我的歌聲鬼魅地穿透出來。她會驚訝，甚至有些害怕，一步步地走向歌聲的來源，一步步走向神祕，直到看清楚我的臉孔形貌，一個受了神祕愛情感召的男孩在雨中依舊保持著閃亮精緻的歌聲頌讚她、頌讚愛情。

她也許會覺得我是個瘋子。而瘋狂正是愛情強烈程度的最高象徵與保證。「邵萍永遠記得那個傍晚。原來以爲這世界的燈火都在陰雨裡背棄了她，一步一濺的積水一再地從腳板心涼上來，無可名狀的愁苦與青春的壓抑從來不曾折磨得這樣深……」我想像著集刊上登著如此開頭的小說。或者是：「在那個最冷最冷的冬天，他毫不遲疑地唱起最深情的國風曲調，彷彿除了邵萍，這整個世界都不存在……」這樣的開頭通常都能引領出一段感人的故事。

結果邵萍還沒有回來，先在巷口出現了另一個熟悉的身影。我記得那個特別的走路姿態。可是在我確定那走來的人是我的另一個小學同學黃炎龍時，我發現沒有任何方法可以躲開他的注意了。

他一下子就認出我來。沒有比這個更糟糕、更不浪漫的事了。我呆坐在雨中的水泥階上，一時眞是找不到一個適當的表情來面對他。他一定覺得我是個瘋子。「你怎麼會在這裡？」他直截了當地就問。我也找不到一個適當的回答。一個不自然的笑容僵在臉上，簡直像個白癡一樣。

被邵萍看成瘋子，和被黃炎龍看成瘋子，是完完全全不同的兩回事。天差地別。我眞的相信如果這隄防還沒有鋪水泥，我一頭一定能在這上面鑽出一個洞來。

「你怎麼濕成這個樣子？」他好心地把傘遮在我頭上。我還是笑著。只希望他能趕緊離開。可是愈是這樣他愈覺得可疑，愈覺得事態嚴重。他堅持邀請我到他家裡去，休息一下並把衣服弄乾。

喔，他該死的好心。沒有比這個更不浪漫的結局了。就在他的堅持和我的婉拒僵局中，我愕然瞥見邵萍和一個男孩共撐一把雨傘緩緩地踱了過來。

我眞的是急急地落荒逃開。全身抖得跑起來的步伐像喝醉酒般東歪西跌。感覺得到全身積滿的水珠不規律地從髮梢、眉尖、手指尖各處彈飛出去。而新的水珠又迅速隨著迎面的風貼打上來。

逃。逃得愈快愈遠愈好。這可能是我第一次自己一個人搭計程車回家。小時候計程車絕對意味著不只是一種交通工具。而且同時是一種奇特、喜慶的氣氛。通常只有一些特別場合，爸才會故意裝得完全不動聲色地等一家人都走到巷子口時，突然把手一揚，一輛計程車神奇地停了下來，好像車和爸的手臂間牽著一條看不見的線。我們四個小孩迅速地交換了狂歡的眼神。偷偷地慶祝著，可是不敢聲張。

只有在爸媽心情都很好時才可能坐計程車。例如媽的生日全家去城內吃排骨麵。或者要回花蓮過年。我們常常在出門前猜測坐計程車的可能性。極其隱密地低聲在房子的角落裡發洩一下被快樂的期望擠滿了的心。不過必須小心不能讓爸聽到。否則就不可能有機會了。這是爸的個性，也是他的教育哲學，小孩子不能主動向大人討奢侈品，不討還可能會有，討了就一定沒有。小孩必須知足，讓大人去作決定。

坐計程車的愉悅到我小學六年級左右就慢慢在生活裡消逝了。計程車司機開始抱怨我們一家六口太多了，不應該擠進一輛規定限乘四人的小車。而且二姊開始拒絕和全家人一起出門。每次全家出去，媽要爲了強迫二姊一起去而大發一頓脾氣。就算坐上車了，計程車司機的牢騷也會讓爸媽的臉色維持鐵青。

不再全家人一起坐計程車了。可是附隨在計程車的影像上的歡樂印象卻還一直存留在心裡。後來這麼多年，我總也是在同學們玩得格外開心有趣時，才會同意一起搭計程車到哪裡去。否則我寧可一個人去搭公車，甚至走路。

這次雨中從邵萍家門口逃離的經驗，完全粉碎了包圍著計程車的神祕謎團。我好像第一次認識到原來就是這麼簡陋的鐵皮組成的小小空間。似乎連前座一個司機、後座一個我都可以讓小車裡顯得擁擠。夾在我跟司機之間充滿機器運轉吵聲然而卻又完全沉默的空氣，彷彿也有著實際的形體，逼貼著我濕黏的衣服。冷而且擁擠。玻璃窗外噴滿了雨珠。窗內布著蒸氣。漸黑的街道上只有一堆堆幽靈般的黑團形影迅速地退移。

到家後，好不容易聚集了體內殘存的所有力氣把自己弄進浴室裡洗了個熱水澡，一出浴室，就聽到電話鈴響。不知爲什麼，我直覺那一定是邵萍打來的。家裡沒有其他人在。爸媽還在店裡。我不想接，不想在心情依然如此狼狽的時刻面對邵萍，即使是面對她的聲音。可是我知道我不可能這樣放棄一個可能是邵萍打來的電話。我承擔不起這樣做後自己心裡會產生的罪惡感。

我的直覺，尤其是和邵萍有關的，很少出錯。果然是她，音調很沉。她的音調下沉一度，我的心就向上懸了一吋。我想我畢竟還是沒有逃掉，她一定認出我跑開時的樣子了。

我沒聽過她用這麼沮喪的口氣跟我講話。我甚至不知道她到底喃喃叨念了些什麼。她先說了學校對面什麼什麼的。然後又說她爸爸。又說國家民族。然後反覆說了牆上牆上午麼的。突然間我覺得自己好像回到剛才的計程車裡向外面看，模糊分不清邊際、卻又不連貫的影像一個一個以不同的速度飄搖著。我眞的無法在她少數可辨認的幾個字眼間串連出一個意義來。

終於捕捉到一個清晰的句子：「你有沒有在聽啊？爲什麼都沒反應？」我楞了一下。還是不知應該怎樣反應。只好用低得連自己都不怎麼聽得見的聲音說：「我沒有聽清楚你講的……」

沒想到這樣怯生生的一句話到了話筒那頭竟然成了點燃引信的火苗。我也從來沒有聽過邵萍這麼憤恨地跟我說話。事實上，她不是在跟我說話。而是在罵我。每一句話倏地都變得非常清楚。她說她最了解我了。整天渾渾噩噩外面發生了什麼事都不知道。生平第一次擁有選舉權卻對選舉的發展漠不關心（其實她弄錯了。那年選舉前兩個月，她剛滿廿歲，我卻還沒。不過當然，我沒有這樣提出抗議）。國家都快被一小群人弄倒了，我卻還在醉生夢死。

她說她下午還好心地打電話來想叫我一起去看「愛國牆」。如果我去了就可以和她們一起去聽那個哲學系教授的演講。她們早就想好了，最好的辦法就是用銅板丟他。象徵他已經被共產黨收買的心被中華民國人民所唾棄。她說沒有親眼看到這些壞分子奸邪的嘴臉，不會眞正體會到國家民族的重要。她們好多同學在所謂的「民主牆」前面哭成一團，還有人向那些候選人下跪，求他們良心醒覺不要再做歷史罪人了……

「而你，」她氣得聲音微微有點啞，「這一切你都沒有參與，你都置身事外，如果眞的發生了什麼歷史性的大事，以後你的子孫問你那時你在哪裡，在做什麼，你要怎樣回答!?要怎樣回答!?」我可以想像她那張姣好的臉轉成了鐵青，因而心疼不已。可是我實在不知道該說什麼。

「你這一下午都到哪裡去了?你這一下午都到哪裡去了!?」她氣急敗壞地追問。我還是沒辦法回答。民歌、隄防、浪漫的白雲。我沒辦法回答。她也沒有要等我回答的意思，直截了當地便下了結論：「全國在生死存亡關鍵，而你卻還在週末狂歡、遊玩，我再也不要理你了!我眞是可笑，竟然想要打電話跟你討論這種事，眞可笑！眞的，我、再、也、不、要、理、你、了。」

我勉強從喉頭擠出一聲呼喚：「邵萍……」那邊回應的是一點都不意外的「喀啦」聲。震得我耳膜發麻。放下話筒，好一會兒都聽不眞外界的聲音。耳膜兀自鼓動著產生些亂七八糟、不知所云的幻聽。民歌。拔尖上去彷彿隨時會斷線的姜成濤。「你一下午都到哪裡去了!?」雨聲。雨點間隔清晰地點在計程車的鐵皮頂上。風聲。吹過青青草地時小草尖梢偃抑下去的彎折聲。歌聲。走調而且混著雜音。像老舊的唱針走在老舊的唱片紋路上。雜音沙沙沙地愈來愈響。歌聲勉強再掙扎了一下子就完全被掩蓋住了。沙沙沙。沙沙沙。雜音。像風雨聲。對了。風雨聲。

我可以感覺到背後軟軟沙發椅墊的質地。不過同樣也領受到風雨從四面無止息地交襲而來。兩種不應該並存的感覺使我困惑。困惑擠滿了整個腦袋。我什麼也沒辦法想。推擠不開那些龐大而且似乎還繼續在擴張的疑沮。所有的思緒被逼到一個小小的角落。沒有一點點轉圜活動的空間。推不開。推不開。推得累極了。而且愈推好像背愈向沙發裡沉落下去。沉落，累極了。

於是睡著了。在沙發椅上。睡著之後夢見自己醒來了。夢見所有風雨都停了。或者是根本沒有存在過。從玻璃窗裡閃進來的是耀眼的陽光。外面靜靜地躺著一個白花花的世界，清楚、乾淨，像是早晨，人的活動還沒有密集到破壞掉沉穩平和的空氣組合。

夢見門鎖響動的聲音。爸媽剛買完菜回來。果然是早晨。他們都是星期天一大早就上市場買一整個禮拜吃的菜。通常要走兩趟。

一如往常的星期天早晨。媽進出廚房和飯廳處理買回來的東西。爸坐在飯桌前翻閱早報。習慣性地把新聞唸給媽聽。他們交換著對報上消息的意見。通常兩人都顯露出些怨懣不平。許多牢騷。

我很少認眞聽他們的對話。可是夢裡我沉在沙發中似乎怎麼也爬不起來。

夢見聽到他們交換關於選舉的新聞。他們憂心忡忡地說國民黨可能要抓人了。報紙上把那些候選人亂罵一氣。然後他們罵報紙。罵政府。嘲笑在報上發表痛心疾首國是感言的學者。

夢見我自己從沙發椅的深處不知怎地彈了出來。頭差點撞到天花板。夢見我走進飯廳告訴爸媽他們這樣的行爲是不對的。如果不信任報紙爲什麼還要看報？如果不信任政府要信任誰？

我反覆說著民主自由要有法治陪隨。上週軍訓課教官也是一樣堅持地這樣說。離開了法治要求民主就是暴民。離開了合法的管道批評政府就是陰謀分子。

媽先是呆住了。然後就開始哭起來。含夾在哭聲裡不清不楚地叫喚著外公。說外公死得眞冤枉。我不知道這樣的爭議和外公會有什麼關係。媽一向就是太情緒化了。爸一面試圖要安慰媽，一面一直說：「很多事你們都不知道的啦！」

姊姊們都從房裡跑出來，急急地問到底是怎麼回事。我說：「不應該這樣不理性地批評政府。」爸就說：「很多事你們都不知道。」我們交換這樣固定的對話至少有一百次。好像一場耐力比賽。媽哭得更凶了。爸終於改變了他所說的。這次他說：「不要再講了。」我嘗到一點點勝利的滋味。停了一下，覺得這勝利還是太不明確了，決定再說一次：「不應該這樣不理性地批評政府。」

一聲巨響轟地在耳邊爆開。攙雜在巨響間最後一句可以辨認的話是爸大吼：「叫你不要再講了聽不懂是不是？」然後我的耳膜開始發麻。整個左臉頰也是。又麻又熱。我挨了一記耳光。是的，我挨了一記耳光。

一團混亂中我什麼也沒聽見。包括我自己摔門的聲響。等聽覺恢復時，我已經走過了巷子口的涼麵攤了。我知道自己要去哪裡。可是卻不知道該走哪個方向。

哪條路通往從噩夢裡醒來？基隆路上陽光亮得對面大樓陽台上曬的衣服都可以一件件清楚地點

數。所有東西都明明白白地攤展在陽光底下。沒有一點點夢的痕跡。沒有夢的痕跡怎麼找得到清醒？左頰的燒痛彷彿藉著一根看不見的導線一直傳到心臟附近。每當手指微微碰到臉附近的皮膚，心口便如針刺一般抽搐一下。

這種感覺太真實了。真實得令人不能接受。像現在曬在基隆路上的陽光。我一定得趕快醒來。找到一條通往醒來的路。

我不知在大街小巷間繞行了多久。從一排低矮老舊木屋夾併的小弄裡鑽出來，赫然發現自己走到了熟悉的地方。小學的圍牆一角。沒有學童的校園裡椰子樹靜靜地高高探著頭。

想起邵萍。想起入夢前的風雨聲。「我、再、也、不、要、理、你、了。」怎麼辦？真的要這樣醒來嗎？臉頰上的疼痛現在已經統統轉移到胸口上了。隨著心跳的節奏壓迫著周遭的神經系統。想起邵萍。想起我對邵萍的愛。

決定無論如何先打個電話給邵萍。也許在夢裡她會忘了曾經說過不理我。真的。她馬上答應出來一下。在小學校園裡見面。

我的左頰腫得有一個起司麵包那麼大。一見面她就驚訝萬分地提醒我。而且爸五指的形狀甚至掌紋都清楚地複印在上面。「不用騙我是牙痛。」她說。我只能苦笑。

我開始跟她敘述事情發生的始末。當然沒有說這是個夢。更不會說入夢前她打來的那通電話。我還沒有笨到這個程度。只說了報紙，還有我和爸之間的爭執。

然後就說不下去了。我突然害怕起來，如果邵萍知道我只是反覆地說：「不應該這樣不理性地批評政府。」她會覺得我有多麼愚蠢。可是我不知道還能怎樣告訴她。她皺緊眉頭的臉寫滿了懸疑的等待。我實在不忍心說就是這樣，然後我挨了一個巴掌，故事就結束了。我不忍心。

好幾次張口，找不到話講。邵萍終於問了：「別難過，慢慢講。你到底講了什麼讓你爸那麼生氣？」我好歹必須擠出一些東西來。「我說如果沒有政府，台灣還在日本人的殖民統治之下……」喃喃地這樣緩緩開頭。

說老實話，我不是很清楚自己要說什麼，只是把腦子裡儲存的語彙努力擠出來堆積拼湊，像小學作文或是寫演講稿那樣。彷彿看得見那些話一團團不連續地從嘴巴裡辛苦地擠出來。一球一球糾纏得亂七八糟的話滾著滾著。邵萍說：「這樣我沒辦法理解。要解開了才行。」我不知道該怎樣才好。一團話正好塞滿整張嘴，吐不出來也吞不進去。

於是邵萍撿起一個話團，開始細心地解起來。「找到頭就好辦了。」她說。她靈巧的手把那團圓球轉了幾次，拉出一個頭來。她一直拉，一直拉。我才發現從口中吐出去的話團原來是由一長條灰白紙條纏繞捲成的。像一個蓬鬆的毛線球。邵萍一邊拉一邊看那紙條上印著的字。一邊點頭。

我不知道那上面到底寫著些什麼。我的話全變成了印在紙條上的字。多麼荒謬啊。我甚至沒有辦法聽到自己的話，更不要說控制自己要說什麼了。我只知道邵萍很讚許似地一直點頭，偶爾抬頭給我一個不知是同情或是安慰，反正充滿善意的眼光。最美的眼光。

我不敢打擾她。她正專心在讀我的話。話團都解開了。白紙條沒有間斷地從我口中一直拉出去。我實在很想知道上面究竟寫什麼。我努力地搜尋腦子裡原本主管說話的部門。設法找出那條原本通往發話器官的神經。然後循線追索回去。像溯河而上的艱苦旅程。總是凹凸不平的路。總是上坡。

中途發現歧路。原本使用的那條神經暫時封閉了。在三叉路口交上一條新的神經。只好改道，繼續追溯上去。繞過了大腦的主要部分。愈走愈荒僻的地方。終點是一個極其隱密的角落，赫然發現神經連通到一台全自動的影印機上。許多份這幾天不同報紙的社論被影印機迅速地一行一行地印在灰白的紙條上。

太荒謬。眞是太荒謬了，我甚至自己都沒有看過這些社論。可是它們的內容竟然就自動地變成了我的話從嘴巴裡出來。多麼可怕又可敬的自動影印機啊。

我剛剛從腦部的旅途中歸來，邵萍恰好讀完了最後一段紙條。她望著我的眼光裡瑩亮著淚水。我知道她感動了的時候就是這樣。她用力咬了咬下唇才說得出話來，帶著點哽咽，「你心裡一定很苦，對不對？」

我很怕在這個節骨眼上，嘴裡再流出什麼沒有預料到的話，連忙把包括下巴一帶都緊緊地摀住，也不知道該有怎樣的表情，我努力讓自己保持著一副無表情的面容。

邵萍的眼淚在眼眶裡存不住了，渾圓無瑕地滾落下來。她從原來坐著的走廊欄杆上跳了下來，到我面前扶著我的肩說：「不要怪你爸媽。眞的。不要怪他們。這是歷史給我們中國人的折磨。要怪只能怪我們國家的命運太坎坷了。這是我們這一代，不，好幾代中國人的共同悲運，我們能怎麼辦？我們能怎麼辦？」

她的淚水眞的像珍珠一樣湧著。「不要這樣。」她搖了搖我。「不要這樣冷靜。不要這樣壓抑自己的感情。你不知道看你這樣我心裡有多疼……」她哭得說不出話來了。

我卻覺得原來鬱結在心口的疼痛突然間都消失了。我還是不敢放開摀著嘴的手。怕我自己會快樂地忍不住笑出聲。邵萍剛剛的話不知在我心底重放了多少次，我只覺得這世界從來沒有這麼美好過。可是又覺得不應該。邵萍在哭，哭得那麼傷心，哭得讓我疼惜不已。在這樣交雜衝突的情緒間，我只能伸出一隻手輕輕地拍著她的背，一直拍一直拍。

也不知過了多久，邵萍的背終於停止了一起一伏的抽搐。她抬起頭來用手掌抹著臉上的淚水。接觸到我一直捨不得離開的眼光時，她有點不好意思地咬了咬唇笑了起來。

邵萍的美，對我而言，是永遠發掘不盡的寶藏。總是在我以爲我已保有了她最美的一刻的印象時，她會突然展現出一種更高一層，沒有見到時絕對想像不到的美。

淚水尚未拭盡時嫣然嬌羞的笑。只能記憶，不能忘卻、不能想像、不能描繪的美。

我以爲這就是極致了。保有這樣一個記憶足可以讓我狂喜很長一段時間了。我這樣易於滿足的人。可是我錯了。邵萍整理好自己，完全沒有準備動作地突然抓起我的右手，說：「我們來打勾勾。」她的小指緊緊扣住我的小指，「我們兩個一輩子要做中國的好兒女。在我們有生之年，我們要打回大陸去。去看長江黃河。去看敦煌崑崙。好不好？我們一輩子都不放棄理想，不受邪惡力量的誘惑，好不好？」

我只有一直一直一直一直點頭的份。邵萍的美完全震懾了我。她那依然帶著孩子氣的蘋果形圓臉上那麼鄭重正經的表情，配合著稚嫩的聲音講著如此感人嚴肅的誓言，我覺得快要暈過去了，這樣密集的美的幸福。當她把拇指重重地摁在我的拇指上時，一股靈光驀地刺穿了我的心，或是我的腦，那種剎那與永恆最不可能地交集在同一點上，如兩個原子以光速相碰撞般，釋放出無法衡量的能量，打擊了我向來最爲遲鈍的部分，我眞的了解了，啊，什麼叫做一生一世。啊。今生今世這樣簡單的四個字竟然蘊藏著無窮豐富的意義。

更不可思議的，這竟然只是個夢。夢通常是眞實時間的展延。夢中一小時在眞實世界裡可能只占去了五秒鐘。可是它存留的經驗卻比永恆更有價值。我感到炫惑。像是凝視萬花筒迅速多變的豔澤而收煞不住感官的興奮，謎與啓示同時的交織穿梭，呈現了一種強力電磁般拉引的神祕氣氛。

只有邵萍的聲音才有足夠的力量打破包圍著我的恍惚。像「彩色世界」片頭裡的仙女用仙棒點開變幻的萬花筒，劃地露出高高低低城堡的尖頂。夢的眞實。

邵萍說她心裡也很苦。我立刻清醒過來。全世界沒有任何東西比邵萍的苦楚更能令我專心了。她的訴苦對我而言是一種神聖的召喚。我願意做任何事，即使赴湯蹈火，來輕減她的痛苦。雖然絕大部分時候，我什麼也做不了，湯和火都不知蹤影。

她說她不敢讓她爸知道外面這些事。她爸其實也還並不老。但是太年輕就當了將軍。幾乎整整廿年的將軍生涯，突然就在兩年前某一條腦血管「啪啦」地爆裂的那一瞬間結束了。最有希望的一年成了最悲哀的一年。邵萍看著她爸一面從病中一點點復元，一面又從原來的壯志裡萎縮。每個月國營公司的人送錢來時，邵萍她媽都必須小心仔細地把寫有「顧問」兩字頭銜的牛皮紙信封藏起來。前邵將軍最恨這兩個字。他知道這兩個字意味著養老。家裡誰也不敢冒險惹他想起他自己過去有多麼看不起這個那個顧問。

他以前也看不起這個那個代表、這個那個委員。當然委員長是完全另一回事。他總是在家裡嘲諷那些自以爲了不起的委員們。嘲諷他們煞有介事地開著的會。他自己也有個委員的身分。可是他知道自己跟那些委員是很不一樣的。所以可以想像到邵萍會覺得多麼心酸，竟然有一天會看到她爸逐漸習慣於去立法院開會。中風之後，這是現在他唯一能做的事。去開那無關緊要的會，去舉手當那些無關緊要的一票。

誰也不忍心再刺激他了。誰也不忍心讓他知道這些爭著要變成他立法院同僚的人竟然公然在大街小巷鬧成這樣。還好他在立法院裡新交的幾個朋友都對這些混亂知道得很少。還好。邵萍說她爸現在實在再禁不起刺激了。以前的邵將軍，兩三年前以屆六之年還意興風發地設計反攻後種種的邵將軍，現在卻是讀著白先勇的小說讀到老淚縱橫，然後如同一個嬰兒般沒等臉上的淚水風乾便疲憊地入睡了。

邵萍心裡好苦。這又是一個我完全無能為力的神聖任務。我簡直恨透了自己。邵萍心裡苦時也去把白先勇的小說拿來讀。不知該怎樣才好。她自己親歷同樣華夏光輝退到島上來後的褪色。每回讀了總是栖栖遑遑不知該怎樣才好。

邵萍問我讀過《台北人》沒有?我不敢說實話。想到邵萍剛才說她初中時候就看第一次了，我騙她我很久以前讀的，不怎麼記得了。她點點頭，略帶點不屑地說：「你們不會眞的看懂的。很多細節只有親身活過這種生活的人才會了解，眞的。」我沒有懷疑。

她開始描述一篇篇小說裡最重要、最不易懂的細節。我眞是聽呆了。在那些顯赫家庭裡原來連吃飯的姿態都可以有這麼豐富的含義。多麼複雜的日子。在那樣家庭裡一天會發生的事恐怕比我們家一整年都來得多吧。而且其中很多還不單純是家庭事件。可以影響到許許多多的人。比我一輩子可能碰到的人加起來還要多的人。

邵萍臉上快速去來著不同的表情。時而興奮、時而沮喪、時而羨慕、時而憤恨、時而熱情四溢、時而怨懟不平。我再一次認識到邵萍和我是多麼不一樣的兩個世界的人。我完全無法想像在我們那個世界會有誰能這樣複雜細膩地展現出這麼多種表情。

在我們的世界。在邵萍的世界。唉。我永遠只能偶爾透過小小的窗隙窺探邵萍的那個世界。我忍不住問邵萍，當她沒講話似乎在思索些什麼時，「你們家也像他們那樣複雜嗎?你也是那樣長大的嗎?」

她立即的反應是堅決義無反顧地點了幾次頭。我知道我自己只是不死心地問了一個其實早應該預料到答案的問題。不過停了一會兒，邵萍突然抬頭修正說：「也不盡然。我爸是自己苦幹上來的。不是靠原來的派閥世家。我們家沒有那麼複雜罷。」

她似乎一下子失去了再談那些複雜家族的興趣。好長一段沉默。我也不知道要講什麼。很拙劣地說了一聲：「這裡的風好涼。」她很好心地點點頭表示對我的無意義的話的反應。不知等了多久，她終於拾回剛才的話題，說：「其實《台北人》裡我最喜歡的還是〈冬夜〉。」

講兩個五四健將老來時重逢的故事。兩人欷歔不已地在心底歎息過往年輕時代理想的淪喪。年少時的健碩志意對比老來時的卑鄙猥瑣。她說其實這樣主題的小說讀多了，不過畢竟還是白先勇寫得好。年少的理想。沉浸在自己的感動裡，邵萍喟歎了一聲：「想當年年少春衫薄……」眼光越過我的頭頂直飛到操場的天空上去了。下巴昂得高高的。這樣的姿態更顯她額頭盈飽的弧線。我們小時候就聽說額頭前凸的小孩比較聰明。

她收回眼光，微側著頭望向左前方的銅像，突然問我：「你想，爲什麼他們都守不住年輕時的理想呢？」隨著她頭偏移的角度看過去，銅像也有個凸起的前額。我也沒仔細思索，就應她一聲：「因爲他們都不夠聰明罷？」

「那我們呢？我們夠不夠聰明？」邵萍追問。

我實在喜歡聽她說「我們」。他們對比我們。眞好的感覺。不過即使如此，我不會自大到錯覺以爲邵萍和我是在同一個等級上的。

「你一定比他們聰明。你那麼聰明。」我肯定地說。

剛剛哭過、低抑過的邵萍臉上霎時亮開了一個燦燦的笑容。像冬日裡曬在公園裡散亂掛著的棉被上的陽光。暖，而且是極其親切可靠的暖法。

她告訴我，我的話讓她想起小時候。過年時很多叔叔伯伯嬸嬸阿姨到家裡來。媽都會告訴他們邵萍比一個哥哥兩個弟弟都會念書。大家都稱讚她：「唉呀，這麼聰明！」一回兩回聽了覺得得意，可是不知從什麼時候開始，一股擔心慢慢冒著冒著。

「『爲什麼他們都只稱讚我聰明？爲什麼從來沒有稱讚我漂亮？』有一天我忽然這樣問自己。」邵萍說。

小女孩突地感到危機四伏。一連好幾天，一早起來洗臉時把傭人趕在浴室外面，鎖了門，自己對著鏡子端詳。「以前照鏡子總覺得自己滿漂亮的。心存著這樣危機意識再去看時就完全不一樣了。簡直不敢相信。」邵萍說。她發現對自己的長相了解這麼少。額頭像塊突在懸崖上的大岩石。隨時可能掉下來把頑皮豹壓得扁扁的從門縫裡送回家。眉毛稀稀疏疏地竟然還長不成同一個方向。眼睛像兩尾肥肥的魚，有尾巴的。睫毛是突變長歪了的鰭。短而死板。兩尾一定不會游水的魚。鼻子圓乎乎地一團，像可以頂球玩的海狗。嘴又太大，怎麼也做不出「哈比」圖案上的弧度。

邵萍一面講還一面在自己臉上指畫著。講到的那個器官就作怪變形一下。她眞是有表演天分。我被逗得忍不住笑出來了。她連忙制止我的笑，說：「等一等，還有呢、還有呢。」

傷心的小女孩在教室裡想著鏡中看到的那張臉。拿出空白的測驗紙就在上面照著早晨的印象畫下一個臉。畫啊畫，畫成了一幅山水畫。高高的山，細細的溪，溪裡有魚，岸上有圓圓的球，還有個張得開開的大山洞。傷心透了，多麼可怕的經驗。

到此她才准許我爆笑出來。笑到一個段落，邵萍撇撇嘴，說：「所以後來我最討厭聽到人家誇我聰明。每次客人來時總是緊張地等啊等，等人家說：『小妹妹好漂亮啊……』我眞那麼醜嗎？」

我搖搖頭。覺得話已經湧到唇上了，可是到底沒有說出來。對邵萍的美，我已不知在心裡詠頌過多少次了。卻沒有辦法轉化成爲語音。甚至連一句輕輕鬆鬆若無其事的：「你是不醜啊。」都講不出口。甚至連想到要講，都足可以讓我的臉漲成至少是豬肝紅的顏色了。

邵萍大概也察覺到了。她的耳根一帶也倏地轉出血色來。我們都避開了對方的眼光。氣氛突地變得十分尷尬。邵萍大概是受不了這樣的僵局，匆匆丟下一句：「你等我一下，我回家拿樣東西。」就跑走了。

我連她的背影都不好意思看。我對邵萍的愛。唉。

邵萍回去拿了個籃球來。我們在小學的籃球場打了一下午的球。

在球與身體不斷改變相對位置的快速離移中，我幾次恍惚地想起夢和眞實的分野。眞的有一條通往清醒的路嗎？我開始懷疑。更重要的我決定放棄探找。

在那之後很長一段時間，將近一年罷，我沒有和爸講一句話。爸不再在飯廳裡看報了。媽常常講起外公，然後就哭。我開始知道外公是被槍斃的。這不是什麼光榮的事。我也不想再多知道。每當媽哭起來講外公什麼什麼時，我拉開客廳的落地門走到小小面街而且多塵埃的陽台上，努力回憶和邵萍在小學校園的那個下午來平衡自己的心情。

並且平衡得失。畢竟如果沒有那個下午，我不但沒有了幾個關於邵萍最美好的影像存留，而且我將完全地從她的世界滑落了，對不對？她的那個世界太高了，一旦滑離，是沒有希望再攀到邊的。我只能盡一切力量抓緊窗口突出的邊緣，偶爾把自己拉升起來看到一點窗內的景象。這種拉升總是要靠夢的飛躍。

有時當然會付出些代價。可是畢竟得的比失的多些罷。不是嗎？是嗎？唉。我對邵萍的愛。

7

已經記不清類似這樣的例子總共有多少了。每作一個夢便把一個遭遇困境的我留在夢的那一頭。有時候想起來不禁會出一身冷汗。不知道那麼多個被丟棄在夢外的我現在是否還存在著?不知道他們(還是我們?)都在做些什麼?

我從來不敢問邵萍是否記得小學時的狗牌,以及那個第一天就戴了狗牌的我。我怕她的話會像灰姑娘故事裡連敲十二響的鐘聲,神奇地把我周遭的一切還原成爲老鼠和南瓜。

通常只有睡前包在被窩裡才有勇氣想這些事。想像那個從花蓮鄉下來,講不好國語,掛著狗牌踢毽子的男孩會怎樣長大?長大後會變成怎樣的人?總是愈想愈覺得冷,愈想在棉被裡蜷縮得愈小,試圖證明至少棉被圈成的這個世界還是實在的。

全世界只有一個人知道我活在一層連一層的夢境裡。最後一次見到陳忠祥時,爛醉與沮喪心情交織的複雜情況下,我無意間透露了我的祕密:我的世界像是一條長長的隧道,用夢套接成的隧道。我不斷地往前走進愈來愈深的夢裡。離現實愈來愈遠。偶爾我會走回頭穿出兩三個夢,但大部分時候只是無助地(然而亦是樂意地?)被夢拖著向前、向前。

那是一個我一生無法忘記的奇異夜晚。各種令人驚訝的波潮緊密地襲湧而來,無從應接的手忙腳亂。一件怪事還未能思理清楚,馬上又轉折成另一件,即使在將近十年後的今天,我每次回想起那晚發生的事，都會發現一些隱藏著、以前沒有理解到的新的意義。

事情從我意外地在學校球場上遇見陳忠祥開始。那是十、十一月之交的一個傍晚，台北黃昏天色絢麗得有些詭異。他一個人在最邊遠的球場上胡亂地投著籃。

我走過去喚他。看見我時他臉上露出一個奇特的笑容。說不上來到底怎樣不對勁，只是我和他高中同學三年，上大學後也還保持著頗爲頻密的來往，卻不記得曾經看過他有這樣的表情。好像是濃濃的倦意布滿在眼眉之際，然而嘴角卻又掩不住一些努力想浮擠上來的笑容。十分不協調的組合，不知是興奮久了以致疲憊不堪，抑或是明明累了還不服輸地要強逼自己快樂起來。

我們一起在校門口的餃子店晚餐、喝酒、聊天。從高中時代他就是個愛說話的人。眾人齊聚的場合中，他總是話說得最快、最多的一個。酒精下肚後尤其如此。

他那晚講的話多到、快到我幾乎喪失催動理智去解讀那些語音的能力。我只能儘可能地吸收記憶一串串連環炮般炸襲而來、無間歇的音波起伏。這些聲音因著後來發生的怪異事件，而特別完整地存留在我腦裡。一直到今天，將近十年後，得空一個人靜思時，我都還會把它們重喚出來，仔細加以解讀，看看是否有什麼我曾經漏解了或誤解了的。

我們在餃子店裡坐定下來，點了些小菜和半打啤酒，在等待水餃的過程中，他熱切地發表他對「孤獨」的分析。

「我到今天才明白，其實孤獨，或說孤獨的感覺，有兩種不同的形式。」他說。

一種是覺得原本就活生生在周圍的世界突然之間跟你隔開了一段距離。你所熟悉的世界並沒什麼改變。看起來都一樣。就在前面。在左邊。在右邊。回頭就發現世界在後面。但是你接觸不到。你和這世界間交通的孔道你不再能夠捉摸。

「我們是靠別人對我們的理會、關心，才和周圍世界搭上線的。」他很認真地說，「這些不見了，世界就變成好像坐在諸葛亮的車上一般……記得嗎？三國演義裡孔明使出縮地術那段？」

我茫然地搖了搖頭。連這麼簡單的比喻都要加以解釋，對他大概是個小小的挫折。「你實在應該多看點法律以外的書，」挫折刺激他把話說得更急更快，「這比喻的意思是：世界一直跟你保持著一段可望而不可即的距離，你看到世界就在十步開外優閒地晃啊晃，似乎稍微加快腳步就可以趕上的。但是不管怎麼趕，它就是若無其事地讓你追不到。愈追你心裡愈慌。愈慌愈感到孤獨。愈孤獨愈急著要追。轉個方向，往左邊追去，追不到。右邊，也追不到。後面，還是追不到。世界包圍著你，可是你卻又不在世界裡，進不去。一個人像喪家犬般被世界嘲弄著。

「這種孤獨典型的感覺是冷、是害怕、是疏離。」他丟了一顆煮爛了的花生進嘴裡，異乎尋常地用力嚼動。

然後他開始解釋另一種孤獨的感覺。與前一種恰好相反，覺得世界竟然擠到胸口上來了。熙熙攘攘不斷挨依來和你摩肩接踵的人和事都讓你生厭。慢慢地連靠近到以他們為中心方圓十公尺內都能讓你忍不住惡劣的生理反應。「或者嘔吐、或者陽痿。」他強調地說。可是當時我根本沒有聽懂。是後來重新思索時才恍然大悟他竟用了這樣足以令人臉紅的字眼。

「你知道自己和他們是不一樣的，」他繼續說，「不一樣的人和事被錯置進同一個時空裡。你想逃，可是一顆沙怎樣從一堆沙裡逃出來？你想變成跟他們一樣，可是你又不是白癡，只有白癡才感覺不到那種無法克服的差距。白癡才毋需了解自己和周遭的人有什麼不一樣。別人怎麼羞辱他、欺負他，只要他以為所有的人都是這樣彼此對待的，那倒也不至於太不能忍受。就像電影《蝴蝶春夢》，」他乜斜了我一眼，我連忙點頭表示知道這電影，他接下去，「電影裡面那個瞎眼的男孩，在九歲以前，他以爲全天下的人都跟他一樣，所以他活得很快樂，等到有一天他了解了原來只有他看不見，他的痛苦就源源而來了。

「你知道了自己，所以孤獨。這種孤獨典型的感覺是熱、是煩躁、是惱怒以及隨時想要大吼的衝動。」他狠狠地灌下一玻璃杯的冰啤酒。

在他這樣長篇大論傾洩時，很少有人能插進去講些什麼。我們共同的朋友裡有很多人因爲他的這種習慣而頗有怨言，其中幾個甚至因而視與他喝酒聊天爲畏途。不過也有許多女孩被他這種自然流露的表演性格所迷醉，對他崇拜有加。

和他相處這麼多年，我倒已經訓練出一套冷眼欣賞他這些頗具戲劇性做作的演說的習慣，我發現剝除掉外表炫人的姿態，他有時還眞會說出些別處不容易聽到的道理來。

他知道我是個最好的聽眾。所以在我面前也比較會深挖一些極個人的經驗來說。熱騰騰瀰著白霧的餃子到來時，他剛開始把關於孤獨的理論用到他自己當天的經驗上。

他先問我記不記得他們學校行政大樓前的布置。我記得。一走出仿希臘柯林斯式列柱的門廊，外面是一個種著各式花草小樹的圓環。「對，就是那裡。」他點頭，把第一顆餃子塞進口裡。

下午的時候，他從行政大樓走出來，兀地了解了孤獨是什麼。兩股風沿著圓環的兩側鼓襲而來，剛好一左一右夾打著他。具體地象徵兩種孤獨在他體內的爭鬥、撕裂。「原本沒想到兩種截然相反的痛苦可以矛盾統一在一種折磨裡，」他彷彿心有餘悸地又乾飲了面前的啤酒，「想要聯絡的那個世界不理我，躲得遠遠地在冷笑，而想要逃開的那個世界偏又不顧三七廿一地擠過來，像公車上遇到的帶有濃重狐臭、又噴滿劣質香水的中年婦人。」我被他臉上扭曲的表情逗笑了，我確實知道擠公車時嗅覺經常要忍受的虐待。

「就好像那兩陣風，」他幾乎咬都沒咬，迅速地吞下一顆餃子，立即空出嘴來繼續說，「從不同方向以完全同樣的速度夾打過來，一左一右把我緊箍圈住。進退失據。左還是右？左還是右？左還是右？」他連問三次，一次顯得比一次激動。「我被逼陷在中間，想挪動任何一步都必須先解決這個問題：要左還是要右？我做不出決定來。於是兩股風就利用我作他們較勁的戰場。我覺得自己慢慢地要被擠扁了，胸腔裡最後一口空氣都被榨壓出來，要窒息了……」

他的臉眞的像要窒息前般漲得通紅。我實在不是很能了解他正在描述的經驗，趁著他倒酒、喝酒的空檔，忍不住問：「究竟是眞的有那麼強的風還是你內心自我的掙扎？」

他一邊粗枝大葉地抹去嘴角的酒沫，一邊做出個苦笑，「都是。是兩個世界在鬥爭著。利用我作戰場在鬥爭著。」

「不要用那種字眼，共產黨才用那個詞。」我抗議。

他又是一個苦笑。「用什麼詞並不重要。重要的是一左一右兩股力量逼得我要窒息了。就在我以爲下一秒鐘馬上要暈死過去那一剎那，兩陣風突然同時從我身邊滑溜過去。它們放棄了正面的衝突，開始環繞著我捲吹，兩股勢力相抗衡地緩緩結盟，慢慢地以我爲中心，一個漩渦正在形成，更龐大的力量在凝合著，這回是捲吸、捲吸……」

我吃餃子、喝酒，感覺酒精在舒緩體內神經的反應，慢慢地似乎要跟不上他的話、他的表演了。而且他完全被他自己的表演攫住了，好像也不在乎我是否有什麼反應。於是他一直喝酒、一直說，而我一直吃、一直喝酒。

「孤獨變成一個漩渦。漩渦是無從抵抗的。愈掙扎陷得愈深。身上的精力一點一點被捲吸走。直到完全被孤獨征服，兩種相反方向的感覺聯合組成的潮流將人完全解除武裝。寂寞。這世界上竟然沒有一個棲身之地。完全的孤獨寂寞。」他揉了揉自己原本就已經很亂了的頭髮，「God!從來不曾覺得這麼衰弱過。『那麼衰老的眼淚……』這是誰說的？我是衰弱到掉眼淚的能力都沒有了。我甚至不記得到底怎樣從體內找出足夠的力氣離開行政大樓門口。我畢竟選擇了左邊，因爲那樣離校門口近些。每一步都覺得是踏在充滿敵意的土地上。這不是我的地方。我勉強把自己拖到車棚裡找到我的摩托車，我要去找一個可以暫時棲止的地方。我不想被孤獨徹底打敗，我需要一個基地充電一下……

「我原來完全不知道該去哪裡。一直到看見橘紅的籃球綁在我車後的架子上，我瞬時了解到我需要去找一個籃架。我出發去尋找一個空蕩蕩的球場，一個可以單獨投籃不受干擾的籃架……

「任何一種追尋的過程本身都有治療惡劣心情的效果，不管是追尋聖靈的啓發，還是追尋一個夕陽底下靜靜豎立著的籃架。那些說人是可以自足的哲學家都是騙人的。沒有人可以堅強到不需要一些追尋。人的價值是透過對自己缺乏然而卻意欲要得到的東西的渴求，才能證明的。一個覺得自己什麼都毋需去追尋的人必定會被累積的沮喪溺斃……

「我終於在你們學校找到這麼一個籃架。眞好。在球場上，世界縮小到只剩球、籃板和籃框。運球、上籃、跳投。扎扎實實地一步步接近這唯一存留在意識裡的世界。扎扎實實地感覺球從手裡脫出後直接觸及那個世界。這過程像一座橋樑，穩穩地連繫住了我和世界……

「用這種方式和內心孤獨的感覺決鬥，你不喜歡用『鬥爭』，那就說是決鬥好了，比較英雄一點。在你來之前，我才剛剛感覺到重新拾回了一些信心，原來沒有完全被孤獨打敗……」

當時這些語言對我簡直像謎一般。不過即使像我這樣有耐心的人都覺得他這回的表演，誇張做作得有點離譜了。我幾次想問他一個最關鍵的問題，卻一直沒機會。終於，他發現桌底下六個空酒瓶裡再也倒不出一滴酒來，他中止了滔滔湧出的話語，似乎在考慮該拿這些酒瓶怎麼樣。

我抓住這個機會問他，「到底什麼事弄得你覺得這麼孤獨、沮喪？」我相信一定是些無關緊要的瑣事，讓他自己講出來，他會醒覺過來發現爲了些小小的挫折大作這樣的文章，其實是很荒謬的。

他張嘴、吸口氣，彷彿要講什麼，倏地又閉上嘴。五秒鐘後，又張嘴，又閉嘴。

我一直盯著他，等待著。

「再喝點酒我才告訴你。」他終於說，同時揮手招呼店裡的夥計。

我們兩人的酒量都不是太好。半打啤酒是我們歷次經驗累積試驗出來的極限。可是這次他堅持再叫半打，非常堅持。

酒來後，他一個人一口氣喝掉大半瓶。我不敢再喝了，只是有一搭沒一搭地撿著盤裡剩殘的花生，依舊等待著他的答案。

他打了一個大酒嗝，「你眞的要知道嗎？」

我微笑地點點頭，心想他大概自己也感覺到把這背後的原因講出來會顯得多麼荒唐。

他也點了點頭，說：「今天下午，我們教官找我去，跟我講兩件事：一，」他用右手豎起一根筷子在桌上，「下禮拜學校開懲戒會議，他們至少會通過記我兩大過，嚴重的話也許退學；二，」他左手豎起另一根筷子，「後天星期三早上七點鐘向他報到，他要帶我到警備總部去一趟。只要去一下，不要告訴任何人，連家人都不要講。」

我嚇了一大跳。眞的嚇了一大跳，整個人幾乎從椅背上倒翻過去。這回換成我張嘴、吸氣、閉嘴。這套動作不知重複了幾次，才勉強拼成幾個不甚完整的音：「你做了什麼？」

他故作瀟灑地兩手一攤，原來扶立在桌上的筷子嘩啦啦地滾落到地上。「沒什麼。政治。政治因素。細節你不需要知道，」他兩邊太陽穴突地爆凸一下，咬咬牙，笑了，笑容裡顯露出一種與談話氣氛極不相稱的輕鬆和得意，「不要嚇壞了你這個政治幼稚園的乖寶寶……」

我皺了皺眉表示對他這種取笑的抗議。可是一時也不知道該說什麼才好。確實，我內心裡有一股無法克服的怯懦，即使被他這樣取笑了，還是不敢逞強地進一步問他事情的究竟。

他也沒再說什麼，把我的酒杯注滿了酒，舉起他自己的杯子對著我晃了晃，然後一乾而盡。我也學他乾飲了面前的酒。

我們就這樣默默地一杯接一杯對飲。幾乎像比賽般在十分鐘內喝完了新的半打啤酒。我感覺到陳忠祥的影子在我眼前不停不停地打轉。

他終於打破沉默，「政治，政治，」空杯子還拿在他手上搖啊搖，「你念政治大學的，能告訴我政治是什麼嗎？」

「政治是管理眾人之事。」我完全沒有思考，直覺地反應。

他又把杯子搖了搖，「No，No，No，對我而言，政治是狗的味道。」

「什麼？」我眞的不知道他在講哪國語言。

「狗的味道，」他重複了一次，「你知道全天下最好奇的動物是什麼嗎？是貓。有人不是說：『好奇可以讓老貓送命』嗎？貓好奇到有時九條命都還不夠用。可是只要一聞到狗的味道，再好奇的貓都會夾著尾巴慌忙逃開。政治也是這麼回事，許多平常恨不得多長兩隻耳朵以便探聽各種新鮮或是不新鮮的事的人，只要一聽到是跟政治有關的，馬上離得遠遠的，好像根本從來不知道好奇是什麼東西……」

原來他繞了一個圈子在嘲弄我。我覺得自己正常的反應應該一把掀了桌子跟他大吵一架。像個電視劇裡的男子漢大丈夫。可是我沒有。因爲我醉了，醉到我不確定如果和他吵起來，嘴裡會冒出些什麼話。然而我又太清醒了，清醒到可以預想在大庭廣眾間這樣討論政治會給我們帶來的麻煩。

所以我只是黯著臉，起身一面掏後口袋裡的皮夾，一面拍拍他的肩頭（這時我眞的恨不得自己有武俠小說裡講的那種內功，隨便震斷他哪條經脈洩憤一下），說：「我們到外面再談。」

他沒有反對，也沒有表示要幫忙付帳的意思。一手抱著球一手插在口袋裡，步履蹣跚地跟我走出小店。

我們一直走到空曠無人的操場中央。月色銀白。我轉過臉來問他：「你剛才說那話是什麼意思？」

他好像才從一場夢裡醒來，喃喃吐了一聲：「什麼？」然後看清了我暗晦得足可以下一場大雷雨的臉色，恍然大悟地，「啊，你誤會了。你以爲我是在說你。啊哈，你誤會了，你以爲我是在說你。怎麼會呢？哈哈，我說的當然不是你，你是個好奇的人嗎？當然不是你。你是被好奇的對象，我都會好奇你爲什麼那麼不好奇，你怎麼會是貓呢？哈哈……」

我覺得好尷尬。知道了原來他不是在講我讓我鬆懈了繃緊的神經，可是他那樣大笑，讓人不知道要怎麼面對才好。

他笑了一陣，說：「你知道邵萍怎樣說你嗎？她說你甚至對女孩子都不好奇。她說你的理想是當坐懷不亂的柳下惠……」

邵萍。我的愛。我完全沒有防備地聽到他叫喚邵萍的名字。攪擾得我暈頭轉向的酒精似乎瞬間從毛孔裡揮發掉了一大半。聽到邵萍的名字讓我全身的毛孔舒張。邵萍。我的愛。

然後我才有工夫思索爲什麼會在這樣的場合聽到陳忠祥若無其事地說：「邵萍……」

我已經好一陣子沒有和邵萍聯絡了。我相信她過得應該不錯。暑假時她最常來找我，那是她生命中又一段黑暗時期。她剛和陳南生分手。她常到我住的地方來聊天。有一回陳忠祥也來了，我介紹他們認識……

「你現在和邵萍很要好嗎？」我試探地問他。

他點點頭。

我覺得一股空前龐大的陰影，像披著大黑斗篷的惡魔，從天上啪啦啦地飛降下來。

「她知道你，」我吞了口口水，不知該用什麼方式表達，「她知道你現在的事嗎？」

「當然知道。」他咧了咧嘴角做出個很曖昧的笑容，「她當然知道。」

「那她……」我急著想確定她沒有被牽連進去。

「她？」陳忠祥又那樣曖昧地一笑，「她當然沒事。一聞到狗的味道，好奇的貓早就躲得遠遠的了。」

我恍然連繫上陳忠祥零落的話語。「你爲什麼要這樣說她？」

他盯著我，突然歎口氣搖了搖頭，「你眞是個怪人你知不知道？」

他這句莫名其妙、突如其來的話又打散了我正努力想建立的理解。我疑惑著不知該說什麼。

接著，他又問了一個與前一句不連貫的問題：「你說我有沒有喝醉？」

這倒是個好提示。「你喝醉了。」我肯定地說：「你眞的喝多了，醉得語無倫次了。」

「你錯了，」他提高了聲調，「你猜錯了。我不是眞的醉。我只是藉酒以便裝瘋。我想跟你說些老實話，一些沒有裝瘋說不出口的老實話。你信不信，我從來沒有這麼誠實過……」

「不信，」我說，「你講的這些都是醉話。一個人會堅持自己沒醉，正證明他醉了。」

「你把它當醉話也好罷。我今天眞的非說不可。你覺得你認識邵萍嗎？」

我眞的很驚訝事情怎麼會突然演變成這樣。陳忠祥固執地要談邵萍。「至少認識得比你深罷。」我回答。

「不見得。我今天要告訴你，你不認識的邵萍……」

「我不想聽。」我轉身立刻就要走，沒料才一提腳，一陣暈眩像數十枝箭同時射穿我腦袋的不同部位，一個踉蹌，我竟然跌坐在粗沙的地上。

陳忠祥跟著也一屁股摔坐在我旁邊，一根瘦長的手臂蛇一樣攀過來攬繞在我脖子上。「我說了，你是個怪人，你是個偉大的怪人。你對邵萍的感情眞的很偉大。邵萍跟我說了，眞的很偉大。可是問題在，你不了解邵萍，她在利用你的愛，你的愛其實正好腐化了她、墮落了她……」

「我不知道你在說什麼。我聽不懂。」我眞的聽不懂。我花了好幾年才辨讀出他這些語音的意思。

「你故意不懂。人有逃避眞相的本能。說人類本能地追求眞理什麼什麼的，都是騙人的，都是屁話。科學家探索物質世界是因爲他們必須找此事做來逃避面對人，人的眞相。歷史家探索過去因爲他們要逃避現在的眞相。社會學家研究社會因爲他們要逃避個人、自我的眞相。都是這樣的……

「你用你的愛來逃避認識邵萍。她利用你的愛把自己抬得很高、很高，比一般的人世高些。她總是跟人家講有你這樣無私的感情，所以她看不起任何世俗的愛。世俗的牽掛不在她心中。但這並不意味著她就不要這些低下、世俗的東西，她要。而且是貪婪地享受著世俗。她自己告訴我，她不在乎和男人上床。因爲她根本看不起這些世俗不懂得愛的男人……」

「你再胡說八道小心我揍你……」我想對著他大吼。可是不知怎地，竟然連轉過頭來的力氣都沒有了。用盡吃奶的力量才吐了一句這樣陰冷冷的威脅，輕輕地飄向空曠的周遭，連個回音也沒有。

陳忠祥反而激動起來，聲音陡地提高了好幾度，刺得我耳膜作癢，「對！你想揍我，講眞話總是要挨揍的！」他嘶吼的語音裡似乎不只是憤怒，還帶著點發現新大陸般的興奮，「這是眞理：講眞話是會挨揍的！到哪裡、對誰，都一樣！眞理！來罷，來揍我罷，跟我證明這是眞理，無所逃於天地之間的眞理！」

疲倦、迷惑和厭惡占領了我整個人。我不想，也不知道要怎樣跟他爭，只是搖搖頭說：「你是個無賴……」

他整張臉突然沒有預告地塞到我眼下來，僨張血管釋放出來的豬肝紅在白濛的月色下顯得格外鬼魅。他在笑，充滿暗示地笑。可是我不知道那帶著幾分淒厲的笑到底想暗示些什麼。

「不，不，」他冷冷地說，笑容還掛在嘴角，「我不是個無賴。你希望我是個無賴，你希望證明我是個無賴。另一條眞理，無所逃於天地間的眞理：人不敢面對事實，所以把講眞話的人都稱作無賴。或者用官方語言講就是『陰謀分子』。鴕鳥總是恨把牠的頭從沙裡拉出來的人。我不是個無賴，你知道。認識那麼久了，你很清楚我不是個無賴。你現在想說服自己我是個無賴，這樣你就有足夠的理由痛揍我一頓，揍到讓我閉嘴。可是你揍我只能證明我講的是眞話，卻不能證明我是個無賴……」

「你到底在講些什麼啊？」我眞的聽不懂。我眞的不知道事情怎麼會發展成這樣。難道是酒精作用產生的幻覺嗎？無從理解的、無根的幻象……

「我什麼都還沒講。」他的臉又倏地從我眼前消逝，只有聲音繼續響著，「你就受不了，要揍我了，其實我什麼都還沒講，不是嗎？你受不了這種氣氛，你受不了我可能要講的，因爲其實在內心深處，你對邵萍沒有這麼大的信心。你的愛是靠你自我欺瞞才維持得住的。你只敢到神壇上膜拜偶像，卻不敢上到奧林匹克山上去看眾神的活劇。你，你這小信的傢伙。」

「到底在講什麼？」我找不到其他話。而且我也弄不清這話到底是對他講，還是對我自己講的了。

「你如果活在古希臘，你會恨不得荷馬不但瞎了，最好還是個啞巴。這是個沒有神了的時代，你知道嗎？在這個時代還想塑立讓人膜拜的神像，那你必須有權力，赤裸裸的權力把不相信神的人都弄成啞巴。我不要當啞巴，可是在我們這個社會，到處都有人想把我弄成啞巴。我要鬥倒所有虛僞的神，不管要付出什麼代價。所有的神，包括你的神，邵萍……

「邵萍……她不相信世間所有的限制。道德、正義、理想，她都不相信。她只相信享樂。盡情享樂、無拘無束地爲所欲爲。她是人，可是因爲你的愛，讓她自以爲是神。她要控制一切、享受一切。爲了達到這樣的目的可以不擇手段。爲什麼？她爲什麼能這樣？因爲不論怎麼做，不論別人怎樣看她，她有你作後盾。她心裡知道無論如何有一個傻瓜在崇拜她。她自己說她每次跟她不愛的男人上床都會想到你。爲什麼？因爲她心裡有罪惡感，她良心知道這樣是錯的，她必須把你抬出來安慰自己……

「你不信嗎？你可以自己去問她。我們也可以三面對質。你是她心裡的罪惡之聲、邪魔之聲。屢試不爽。每當我聽到她提一次你的名字，我就知道她一定又幹了一次對不起良心的事，屢試不爽。我聽夠、聽膩了你們的故事。崇高純潔的愛。她就靠這崇高純潔的愛一次又一次地原諒自己。人生眞的這麼輕鬆嗎？眞的有一種魔咒拿出來唸兩次，人就不必再替自己的行爲負責了嗎？Oh，No，No，No，我是個神話的拆解者，要來拆解你們之間的這套神話……」

其實我根本沒有理解他在說什麼。但是那聲音沒有間歇地打得我頭痛。痛得太陽穴彷彿要被劇烈搏跳的血脈震開了。我要休息。我需要一個安靜的地方休息一下。需要一個安靜的地方弄清楚這到底是怎麼一回事。

一波緊似一波的刺痛，像閃電震脫電源開關般，突然打鬆了我原來被一股無名的壓力抑制住的神經與肌肉間的傳達系統。一直蓄積在喉間出不來的吼叫瞬間迸裂開了：「啊——」我大喊，喊得可以感覺到嘴巴因用力張開而扭曲了頰上的筋腱，同時狠狠地把陳忠祥攀在我肩上的手臂甩開，他被我這一掀差點把後腦勺撞到地上去。接著我奮力地從坐姿彈跳起來，先是邁開大步向堤防的方向疾走，走了幾步覺得胸口氣運還頗平順，便踮起腳尖往前慢跑……

我完全沒有聽到陳忠祥從後面追來的腳步聲，腦袋裡的混亂、疼痛淹沒了其他五官的感覺。跑到籃球場邊時，一股力量突然從後面撞擊我的背，我整個人被撞跌趴倒在地，一個重物壓在我身上。碰撞與摩擦瞬間在表皮神經上強烈的刺激使我不加思索地立即把壓在背上的東西用力掀翻推拋出去，起身，捏緊了拳揮過去。

跑步間乍遇變化使我幾乎喘不過氣來。心臟拚命縮脹縮脹都不足以消解全身快要炸開來的缺氧感覺。這種難受更加深了我飽滿的怒意，我一拳連一拳不停地向那個黑影揮去。

一直到恢復意識，想起原來那黑影是陳忠祥。我在痛揍陳忠祥。我停了拳，癱坐下來，喃喃地唸著：「你到底想怎樣？你到底想怎樣？……」

他一動都沒有動。我不知道問了多少聲：「你到底想怎樣？」突然，擔心掩過了憤怒。我再看看他，還是躺在那裡一動都沒有動。

我趕緊爬過去，正打算伸手搖搖他時，哭聲從他那裡升了上來。咽咽嗚嗚的哭聲。不可能聽錯的哭聲，標準得像是影片裡配音的哭聲。太標準了，我們通常不會想到有人真的會那樣哭。

我覺得不認識這個在哭的人。可是他卻又明明是陳忠祥。在黑暗裡我全身疙瘩嘩啦啦地在皮膚上此起彼落亂炸一氣。頭皮發癢。不知所措。

一會兒，哭聲止了。帶著濃濃的鼻音，他開始說話。「我到底想怎樣？我不知道我自己到底想怎樣。我大概想報復罷。邵萍不理我。邵萍在躲我。我從教官室出來打電話給她。她說我太不應該了，她不想跟我談。在這樣的節骨眼上抽離所有的感情、所有的支持。她平常是個最好奇的人，好奇的貓，現在卻要和我劃清界線了……

「我恨。我要報復。可是不知道要怎樣報復。於是我出來追尋，追尋一個報復的方法。碰到你，我知道了，最好的方式就是拆掉你心裡給她搭的神壇。我知道你的崇拜對邵萍來說有多麼重要。我就是想要報復。你揍得眞痛快……」

他又哭起來。我還是不知該怎麼辦。變化來得又多又快。我不了解。太複雜了，這複雜的世界。

他這回哭了好久。面對面看一個成年男人哭實在是極令人窘迫的事。可是我不知道還能怎麼樣，除了靜靜地等他自己平息下來。

終於他揮臂擦拭眼淚，然後完全放盡力量地在沙地上仰臥成一個「大」字。他閉眼休憩的模樣提醒了我自己有多麼疲乏。掏空般了的疲乏。於是我也在操場上躺成另一個「大」字。

可是腦子就是不能停下來休息。一個複雜的網在裡面翻纏不出個頭緒來。

「其實我們都是傻瓜。」我自言自語地叨念。「傻瓜，其實這些都是假的。邵萍不是眞正的邵萍，我也不是眞正的我。這些都是在夢裡。在我的夢裡。」

「你在說什麼？」陳忠祥問。

我告訴他我的夢。其實我並不想告訴他這個祕密。可是我必須說一次給自己聽，這一切的來龍去脈。從小時開始一個疊一個沒有醒來的夢。所以結論是這一切，我們在爭吵的這一切，都只是夢裡的夢裡的夢裡的夢……

他竟然不像意料中那麼驚訝。大概他也寧可這一切原來是個夢罷。他只是問：「所以今天晚上你回去再作個夢也許情況就都不一樣了？」

「是啊。換一個夢換一個世界……」我回答說。

「你眞是個幸運的人，有這種作夢的能力。」他說。

「是嗎？」我苦笑。

「是啊。」他翻身坐起來望著我，「你知道西方文學裡的自然主義嗎？」

我搖搖頭。沙粒在我髮裡滾動。

「不知道也沒關係，」他眼睛裡恢復了平日那種熱切的光彩，「反正你就像是個身歷其境的小說家一樣，可以把你周圍的角色做各種變化實驗一下。人生最弔詭的事就在於只能活一次。永遠沒辦法知道換掉某一個因素，生命的軌跡會怎麼改變。可是你的夢可以。」

「我不懂。」我又搖頭。

「例如說你作個夢，夢見你從來不認識我，或者夢見我突然之間從這個世界上消失了，看看會有什麼變化。這樣你就可以知道這世上多我一個少我一個有什麼差別了……」他很認眞地說。

「我還是不懂。」我也翻身起來。討論我的夢只有讓我覺得更疲倦、更沮喪。我一聲不響地站起來，開始往住的地方走去。陳忠祥沒有再跟上來。

走了大約卅公尺，我回過頭來看見他還坐在那裡。仰著頭凝視著天空。

我當時怎麼也沒想到這竟會是我看到他的最後一眼。

8

那夜睡得極不安穩。陳忠祥的影子一直在我眼前飄啊飄。即使在夢裡我也知道那只是個幻影，輕飄飄的沒有重量，謎一般的存在。

先是夢見我追打著他。繞著一棟龐大荒廢的屋子追。他笑嘻嘻地浮離地面大約有十公分。毫無困難地晃閃過我的拳頭。每一拳都打空。我手臂愈來愈疼。他還是笑嘻嘻地跟我捉迷藏。最後我放棄了。「你是個無賴。」我大吼。回音灌滿了我自己的耳朵。一層疊一層以不同頻率不同速度先後彈震的回音。「我發誓我再也不要見到你了！」我悻然地說，掉頭就想離開那屋子。

他的聲音從後面罩來，「萬一我和邵萍結婚了怎麼辦？你也不要見邵萍嗎？」……

我被他的話嚇醒過來。連忙安慰自己那只是個夢。會醒來的夢。可是那話：「萬一我和邵萍結婚了怎麼辦……」卻陰魂不散地在我耳邊一直迴響。夜已經深了，外面連蟲聲都沒有。我艱苦地從床上爬下來，取過擺在桌上的收音機，扭到最常收聽的那家公營電台，讓一些音樂和話聲幫忙抗拒耳裡的夢的迴聲。

不知過了多久，又矇朧地睡著了，這回卻夢見邵萍和陳忠祥的婚禮。就像在外國電影裡看到的那種布置得極其華麗的教堂。（我在夢裡告訴自己：「這是夢。多麼荒謬的夢。邵萍又不是教徒。」）陳忠祥還是飄著。飄在神壇前面。（「多荒謬的夢。他甚至沒有穿西裝。」）他臉上露著笑容。喜悅中竟然帶點狡獪的笑容。一會兒，邵萍盛裝勾挽著邵將軍的臂彎緩緩走進來。將軍身著軍裝英挺瀟灑。（「多麼荒謬啊，將軍幾年前就中風了。」）隨著結婚進行曲的旋律，父女倆緩緩穿過褐黑木椅間的狹長走道。（「這個時候奏樂的嗎？」）兩旁的親友開始撒各種碎花、紙條到他們身上。（「多麼荒謬啊，把花撒到新娘的父親身上？」）

突然之間，一群陌生的壯漢猛地推開門闖了進來，他們粗獷動作製造出的鬧聲破壞了原本安詳幸福的氣氛。（「怎麼回事？」）風琴聲戛然而止，碎花也不再飛舞了。將軍疑惑地轉過身來，順手將肩上的一些碎片拂落。這時爲首闖進來的那人一步衝到將軍面前，伸手在空中抓住一片尚未著地的碎紙。

那人極不禮貌地對著將軍劈頭就問：「這紙是你撕的!?」將軍顯然怒上心頭，反問：「我撕了個什麼鬼啦!?」

那人上半身陡地向後一仰，彷彿眞見到了鬼猛倒抽一口冷氣般。他慢慢把手上的紙片揚起來：「你說這是『鬼』!?」他手抬高的過程中，由近而遠，每一個看清那張紙片的人都和他方才一模一樣地上身猛向後靠，倒抽一口冷氣。一陣漣漪般向外傳播，每個人都好像眞的見到了鬼。

他手裡拿的紙片不知怎地變成了一張先總統　蔣公玉照。「你說這是『鬼』!?」那人重複又問一次。邵萍「啊——」地一聲尖叫起來。將軍還來不及說什麼，那人手一招，對他的同伴說：「抓起來，先關廿年再說……」

全場頓時陷入一片混亂。這時我捕捉到邵萍投來無助的眼光……

我連忙從角落裡一跳跳到走道上，大叫：「不能抓！他是將軍，你們憑什麼抓將軍!?」（「這世界倒過來了！」）我話才說完，那人一手抓住將軍的右手臂，一手又把照片一揚，面無表情地說：「有什麼話去跟蔣總統說。」

全場每個人又倒抽一口冷氣。我感覺到不只猛衝進鼻孔的森冷屍寒的空氣，還有冷汗。冷汗像瀑布般從頸部一路沿著背脊傾流不止。他們已經要把將軍拖走了，情急下，我瞥見陳忠祥，我連忙指向他，叫：「你們不要抓錯人了，眞正的政治犯是他！是他，警總正在找他！」

聽我這麼一喊，兩三名壯漢立刻向陳忠祥那邊靠攏。

陳忠祥對我投來一個無可奈何的眼光。他嘴巴動了動。似乎在對我說什麼。我想我聽不見。太遠了，而且四周又太吵。可是意外地，我聽見了。他說：「報馬仔。你這個報馬仔。」

他們差點抓到他。就在他們手指碰到他衣角的那一剎那，他突然飄高，越過了圍著神壇的低矮木頭欄杆，飛到穿白袍純眞的少年唱詩班前面，莫名其妙地東指西指起來……

瞬間歌聲盈滿了整座教堂。仔細一聽，唱詩班唱的原來是：「總統　蔣公，您是人類的救星，您是世界的偉人……」全教堂所有的人，包括那幾個闖入的壯漢，一聽到這歌馬上都立正站好跟著唱起來。每個人著魔似地扯著喉嚨大唱特唱。

這是解救將軍最好的時機。可是不知怎地，那崇偉的歌聲就是讓我除了站在那裡高聲附唱以外，一動也不能動。我努力想使眼色叫邵萍趕緊帶著將軍離開，卻發現邵萍竟也死板板地站直了用盡力氣在唱。唱啊唱，歌聲幾乎要掀掉教堂屋頂……

只有指揮著唱詩班的陳忠祥沒有在唱。他揮舞的手突然變成黑色的大翅翼，啪啦啪啦地擊打著空氣，他的身體慢慢騰空而上，就在歌聲炸碎了屋頂的那一剎那，他像隻老鷹般穿飛出去……

這回我被自己流的汗冷醒。渾身皮膚表面的每一個毛孔正慷慨地釋放著體內僅存的熱能。然而嘴巴裡卻因難耐的乾渴而燒燙著。一冷一熱的衝突折磨。

連忙起身到浴室裡把身體擦乾。回來經過廚房時又狠狠地灌了一大杯冷水下肚。回房後才想起來：每年這個時候，我聽的這家電台每隔一小時會播放一次〈總統　蔣公紀念歌〉。一定是從收音機傳出來的歌聲陰錯陽差地進入我夢裡成了一種邪惡勢力的魔咒。我爲自己竟然作了這樣一個褻瀆的夢感到慚惶不已。

關了收音機，好不容易沉靜了心思，天彷彿都要破曉了。我又昏濛濛地睡著。再度夢見邵萍要和陳忠祥結婚。可是這次是我打斷了婚禮。我突然撞開教堂的大門，吶喊：「邵萍——」站在神壇前的邵萍回頭向我跑來。拖著一條長長長的白紗尾巴。我牽住她伸長過來的手，轉身就跑，拚命地跑，拚命地跑。不知一口氣跑了多遠，兩個人累倒在地上。不，是一張床上。邵萍靠在我身邊。她的唇冰冷地貼在我耳邊，然而吐出來的氣卻是溫熱的。我一側身就吻住她的唇。抱住她。緊緊地抱著。可是心裡有一種恐懼。恐懼彷彿化身成了另一個自我，神經質地在一旁監視著。我感覺到她厚實的胸部。我的手掌滑過她細緻的頸項。摸著她禮服領口的蕾絲。恐懼卻在這時變作大聲得驚人的警笛，「不——不——」一股力量把我從床上摔出去，我踉蹌著還沒站穩，那力量又推我向前。我不想離開邵萍。可是我卻被推著一直跑，繼續向前跑。邵萍被抛在身後……

我越過一大片草坪跳上路邊一輛正要開走的巴士。看不見邵萍了。我癱瘓了般坐倒在最後一排座位上。坐了一會兒，突然發現我不是我。正確一點說，我發現坐在最後一排位子上的不是我。而是電影《畢業生》結尾時的達斯汀．霍夫曼。茫然，疲倦。我當然不會是達斯汀．霍夫曼。

那麼我在哪裡？驀地迷失了自己。怎麼回事？我望著面前達斯汀．霍夫曼那張表情極其疏離的臉，認眞地思索我自己究竟到哪裡去了。想了半天，終於找到一個線索：達斯汀．霍夫曼應該在電影裡。那我就應該在電影院裡。

找到這樣的線索就安心多了。對了，遇見陳忠祥之前我剛去看完《畢業生》。不是在電影院看的。因爲電影院演得莫名其妙。明明是母女兩個變成了一對姊妹。所以我們到一家地下放映間看原版錄影帶。在公館。

終於重新在夢裡找到自己。下午時分，看完錄影帶正從公館夾道的小攤間穿擠出來。達斯汀·霍夫曼最後那個表情依然困擾著我。不是一個圓滿結局嗎？女主角從婚禮中跟他跑出來，兩人跑上一輛巴士，那些人都追不到他們了。可是爲什麼是那樣百無聊賴、莫可奈何且又疲憊不堪的表情？我不了解。

天色是鐵灰色的。可是地上卻灑了些懶懶的陽光。簡直沒有道理。黑白照片和彩色照片錯誤地重疊了般的鬼魅氣氛。

不過倒也沒什麼好驚訝的。夢就是這樣。可以任意把各種不相容的成分組合到同一個畫面裡去。原來我是在作著夢，夢裡沿著羅斯福路走向隱約知道的目的地，赴一個隱約知道的約會。

我隨興瀏覽兩旁攤販上賣的東西。鹽水雞、豬血糕、炒米粉、首飾耳環、皮鞋皮包皮帶。沒什麼特別的。有一攤在賣古代官吏戴的烏紗帽。各式各樣的都有賣。便宜一點的直接現金交易。貴一點的要先跟他買一些現代選票，搜集全了再換烏紗帽。另外有一攤在賣西洋中世紀的贖罪券。不過那贖罪券的模樣長得眞像我經常隨身攜帶的黨證。沒什麼特別的。

所以我什麼也沒買。信步走進一家位在二樓的餐廳。進去之後才理會到我本來就是要來這裡的，因爲靠窗的一個位子上坐著邵萍。

邵萍。唉。是的。我與邵萍有約。至於是怎麼約的，在夢裡是毋需交代的。夢裡總是等事情已經發生了，才會知曉導致這事情的先存條件。

我一坐下來，邵萍就急急地問我：「你知道了嗎？」

「知道什麼？」我一頭霧水。

「你還不知道我爲什麼找你？」邵萍問。

我搖搖頭。邵萍，我的愛。我不需要知道理由。

邵萍重重地歎一口氣。「我不知道要怎樣講……唉，……你不知道嗎……唉，……」我從來沒看過她這樣手足無措的樣子，讓我覺得內疚不已。她終於堅持地把頭一甩，用兩手努力地撐住兩頰，用又低又急的聲調說：「陳忠祥死了……」

陳忠祥死了？我第一個反應是搖頭：「不可能……」

「眞的，」邵萍低下頭去，「眞的。昨天晚上發現的……」

「不可能，」我很確定地說：「我今天晚上才見到他……」

「你在說什麼呀？」邵萍瞪我一眼，忽然領悟過來似地急急問：「你是說你昨晚還有看到他？什麼時候？在哪裡？」

「不是，是今天晚上在我們學校……」我囁嚅地說。

邵萍皺著眉頭直盯我看了十秒鐘。「你昏了是不是？你定下心來好不好？你的意思是說你跟他約好了今天晚上在你們學校見面是不是？」

我開始感覺到頭痛了。我搖搖頭，不知該說什麼。

「我知道這消息很難接受……」她咬了咬唇，眼眶裡有了些許淚光，然後音調突然一轉，恨恨地說：「爲什麼還要我來勸慰你？……」

我連忙探前了上半身，儘可能沉著地對她說：「不是的。你不要激動。事情不是這樣的……」

「事情是這樣的。事情就是這樣的！」邵萍幾乎要失聲叫喊起來了。

我心裡閃過一道非常非常不祥的感覺。糟了。我作了個非常糟糕的夢。比噩夢還要糟糕的夢。

「這只是個夢。一下子就會醒來。這只是個夢。一下子就會醒來……」我低聲地跟自己講。希望藉著這種精神的集中讓自己趕快從夢裡醒來。

可是邵萍的聲音一下子完全粉碎了我的努力：「你能不能不要再逃避現實!?陳忠祥死了，千眞萬確地死了！這不是個夢！」

我察覺到餐廳裡稀稀落落散坐的其他客人都看向我們這裡來。我連忙把邵萍帶離那裡。

「我找你出來難道是要聽你否認這件事的存在嗎？你否認有用嗎？你否認就能幫得了我嗎……」在種滿木棉樹的人行道上，邵萍繼續激動地對我吼。

我不知道該怎麼辦。

邵萍吼完後，跟著就大哭起來，不顧來往行人詫異的眼光伏在我肩上不住地哭泣。

我的心依舊未能找定頭緒。甚至不知該說什麼讓她能夠不要那麼傷心。半天，才拍拍她的背掙扎出一句：「不要哭了。陳忠祥……」我實在不知道該說陳忠祥什麼才好，「陳忠祥……」

「我不是因爲陳忠祥哭的，我是爲我自己哭，我……」她咕噥著。頭沒有抬，聲音屈折在脖子裡。說出來的話又悶在我肩頭上，加上斷續的抽噎，我實在聽不清下面的話。

我不敢再說什麼了，怕無意中反而刺激了她。只好護著她站在大廈騎樓下比較不引人注意的角落裡，等她自己哭夠了，慢慢恢復。

她情緒稍稍能控制時，我提議搭計程車到我住的地方去。她搖頭制止我招車的動作。「我想走一走。」她說。

「可是……」我疑慮地說。

「我已經好了，」她臉上現在換了副落寞而平和的容顏了，「我哭夠了，不會再這樣了。」

我從來不和邵萍爭辯。我的愛。於是走在秋涼的空氣裡，邵萍開始跟我說這一早上的事。

她說昨晚上都沒有人通知她。「我什麼都不曉得。你相信嗎？我眞的什麼都不曉得。照樣吃、照樣睡。」她懊惱地說。

今天一早到學校之後才知道的。進大門時就看見一幅訝白照眼的大海報，墨色淋漓的正楷顏體寫著：「痛失英才」。她原來還沒怎麼注意，走過去了到末尾瞥見落款竟然是「登山社敬悼」，心一驚猛回頭尋到最前面的字：「陳忠祥同學千古」……

她茫茫地在海報前站了一分鐘，不知怎麼辦。轉過身走沒幾步，遇見他們登山社裡一個不是很熟的朋友。兩人都很尷尬，不知該說些什麼。陳忠祥進登山社還是她介紹的，這朋友跟陳忠祥更談不上午麼交情，所以只能禮貌地叨叨說了幾句表達驚訝、惋惜的話。不過從他口中邵萍才曉得陳忠祥的事連報上都登了。

「我的反應跟你剛剛一樣，搖搖頭，說：『怎麼可能？』那個朋友一張老實的臉馬上堆滿了不知所措的表情，兩手連著搓了幾回，又拿起來前探擺動了一下，像是想伸來拍拍我的肩卻又覺得不妥，半天才說：『邵萍，你不要哀傷。』」邵萍邊走邊仰起頭來看天邊積累得捲曲扭折的灰雲，「他一定以爲我不相信陳忠祥死了。其實不是，我說那句話眞正的意思是我不敢相信報上有登『陳忠祥』這三個字，這個我最近熟悉得不能再熟的名字。也許還有照片？不可思議。我早晨還是翻過了家裡訂的兩份早報才出門的呀。怎麼可能？怎麼可能？怎麼可能沒有看到呢？

「我後來想，那個朋友眞是個老實人。他跟我說：『不要哀傷。』這像是書上寫的話。你會這樣說：『邵萍，不要哀傷』嗎？」

我想了下。不是很清楚邵萍到底想問什麼，不過還是老實地回答，「我大概會說：『邵萍，不要難過』罷。」

「是啊。」邵萍點點頭，又歎了口氣，「他大概一急就把書裡的話直接拿來講了。不過他這話倒讓我想了很多。因爲他叫我不要哀傷，我難免就想了一下自己到底有多哀傷。」邵萍轉過來，鄭重其事地問我：「你知道難過跟哀傷其實是不一樣的嗎？」

她那個樣子讓我想起陳忠祥在談論「孤獨」時的神情。像極了。看來他們最近眞的十分要好。可是我馬上又想起來陳忠祥那番話是今天晚上講的，而現在才是下午而已。這一個念頭又弄得我頭痛了。

邵萍等不到我回答，又問了一聲：「你知道眞正的哀傷是怎樣嗎？」

「大概知道罷。」我說。浮上腦海的又是陳忠祥。他說我是邵萍心中的邪魔之聲。聽到那話時的感覺大概頗接近哀傷罷。

「我知道什麼叫哀傷。哀傷跟難過是完全不同類的感受。你還記不記得我以前跟你說過的陳南生？」

我點點頭。陳南生是邵萍以前的男朋友，上學期末才剛分手。

「陳南生。這麼古怪的名字。」邵萍臉上突然露出了淡淡的笑容。襯著方才正在談論陳忠祥死亡時產生的森冷氣氛竟顯出一股淒豔來。「我跟你說過沒？分手前沒多久，我和他不知道要到什麼地方去。搭公車到一個他不熟悉的地方去。搭著搭著，快到站了，我拿了票往前面走，以爲他就跟在我後面，誰曉得到門口剪了票，才發現他還站在原處盯著窗外不知想些什麼。我情急之下只好大叫：『南生，下車啦。』結果全車的男生統統轉頭看我，簡直丟死人了。」

邵萍講著講著臉上燦放出一種甜膩得令人不安的欣悅。我完全捉摸不住她這時的情緒了。只是看著她馬上又黯淡了臉上浮光一現的光影，繼續說她和陳南生的事。

她說沒好久她知道了陳南生渾然沒注意該下車時，究竟在想什麼。一個薄昏將夜的傍晚，她在校園裡辨識出陳南生和另一個女孩緊靠在一起的身影。她自虐地跟隨著他們在校園漸趨陰黑的角落裡。他們黏擠在草地上聊天時，她就坐在對面的樹下，麻木的心只偶爾意識到，還未全然麻木的皮膚上蚊子輪番的停留。夜慢慢晚了，陳南生擁著那個女孩離去路過她身邊時，向她投來了一個疑惑的眼光。她心裡有點慌。但終於還是和他四目相對。陳南生什麼表情也沒有。

邵萍的聲音好幾次愈來愈低，低到都被走路時的風吹掩蓋了，才像突然記起來自己不是在自言自語，勉力把音調拔上來。不過這段故事我已經聽她說過好幾次了，所以幾個零碎的句子就夠可以猜出她在說什麼了。

「眞正哀傷的時候，是負荷不住孤單一個人的冷清的。我知道。」我們已經走到蟾蜍山下了。邵萍專心地講，我都沒有插嘴打斷。

「陳南生和我分手那天，我看著他搭上公車在台北混滾的煙塵裡遠去。那是星期天的下午，我走進國父紀念館人群嘈嚷喧踴的廣場，淚水不停不停地滴，哀傷像硫酸般蝕腐透了皮膚，還一直堅頑地向更裡處滲攻。我可以感覺到自己在哀傷中生出了對生命的懷疑。來往的人都盯著我沾滿淚水的臉瞧。我突然感覺到前所未有的驚惶在我心裡亂竄。我的汗毛豎立著。我害怕自己繼續質疑生存下去的理由。我渴望趕緊找到人能說服我繼續活下去。我不敢再看望那一張張好奇而陌生的臉了。

「我甚至挨不到坐車去找你。我疾走向鄰近一位好友住的大樓，按下電鈕，還好從對講機裡立刻傳出了她的聲音。還好。我慌忙叫了她的名字，然後聲音就突然地凍噎住了。連哭都哭不出來。只剩下制止不住迫急的呼吸直朝著對講機呼嚕呼嚕地吹……」

邵萍把右手舉到胸前，似乎赫然才發現自己的拳頭緊握住。她緩緩放鬆了蜷曲的手指，掌底被指甲摳嵌出來的紅印顯然可見。

「這才是哀傷，對不對？你知道的，這才是哀傷，對不對？」

既然她堅持我知道，我別無選擇只好說，「是啊，我知道。」

「我也知道。」她露出孩子氣的肯定表情。

然後她說不要再講陳南生了。要講的其實是陳忠祥。講她得知陳忠祥的死訊之後，往前還沒走到總圖書館，便惶惶地轉身逃離學校。她覺得自己應該要哭。可是沒有。應該要狠狠地發抖，可是也沒有。淡淡的漠然頑固地盤據著。她不相信，但找遍了心裡每個部位眞的找不出一點比較強烈、確鑿的感覺。只有些遙遠的情緒在邊緣地帶剝剝地冒著冒著，像是太多種粉淡的顏彩攙合在一起後只看得見一片灰晦。

想到遇見熟人時免不了要接受的安慰竟讓她張皇失措。於是匆匆在校門口的票亭買了份早晨分明已經看過的報紙，她便直接鑽進一家上午總是生意清冷，可以久坐躲藏的冰果室。

「在社會版的角落找到那則消息。你還沒看到罷？」邵萍邊說邊從皮包裡掏索出一張皺摺很多的報紙。她指給我看那個小方塊。「大學生離奇死亡」。報上說昨天傍晚在河邊發現的屍體。身上證件齊備。所以立刻驗明了身分。死亡前數日行蹤不明。初步判斷不太像溺死的樣子，確實情形必須等法醫正式解剖後才能知曉。

我一邊讀，邵萍一邊幾乎逐字把那段新聞背了一次。我可以想像她把這條新聞來回讀了多少遍。

「我坐在冰果室裡讀報，一次又一次。同時逼迫自己回想與陳忠祥在一起的種種。」邵萍說，「我希望能藉由痛惜過去的歡愉來擠出些淚水。你相信嗎？知道陳忠祥死了，我竟然哭不出來！你相信嗎？我坐在那裡一滴眼淚都流不出來。我自己都不敢相信。我愈想愈慌，第一個想的是：我是不是有病？這是不是一種精神失常？第二個則想到：萬一讓其他朋友知道我邵萍是這樣冷然地接受陳忠祥突異的死亡，人家會怎樣猜測、議論？」

她似乎又要激動起來了，我輕拍拍她的肩，用英文說：「Take it easy.」她仰臉投來一個感激的眼光，然後坦朗地說：「Give me a hug, please.」我輕輕地抱了她一下。我最愛這種時刻，雖然禁忌與尷尬逼得我們必須使用比較陌生的語言，可是我知道這底下卻是最親密、坦誠的感情。比男女感情更深一些。像血親。邵萍曾經說將來我如果結婚了，她最遺憾的將是再也不能沒有嫌隙地對我說「give me a hug」了。

她穩定了一下，我們繼續走，她繼續講。

「我坐在那裡慌張地東想西想，愈是要想念陳忠祥，愈是沒辦法專心。不時有其他的影像插進來干擾。例如陳南生。例如和陳南生分手的那一幕。我永遠記得在紀念館門口目送他彷彿比往常更充滿精力地跳上公車揚塵而去，對照的是我自己泫然麻木的立姿。每次想到這景就讓我鼻酸。

「多麼荒謬啊！怎麼能在這種時候因爲記起陳南生的身影而哭泣？我氣，對自己生氣得發抖。發抖了，可是不是因爲哀傷，而是生氣！我氣自己心底的感覺明目張膽地背叛我的意願。強咬著唇，我硬把快要冒出來的眼淚逼回去，逼自己一直默唸陳忠祥的名字。陳忠祥、陳忠祥。唸得久了，反而覺得更陌生……

「我是個大傻瓜。」她莫可奈何地拍拍自己的後腦勺，「像個傻瓜，坐在那裡瘋狂地逼自己要哭、要哭出來，生怕不哭就證明了自己情感道義上的無能。可是當淚意眞的紛湧上來時，又不得不調集所有的力量把它抑壓下去，因爲那是依附在陳南生身上的眼淚，在這個時候流下來，恰只正坐實了我對陳忠祥愛情的褻瀆……

「愛情啊愛情，我對陳忠祥的愛情。在這樣的折磨裡我開始了解到在我體內似乎有某種機制在反抗自我欺騙、反抗自我欺騙製造出來的迷霧。一個問題在我心裡終於嘩地一聲像黑夜裡放到天空中的煙火一般燒亮出來，我自問：『你對陳忠祥的愛情究竟是什麼？』而且令人驚訝的，這問題一提出來，許多我以爲的答案轟然一起被推翻了。」

我隱約明白了邵萍想要說的。可是眞的聽到她用一句話俐落簡捷地說出來，我還是吃了一驚。她說：「我明白了其實我並不愛陳忠祥。」一口氣說完，中間沒有任何停頓。然後立即又重複一次，「是的，我並不愛陳忠祥。」斬釘截鐵地。

我忍不住問：「可是你們不是……」

「我們是很親密。」邵萍沒等我問完，「所以才可怕。他死了我卻恍然大悟自己原來不愛他。」

我們正走過一家理髮廳門口。深茶色不透明的玻璃上映出邵萍的右臉，與眞實所看到的她的左側面一前一後交疊著。同時還有些流光雜混投在現實與幻象之間，令人目眩不已。

理髮廳走過了。隔壁是印刷廠。再來文具店、藥房、美容院……長長的一條街熱鬧地擁進一批批剛放學的小學生。許多小孩在我們身旁跑來跑去。

我們沒說話走過學童陣。等到離童音叫聲較遠了，我才試探地問她：「然後呢？」

她不知在想些什麼。被我的話打斷了沉思，回過神來，「嗯，什麼？」

「你如果不想再講了也沒關係。」我連忙說。

「喔，不是。」她撥開額前滑溜下來的散髮，笑了笑，「我是在考慮要怎樣跟你講。我需要把這些事都講出來，要不然會悶死。可是眞的要講，又有點尷尬……」

我沒說什麼。這種情況最好還是讓她自己作決定。我只是指了指前面一家咖啡屋問她要不要休息一下。她點點頭。

我們各叫了一杯咖啡。咖啡來後，邵萍拿起小湯匙在杯裡輕輕地撥弄，突然喟歎了一聲，「唉。沒有比這更悲哀的了，我不僅只是失去了一個情人，而是驀地發現失去了這整個感情，原來這情人根本不存在，原來跟陳忠祥在一起的這些日子都是空的。

「你來到之前，我一直在想，這些日子到底是怎麼了。我爲什麼要欺騙自己這是愛呢？好像突然之間鏡頭前加的迷紗濛霧都拿走了，人們不禁失笑，原來電影裡令人如癡如狂的浪漫故事，是在如此敝陋的攝影棚裡演出的。怎麼可能呢？怎麼可能呢？」

邵萍開始回述她和陳忠祥在一起的時光。「短暫，充滿事件起伏，而且大部分時候都不快樂、不快樂。陳忠祥曾經唸一首詩給我聽，那個開頭我一直記得，就是：『風信子和蒲公英／國殤日後仍然不快樂／不快樂，不快樂，不快樂……』我不知道什麼是風信子、什麼時候是國殤日。可是我知道『仍然不快樂，不快樂，不快樂，不快樂』的感覺……

「現在回頭去想覺得簡直莫名其妙。我是著了什麼魔竟能騙自己這樣的日子裡有愛情。竟然還要等到陳忠祥死了才敢對自己拆穿，怎麼回事啊？」

她回憶在我住處遇見陳忠祥之前，其實對他就有點認識。聽說他是登山的好手，但從不參加山社活動。他周圍另外有一小群人經常跟他去爬山。

「他從高中時代就是這樣獨來獨往去爬山。」我插了一句。

「而且聽說他們還是一個類似讀書會的組織。爬到山林深處去討論共同讀了的書。」邵萍啜了口咖啡說。

這我倒是沒聽說過。「聽起來挺浪漫的。」我說。

邵萍苦笑。「你錯了。一點都不浪漫。簡直恐怖。你眞的不曉得讀書會是什麼樣的組織嗎？我爸說大陸就是被讀書會搞掉的。共產黨最善於利用讀書會來煽動學生，所以到台灣來後，校園裡是禁止組讀書會的。更何況他們老遠躲到山裡去讀的能有什麼好書？」

「啊？」我連忙呑進去一聲驚呼。

「所以那天在你那兒，他一講話我就不客氣地頂他，你還記不記得？」邵萍說。

我約略記得有這麼回事。「好像是。對了，我還特別跟他解釋說你心情不好……」

邵萍又笑了笑。可是笑時眼眉之際卻依然糾緊著，沒有舒張開來。「我是心情不好。陳南生……該死的陳南生……」

那陣子邵萍心情格外地壞，格外地怕寂寞。每天一早就跑出去混在人群裡，只要有活動就參加，必須讓自己累到筋疲力竭才敢回家面對空蕩蕩靜謐的房間。大學生的圈圈反正就那麼大，好幾回都碰到陳忠祥。只要有陳忠祥在的場合，通常就少不了爭議。他是標準泰國鬥魚式的個性，好表演，而且容不得舞台上有另外一個主角。

有一次一群人一起去看電影，看完後就在戲院後面的茶館裡喝茶聊天。那天邵萍感覺情緒特別低落。因爲想起陳南生。想起以前和陳南生一起看過的電影。心不在焉地靠在角落看陳忠祥先是舌戰群雄，到後來變成大唱獨腳戲。

那天的話題不知怎地繞著台灣社會的虛矯風氣談了起來。她慢慢注意到陳忠祥最常用的字眼是：

「我看不起……」每隔幾句話就要插進一個以「我看不起……」開頭的段落。

「我突然覺得他講話的段落有點像詩。」邵萍說。我知道她大三時隨陳南生加入詩社，曾經迷過現代詩好一陣子。「每一段的第一句都是以『我看不起……』這種句法開端，先揭示出一個鏗鏘有力的結論，例如他會說：『我看不起那些堆砌浪漫名詞／寫詩送給小女生而後自命爲詩人的人……』然後緊隨著這個結論，才是一些意象營造巧妙來支持結論的句子……

「於是我捕捉他話裡的片段自己冥想附會。他說：『我看不起那些堆砌浪漫名詞，寫詩送給小女生，而後自命爲詩人的人……』我就想他是在說陳南生呢。陳南生曾經給我看過他從高中以來陸續寫的詩。他自己用粉藍色的信紙抄寫裝訂的，封面找了一個書法社的朋友寫上《懺情箋》三個大字。裡面每一首詩都有〈給 Y.H.〉一類的副題……

「陳忠祥又說：『我看不起老把愛情掛在嘴上的人……』我又想：這不是陳南生嗎？他常常喜歡帶我坐在文學院門口，中午的時候，鄭重其事地說：『我覺得愛情應該是……』反覆炫示他到處背來的名言而樂此不疲……陳忠祥又說：『我看不起熟知外國事務，不，應該說熟知美國的流行文化，卻對自己本土的東西嗤之以鼻的人……』我想：咦，怎麼又罵到陳南生了？他總是定時轉告我從美軍電台聽來的最新美國流行音樂及書市的排行榜，而且有一次看到我在讀黃春明的小說，他皺緊眉頭，大大不以爲然地說：『怎麼在看這種東西？』……

「陳忠祥又說：『我看不起刻意迴避政治自命清高的人……』我想……」

我忍不住笑出來，打斷了她，「怎麼又在罵陳南生了？」

邵萍自己也覺得有趣，方才凝重的表情換成了一張略帶興奮的笑臉，「是啊，又說到陳南生了。陳南生有一次跟我批評他一個朋友就是說那人『沒有希望，整天談政治，沒有品。』而且他的詩裡形容自己是：『翻開報紙第一版、第二版便無可避免暈眩、嘔吐的潔癖書生』……」

我笑得前俯後仰，不免問：「眞的嗎？」

「眞的，沒騙你。陳忠祥就這樣一句一句地說。」其實我問的是陳南生眞的有這麼糟糕嗎。邵萍沒給我再問的機會，繼續說：「我愈聽愈是驚心。凝神看陳忠祥在仿古燈籠陰暗火光下顯出些油光的臉，這時旁邊另外一群人大概在玩著什麼遊戲，突然爆出一陣笑鬧聲，模糊了陳忠祥正在說的話，我一面觀察他的嘴形，一面在混亂中捕捉幾個斷音，拼湊起來，竟然覺得他是在說：『我看不起陳南生。』儘管心中清楚他絕對不可能這樣講的，但在這恍惚的刹那，已夠讓我心悸不已了……」

我想我懂了邵萍的意思。「你覺得是因爲他理直氣壯地瞧不起像陳南生那樣的人，所以吸引了你？」

「嗯。」她點點頭，「今天中午我想了很久，終於逼自己面對現實承認，我自以爲愛上陳忠祥的那一刻，其實是被陳南生的無情牽羈著、擺布著。我想報復。報復什麼、怎樣報復，卻都不知道。我這個可笑、愚蠢的女人啊。」

報復。我心像被巨棒撼擊了一下，晃搖不定。

邵萍根本沒有注意我。她繼續說她的故事。「其實我自己也意識到了那種心理狀態下可能惹下的禍。那幾天早晨一醒來就強迫自己去拉開房間窗口的布帘，讓陽光兀地刺灼猶未完全醒轉的眼睛，趁著去盡白日塵垢的良心處在最清明的階段時，反覆告訴自己：陳忠祥有個女朋友了。聽說是很要好的女朋友。可是也不知怎麼搞的，到了夏日太陽最是炎亮昏人的中午，思維的方法就變了個樣了。我還是會想起來陳忠祥有個女朋友。而且記得別人形容那女孩的模樣。極乖極文靜，笑起來文文甜著，且不愛說話的女孩。但同時我也會想起別人曾經怎樣形容陳南生的女友：很豔麗，」她不好意思地對著我抿了抿嘴，「有一對很媚的眼睛，聰明靈穎，嗓音低低卻帶點嬌嗔。我知道人家是這樣講我的。詩社裡每個人都知道陳南生的女朋友邵萍。可是那又怎麼樣？陳南生還是跟詩社裡的大一學妹肩靠肩走在漸漸黃昏暗了的校園裡。

「我知道自己走在一條通往黑暗的鋼索上。隨便一陣風就可以讓我失足摔碎成千千萬萬片。而且即使成功走過去了，對岸也只是沒有光的所在。理智告訴我應該馬上回頭。可是我沒有。我無法強迫自己回頭。就像今天我無法強迫自己流淚假裝我曾經眞愛過陳忠祥一樣。我駭怕地發現自己竟是這樣的一個人，我身體裡有太多本能力量無法以理智說服、控制……」

「每個人或多或少都有這一面罷，」我覺得她把自己講得太可怕了，「你至少還有自知、自省的能力……」

她非常不同意地猛搖頭。髮絲左右紛飛盪擺。「我沒有。正是因爲我沒有，所以和陳忠祥在一起那麼不快樂。我壓抑著心中潛藏的罪惡感，以及由罪惡感引發的對自己的鄙視，才使得自己的精神持續浸淹在焦躁不安裡。我的罪惡感就在那裡，一層薄薄輕易可以揭去的紗幕後面。我每天必須花費很大的力氣不去反省自己在做的事的對錯。忍受讓良心在朦朧霧裡，就像忍受一個影像跳動模糊、電訊飽受干擾的電視螢幕，既不能調整改善，也不能索性關掉電源不看。

「我像著了魔一般。這樣說也不對。比較像是有個技術拙劣的催眠師在替我催眠，不是他的咒語、暗示使我進入催眠狀態的，而是我自己，利用這個機會陷入一個毋需清明思索的狂亂迷網裡……」

「藉酒以便裝瘋。」我說。陳忠祥在錯亂了的另一個時空裡曾這樣說。

「對。約莫是那種感覺。」邵萍繼續說，「我不知道什麼時候、怎麼下的決定。只是當我知道時，我已經在不計一切要把陳忠祥從另一女孩身邊奪來了……我知道男人內心總有一個永恆的夢，總想遇見一個眞正能了解他的女人。不只是同意他、支持他，而且還熱烈地擁抱他的立場、他的世界觀。他們以爲這才是眞正偉大的愛情……」

邵萍用「他們」作主詞。我知道每當談起這些對男人的觀察時，她是把我排除在「他們」之外的。我不知該把這種特別處理看做一種歧視還是榮耀？

邵萍講得自然到沒有理會我的苦笑。她繼續說：「我一眼就看出來陳忠祥是典型這種夢幻的擁護者。於是我假裝成對他高蹈的理想全然沒有猶豫疑惑的樣子去接近他。你可以想像他的訝異及訝異後的驚喜。他對自己的理想太自負了，所以從來沒有預期到有女孩子能欣賞他離經叛道的激烈言論。他平常根本不跟他女朋友談這些的。他知道那女孩因爲愛他，會容忍他說的一切，可是不是眞的贊成、眞的接受，只是容忍而已。

「剛開始他也不信任我。每當我想進一步了解他的種種見解、對社會的抱負時，他總是以一種輕佻姿態滑溜地閃避。我堅持了幾回，他開始有點鬆動，可是遲疑困惑還是難免的，常常講了沒幾句，就頹然地揮揮手說：『算了，你不會眞的想知道這些的。』

「這種交往模式反而深深地魅迷住了我。和以前遇過的男孩子截然不同。他愈是不願討好我，愈讓我不死心。同時他那個女朋友的存在也成了誘我愈陷愈深的一股力量。陳忠祥舉止動作中顯露出來的不平衡，就像兩股火煎燒著我迷惘失焦了的心。一方面是陳忠祥談及自己理想時的落寞，以及由這種落寞轉化出的熱情急切，不時提醒我，在智識、理想的層面，他還是很孤單的；但另一方面他不避諱地在我面前提到另外那個女孩時，整個人散放出的柔情、疼惜，卻又在在地警告我，他感情的境域裡其實已經十分擁擠飽滿了。

「慢慢地我發現了陳忠祥在這分裂中作的選擇。他試圖把智識、感情兩個界域分別清楚劃歸給我和那個女孩。最好井水不犯河水。他努力防堵任何我可能侵入他感情那面的機會。我可以清楚地感受到那條界線。在那裡。我不能跨越的界線。我覺得不可思議地自卑。我竟然贏不來一點點他的感情麼?那條界線的存在就成了對我持續的挑戰與羞辱。我不能忍受這樣。我告訴我自己:『看看陳忠祥竟然如此迷戀一個多麼平凡的女子啊。那女子根本不能了解他、不能安慰他在懸崖高谷上跳宕的焦慮的心。』我這樣合理化自己的介入:我想給他一個眞正適合他的愛情。……

「可是你知道嗎?」邵萍略顯懊惱地來回用掌心搓拭自己右邊眼、頰的部位,「在那段慌亂的日子裡,我忘記了一點,最重要的一點,我自己意志無法改變的一點:我忘記了我自己對他的了解、支持,其實是假裝出來的。我嘲笑那個女孩和凡俗大眾一樣,不配了解他,我卻忘了我自己也是這凡俗大眾間的一員。我一樣不了解他。」

邵萍只有在想起另外那個女孩時,才相信她自己很了解陳忠祥。眞正與陳忠祥在一起時,她自己曉得這角色扮演起來有多麼吃力。「其實,」邵萍很吃力地一個字一個字說,「我、根、本、不、同、意、他、講、的、那、些、東、西。」不過當她警醒到可能無力再進一步扮演下去時,已經太遲了。因爲陳忠祥相信了邵萍創造的這個假象。世事之間鉤環相扣、連鎖影響的奧祕往往不是人主觀意志能加以干涉的。陳忠祥以爲眞正遇到了一個紅粉知己。這使得他更狂烈地追求自己的理想。認識邵萍之後,他益發活躍地參加了許多叛經離道的活動。這些變化卻又使邵萍更加不了解他。「我扮演得愈辛苦,我就愈是嫉妒另外那個女孩,爲什麼她可以安穩地躲在線的那邊享受陳忠祥的溫柔情感,而我卻要接受他莫名其妙的這一面?愈這樣想我愈看不起那個女孩。愈看不起她,一方面我愈是必須做得跟她不一樣,我必須更支持陳忠祥的理想;另一方面我就愈是想侵入她所在的那個感情的領域

「……」邵萍怨歎地回憶。

惡性循環。不管循環到圈圈的哪個部位，邵萍心裡的衝突、緊張都只會不斷升高。更糟糕的是陳忠祥把她當作了自己理想的實驗體。「你不能想像，他對理想執著的原則排山倒海地每天數百條傾堆到我身上。」邵萍試圖擠出些笑容陪襯話裡的誇張，「他以心目中既有的理想模式來套限我每一個動作、每一句話。他臉上隨時準備好要掛上失望的表情，只要我所做所說的有一點點未達到他設定的嚴苛標準，他就擺出那副死人臉，失望的眼神無情地利刃般飛割過來。

「他要求我抵制一切他認爲的不義與虛僞……」也許是我茫然的表情讓邵萍誤以爲我不同意她對陳忠祥的指控罷，她突然揚了揚眉毛說：「我隨便舉個例子你就知道有多麼不近情理。例如他不喜歡我參加舞會。不是站在情人的立場不樂意我和別的男孩共舞，而是從原則上否定了舞會。他認爲舞會這類逸樂活動浪費了大學生的時間、精神。更重要的，降低了大學生作爲社會良心的批判警覺。又說批判的先決條件在批判者自身是嚴肅的，是不輕易爲任何形式的享樂所收買，大學生沒有固定的階級利益，在客觀上是這種批判者最好的人選，等等什麼什麼的。

「正因爲這是個原則問題，於是不僅去參加舞會必定招惹來他的不滿，就連說話間有一絲一毫表現出對舞會沒有那麼深痛惡絕，或者在路上隨口跟同學問起哪一個我並沒有去參加的舞會，知識分子良心一類的天大罪名馬上劈頭亂箭般射來……

「而且你要知道，那個時候離我們正式交往才只有幾個星期。他就這樣直接地干涉我的生活。通常這種干涉的權利是保留給彼此帶有特殊感情、依賴的男女朋友的。我和他是嗎？我不知道。我所知道的是，那時候我們甚至連手都沒有牽過一下，連親密的眼神他都沒給過我一個……

「我眞是被他這些原則給弄得動輒得咎。有一回忍不下去，當面挑起另外那個女孩的事質問他，打算跟他大吵一架，逼他面對自己的雙重標準。我問他那女孩不也是個大學生嗎，爲什麼他的原則、標準都不用在她身上。我知道陳忠祥對她是相當容忍的。我就是要他知道他那知、感兩重世界的分劃是很荒謬的，但沒想到他回應的方法卻是以另一種形式更強烈地宣示那條界線的截然分明。他怎樣說的你知道嗎？他理直氣壯地說：『正因爲你和她完全不一樣，所以我才和你在一起。如果我待她、待你都一樣，我們根本就沒有在一起的理由。』這是什麼屁話？可是當時我竟找不出話來反駁他……」

「邵萍，不要這樣說話，不好聽。」我勸她。

「對不起，」邵萍立刻道歉，不過後面又加了一句：「你眞是個紳士。」語氣中似乎有些不以爲然。

紳士？我小時候確實夢想過有一天成爲一個彬彬有禮的紳士。我以爲唯有藉著夢的超越讓自己變成一個紳士，才有資格和邵萍接近。可是現在邵萍卻略帶嘲諷地對我說：「你眞是個紳士。」除了苦笑我還能如何。數不清這一下午來第幾個苦笑了。

邵萍說跟陳忠祥在一起的日子是一連串的疑沮、挫折。首先是懷疑自己的女性特質。從小時開始知覺到男生、女生的分野以來，未曾體會過這麼強烈的不安全感。不知道爲什麼她的女性質素「到了陳忠祥面前就變成了件用老用舊的粗布衫，套在身上聊作裝點，然而發不出一絲一毫亮澤來。」邵萍澀澀地取笑自己，停了一下，望了望似乎已經喝乾了的咖啡杯底，又說：「接著進一步懷疑起自己存在的意義。爲什麼我要展現、表演完全不是眞正的我的那面，才能得來一點眷顧和肯定？到底什麼是我？那一陣子有一次走在街上，看到櫥窗裡的塑膠模特兒穿著一套我曾買過穿過的時裝，我駭然被『我到底是誰！』這樣的問題鬼附身般地緊緊纏住，久久脫困不出。我站在那裡呆呆地想，眼睜睜看著要等的公車來去了好幾班，卻沒有力氣把自己抬上車。」

趁她稍微中斷的片刻，我又替她叫了一杯咖啡。櫃檯那邊傳來咖啡豆在機器裡軋磨攪混的聲音。

邵萍玩弄著細巧、白磁泛光的空咖啡杯，把臉轉向大塊落地玻璃窗。「我迫切地覺得要證明些什麼，證明自己的存在、證明自己女性的身分。」

我感到一股莫名的不安。「可是……」兩個字從舌尖上冒湧出來打斷了邵萍。她回頭看我，等著，我卻不知到底要講什麼了。

邵萍等了五秒鐘，看我依然困惑地沉默著，便又把臉別過去，繼續講：「我覺得自己愈來愈不像個青春年華的女大學生。陳忠祥的理想知識分子形象如同緊箍咒般縛束著我。理想知識分子先學問、先社會關懷，行有餘力才能弄點愛情的浪漫幻想什麼的。老天，以他的標準我怎麼可能行有餘力？在認識陳忠祥之前，我根本就沒接觸過本土的東西。陳忠祥隨口提一樣，我就趕緊去找來用功一番。哲學。社會學。台灣文學史上重要的大河小說。台灣人四百年來的歷史。當然還有你們本行的法律、法學。

「每天埋在書堆、報紙堆裡用功都來不及了，哪有什麼資格打扮自己。總是要適度邋遢地出現在他面前，才不致招來批評。其實他哪裡曉得，有時要弄成不打扮的模樣比裝得花枝招展需要更多的時間。我恨、我氣，被他逼得這樣糟蹋自己女性愛美的天性……」

我開始有點明白了邵萍這段話將要引領的方向。更加感到不安。有些事我不是眞的想知道。我只有硬著頭皮打斷她，「既然這樣，妳爲什麼不索性離開他呢？不要跟他在一起不就結了？」我好不容易想出來一個問題。

邵萍似乎沒料到會有這麼一問。她愣楞了幾秒鐘。臉上閃過一分淒美的笑容，寒寒的。「爲什麼不離開他？是啊，爲什麼？你以爲我沒有問過我自己嗎？我不曉得下過多少次決心——平均一天兩次左右罷──要把我扮演角色的虛假面具，在他眼前徹底撕開。大吼一聲把他喚醒：『你認識的邵萍不是眞正的邵萍！』然後一拍兩散。可是偏偏就是做不到！每次這樣決定了就又覺得捨不得。我一直以爲這份捨不得正就是我愛陳忠祥的證據。要不是有愛，我怎麼會願意這樣委屈、甚且扭曲自己呢？」

這時新的一杯咖啡端來了，氤氳的一線水氣靈巧地滑走在邵萍俏麗的下巴前，然後散入周圍空間裡沒了痕跡。眞美的畫面。可是邵萍的聲音裡卻有些微痛苦的情緒，「到今天我才眞正了解，那不是愛，不是捨不得陳忠祥。現在他遠去了我並沒有感覺那麼捨不得。說穿了，你不要笑我，我捨不得的是自己塑建來騙陳忠祥的那個幌子。我沒有勇氣揭開眞相。當時爲了吸引陳忠祥，我曾經熱情洋溢、義無反顧地支持過的那些理想，讓我去扮演一個聰明、充滿愛心、關心文化、關心社會，與眾不同的女孩。雖然已經無力再扮演下去了，卻無論如何捨不得去戳破這似幻似眞、似己非己的影子。因爲一旦拆穿了，我非但不再是個理想的化身，我甚至保留不住原來那個邵萍的地位，我變成了個騙子。是這種自我形象上高落差的改變教我捨不得……

「捨不得舞台上的角色，又捨不得原有的燦麗風華，被這兩難裡逼夾的我，怎麼辦啊……」邵萍朝著透晶平滑的玻璃吹氣般細聲地說，聲音從玻璃再彈入我耳中分外恍惚。加上室外街景活動透過厚重茶色玻璃減光之後，映進來的只有幻搖的芢影，疊著邵萍的投像，使我一時弄不清眞實與懵渾的界線……

她說有一個下午，陳忠祥準備要回南投家裡，交代她到他那裡拿幾本書去讀。打開書櫃剛找好書，陳忠祥突然肚子疼，便把邵萍丟在房中，逕自上廁所去了。邵萍翻著櫃裡的書，無意地發現書列後面放著陳忠祥按日撰寫的札記。翻開來裡面幾乎千篇一律都是以「讀某某書，書中說如何如何，因思如何如何」爲內容的讀書感言，此外並沒有記什麼生活瑣事。她無甚興趣地翻了大半本，卻在去年年底的日期下發現一條：「上午偕美珍到淡水吃海鮮，美珍生日之故。一餐共費去五百餘元，價極昂。」

邵萍心中的妒意如野火般燃燒得遍山遍野。因爲就在那天中午，邵萍還爲了吃飯的習慣被陳忠祥狠狠地譏嘲了一番。他怪她有大小姐挑嘴的毛病，東西儘撿柔嫩的吃，稍微粗老點的食物就牢騷不迭。「你知不知道只有稚幼的生命才會柔嫩，壯盛了就難免粗老，總是破壞其他生命茁長的權利，你良心安嗎？」一個好大的罪名。

陳忠祥而且批評她好美食、好奢華。陳忠祥說：「這不只是花錢的問題。由奢入儉難。生活上要求愈高的人，被人以物質取予來威脅、收買，以致喪失原則的可能性愈大。」又一個大罪名。

所以看著那則札記，邵萍更對比出自己的委屈。爲什麼對另一個女孩陳忠祥可以花那樣大一筆錢替她慶祝生日？爲什麼另一個女孩就可以毫無忌憚地以完整的女性身分——美麗、鮮亮、溫柔、撒嬌——和陳忠祥在一起？想到這些她就控制不住內心的悲涼。自我憐惜。

聽見陳忠祥的腳步從走廊踱回來時，邵萍忍不住哭了。陳忠祥一打開門，看見她坐在床沿，頭低垂到膝上，雙掌摀面哀傷泫淚時，不覺也慌了手腳。他們認識以來第一次，陳忠祥挨近來摟住她的肩探問緣由，邵萍長期拼湊的隄防瞬時崩滅，心裡只剩一個念頭：不論付出怎樣的代價，要在陳忠祥面前對自己證實自己依然擁有女性的特質與女性的魅力……

「就是這樣了。我更加離不開他，更加覺得罪惡，更加需要騙自己這裡面有愛……」邵萍的前額幾乎靠到玻璃上了。

「就是這樣了。」我無意識地重複邵萍的話。「就是這樣了。」邵萍跟著又說了一次。

然後邵萍就說她想回家了。我有點遺憾一下午的談話竟然結束在這一點上。「你不要把後來的事講完嗎？」我問。

她搖搖頭，「我要回家再想一想，也許下次罷。」

我當然沒有和她爭辯。她永遠是知道怎樣最適當的人，作決定的人。對我而言。我送她上計程車前，她拉拉我的手，「我覺得心裡舒服多了，謝謝。」

「You can always count on me.」我說。覺得自己好像回到小時看漫畫，心中相信英雄的日子裡。長大的一個代價就是放棄相信世上有眞正的英雄。計程車載著邵萍往東開去，夕陽燦豔豔地從車子後窗反射爆滿我的視界。我看不見邵萍，只好對著金黃的陽光反影一直揮手，氣氛像是草原上，馬上的騎士義無反顧地揮別家園。

我的英雄心情一直維持到走回學校一帶。夕陽沉落了一半。我突然很想好好打一場球。走到操場邊赫然發現最邊遠的球場有一個人單獨在投著籃……

我想一定是絢麗的天色讓我眼花了。那個投籃的姿勢的確很像。從高中時代就沒改進過的姿勢。

我腳步停下來的那一秒鐘，腦子裡不知轉過了幾千幾萬個念頭。一秒鐘過後，我頭也不回地往校門口衝，一路疾奔向住的地方，爬上樓梯，用力關緊房門，鎖上，再用氣吁不止的身體將門抵住……

9

夢和現實的交互穿插，時間前後的反覆錯亂，終於使得這段日子在我記憶裡混滾成一團頭尾都無從辨認的謎結……

知道陳忠祥意外身亡後四、五天罷，我逼迫自己在窗口的書桌前坐定，試圖在記事簿上記錄所有事件的時間序列……一九八〇年十月廿八日星期三，邵萍最後一次見到陳忠祥。那天早上上完「英美法哲學」，有人看見系教官來找陳忠祥。陳忠祥隨同教官往行政大樓方向去。中午陳忠祥的室友和他一起吃飯，陳忠祥反常地不愛講話，只說了一句：「看來這次麻煩大了。」晚上，陳忠祥去找邵萍，慷慨激昂地講了整整三個小時，到底講了什麼，邵萍忘了。被他最後一句話嚇忘了，陳忠祥說：「警總找上我了。」

十月廿九日，星期四。從這天起，陳忠祥行蹤不明。小道耳語傳言說警總在這天找他去約談。不過沒有任何根據。我覺得是陰謀分子故意造謠的。每想到陳忠祥人都死了，還有人意圖這樣利用他，就覺得分外氣憤不平。

十月卅日，星期五。陳忠祥原本跟邵萍約好利用連續兩天假期到中部一個山谷裡（名字邵萍不記得了）釣魚、露營。邵萍找不到陳忠祥。在約好會面的地點等了一個半小時，沒見到人影。

十月卅一日，星期六。一日內大概有七、八通怪電話打到邵萍家。一個女聲找邵萍。可是等邵萍去接了，立刻掛斷。

十一月一日，星期日。陳忠祥的室友晚上十一點左右從桃園家裡回來，發現陳忠祥的東西有被翻動過的痕跡。似乎少了些東西。他以爲是陳忠祥回來帶走了。

十一月二日，星期一。傍晚六點多，陳忠祥的屍體被淡水河口的漁船網獲，離海岸約五百公尺。如果不是恰好卡在一攤小礁石上，大概早沉入海底深處了。

十一月三日，星期二。下午我和兩位班上同學到公館看《畢業生》。休假的情緒還沒有完全被上課生活取代。不想念書。看完電影我們決定回學校打球。在操場上意外遇見陳忠祥。他被教官約談。而且警總在找他。我們大吵一架。我告訴他夢的祕密。他建議我做個實驗：例如看看沒有了他，這個世界會變成什麼樣。大約午夜左右，我回到住處睡覺。

記錄到這裡，我停了一下思索：陳忠祥十一月三日時究竟是生是死？也許這一切都只是他建議的實驗的一部分？陳忠祥向來不愛自己動手做實驗。高二那年化學實驗就是和他分在同組。那一整年他幾乎沒有待過實驗室。都是我一個人手忙腳亂弄出結果後，把一堆數據丟給他，讓他去分析、查對，然後撰寫實驗報告。

這次也是這樣嗎？等到實驗告一段落，我就走出實驗室，回到原來那個世界找著陳忠祥一起討論實驗的成敗？一件事我忘了告訴陳忠祥的：我的夢不是隨時想走出去就可以走出去的。實驗室一直有個門，怎樣進來的，實驗做完了就怎樣出去。可是我的夢沒有固定的門，只偶爾幸運的話可以碰到一些關於出口的線索。漏失了這樣的線索，也許就永遠出不去了。陷在夢裡。

十一月四日，星期三。清晨我陷入夢裡。夢把我帶回十一月三日的下午。我看完《畢業生》出來沒有立刻回學校打球。而是去找邵萍，從邵萍口中得知陳忠祥的死訊。我們一直聊到黃昏。送走邵萍後，我走回學校想去打球。在操場上意外看見一個很像陳忠祥的身影。我沒有去叫喚他。

一股罪惡感從心底湧起。也許那正是引領我出夢的迷宮的線索？我因爲怕陳忠祥再次在我面前詆毀邵萍，所以匆忙地拽掉了這個線索，同時喪失了讓陳忠祥依舊活在這個世界上的機會？我心裡難過極了。當天晚上，我又夢回十一月三日的黃昏。我夢見自己送走了邵萍以後回學校，在球場上喚叫「陳忠祥、陳忠祥。」那人卻不是陳忠祥。是陳忠祥的室友。他告訴我來不及了。陳忠祥那個早上剛剛去了警總。來不及了。

我沮喪地回到住處。疲倦地睡下，這次夢把我帶到十一月四日。陳忠祥卻還活著。他早上打電話來把我吵醒，告訴我他馬上要隨教官去警總了。他書桌左抽屜有個夾層，裡面藏了一包菸。其中有一根濾嘴已經抽掉了，換成一小捲紙。他交代如果在十一月五日晚上十二點以前，我沒有再接到他的任何消息，就去把這小紙捲找出來，交給邵萍，她知道要怎麼處理。這簡直像偵探小說裡的情節。我一整天坐立難安，不知道怎麼辦才好。走廊上的電話每一次鈴響都讓我飛跳起來。晚上折騰了好久才算闔眼一會兒。我覺得只睡著了十分鐘。

然而醒來時卻是十一月三日的中午。真的是中午。邵萍打電話來跟我約下午三點在公館的一家餐廳見面。我早早就去了公館。胡亂在攤上吃了點東西，找到那家地下放映室，進去看《畢業生》打發時間。一不小心在 Simon & Garfunkle 的輕美歌聲裡睡著了。醒來時根本不知身在何時、何處。只見陳忠祥站在我面前。我激動地抱住他。從來沒有這樣抱著一個男孩。可是我實在太急於證實眼前的確是活生生的陳忠祥了。我感覺到他的肌肉、他瘦得稜凸多節的骨頭。還有體溫。我羞紅了臉，放開他結結巴巴地問：「你，你，沒事，罷？」背光的關係，認不準他的表情。只聽到他說：「我下午要去警總，不知道會不會有事。」我覺得腦門轟地一炸：「又是警總？怎麼又是警總？」陳忠祥竟然吃吃地笑起來，說：「警總，無時無地無所不在。」聽起來像是電視上在廣告：「新世界電子，永遠竭誠為您服務」……

走出到陽光下，陳忠祥就不見了，只發現自己身處在十月卅日。下午四點。我想到邵萍這時正在火車站前的噴水池邊等待陳忠祥。我想我應該去告訴她一聲，陳忠祥不會來了。可憐的邵萍。被秋末依然豔毒的台北太陽曬得汗水泡軟了一張又一張的面紙。更可憐的是她不相信陳忠祥不來。堅持還要再等下去。邵萍，我的愛。唉。

「他說他要去警總，不會來了。」我說。邵萍竟然發起火來，「你撒謊！警總保護好人，只有壞人才會被警總找去。陳忠祥是好人。所以他不會去警總。」我不能和邵萍爭辯，更何況她講的每一個陳述的確都真。照邏輯推演，全真的前提只能導出亦真的結論。

我只好在那裡陪她等了一晚上。送她回到家時已經十點半了。邵萍，我的愛，一直委屈地流淚。唉。心力交瘁。我也是。昏昏沉沉地在公車上就睡著了。夢見車子到站了，天竟也大亮了，我在學校下車，上課鐘正在大叫特叫，我匆匆趕進教室，教授已經來了，是「國際商事法」，我屈指一算，是星期二的課，十一月三日，星期二……

我再也記錄不下去了，我不知道這樣跳前跳後的時間序列有何意義可言。說來荒謬，時間一旦失去了規整的次序還可稱作時間嗎？人在空間中喪失了根據點至少還可以控制飄浮的運動方向，可是在時間中跳躍卻是無任何法則可以追尋的。我不期然地思索起在時空裡失重的問題……

10

由於經常在不同的夢裡穿梭的緣故，我一生中頗有一些迷失在時空網絡間無所適從的經驗。然而眞正讓我的意識陷於進退維谷的危機狀態的，卻只有兩次：陳忠祥的死是第二次。

至於第一次，發生在一九七九年，也還是與邵萍有很大的關係。我生命中値得回憶、紀念的片段，有哪一個跟邵萍無關呢？唉，這是我命運中最大的幸福與最大的不幸。

那年十月十六日，我不會記錯這個日期，因爲是邵萍的生日，十九歲生日。我頭一回受邀到邵家參加生日餐會。除了我以外，還有十幾個都是大學生模樣的男女青年在場。我只認識邵萍。

那一晚上其他發生的事，我已經忘得差不多了，只記得邵萍穿了件粉紅色的禮服，上身露出半邊白皙的肩頭，下面是外罩縐紗飄逸中兼帶溫柔的長裙。其他的我都刻意想忘掉。忘掉我在一群陌生人間表現出來的矬樣，忘掉聽不懂他們夾帶英語的笑話時的窘迫，忘掉不懂如何取用西式自助餐的醜笨姿態……

忘了一大半，不過可惜的是總沒法忘得徹底。眞正最希望忘掉的一幕反而老是清楚地記得。是吃飽飯後，邵萍興高采烈地要拆禮物。十幾個包裝精美的方盒、圓盒高高堆在鋪著白桌巾的長條桌上。邵萍心血來潮說大家一起來拆，每人隨機拿一件去拆，並且把卡片上的賀詞大聲唸出來。她一直是個有許多歡樂點子的愉快女孩。

沒等七嘴八舌的意見塵埃落定，邵萍已經抓起一件件禮物隨便向站在桌子周圍的人丟去。一人一件，一人一件。到桌上還剩三件禮物時，才發現還有四個人空手。邵萍「咦」了一聲，她身邊的一個女孩注意到了，便大聲地嚷嚷起來了：「喲——有一個人沒送禮物——」邵萍想要制止她已經來不及了。

我曉得如果那個沒送禮物的人不是我，那麼晚會的氣氛只會更熱絡。他們可以環繞著那個人取笑作樂。然而偏偏是我。我手上已經拿著一件別人送給邵萍的禮物了，眼看情形演變成這樣，我別無選擇只好把手上的東西往桌上一推，默默黯然地退到大門邊。

我眞的覺得很抱歉，弄得邵萍尷尬得不知怎辦才好。氣氛很僵，大家都訕訕的。我勉強對著邵萍擠出一個笑容來，然後做個手勢跟她說我要走了。

我一點都不怪邵萍。她絕沒想到有人沒帶禮物。她當然不是故意要糗我的。我也不怪她當我走出大門時她沒有來和我道別。畢竟她還有那麼多其他客人要招呼。我看到她臉上閃過一絲猶豫爲難，這樣就夠了，夠讓我感到窩心了。

不過我必須承認，走在庭院裡聽到後面紗門開闔的聲音，我還是暗自驚喜期盼了一番，以爲跟來的會是邵萍。

結果不是。是邵強。邵萍的哥哥。他直截向我走來。直截邊走邊投來他的問題：「嗨，你叫什麼名字？」

我告訴他我的名字。他喔了一聲，表示似乎聽過，但不確定。他在我面前站定，在嘴角開出一個坦誠的微笑，直截地說：「我欣賞你這傢伙，這樣才對，不需要像他們那樣討好邵萍。那些愚蠢的幼稚鬼。」他皺了皺眉頭呼應語氣裡的不屑。

我側了側頭，儘可能禮貌地表現出不是很清楚他眞正的意思。他笑了笑，解釋說：「不送禮物是對的。邵萍憑什麼認定每個人都該帶禮物來，給她個教訓也好。我最看不慣用禮物想討好女孩子的男人。」他傲氣十足地抬了抬下巴，「能用禮物收買的就不算什麼好女孩，像邵萍這種女孩，嘖嘖嘖，眞是膚淺……」

我啞立在那裡，不知該說什麼。很明顯他誤會了，他以爲我驕傲得不願送生日禮物給邵萍。而且他這樣談說自己的妹妹，我同意也不對，表現出不贊同也不怎麼是……

「我只是找不到比較特別的禮物……」我試圖說明自己的立場。

「我知道。與其像一些人比誰花的錢多，買來一堆又貴又俗氣的東西，還不如不送。」他親切地拍拍我的肩。

每當有人這樣拍我的肩，我都會感動。總覺得這個動作裡帶著一種莫名的親近與信任，讓我想起《虎豹小霸王》。電影快結束時，保羅紐曼和勞勃瑞福躲在小屋的牆後，重整彈藥武器，重新交換對未來的幻夢，然後協調一致，衝向門外亂槍齊發的死亡世界……

我感動得無法、也不願再告訴他事情的眞相了。其實每年我都送禮物給邵萍的。其實一整年我都在注意要買什麼禮物才能討好邵萍。我的習慣是在街上、在店裡看到邵萍可能會喜歡的東西，只要在我經濟負擔範圍以內的，就先買下來，不管距離邵萍生日還有多久。這些候選禮物都儲放在我衣櫥唯一可以上鎖的那個抽屜裡。到了邵萍生日前，我會花一個晚上時間，把這些禮物整整齊齊地在床上排列好，像等候大閱官到達前的儀隊，而我就是大閱官。精心點校選擇足堪大任的尖兵、本隊、側翼、後衛……

往年都是這樣的。通常汰選的結果，邵萍會收到五至十件小禮物，我不是很信任自己的眼光與品味，所以只好採用這種倚多取勝的策略，五到十件間，碰中剛好有邵萍喜歡的東西的機率總還是滿高的罷。

然而今年因爲邵萍生日晚會的邀請函而使局勢丕變。我預料到了禮物會在眾人面前拆開。這個想法讓我無論如何點選不出一樣夠格的禮物來，我看每樣今年買的東西怎麼都寒酸得不可思議。更不要說那些歷年篩選剩下來的了。

我這才後悔自己犯了一個要命的錯誤。如果把買這些零零碎碎小禮物的錢都存起來就好了。那我就會有足夠的錢買一件稍爲豪華些，拿得出去的禮物。至少不會在諸多禮物中間格外讓邵萍覺得尷尬。就是在這種痛悔的心情底下，我不得已決定不帶任何禮物來。我想人那麼多的狀況下，大概不會有人注意到罷，等晚會散了，第二天再將那些可笑、不足道的小東西補送給邵萍。誰曉得會這樣。又誰曉得邵強誤會了反而誇我一番。

邵強似乎以爲我才認識邵萍不久。大概因爲我從沒到過他們家，邵萍也從不覺得我和她之間有什麼值得跟邵強講的罷。

我站在大門口向他道謝並道別。他熱情且有點激動地告訴我，他多麼受不了其他那些追求邵萍的男孩。「才大一、大二的學生，就懂得那樣低聲下氣、甜言蜜語，一點英豪氣概都沒有。」他自己臉上的確是煥著一股特殊英怒的氣概，在夜間天光與遠處漫漶來的燈火餘明映照下，依然清晰可見。「我今晚冷眼在旁看你們幫邵萍慶祝，就覺得只有你比較像是和我同類的人。」

原來他把我的落寞、遲拙當成了不屑的驕傲流露了。我連忙說：「我也不是眞的……」

他瀟灑地左掌伸推，沒讓我講下去，說：「不必因爲她是我妹妹而多解釋什麼。看不起這個社會裡一些俗人俗事是毋需感到抱歉的。你知道我的觀念是什麼嗎？我覺得在這種時代，男子漢大丈夫只有一種作法：向前看、向理想看。不要被女人分心了，不要被女人阻滯了。而是要讓他們跟上來，讓他們因崇拜我們的理想而挨近過來。」

我跨出門檻時，他最後又拍了拍我的肩。

這眞是個奇怪的夜晚。回到家躺在床上，我禁不住這樣想。邵萍一定很失望，搞不好還覺得生氣。好心請我去見見場面，我卻弄得一塌糊塗。也許我生來就不是能處在那種社交圈裡的人罷。《金玉奴》跟《窈窕淑女》的故事畢竟只是故事而已，對不對？乞丐頭的女兒當了富家員外的千金，難道不會笑話百出嗎？被訓練成了上流社會的一分子後，要怎樣回頭看自己的出生？她會不會又暗地裡羨慕起可以大膽講髒話的過往？還是看不起自己的過去，把它緊緊地保護起來，成爲一個碰都不能讓人家碰一下的瘡疤？

儘管我藉著夢的超越終於有機會堂而皇之地走進邵家，但我的內心深處似乎總還存在著一道道無從跨越的高欄。我雖然取得了到跑道上競技的資格，但卻不可能跨過一道道高欄跑完全程。

更可怪的是，因爲這種被放錯地方的失落神態，卻贏來了邵強誤會了的善意。邵強，邵萍的哥哥。我很早就知道她有一個好學深思的哥哥。邵萍提起邵強時慣常的神情是半眨起一隻眼睛，努努嘴，說聲：「我哥，那個怪人！」聽說他高中時就自修學了德文、法文。高三本來念甲組，臨到聯考報名時才決定改報丙組。一舉考中台大醫科，弄得全校譁然。醫科讀了一年，卻因精神上的問題休學。在家一年後，不願復學回去繼續習醫，卻再度投身考場，這回又改考甲組。考上台大地理系。和醫科相比，實在不怎麼划算。至少別人都是這樣想的。邵強倒好像都無所謂。地理系念了兩年，他又靜極思動，插班轉到心理系去了。心理系畢業，考上社會學研究所，台大和東海。他又不按牌理出牌，捨台大就東海。讀了一年，忽地又聽說去當兵了。

傳奇得不能再奇的人物。這樣的人竟然覺得我和他是同類的？聽來心裡可矛盾得很：一方面像是種恥辱，我可不想，一點也不想，當這種浪子型的人。這種人比較適合隔一段距離欣賞，把他們的奇言異行拿來吃飯下酒時陪興一下，像什麼許仙、白娘娘的故事。不過可不能當眞自己也想去人蛇亂戀一番。然而另一方面又像是種榮寵，他畢竟是邵萍的哥哥。他比邵萍大了將近十歲，光是這年齡的因素就教人心癢癢的。讓一個比你成熟十歲的人看得起，不見得是壞事罷。更何況邵萍每次提到他，無論話裡怎樣冷嘲熱諷，崇拜羨慕的成分總還是不少。

再轉一圈想回來，又覺得自己這些念頭簡直庸人自擾。邵強又不是眞的看重我，或說他看重的又不是眞的我，而是他誤會以爲的那個非我……

就這麼胡亂纏夾，東想西想睡著了。在睡夢中看到窗外落起雨來。煩躁不安的心情下，我起身走到窗口看雨。多麼奇怪的雨，從空中斜斜地飄下，卻在離地還有一尺左右便化成飛霰掙扎跳盪，大水珠分裂成小水珠，小水珠再裂爲細針芒般的點狀，只有反射陽光時才能察覺它們的存在。最後甚至連微水點也爆裂開來完全消失在空氣裡。整個景觀詭魅異常。上空是一排水柱連綿而成的簾幕。然而與一般雨不同的是那些水柱上粗下細，細到後來在快到地時懸浮成一片混滾濛蕩的白花水氣。水氣蔽障底下的地面卻是遍野乾涸。甚至在柏油、水泥路表上劈裂出了些歪扭的線紋。

彷彿這土地受了什麼詛咒一般……竟然連雨都要拚命違反重力原則逃開，不願降落定居在這塊土地上，多麼令人不解的現象……

正當這時來了電話。電話那頭連「喂」一聲都沒有，直截就問：「我是邵強，有沒有空出來聊聊？」

我囁嚅著不知該怎樣拒絕。半天才說：「有空是有空，但外面下著那樣的雨……」

「那種夢一樣朦朧白的雨，怕什麼？」他隨著呵呵地笑起來。嘲笑著我。夢一樣的雨。是啊。除了夢的荒謬以外，哪裡還會見到這種雨。

「怎樣，到底來不來？」他換了一個頗帶挑釁意味的口氣。說完又是呵呵呵地笑。這回不知笑什麼。

反正是夢一場，有什麼好怕的？這一刻我突然很篤定自己會從這個夢裡醒來。既然如此，有什麼不能做的？

於是我搭車前往邵強指定的那家茶樓。（雨早已全部逃回雲裡，甚至雲都跟地面刻意拉開一段距離，裝出一副漠然的模樣，冷淡、毫不關心。這土地受了什麼樣的詛咒？連雲都不敢對它感興趣？）車子經過郵局時，一個念頭突然出現心中。我立刻拉鈴下了巴士。走進郵局，在窗口前等了廿分鐘，把全部存款提領出來。

這是個夢，不是嗎？知道自己在一個暫時的夢裡眞好。我不知道爲什麼這個夢跟別的夢不一樣：我確信會從這個夢裡醒來。不過夢本來就是只有夢裡時間的當下，沒有爲什麼，沒有來龍去脈。只有當夢變成現實了，才需要去操心歷史、過去的前因，未來的後果什麼的……

這個夢不會變成現實，我知道，我就是知道。感覺眞好。在等待的廿分鐘裡，我肆意大膽地盯著辦提款的那個小姐看。我早就注意到她了。她是我見過最美最妖豔的郵局小姐。平常再漂亮的女人只要一配上政府機關人員的標準晚娘表情，馬上就扼殺了人家想多看她們一眼的興趣。這個小姐不一樣。她整個人發散出一種野性，剛好跟那種百無聊賴中不時凶悍乍露的官僚本色相互補足、相互輝映。簡直像是爲了這種職位特別設計的新人種。

不過她的眼神實在是太煞利了，以前到郵局來時，只要多看她兩秒鐘，她投來的惡瞪馬上就逼得你想躲到唯一的一根柱子後面去。覺得被她用眼光在臉上刻了「色狼」兩字一般。慚惶無地自容。

今天不一樣了。我發現她不僅臉蛋長得好，身材也不錯。她今天穿了一件平領的棉麻上衣，領口不貼身，微露出些引人遐想的空隙。我毫無忌憚地在郵局裡遊走，尋找最佳的獵探視野。反正這是個夢，不是嗎？

剛開始她使用慣常的武器——從眼裡平射而來的厲光——試圖嚇阻我。可是幾次下來察覺到我絲毫沒有退縮的意思，她開始顯露出不安的窘迫。她的手不自然地頻頻拉扯衣服的兩肩，我走到她右首，她就把右邊的衣肩拚命向後扯。我換到左首，她改扯左邊。我享受著這樣簡單然而直截控制她舉動的快感。她甚至連不時要站起來時，都神經過敏地儘量拉低已經長過膝頭好幾吋了的裙襬。

輪到我靠著窗口去領取一疊厚厚的百元鈔票時，她竟然馴服地不敢抬頭看我。我利用這個機會居高臨下把她胸罩的顏色紋飾飽覽了個仔細。

走出郵局，胸中充滿了躊躇勝志。當所做所爲毋需擔負不愉快的後果時，原來連我這樣的人也會抗拒不了做不羈浪子的誘惑，不是嗎？

反正是一個夢。等夢醒了，什麼人也不會知道我曾在夢裡做了些什麼。爲什麼不做呢？

我當然不會笨到再去搭公車。恨不得能找到一輛賓士或是凱迪拉克來過過癮。至少不搭裕隆的。福特全壘打，勉勉強強可以罷。

去茶樓之前，我先在西門町逛了一陣，胡亂花了一大筆錢。我知道邵強在等我，那又如何？總也該輪到有些時候，讓別人等我罷。平常我容易焦慮，小心的個性驅使我總是比約定的時間早到達目的地，忍受各種枯燥煩悶的等待。光是花在等待上，我不知就損失了多少生命了。

在夢裡轉換一下，感覺眞不錯。現在才了解要富人節儉有多困難，也才了解讓人家等的滋味頗爲不錯。當然我只能在夢裡揮霍，可是我不禁怨歎，不知有多少人在現實日子裡就像我在夢裡這般無憂無慮、無任何責任好負。他們，那些現代貴族呵……

現在回想起來，當時抵達茶樓時，我心中大概正累積著這種怨氣罷。覺得不平，對那些有幸生屬於現代貴族的人，而且潛意識裡恐怕把邵強也歸類進這種人裡了，以至於和他見面時，說出來的話尖酸刻薄得我自己都不敢相信。不過也有可能這只是我藉夢解放平日束縛的一部分舉動罷了，覺得為什麼總要我附和同意那些口齒伶俐的人，所以就格外對邵強所說的話帶有批判的攻擊性。也有可能是我不願意辜負邵強對我的賞識——儘管是出於誤會——所以才強打起精神來保持與他對等交談你來我往的地位……

夢裡發生的事情，其背後的原因是幾乎不可能去窮究的……

我和邵強的談話從閒散的一些基本話題進入，然後環繞著他的過去時逐漸升級……

「那些關於你的傳說都是眞的嗎？」我問他。

「什麼樣的傳說？」

「你大學換讀了三個系、研究所又多添了一個……」

「醫學，然後地理、心理，最後是社會學，沒錯。」

「你爲什麼要這樣跳躍？只是爲了讓人家以一種不可置信的口吻像談論神話英雄一般談論你嗎？」

「嗯。嗯。當然不是，那樣游魂般的浮動難道眞有什麼值得驕傲的嗎？不，你錯了，你們都錯了，你們以爲我自願要這樣變動不居，不是的，我是被迫的，我是 system 底下的 victim ……」

「我不懂。是誰逼迫你？你爸爸邵將軍嗎？」

「不要叫他邵將軍，聽來眞是可笑。『將軍』是個什麼樣的稱號？在一個和平的狀態下，這種頭銜只能帶來屈辱。不要叫他將軍，他還沒有那麼糟……」

『將軍』是一種屈辱？我不懂。而且我們國家……算了。我不懂。不過那要怎麼稱呼他？邵委員？」

「啊！不要再，我警告你，不要再這樣侮辱我父親！他不是什麼好人，可是沒有卑鄙到被稱作什麼什麼委員！」

「可是你父親的的確確是個委員。」

「他先是個人，他先做得像個人，然後才是個委員。在這個地方、這個時代，要先做個像樣的人，而且同時是個委員很難，你知不知道？」

「我不知道。我不懂。」不過算了，反正這只是個夢。我也不是真的在乎邵強說了什麼，至於他，等我夢醒，他根本不會知道自己曾經說過這種古怪、無可理解的話。沒什麼好追究的。這個時代不就是這樣嗎？沒什麼好追究的。我發現在沒有未來考慮的夢裡，我甚至連智商都提高了不少。領悟到這樣的至理：這時代的特色就是——不要再追究下去，沒什麼好追究的。「算了。我們回到原來的話題罷……」

「當然不是我爸逼我的。是這個 social system，social establishment，不是任何個人。尤其是教育體制……」

「我們的教育並沒有要求你轉系……」

「你不要打斷我，讓我說完。讓我源源本本告訴你我的經驗。從高中開始講，我爲什麼讀甲組卻跑去考丙組。那是一個玩笑，那是我莫名其妙的自尊心跟自己開的一個玩笑。我從小就是個優等生……」

「像邵萍一樣。我可以想像，你們的環境比別人好……」

「我們也比別人用功啊。你不要打斷我。我從小就是個全才，功課每一科都好，而且會寫書法、會畫畫、能寫漂亮的作文、能上台演講。像我這樣的小孩我們稱他作模範生，對不對？」

「對。邵萍小時候也是這樣的模範生……」

「所以在我的觀念裡，只有各科、各方面都一樣好才是最高價值。我站在世界的頂峰，I'm on the top of the world, looking down...記不記得這首老歌？對了，稍微長大了一點，連唱英文歌都要列入競爭項目，不會唱歌不會彈吉他的，功課再好也只是書蟲、書呆子。只有我站在一切的峰頂，國文跟我一樣好的，數學比我差。球打得跟我一樣好的，作文寫得比我差。打架勉強打得贏我的，其他一切都比我差……就是這樣，我們從小就習慣比，什麼都要排出個層級 hierarchy 來才行，樣樣都要在 hierarchy 的最高一級。

「小學考入初中，沒有問題。初中考入高中，慢慢競爭的難度就愈來愈磨人了。尤其升上高二。我參加了合唱團、國樂社、棋社，還是籃球校隊候補。而且不時要寫點文學，詩啊散文什麼的到處投稿。每天中午休息時間，我在班上主持一個現代詩講座，常常被自己選來朗誦的詩感動得便當都沒有時間吃。對我來說，背詩比塡飽肚子還要重要。一些詩我到現在還記得，我們那個時代的詩，像：『哈里路亞，我們還活著……』對我來說，背詩當然也比背化學元素表要重要得多。不知怎麼搞的，我對門德列夫的發現硬是一點天分都沒有……

「高二第一次月考，生平頭一遭拿到紅字成績單。化學四十五分，咻——四十五分咧，不只考得差、甚至不只不及格。離及格還一大截。更恨的是我們學校的成績單是一張油印的大表，表上每人每科成績都詳細地列在上面。煩不煩啊，這些人，浪費忒多的教育資源做這種成績表。唉！這表一發就意味了全班每人可能都知道我化學四十五分。記不記得以前布袋戲人物怎麼表達倒楣的情況？『塗塗塗塗塗──』我當時的感覺就那樣。土、崩、瓦、解。」

「一科不及格就這麼嚴重啦？那像我們這種求學十幾年，每次月考都要扳指頭數幾科能及格的人，不早該自殺以謝國人了？」

「嘿嘿嘿，你不要誇張，我相信你不是這樣的人。再說本來就在樓底的人偶爾上下一兩格階梯對他產生的影響，是不能跟一個從樓頂突然栽下的人所受的傷害比較的，不是嗎？」

「照你這樣講，一個原來月入百萬的富翁突然之間減少了收入的百分之九十，比一個一直依靠每月三、兩千塊在苟活的窮人，更値得我們同情囉？」我想起我在夢裡。我夢裡的揮霍。

「啊哈，你在利用類比設陷阱啊？不不，這是不一樣的事。我講的是個人內在的感覺，你舉的例子是關於外在社會正義的標準，這是不一樣的……」

「在一點上，也許是一樣的。我只是想提醒你，你可能太過同情自己了。」

「對了，exactly the point! You are really sharp, aren't you? 問題就出在我過度地可憐自己，以爲這是件天塌下來的大事……」

「我只有在夢中才贏得稱讚。因爲在現實裡我不敢這麼聰明，聰明的話說出來通常都會得罪人。爸最常勸媽的一句話就是：『我們得罪不起人的。你爸當年那麼有錢，在地方上有勢，人家還不是說殺就殺。我們拿什麼去得罪人？』你能那麼聰明還不是因爲有足夠的本錢可以得罪人……」我嚅念著。

「你在說什麼呀？」他皺緊眉頭。

「我也不知道。不要管我，繼續說罷。」

「我愈是難過自己化學不及格，化學念得反而就愈糟。月考、小考、期考，成績都在及格線下方。畫起表來顯示就活像一尾生存在地底下，永遠沒辦法抬起頭望見天日的蛇，這樣：

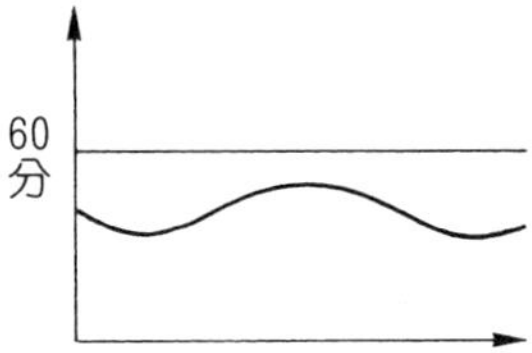

你看像不像？」

「像。不過更像一條在腸壁間蠕爬的蛔蟲。小學課本上寄生蟲那一課有圖片。長滿寄生蟲的小孩肚子會隆突起來，像這樣：。你能分得清是極度營養不良造成的大肚病，還是營養過剩的中年商賈的腹部，還是眞正有胎兒等待出生的孕婦？」

「你眞是有點莫名其妙。而且你畫圖的技術也實在太差了，你那圖倒比較像是個台灣的模樣呢。」

「台灣？不，我畫的是充滿寄生蟲的肚子。」

「你畫這個做什麼？」

「沒幹嘛。看到你畫了一條蛔蟲，覺得手癢就畫了。反正是在夢裡。不會有美術老師在我的畫上打一個大丙下，橫跨三分之二幅面積那麼大個丙……」

「我小時候都得甲，或甲上。而且我剛才畫的是我化學分數的曲線圖，不是什麼蛔蟲。重點是在跟你解釋，我一整年的化學考試幾乎都沒有及格過。我那時候沒有辦法接受這個事實：我讀不來化學。我們教育裡沒教人去承認這種挫折。讀不來背後一定有個理由。你一定做錯了什麼，才會得到這種分數。你曉不曉得聖經裡約伯的故事？」

「以前在花蓮，只有山地人才信基督教。到台北後，只有有錢人、大官和知識分子才信基督教。我們家都不是，所以我不是基督徒。」

「不見得要是基督徒才讀聖經，不見得要讀聖經才會知道約伯的故事。甚至不見得是基督徒就信基督教，不見得是基督徒就會讀聖經。我爸是個基督徒，可是他既不信耶穌基督、也不讀聖經。他是個政治性的基督徒。」

「那你呢？你是基督徒、信耶穌、讀聖經嗎？」

「這很難講……」

「以前我們有一個老師說過：只有沒有了根的人才信基督教。山地人自己的根被漢人挖掉了沒有根，大官也沒有根、知識分子也沒有根……」

「根是什麼？」

「就是根罷。尋根啊。」

「大官、知識分子都是沒有根的人……」

「當然，我那老師亂講的啦。他是我國中老師，教我們一學期就被調到台北縣去。後來又調到嘉義。然後澎湖。最後聽說被抓了，就是因爲亂講話。你看他這樣隨便講一句得罪多少人：基督徒、山地人、大官、知識分子……呵呵，這大概要當總統才有足夠的背景一口氣得罪得起這麼多人……」

「得罪人眞的這麼可怕嗎？」

「你這是飽漢不知飢者苦的話。對升斗小民而言，既不殺人、也沒犯法，可是只要不小心得罪錯人，後果可能比殺人放火還糟。」

「約伯的故事就是講一個人沒有得罪任何人，可是禍事卻從天而降。他相信自己沒有錯，然而別人卻說：上帝只處罰罪人，你被處罰了，你一定有罪。我們教育體制裡分數就像是聖經裡的上帝。只有做了壞事的小孩才會拿到壞分數。我們的老師這樣相信。我們自己也這樣相信。我高二時就這樣相信。化學分數低不是證明了我不適合讀化學，而是證明了我不夠用功努力讀化學。我每天設法在分析被分數懲罰的原因。最後我說服我自己是因爲課外活動太多了。只要我減少課外活動。只要上了高三，沒多少課外活動好參加，我的化學成績便會扶搖直上。我這樣相信，我這樣安慰自己。

「選組單發下來時，我頗猶豫了好一陣子。其實我是想轉社會組的。我的第一志願，當時，是法律。聽說你讀法律是不?眞不錯。眞不錯。我們當時有幾個同學都已經約好要一起轉組了。可是偏偏化學這鬼東西在跟我糾纏不清。我還記得有一天放學跟一個棋社的同學一起走出校門。我跟他不是頂熟，邊走邊想話題，講一講就提到分組的問題。他一定不曉得我化學這麼差，他輕描淡寫不經意中帶點不屑地說：『我們班大概會轉走五個，數學、化學念不來的只好轉了。』

「欸、欸，這是什麼話。難道轉社會組的就都是因爲化學、數學念不下去嗎?這話眞有點欺負人。可是我卻沒有話好駁他。因爲我想轉，剛好我化學也很爛。就是爲了嚥不下這口氣，爲了跟一個不熟的同學隨便的一句話賭氣，我當時就下定決心，留在自然組，甲組，繼續跟化學抗戰到底，直到取得最後勝利，證明我有能力在每一科目上出人頭地爲止!」

「好一番慷慨激昂的宣告。不過有一個問題我不明白，你爲什麼選甲組理工科，而不是丙組醫農科?丙組一樣考化學啊?」

「喔，這是另外一個故事。簡單地講，主要是因爲我很看不慣我們班上那群立志要當醫生的人。他們自成一個小圈圈，那個小圈圈裡的分子在個性、家庭背景等等上面，有很高的同質性，其他的人很難打進去。」

「例如說？」

「例如說家裡都很有錢。爸爸或者哥哥，或者一家三代都有人在當醫生。受日據時代殖民統治灌輸的毒素影響很深，覺得只有醫生是頭等人上人。有錢、有地位，又不必負太多的社會責任，大致是那樣的想法。」

「你的意思是說他們都是本省人？」

「絕大部分是罷。不過這不是主要問題，主要問題在被日本人奴化了的觀念……」

「奴化啊……」

「日本人爲了要壟斷政權，所以不讓台灣人學法政，不是這樣嗎？所以長期以來，台灣人社群裡的最高階層就是醫生。醫生從政成了台灣的重要傳統。當醫生眞好啊。進可攻、退可守，只贏不輸的。錢多勢重時不妨玩玩政治，看看風頭不對，又可以馬上縮頭回來保住當社會貴族的牢靠陣地。可是你想想：自己身爲既得利益階層的一分子，不願冒喪失一些利益的危險，這樣去從政，怎可能有什麼大作爲，更何況沒有專業的法政常識……」

「講老實話，邵大哥，你覺不覺得自己也屬於既得利益階層？」

「Well, it depends. 在一個意義上是的，可是跟醫生那種不一樣，不同性質。我，或說和我身分類似的一群人，我們要冒的危險比本省醫生大得多。我們不能像他們那樣打了跑，看苗頭不對就轉身背對政治。我們比較像賭徒，要玩政治就得把一切賭上去。」

「爲什麼？我不懂。」

「Well，怎麼講呢？因爲我們沒有退路，我們在這個社會上沒有眞正的根。失敗了退下來沒有一個喘息養傷的基地。這是個亂悲哀的事實……沒有眞正的根哪……」

他似乎眞的很哀愁。好一段時間沒有說話。還是我把他從半恍惚不知想些什麼的狀態下召喚拉回來，「可是，對不起我眞的愈弄愈迷糊了，你對這些準醫生那麼厭惡，然而聯考前卻臨陣倒戈向他們的陣線靠攏……」

「講話不要這樣帶刀帶劍的好不好？」他臉上苦苦地掛上了一層無奈，混雜在尚未消散淨盡的哀愁間，勉強組合成一個抗議的表情。「什麼叫臨陣倒戈？又怎麼靠攏呢？我決定轉考丙組背後是有很多錯綜複雜的理由，大的小的理由、理智的感情的、私人的家庭的社會的國家的……不同的考慮在那段時間全部糾結一起。不過我說過：主要還是教育體制的問題，沒錯，在這個轉變中教育體制沒有強迫我轉組，可是卻是教育體制中各種積存的矛盾讓我的決定顯得那麼突兀、那麼驚人……

「你還記不記得小時候寫作文老要寫『我的志願』？從小透過類似這樣的東西在我們心中植下了一個錯覺，覺得立志是最重要的，而且你記不記得歷史課本裡怎麼解釋國民革命的勝利？能推翻滿清是爲什麼？精神，　國父不屈不撓的意志！北伐成功是爲什麼？北伐軍有主義、有信仰！戰勝日寇是爲什麼？正義站在我們這邊！都是主觀的決心最重要，只要你信對了，堅持信下去，成功就水到渠成地來臨。都是這樣的狗屎觀念，以爲主觀的一廂情願就可以改變現實……」

「一廂情願至少可以作夢，夢有時一不小心可以取代現實……」

「哈！你中毒中得眞深。我們的小孩從小都在作夢，夢想當老師、當飛行員、當軍人、當總統！可是夢醒了怎麼辦？在夢裡昂首闊步，等到醒了馬上委頓成一攤爛泥？」

「有些夢會醒，可是還有些夢是不會醒的……」

「是的是的，白日夢、發財夢是不會醒的。算了，我不是來跟你抬槓的。言歸正傳，我們的教育其實像是兩壁大銅塊一樣，把我們成長的路拚命擠、拚命擠，擠成狹窄、痛苦的一縫。」

「人生一夢、成長一縫，還押韻呢。」

「左面的牆逼你立大志願。你小時候的作文都怎麼寫的？」

「嗯……不一定。我想想……我好像都是問我姊姊。我們家小孩都不會寫作文。我二姊勉強好一點。而且她有一個同學，家裡有一本老師專用的作文範本。每次要交作文她就去那個同學家寫作業。找出那個題目的範文，兩個人講好一人抄一半，免得被老師發現。抄前半段的自己想辦法補結論，抄後半的補開頭。然後我二姊的作文簿就變成我們家的範本。拿到作文題目回家第一件事就是去翻二姊的舊簿子，捏住鼻子小心不要被墨汁的殘臭熏暈過去，找看看她有沒有寫過一樣的題目。如果有就可以把書包一丟出去玩了。沒有的話，嘿嘿，一整個晚上都難過了。」

「哈哈哈……你眞會說笑。眞是這樣嗎？所以你還記得你的志願都是怎麼寫的？」

「……實在是記不得了。『我的志願』是我們小時候最喜歡的題目，不用擔心沒有東西抄。想都不用想，翻開了就鬼畫符一樣畫出一大篇，怎麼會記得呢？噢，記得一次。有一次，忘記是幾年級了，對了，已經上國中了，我胡裡胡塗抄到一篇想當『現代南丁格爾』的。其實也是倒楣，老師向來改作文時，對我們這種人的作文頂多只看第一段、最後一段的。眞的，不騙你，打掃辦公室時我親眼看到的。老師把作文簿分成三疊，一大疊兩小疊。一小疊仔細讀的。一大疊隨便瀏覽。另一小疊只讀頭尾。我把這個發現告訴一個同學，他還大膽做了個實驗。那個傢伙其實腦筋滿好的。有一次我們要寫　總統文告的讀後感，他就把前後段抄得像模像樣，中間那段卻插藏了一句說早上起床怎樣把報紙拿到廁所裡，坐在馬桶上捧讀　總統文告，太專心閱讀了以致大便都拉不出來。結果老師眞的沒有發現！我把他的作文簿拿到足球隊去給其他人看，大家興奮死了，佩服他佩服得五體投地。從那以後，我抄作文抄得更是沒有忌憚了，想都沒想就抄。結果夜路走多了難免遇到鬼。那次抄南丁格爾也就算了，誰料到我二姊在最後竟然突發奇想來了一段寫說她希望國中畢業後能去投考護校什麼什麼的。發作文時，我們老師把這一段大聲朗讀，害我被同學取笑了好久好久……」

邵強笑得前俯後仰，好幾次碰撞到桌沿，弄得桌上各型小磁碟亂顫得叮噹作響。好不容易收拾住後，他很認眞地問：「你的意思是說你從來沒有眞正思考過自己的志願，沒有自己寫過『我的志願』？」

「你問的這其實是兩回事。有沒有志願是一回事，寫作文是另外一回事。對你們而言，這可能是同一回事，你們總是正經八百地寫作文，總是想辦法在作文裡講自己的話。可是其實，大部分的人都不是這樣的。你們只是極少數。」

「是這樣嗎？我們原來只是極少數？那我的觀察對你們也同樣有效嗎？……」

「什麼觀察？」

「我剛剛說的：教育體制的兩面大銅壁，把我們成長的路壓得扭曲隘窄……」

「怎樣的兩面壁？」

「左邊這一面是立志。從小就不斷強迫小孩立大志。所謂立大志就是去想以後長大在成人世界裡要怎麼做。你不能說我的志願是明年還能再當一年班長，或是下次月考數學進步十分。這是很實際的，自己小孩圈圈裡的事。可是這不能寫。小孩被逼迫一直去想像成人世界裡的種種。或許說成人世界裡的種種職業。醫生是怎樣的、軍人是怎樣的、老師是怎樣的……而且只能想像這個片面，其他是不被鼓勵、甚至不被允許的。不能說我的志願是將來娶一個全世界最漂亮的老婆。這其實跟志願做世界的和平使者一樣不切實際。你可能不知道，在我們小時候，有一次剛好碰上聯合國祕書長宇譚空難喪生，那一陣子『我的志願』最流行的就是當世界的和平使者或正義代表。老師會鼓勵你、稱讚你，雖然這跟想娶全世界最漂亮的女人一樣不切實際。

「你也不能學《論語》裡的曾點說：我的志願是天氣良佳、季候適宜時，到河邊浪漫逍遙半日。如果我們的老師是孔子的話，才不可能歎口氣，點點頭說：『我也想這樣呢。』我們老師大概會把曾點原來在彈的瑟搶過來，一把揮過去，像卡通裡那樣打得他一顆星星、兩顆星星，轉轉轉、轉轉轉。

「右邊的那面牆則是無知懵懂。不讓小孩眞正了解現實成人世界的眞相。成人世界的複雜以及無窮無盡難以突破的關口。這簡直像是最糟糕的郵購中心。給你看的只有特殊照相效果下拍攝出來的彩色目錄。目錄裡又只有那些最豪華最高貴的東西。你根本不知道那些東西是什麼，只能對著照片空想。然後就逼你要 order。更糟的是，他寄來的百分之九十九不會是你選擇要的東西。剩下那百分之一機會，又有十分之九的場合，眞正的貨品跟照片上的只是『貌似』而已。更糟的是，你還不能退貨。更糟的是，收到壞的貨品，你還要覺得自疚，覺得都是自己不夠努力，主觀的精神堅持不夠，才得不到原來的東西。

「這就是我高三時候碰到的困境。我一直自問：我的志願到底是什麼？好像那些小時候的老師們都一個個輪流在睡前飄啊晃啊地來到我床前，拍拍我的頭，問：『邵強啊，你將來的志願是什麼呀？』我慌忙跳起來，立正站好，兩手貼緊褲縫、頭要正、頸要直、下顎微向後收：『我將來想要做個偉大的中國工程師。替我們國家蓋新的萬里長城、新的天壇、新的……』我講不下去了，因爲我發現我不是眞的知道工程師能蓋出什麼。另一個老師來了，摸摸我的頭，說：『邵強啊，你那麼優秀，怎麼才當工程師呢？別人第一志願都塡物理系欸。來，再想想，告訴老師，你將來的志願是什麼？』我想想。稍息，左腳向外跨出一步，約與肩同寬：『我將來想要做個偉大的中國物理學家……要……要……造原子彈、人造衛星！』又來了一個老師，拍拍我的頭：『我們的未來要貢獻給宇宙繼起之生命，要爲國家民族奠立萬世太平的基礎。是不是？邵強啊，你告訴老師、告訴大家，你將來的志願是什麼？』突然之間我四周圍滿了一雙雙飢渴的眼睛，在暗昏裡閃閃發亮，等待著吞噬我的答案。好像一群陷在地獄裡的遊魂，而我的話就是他們的超升工具。我喉頭發乾，乾到後來發癢，乾到後來涸硬了，連想咳嗽一下的彈性都沒有了。『邵強啊，你是第一等的人才是不是？第一等的人才要做第一等的事啊。』不知什麼時候又來了一個喜歡穿長袍，兩手攏在袖籠裡的國文老師，摸摸我的頭說：『什麼是第一等事啊？爲生民立命、爲天地立心、爲往聖繼絕學、爲萬世開太平啊，是不是？王陽明講的嘛。王陽明是個了不起的人喔，沒有他，你們怎麼會有陽明山好去郊遊。了不起喔。他也是我們浙江人。在浙江講學時留下了的名言嘛：「爲生民立命……」所以種下了聖人種子，這些都是老天早安排好了的，非人力所能也。邵強啊，快告訴大家，你將來的志願是什麼？』我怎麼辦呢？工程師、物理學家好像都還做不來這種事。我該立志做什麼？要立大志啊。終於我舌尖顫啊顫地彈出一句話來：『我要做世界的偉人、民族的救星……』霎時間，我所有的老師以千軍萬馬奔騰的氣勢衝向我來，一層疊一層，每個人都把手掌緊緊地按貼在我的嘴巴上，一層疊一層，空著的另外一隻手掌則伸來摸摸我的頭，七嘴八舌地說：『要立志做大事，不可立志做大官。』『須務實，不應好尚空言。』『道統自有其一脈相承的規律，凡人不可僭越妄想。』……像一堆作文簿裡的評語……

「你看，我們從小就是受這樣矛盾、漏洞百出的價值教育，而且不能去質疑中間的矛盾、漏洞，每一條都是一樣有效的眞理，但這樣的眞理對眞實生活、成長過程只有妨礙、沒有幫助……」

我插嘴說：「我覺得你有點病態。你大概看多了什麼不良刊物是不是？還是因爲自己個人的挫折而怨天尤人？爲什麼看事情、看社會，專門去看黑暗面呢？老師們苦口婆心的教導，你不曉得要心存感激，反而用這種頹廢思想來加以詆毀，這樣不對的……」

邵強苦笑：「我專看黑暗面？是嗎？Then, cher ami, my dear friend，親愛的你，能不能告訴我光明在哪裡？」

「在……例如說……例如……嗯……對了，我剛才不是說了嗎，你們是少數。會弄成這樣你們自己要負大部分的責任。爲什麼像我，我的兒時玩伴們，就不會有這樣的問題？你們太聰明了以致自尋苦惱，到頭來自討沒趣。我們從來也不知道國文課本、公民課本、歷史課本裡到底在講什麼。國中課本裡的東西我只記得那篇〈魚〉。〈魚〉裡面那個小孩從三角架中間跨過去騎大腳踏車，我小時候也是！課本裡面的人跟我一樣！我常常在想如果我眞的是他，一定也會很氣他阿公不相信他。啊，對不起，你們那時候的課本大概沒有這一課罷。反正我的意思就是，對我們而言，課本是一個世界，我們的生活是另一個世界，課文我們常常都讀不懂，怎麼會像你一樣因爲記得太多課文裡面的句子而困惑不已呢？你們這種人只是少數，對不對？不能因爲少數例外就責怪整個教育制度，對不對？」我說。

「這就是你所謂的光明面？我眞不知道該笑還是該哭了。所以你的意思就是：我最大的錯誤在將老師的話、課本的課文 taking them too seriously？」邵強說。

「以前讀的古文，我到現在只記得一句：『讀書愈愚』，你們就是書讀太多，想太多了嘛。想得愈多愈會作亂作怪。」我說。

邵強偏著頭，「想得愈多愈會作亂作怪……沒錯。你說得也有道理，我是讀太多了。高三時候，一面準備聯考，一面還讀了一堆雜七雜八的東西。其中直接促成我轉考丙組的就是一些我本來不應該

讀的東西。我不是跟你說了嗎？那時我就是想太多了，老覺得讀甲組，不管當工程師還是物理學家，

好像都不太對得起課本裡的聖人之言。而且化學課本每次都會提醒我：甲組不是我真正的選擇。我眞

正的志願是要做律師伸張正義的。可是隨著聯考的逼近，現實的考慮讓我不可能轉到社會組去。一方

面我已經在化學上花下了太多太多時間，幾乎到了夢裡都在算化學的地步，實在無法甘心。另一方面

歷史和地理兩科背誦的科目一起要在這麼短的時間內增加進來，似乎也不容易處理。

「就在這種困擾裡，我開始閱讀我爸從部隊裡帶回來的各種參考材料。大部分都是保密級數很高的匪情資料。很多就是敵後報告的原件打印。當時對這種東西的眞實性是絕對確信不移的。而且閱讀中還帶有神祕、浪漫的快感。想像撰寫這篇報告的諜報人員如何出生入死，和萬惡共匪周旋，也許蒙面帶槍、也許輕功絕頂、也許智慧高人一等。從小就聽我爸講說我們反攻的準備如何如何周全。大陸各地到處有我們的人。一個神祕的單位叫『反共救國軍』訓練出一批又一批的超人潛伏進大陸。我爸總是坐在大藤椅上，妹妹坐在他腿上，我則隨侍立正在左後方，就是跟 國父合照時，總統站的那個位置。聽我爸講到興奮時，一巴掌拍在自己的大腿上，把邵萍嚇得彈起來，嘴角抿得癟癟要哭要哭的樣子，可是我爸一說：『你們等著看好了，哪一天，除了老校長，誰也不知道哪一天，明天、後天、下個月，一聲令下，共匪偽政權馬上就不見啦！』聽到這個，邵萍臉色馬上一轉，快樂地拍起小手來。她就是有這種翻臉像翻書，而且隨時可以翻去翻回的本事，我爸才會那麼疼她。她隨時看起來都那麼小、那麼天眞，其實骨子裡啊，心機多得很。」他投來一個曖昧的笑容。我覺得自己的耳根在燒。

一部分好奇，一部分爲了掩飾窘態罷，我連忙問：「你到底讀到了什麼？」

「我讀到了關於大陸鄉下赤腳醫生的報導。不知是不是因爲那個報導員文筆特別好的緣故，在所

有汗牛充棟描述苦難同胞的寫作中，這篇讓我感觸最深。到今天，十年過去了，他描述的景象我都還能在腦裡原本全演，with every detail。

「事情發生在文化大革命中，一個知識青年被發配到江西南部的一個農村去做赤腳醫師。他去的時候只帶了一本《醫藥大全》，一個小小簡陋的醫藥箱，而且壓根沒受過什麼訓練。眞的是打鴨子上架。不過也沒辦法，在那種地方、那種時局下，人命實在也不值什麼，也沒人對醫生有太高的期望。醫死人是常有的事。這樣說也不太公平，因爲誰也弄不清楚是被他醫死的，還是病實在太重，超過他手冊和醫藥箱的處理範圍。然而不管怎麼說，看到、聽到有人吃了你開的藥就死去這樣的事，總會覺得不舒服的。一年間前前後後也不曉得醫了多少人，醫壞的可能比醫好的還來得多些。那個赤腳醫生自己愈來愈心慌、心虛。可是人家來了，又不能不醫。終於碰到了一段運氣特別不好的日子，連著死了四、五個病人。這醫生受不了了，夜裡睡不著覺起身在田圳邊遊走胡想，愈想愈想不開，對自己年輕身世的哀憐怨歎，加上病人生前顏貌反覆在眼前盤旋，搞到天快亮時，他『撲』地投入圳水裡……

「你以爲他就這樣死了？才不呢，故事才開始。早起上田的公社隊員把他救了起來，報到公社書記，公社書記報給縣委會，縣裡派下一個人來村裡調查。知青嘛，還是有點不一樣，滿把他自殺當一回事的。當時南昌報社的一個記者剛好在縣城裡，想說反正閒著也是閒著，就跟著來了。這個記者本身也是個知青，幸賴出身背景、關係種種，沒有上山下鄉。記者到那裡見了赤腳醫生，兩人年齡相近、知識程度也差不多，很快就談了起來。這醫生眞是滿肚子委屈，講得是一把鼻涕一把眼淚。這個記者多少有些年輕血性，聽得也是一把鼻涕一把眼淚。第二天，記者回到縣城，必須發稿給南昌，他拿起筆來，怎麼想就是想到那個赤腳醫生的坎坷身世。可是知青自殺可不是新聞，至少不是可以登到報上的新聞。左思右想，竟讓他想出一個自助助人的方法來。他決定把新認識的這個可憐朋友寫成神醫、英雄。無產階級醫學的勝利。不需依賴資產階級式的昂貴醫藥、設備，赤腳醫生一樣可以活人無數，這正證明了黨決策的英明性，毛澤東思想的正確性。這樣一方面他可以交差，另一方面他的朋友不但可以免去自殺可能帶來的種種麻煩，也許還能獲得些照顧。他再清楚不過了，只要大城市裡的報紙登了，那就是無可懷疑的事實、眞理，絕對沒有人敢提出異議說事情眞相不是這樣的。

「他的報導寫了，報社也眞的用了。消息傳回農村裡，那個赤腳醫生頓時變成了神醫。周圍再也沒有人提起他醫死人、自殺的事了。相反地，每個人都努力地創造出一些或大或小的神醫傳奇。一星期之內，整個村子裡沒有一個人不曾被他神奇的醫術從死亡邊緣救活來。而且往往不只一次。甲說他有一次心臟出問題，是赤腳醫生救的。不止這樣他還聽說乙被牛角撞穿了肚子也是赤腳醫生救的。不相信可以去問乙。乙原來說他曾經傷風得暈死過去，赤腳醫生來了摸摸他的頭，他就好了。後來人家問他是不是被牛撞過，乙不敢否認，連忙也承認了。故事就這樣迅速地累積。每個人誰沒個朋友親戚的呢？光講自己總覺得不夠有力，總要多添一兩個朋友親戚的例子，然後理直氣壯地加一聲：『不信你去問問！』反正沒有人會否認。報上都這麼登了嘛！

「而且有趣的是，報上登了以後，再也沒有人去找赤腳醫生看病了。爲什麼？萬一看了沒好怎麼辦？他現在是報上說的神醫，病看了沒有不立即痊癒的。黨的報上還能登假的、錯的消息嗎？當然不能！所以如果給他看了，病卻沒好，唯一可能出問題的只有病人。你怎麼知道不會有人心血來潮說：神醫的眼睛是雪亮的，一定是他看出了這病人是反黨反革命的分子，所以故意不幫他醫好的。這麼一來，病不好不正成了罪證？誰願冒這個險？

「所以突然之間，天地倒懸過來。再也沒有病人表情沉重地來找醫生，有的只是四處傳來各種傳奇故事。每個人都面露誠摯地堅持他們曾經被醫生救活過，大家拿著特地從縣城帶回來的光榮剪報來到醫生面前稱讚他、恭賀他、感激他。如果你是那個醫生，你會作何感想？」

「覺得莫名其妙罷。」我回答。

邵強繼續說：「先是莫名其妙。接著就有點輕飄飄起來了。再下來開始分不清現實與想像的界線。原本鮮明的記憶被種種傳奇混淆了。加上毋需再面對病人真實的生死關鍵，那個赤腳醫生逐漸相信自己曾經創造些奇蹟、救過很多人，具有特殊的醫術本領……

「也是時機湊巧，當時上海的『一月風暴』已經過了，上海市政府整個被革命派砸個稀爛，新的當權派氣焰正盛。其中有一個新冒出頭的大官，家裡唯一的男孩半身癱瘓，小時家裡窮苦，發燒沒有獲得適當照顧弄成的，那大官就想趁這個機會設法看看能不能幫小孩找個好醫生治治。陸續找了好些醫生來看，都說時間拖太久了，沒辦法，到頭來只剩兩個醫生說也許還有希望。

「你猜對了！其中一個就是江西鄉下這個寶貝赤腳醫生。他真是昏了頭了。一到上海，怎麼還肯回農村去。而且這時他都相信自己眞是神醫了。既然是個神醫，當然應該到大都市裡才更能濟世救人。他在大官家裡享受了一星期，人家開始催他開藥了。他把《醫藥大全》翻了個透，終於寫出一張複雜無比的藥單來。大官看了都傻眼了，即使以他的地位，在文革時，也沒把握弄得齊這些藥。不過回頭一想，神醫總歸要和普通醫生很不一樣的罷。藥愈複雜、奇怪，似乎就愈證明了醫術非凡。

「大官花了一個多月時間才把藥找齊。這段時間內，眞是把那赤腳醫生奉如神明般伺候。好不容易一切就緒。照赤腳醫生的指示把藥給小孩餵下，誰曉得沒一會兒，毛病就來了。小孩腹痛、發燒，接著竟至昏暈過去。赤腳醫生這下慌了，連忙想趁慌亂之間逃走，結果在大門口被截抓了回來。

「小孩昏迷了好幾天，醫院都送了好幾家，沒有醫生敢說沒救了，可是也沒有醫生敢說還有救。大官家最後只好死馬當作活馬醫，把當時另一個說有辦法治半身麻痺的老中醫請來。這老中醫聽說是大有來歷。晚清時受私塾教育，熟讀中國古籍。廿出頭就參加所謂國故派，提筆大戰西化派。他對洋鬼子、洋文化的痛恨終身不改。徹頭徹尾堅持中醫比西醫好、精神文明比物質文明高出一等、東方必將戰勝西方。大陸淪陷後，幾次被鬥被批，一直保持沉默，不肯稍作讓步學習外來的馬列主義。非常有骨氣的。

「這老醫生一來替那小孩把脈，立刻咬牙切齒，兩道長鬚吹飛起來，厲聲大罵：『你們給這小孩灌了多少西藥？該死的西醫，誤盡人命！』看他那個神情，正氣凜凜，連平日威風慣了的大官也噤口不敢作聲。老醫生一面看病，一面破口大罵西洋鬼子。終於，老醫生的怒意發洩得差不多了，平靜下來，要來毛筆、墨汁，行草並用寫了一張藥單。交給大官手裡時，他特別鄭重其事地說：『這病原來已經沒救了。還好我們家傳保留有一份遠祖皋陶給的救命藥，起死回生湯，也許足以一抗西藥頑毒。』離開病房前，回頭輕描淡寫地加了一句：『藥草平常，多跑幾家店總可收齊。就是有一方藥引難些，你看著辦罷。』大官連忙攤開摺得齊方的藥單一看，藥引一欄寫的赫然是：生鮮人腦一副。

「夠嚇人的罷？故事最後的結局就是那個赤腳醫生的腦成了小孩的藥引。」

「那小孩因此而救活了嗎？」我急著追問。

「我不知道。我跟你一樣好奇。可是那報告裡沒寫。我也不知道。報告的主題是：一個赤腳醫生的悲劇。所以寫到赤腳醫生被殺就結束了。」

「這報告跟你後來轉考丙組很有關係囉？」我問。

「是的。想像一下，我當時有多麼驚訝、震撼……」

「震撼？可是我們讀了那麼多比這個更悲慘的報導，集體屠殺、集體餓死、活埋、挖眼睛割鼻子……」

「這不是血腥殘忍程度的問題！而是背後的意涵，社會的、文化的悲劇，用你的大腦想想看……」邵強歎口氣說。

「這是馬列主義共產邪說橫行的必然結果……」

「我不要跟你講這種官話、教條。我講的是歷史的龐大錯誤。」

「是啊，馬列主義世紀性的大錯特錯。你本來就是在講這個，為什麼要特別標新立異呢？」我說。

「饒了我罷。我的意思是你想想看，多少問題藏在這故事背後。第一、中國嚴重缺乏醫療人才；二、中國人失去了對生命的尊重；三、社會的自欺欺人；四、一般人死了就被遺忘了，甚至得不到一個醫生的照顧，然而大官的兒子卻可以找了一個又一個的醫生；五、我們平常總以為凡是敢於反抗共產政權的都是好人、都是英雄。可是你看看那個老漢醫，他也許是個英雄，但絕不是什麼好人。『生鮮人腦一副』，嘔——這種藥方他開得出來……」

「所以你想自己去當醫生來解決這些問題？」

「也不全然是這樣。不過至少這讓我重新考慮當醫生的可能性。我發現我為什麼要死扣扣地老想當醫生就一定在台灣當？何必老要擔心到時候看不慣、打不進台灣人的醫生圈圈？又幹嘛每次想起醫生就憤憤不平，覺得是既得利益者？所有這些我原來保持的對考丙組的反感，突然之間發現其背後共同的根源是島氣作祟……」

「對不起，我沒聽懂，什麼作什麼？」

「噉，我說島、氣、作、祟。『島氣』你知道嗎？我想這是李敖發明的詞。在小島上住久了的島國人民，潛移默化裡會愈來愈小裡小氣，心胸狹塞、眼界難寬，總只想到身邊近事，不能開懷以較大的視野來考慮事情。是之謂『島氣』。那時我也在讀李敖的東西，看他罵老年人、罵國學國粹、罵中醫。

「總之，如果把腦筋放寬鬆，很多問題其實不是問題。不是每一個社會裡醫生都是既得利益者。像中國大陸，醫療人才這麼缺乏的情況下，獻身吃苦都來不及了，哪有什麼利益好享。而且如果那樣我又何必跟台灣人醫生有什麼來往計較？而且如果那樣，就算我在考丙組時不小心失足掉落醫科榜下，底下總還有農學院墊底，是不？你想想，農學在貧苦的大陸農村會多麼有用！那些怕考丙組不小心落入農學院的，眞是小鼻子小眼睛的台灣人。」

「我……算了。」

「你要說什麼？」

「……沒什麼，」我也是台灣人。不過即使在夢中，我仍然不願對邵強說出來。我也是台灣人。小鼻子小眼睛的台灣人。講了幹嘛？又不是什麼光榮的事。「我只是想問你：你眞的想到大陸去？」

「噯、噯，不要大聲嚷嚷好不好？我這個人雖說倒行逆施慣了，可還沒想坐牢哩。你不要亂來好不好。我剛剛說的是高三時候，年少幻想特多的時代，總有很多動心。等公車時街對面走過一個姿色平庸、制服醜劣的高中女生都會動心的那種時代。我承認我是有動過這個心。不過這你不要隨便講出去。特別讓我動心的是有一份黨部發的機密文件，是海外黨部的特派員在美國不知什麼地方參加左派學生辦的國事討論會寫的紀錄，黨中央有感於許多中華民國的留學生在美受汙染的情形嚴重，特別發了這麼一份參考資料，要各地方黨部、特種黨部內部研讀批判，作出新的留學生行前精神建設方案。在那個會議裡，左右兩派學生吵得不可開交，我印象最深的是有一個比較偏右的學生提出來比較大陸和台灣的各方面情況，甚至美國和大陸的情況，台灣處處比大陸好，美國更不必說了，他以是質疑那些高喊左轉、回歸的人犯了常識幼稚病。

「這時左派那邊冒出一個講話講得結結巴巴的人，開始反駁他。那個左派首先承認台灣比大陸好。然後說：『正因此，我要回大陸。第一、台灣比較好的環境可以吸引比較多的人去爲它奉獻、服務，多一個我少一個我，不差。大陸不一樣，多一個我、少一個我，差很多。人活在世上，爲什麼要選擇做無足輕重的角色？第二、台灣現在大部分人的生活有六十分，大陸可能只有卅分。我們應該要錦上添花還是應該雪中送炭？』照那個特派員的紀錄，沒等他講完，左右兩派皆譁然起鬨，群起攻之。右派攻擊他忽略了政權的正邪，沒有是非觀念，忘記了大陸是在匪僞政權盤據下，任誰一進去就先變成了漢奸，漢奸還能幫人民做什麼事、造什麼福？（這大概是海外黨部認可的官方立場罷。）左派則攻擊他忽視工農勞苦大眾的文化成果，詆毀社會主義的優越性，大陸怎可能比台灣差……等等等等。

「很熱鬧啊？可是我讀了覺得特別感動那個人的說法。我不知道那特派員是不是故意要醜化他，所以特別描寫說他講話結巴、上氣不接下氣。不過我倒覺得如果他眞的口吃，那會是一副多麼 powerful 的畫面。在眾聲喧嚷中，一個人獨樹一格，辛苦地、一字一字地把他與眾不同的理想傳達出來。這才是理想主義，對不？

「我心動了。我開始撿起高一時讀過的生物，再對照看丙組班的生物參考書、月考考卷，發現實在不是很難。兩個巨大的時代映象在我腦中：一是一個史懷哲似的醫生踽踽獨行於中國大陸廣大的農村間，行醫救人，吃苦受難堅持做著雪中送炭的工作，救一條人命算一條，教一點醫療知識算一點；二是一個具備有像李敖一樣銳利的筆，同時擁有最新最先進的現代醫學知識的作家，向落後黑暗的中醫封建勢力發動總攻擊，殺得那些昏庸大老們個個棄甲而逃……

「這才像個志願，是不是？既崇高又實際、既有古代俠風義氣又有現代的科學技術。我終於找到自己的路。立定志向，要做大事而不是做大官。所以我決定就去爭取。向理想走去。這樣錯了嗎？可是我周圍的人用看動物園裡的突變種一樣看我，並且公然在我面前奔相走告、議論紛紛。這就是我們教育體制，這個 system 教出來典型對待理想主義者的方式。奔相走告、議論紛紛。讓所有擁有理想的人打最深的心裡將自己和動物園籠裡的珍奇異獸認同，或則自卑不已，或則沾沾自喜。唉，奔相走告、議論紛紛的力量……」他的苦笑從嘴邊逐漸漫延出去，到兩頰、到兩鬢、到頸下、到頭皮，直到他整個頭顱看來像透了一顆青澀長滿疙瘩的大苦瓜。

11

我在夢裡和邵強走出廣式茶樓，換到一家比較寧靜且有鋼琴叮噹輕奏的咖啡酒廊。西門町一條深黑的巷子底通風不良的地下室裡。夜已經逐漸地沉黯了。

邵強告訴我這家酒廊是夜貓子的天堂。當整個台北城靜闃地伏定在夜幕底下後，只有少數幾個像這樣的角落還在不甘心地脈躍著。

這回我們的話題竟然是從議論警察開始的。邵強跟我指點一位忙碌地在廚房及櫃檯間穿梭的青年男子就是這家咖啡廳的老闆。「我和他小時一起長大的、一起玩、一起打架。」他努努嘴說。那還是邵將軍升將軍以前的事。他們兩家住在同一個眷村裡。兩家的父親還是軍校的同期同學。

講起眷村，邵強的眼際彷彿倏地閃過一點光燦，可是嘴角同時也歪著向後拉了拉。那些日子。邵強偏過頭看著我，幾次似乎要發一番議論，卻畢竟都沒說出來。

最後才是一聲長歎：「唉！那些日子。」他跳過那些日子講那年輕老闆他們怎麼搬離眷村的。「他爸和我爸雖然同期，可是遭遇相去太多。我爸是他們那期裡最早升上校的。那時他爸還在幹少校作戰官。而且那個少校都還是勉強升的，因爲根本沒幹過連長。根本沒眞當過主官。升了少校對他反而是個限制。少校連長缺太少了的緣故。可是一直幹幕僚會有什麼出路。愈是不得志，愈是頹喪。人一頹喪就喝酒。喝多了就出事。我爸幹了旅長、升了師參謀長，他還是醉醺醺的作戰官。有一回不知怎樣，師作戰會議裡出了大紕漏，我爸發起火來狠狠刮了他一頓，而且要簽他大過。他一時想不開，偷了營長的手槍，躲到營浴室後面竹叢裡想自殺，扳機扣了一半，覺得不甘心，跑了回去，一面灌金門高粱、一面寫遺書，說我爸要負完全責任。寫完了，帶著槍進廁所想死了，扳機扣了一半，又覺得不甘心，這樣就死了怕案子鬧得不夠大，便走出來。回家一開門看到太太正在教小孩做功課，他舉起槍對著他們就要打，扳機扣了一半，手抖起來，眼睛也花了，結果一槍『砰！』地打到地上，子彈擦過泥灰地板彈起來打中小孩的膝蓋，他張眼一看到血，整個人暈死過去。」

眷村一陣騷動。「我爸第一個趕到，當機立斷決定案子不是太嚴重，師裡自己可以處理。不准召憲兵。過了一陣子，我爸設法以不適任的理由幫他請調轉到警界去。所以他們就搬離了我們村子到警光新村去了。」

「那個被槍擊中的小孩就是他嗎？」我低聲地問。

「是他哥哥，後來壞了一條腿。」邵強又歎了口氣。「你可以想像我們兩家的關係。他，那個年輕老闆，到警光新村後馬上跟他們村裡的『大哥』攀上了，他是有一套。有一天他們大約七、八個人，大大小小從高中生到小學生都有，埋伏在我放學的路上，狠狠地把我揍了一頓，我沒有被當場打扁算是運氣。這事引發了我們村子和警村頗長一段時間的惡鬥。不過還沒打出什麼結果，我們家也搬離開眷村了。」

「那時候你多大？」我一輩子沒敢跟人打架。雖然有時會幻想如何在街頭英雄救美，當然救的是邵萍，終究僅止於幻想而已。那是另外一個世界，超乎我的現實生活，甚至超乎我的夢的境域。

「八歲、九歲左右罷。」邵強的眼光還正對著櫃檯那邊，輕描淡寫地說。

八、九歲。「咻！」我忍不住長呼了一口氣，紓解一下心裡擠滿的訝異與陌生。

邵強根本沒留意我的反應。他還在看著櫃檯和通往廚房的門。「到現在，他看見我都愛理不睬的，想想何必呢？如果當時不是我爸，如果他爸沒有轉警界，他們家能有今天嗎？你知道嗎？這幾年他們眞是發財了，新房子、新車、中部還有土地、魚池，還有這一家店，爲什麼還要對我們這樣怨懣不平呢？唉！」

我在夢裡才會有的聰明與勇氣突然又開始運轉了。「他們也許是覺得你爸這些處置主要是爲了保護自己，而不是要幫助他們。他爸那封遺書……」

「You are really smart. 那封遺書，對，那封遺書。在這點上我不打算替我爸辯護，他本來就不是什麼好人。遺書被我爸燒了，沒有送上去，師長不知道這來龍去脈，還大讚參謀長邵上校處理得當。省了師裡一個壞紀錄。這一點你對了。不過我想他們之所以一直對我們家抱著敵意，還有另外一個原因：覺得是我爸使他們家失面子、在過去的同僚朋友間抬不起頭來。」

「失面子？爲什麼？」

「爲什麼？當然是因爲轉到警界去啊。在我們那時候，警察算老幾？都是軍中混不下去的才去警界。不是犯了錯沒得升了，就是退伍找不到其他地方安插的人。軍人是國家的支柱，警察呢，管管老百姓罷了，天壤之別、天壤之別啊！」

「眞的嗎？……你怎麼能這樣講警察呢？在我們記憶裡，警察是最大的。『大人』，他們是『大人』。小時候，我們甚至有一句話說：『甘願得失閻王，不可欠到巡查。』他們出現時，連抱在手裡的小孩都不敢哭，你知道嗎？」我說。

「眞的？我不信，警察有什麼好怕的。我們營區門口站兩個二等兵加一個下士班長，你看哪個警察敢闖進來？反過來，一個憲兵中尉就可以堂而皇之地進到分局指揮警察做這做那，局長敢不敢多吭一聲？」邵強說。

「我覺得你講的好像不是我們這個社會。不是我了解的這個社會。我們眞的是在同一個社會裡長大的嗎？」

「也許是時間的關係罷。代溝。哈哈哈……不過有時我眞的覺得和邵萍之間都有代溝。」聽到邵萍的名字，我耳朵自然地豎了起來。「她有太多幻想。她過的生活太舒適，她會把這種舒適享受投射到她其實不知道的過去。例如說她會堅持我們邵家在大陸時是個大戶人家。最好是住上海，十里洋場。家裡自己有一個 ball room，每到週末時盛裝的紳士小姐們坐著雪佛蘭轎車紛紛來到，然後在光耀燦華的廳裡一對對翩然起舞。What a fantasy! 也不想想我們老家是山東臨沂的鄉下。我爸唯一住過上海的日子是中日戰爭間，從家鄉流亡到汪政權控制下的都市裡討飯！一個十七、八歲半大不小的乞丐！這是我小時候我爸親口告訴我的。他怎樣在都市的角落躲藏取暖，怎樣吃苦忍耐、怎樣偷偷穿越封鎖線投靠新四軍、怎樣受不了共產黨的洗腦，趁一次國共軍互鬥交火時投奔國軍，我親耳聽見的！可是邵萍不接受自己家裡窮苦的過去，這虛榮的女生！這兩三年，父親中風之後，她得到機會就把她自己的幻想灌輸給他，弄得現在我爸都常常迷迷糊糊搞不清自己的過去了。晚飯前他也許會拿討飯的故事來告誡我要知足、要上進，不要老眼高手低；吃過飯馬上換了一個人生，笑逐顏開地跟邵萍形容上海的電車、雙層巴士、舞廳、麻將館子。人連自己的過去都要自欺欺人……」

「不要激動，邵大哥，慢慢講。」我連忙拉拉他的袖口。

他狠狠地搖搖頭，試圖把剛才的情緒利用慣性定律甩出腦裡。搖完了，他瞪著我說：「代溝。這種代溝。對不起。我們剛剛本來在講什麼？噉，對了。時間的關係，我承認現在不能小看這些警察了。他們開始是一股勢力了。這年頭軍警的身分形象變化得很多。軍人的發展愈來愈窄，而警察則愈來愈寬了。這也對，不打仗的時代，軍人實在沒什麼用處。」

我接話說：「我想起來一個比喻。我們那個被調走的國中老師有一次形容台灣的警察像是一棵罌粟。我沒看過罌粟，不過他說罌粟有很強壯的根，很有效地發展出去，急切地吸取地裡的養分，可是卻把地裡儲藏的東西轉成一棵大毒草。你同意這個比喻嗎？」

「大毒草？哈哈哈……我同意、我同意。不過照現在的情勢看，台灣好像成了一個吸鴉片的人，明知這是毒草，還是非種不可。哈哈哈……」

「我眞的很替你擔心。希望你只有在我的夢裡才講這樣的話。要不然早晚有一天你會像我那個老師一樣被抓走的。」

「誰來抓我？將軍、委員的兒子，誰來抓我？」

「我以爲你不喜歡你爸是將軍、是委員……」

「我是不喜歡。我正是不喜歡因爲我是將軍、委員的獨生子，所以沒人會來抓我。如果有人敢來抓我，我對這個社會也許還會有比較多一點的信心。那些毒草們，哪一個有膽子敢像對待一般老百姓一樣來抓我嗎？」

「我那老師還有另外一個比喻，關於軍人的。」

「噷？他說軍人像什麼？」

「他說台灣軍隊裡大部分的軍官像是養在水裡的大蒜。」

「這是什麼意思？」

我很高興有些東西需要我解釋他才能懂的。「意思是說他們自以爲是水仙。所以有一種耽溺的自戀傾向。覺得自己眞是了不起。可是養在水裡的東西是沒有根的，他們只是靠著一些儲存在根部的養分及微弱的光合作用，勉強讓葉子抽長。愈抽長愈嫩弱，而他們卻還在等待水仙花。在生存的能力上，他們其實還遠不及罌粟。罌粟被投在泥裡土裡，不管它願不願意，都會生出根來的。」

「你的意思是說軍人沒有根、警察卻有？」

「不是我的意思。是我那個老師說的。我也不知道他眞正的意思是什麼。甚至，好幾年來我根本記不得有過這麼一個老師，更不要說記得他講了些什麼了。只有在夢裡他的影像、他的話才會不曉得從哪個陰暗窖冷的角落裡不甘寂寞地鑽爬出來。通常只有冬天的時候我才會夢見他，一個長得很清秀，看起來很馴服的年輕人。走路時舒舒緩緩地充滿了書生氣。你相信嗎？甚至連他的頭髮都是那種極細極軟平貼在頭皮上不至於歪翹作怪的髮質。他講課時溫溫地，一點都不急，月考要到了也不緊張。沒聽過他扯開喉嚨說話。從來沒有。比女老師還要好脾氣。然而就是太愛講課外亂七八糟的話了。每次講起這些課外的東西都帶著隱約的歎息意味。也不是眞的講兩句唉歎一聲，不是，倒好像一整段話就是在他一個長長長的歎息裡包裹著吹送出來，要剝開了雲霧般的歎息才會露出內在眞正的東西來。那時候我們都很喜歡他，功課最好的學生一直到足球校隊都喜歡他。他被調走我們都很難過，有幾個同學還和他保持間間斷斷的聯絡。所以知道他去了嘉義，又去了澎湖。最後被抓走。當然之後再也沒人提起他。根本沒人記得他了。上回我們開同學會，大家談起以前的老師，幾個人想破頭了也記不起來國二上的地理老師。那段記憶好像整個地消失了。國二上學期的地理課？道理上我們一定有過地理課，可是實際在記憶中卻不存在了。只存在在冬天寒夜裡的夢魘……」

「你同意他說軍人沒有根嗎？」

「我不知道。這些話對我是夢魘，我無法去思考分析一個夢魘。」

「至少你知道什麼是根罷？什麼是根？你有根嗎？」

「我不知道。」

「我呢?我有根嗎?」

「我不知道。」

「我也不知道。我曉得有一些人有一種看法，覺得只有本省人才是有根的，外省人沒有。是不是這樣?有時候我很懷疑這樣二分的模式。我毋寧覺得在近百年的大變亂期中，整個國家流離了、整個民族失所了，大家都一樣變成了飄萍浮流到這塊土地上，這般大時代的翻天覆地裡，誰植得了什麼樣的根呢?誰又甘心把根定死在一個小島上呢?」

「可是……」

「不只外省人是這樣，本省人也是啊。我母親就是本省人，可是她有根在這裡嗎?我老實地告訴你，沒有。我親眼看到她的動搖、迷惑，看到她瘋狂地追索自己的定點，然而失敗了。還有我那些親戚們，舅舅阿姨什麼什麼，我不相信他們哪一個人有穩固的根。這些親身痛苦的目睹耳聞，使我很難接受說這不是時代的共通考驗，而是外省本省人有著不同的徑路……」

「我一直不曉得你母親是本省人……」我說。邵萍的母親，小學時過節前總會來學校送禮給老師。她的臉，我還記得，抹著淡淡的粉煥著一種特殊的光彩。我們可以從窗口望見她把鼓滿的紙袋遞給老師。老師一面哈著腰推辭，一面騰出一隻手輕摸站在一旁邵萍的頭。大概是怕用雙手去拒絕會顯得太不近人情了罷。差不多要花一分鐘的時間讓老師覺得可以把禮物收下了。鼓滿的紙袋換手後，老師更殷勤地點頭道謝了。整個過程裡，邵萍他媽保持著極其雍容的風度，微笑著，沒有太多的表情變化。只有要走前，她蹲下來跟邵萍說話，我們才看到她美得簡直難以正視的溫柔表情。我想我再沒有看過這麼美、這麼有氣質的母親了。邵萍畢竟跟我們是很不一樣的。連她的媽媽長得都不像其他人的媽媽。

我忍不住把小時的這個印象告訴邵強。他這才訝異地知道我和邵萍是小學同學。「我媽是很漂亮，尤其年輕的時候。」邵強說，「不過這種美，你不要忘了，是有其他條件配合才能表現出來的。其中很重要的一個條件：她是邵將軍的夫人。」

我感到一股不快從肚子醞湧上來。「你這話有點荒謬，因果倒置了。你可以說因爲她長得美，所以才成爲邵將軍夫人，卻不能倒過來說：因爲做了邵將軍夫人，所以她才長得漂亮。何況她是你母親呢，你這樣講你母親嗎？」

「她是不是我母親跟我剛剛的那個 statement 不相干的。至於你批評我因果倒置，我要澄清。我正是要指出『邵將軍夫人』與『美麗』這兩件事間互爲因果的關係。你想想看好了，假設來送禮給老師的是你自己的母親，而不是邵將軍夫人，情形會怎樣？」

「我媽？我們送不起什麼太好的禮物給老師的。通常是端午、中秋各送半打香皀。老師拆都不用拆就知道是半打香皀。那種盒子、那種味道。所以雖然一樣是站在教室門口，老師會站得直直的，臉上正正式式地掛著個客氣的笑，而我媽卻要站在兩三步外，傾著身小心翼翼地把禮物向老師垂著的手的位置送去。老師大概只推一次。費時五秒鐘，精確地表現出他實在不是非常想要這樣的禮物，可有可無所以也就可推可不推。眞正想要的東西就非多花點工夫推謝不可，免得落了個貪心的口實在人家嘴角傳言裡。等到老師接去了禮物，我媽會立刻堆滿笑容千謝萬謝，鞠躬不已，而老師只是客氣地微微移動兩塊頸骨頷受。然後我媽會把我拉過去，厲聲地說：『在學校要聽老師的，知不知道!?』轉頭又諂笑著對老師說：『不乖的話請老師一定要教訓啦，他一定很不乖ㄏㄡ！老師請教訓。』鞠躬不迭……」

「啊哈，你這樣講你母親啊？」邵強反譏。

我無可奈何地攤了攤手，「這是實情。所以你可以了解我多麼羨慕邵萍有這麼疼她的母親。不只是我，我們同學都很羨慕。」

「可是你有沒有想過，就算你媽原來長得跟我媽一樣美麗漂亮，如果她老是得為了孩子而向老師低聲下氣，在那種情況下，誰還會覺得她長得好看、有氣質？」

「……」

「See what I meant? 我媽會顯得那麼漂亮，部分是因為她是邵將軍夫人。老師必須對她低聲下氣。你們每個人都希望老師會這樣對自己的母親低聲下氣。所以你們把最美最好的理想母親形象都投射到我媽身上，你們給她一個光環，照得她回過來在你們眼中美得超出凡俗的可能。這就是 politics of beauty，對美的欣賞其實夾雜了各種美以外的因素，這是一種型態的 politics。」

「我完全被你弄迷糊了。你的意思是其實你母親長得並不特別漂亮？」

「不、不、不。我剛不是說了嗎，她的確長得很美，尤其是年輕的時候。我只是要指出人對美麗的 perception，是會受到各種其他的暗示，外來的、內在的影響而改變的。我永遠不會忘記有一段時候，我母親的美對我顯得如此不可抗拒，我可以，而且我想，看她一整天而不覺得疲倦。我瘋狂地迷戀著她所散煥出的獨特的美……」

「那個佛什麼說的『戀母情結』？」

「你說 Sigmund Freud 的 Oedipus Complex？不盡然是。你想聽這段故事嗎？很奇怪的故事，我以為我永遠不會告訴別人的。可是今晚也不知怎麼的，我覺得可以講給你聽……」

「因為你在一個會醒來的夢裡。不必負責的情境，沒有後果必須承擔的空間裡，人容易受引誘而拋棄一切禁忌。所以夢就像權力，可是又比權力好些。是誰說的我忘了，我們憲法課裡提到過的：『權力使人腐化，絕對的權力絕對地使人腐化。』夢好一些，讓你放棄一切禁忌桎梏後，你可以腐化墮落，也可以飛躍超昇。久病成良醫，作夢作多了的人自然會發展成一套夢的哲學……」

「你到底要不要聽？」邵強不耐煩了。

「當然要。你講罷。」

「這剛好可以接我們早先中斷了的話題講。你不是對我求學時的不定多變很感興趣嗎？我不曉得邵萍告訴過你沒有，我考入醫科之後，一年就休學了。原因是精神壓力太大，我到後來崩潰了。我腦子裡擠塞了太多東西，調理不出個次序來。所以我常常忙著要爬梳滿腦裡的雜亂，而忘記了怎樣處理日常生活的一舉一動。例如我當時在學打網球。網球一直到現在還是醫科學生的地位象徵之一。醫生崇高的社會地位使得他們不適合太過粗野、與其他人有肢體接觸碰撞機會的運動，像籃球。他們所承擔的超特形象又使他們不宜於從事需要太多團隊合作的運動，像排球。當然，運動器材的價錢昂賤也有關係。這是 politics of sports 。」

我忍不住接著說：「這個我倒是有親身的體會。國中的時候，我迷過足球一陣子。那時候電視台在最冷門的時段不定期地會播映德國或英國職業聯盟的球賽。即使是考試前一天，我都會追著從頭看到尾。我最喜歡德國科隆隊。考德國地理時，幾個城市的名字我是無論如何不會寫錯的。科隆隊有一個守門員，每次都當選國家隊第一守門員，打世界杯、打奧運。他們隊裡還有一個前鋒臂力驚人，在禁區附近擲界外球簡直有像角球般的威力，直接投到門前給隊友頭槌……對不起，你好像對足球不感興趣……」

「我完全不懂。只知道是用腳踢的，怎麼會跟臂力有關係？」邵強疑惑地問。

「算了。我要講的是，大概是這類第一流的比賽看多了罷，眞正下場踢足球時，我還滿有天分的。體育老師說我可以加入校隊。我也就眞的去了。每天放學留下來踢一個半小時，過癮極了。誰曉得有一回被我們導師看到了。她第二天把我叫到辦公室痛罵一頓。她問我還想不想考高中？她說只有那些考不上高中，念不好書的人才去踢足球。她說足球校隊是那種翹課在操場亂跑老師也不會管的人。踢足球就會變成那種人。她問我想要變那種人嗎？我當然說不。最後她告訴我：『你的成績在班上屬中等，沒有變壞的話至少可以考得上五專。你應該力爭上游，把成績弄好一點。等成績進了前十名、前十五名，你喜歡運動，就可以去參加網球隊啊。像李臥龍那樣啊。』李臥龍是我們班長，像邵萍那種模範生。網球校隊。我當時想想也對，網球隊都是好學生、足球隊都是壞學生，我爲什麼要自甘墮落去踢足球呢？我甚至開始看不起我以前崇拜的那些足球明星，他們都是不念書的壞孩子長大的。我還可以想像一個醫生偶爾打打籃球，畢竟秦漢也打籃球嘛，那個電影明星啊，可是醫生踢足球？不可思議。」我回憶少時，不勝感歎地說。

邵強點點頭說：「這就是在 sports 裡面分出社會等級來。我們的社會不管什麼都得分出等級。我當時滿俗的，這沒什麼好否認的，也跟人家去學網球。學了幾個月。到下學期時，我的精神狀態已經嚴重到練球時，教練撥一個短球在網前，我跑前準備去接，到離球還有一公尺左右開始揮拍，揮到一半，我忘了要怎樣打球。我甚至忘了是在打球。我手還是舉著拍子，腳步順勢多走了兩步，然後定定傻傻地站在網子前。整個人被困惑淹沒了而沒有工夫理會別的事。人家來叫我、拉我，我也不知道。神志恍惚。我可以維持這樣最長到一、兩個鐘頭。眞的所有身體機制停止運轉。荒謬到什麼程度你知道嗎？我甚至不曉得要把揮到一半的拍子放下來，就這樣舉一、兩個鐘頭。等恢復過來時，手臂肌肉痠得幾乎要融掉。可笑罷？」

我不敢笑。可是也不敢完全不笑。覺得邵強講得似乎有點激動。我連忙安撫他：「你如果覺得說了不舒服，就不要說罷。」我相信那一定是很痛苦的回憶。

「不、不，其實說了才舒服。每把這些凌亂的事收拾起來有條理地說一次，等於是經歷了一次自我治療。別忘了我拿了一個心理學學士的文憑，不管大學時到底眞正學了多少心理學。精神崩潰從一個角度來看就是人不能 afford 自己的誠實。我們每天從外界環境吸收來許許多多訊息。精神系統很重要的一個功能就是把這些訊息分類、整理、排比創造出意義來。這意義說穿了其實是腦子裡創造出來的謊言。一個蔽障讓人不至於必須去面對世界混亂的眞相。所以要治療精神崩潰、精神錯亂一個很好的法子就是讓病人重述他的經歷。利用把話講出來的機會讓他重新學習製造故事、連貫秩序……」

「我又不懂了。不懂。你的意思是說秩序本來是不存在的，必須要去說謊、創造？」

「是啊。我舉個例子你就能明白了。假設有一個人在很短的時間內接收到三個訊息：第一是在電視上看到歐陽菲菲用性感的聲音、充滿暗示的動作在唱：『我的熱情，啊——好像一把火，燃燒了整個沙漠……』他覺得不喜歡。第二是打開報紙看到一個少年詩人寫的詩說：『生命沉游虛無的藍色／微弱星光／閃不出救贖銀河／Alas! Alas!／只有死亡是美麗的唯一／形式的堅振……』他又覺得不喜歡。第三是走出到大街上看到一本雜誌封面上用超黑方體字寫著：『結束戒嚴、回歸憲法、追求民主』，他更覺得不喜歡！

「現在他有三樣不喜歡的訊息進到腦裡了。他可以利用腦子裡現有的其他系統分別去解釋他爲什麼不喜歡這個、不喜歡那個。不過這樣會增加大腦比較多的負擔，用掉比較多的能量。一個簡單，而且是一般人比較常採取的方法是：想辦法找到一套系統可以把這三樣不喜歡貫串統納起來。例如說他會靈機一動想到這三樣都是腐蝕社會的東西。色情、頹廢和挑撥政府與人民感情。他還可以用一套色彩象徵來鎖定這三者的共通意義：歐陽菲菲是黃色、少年詩人是灰色、反動雜誌則是紅色。最後再用同一套機制來宣洩心中的不快：亂世用重典。他可以跟自己喃喃自語說：『把歌禁掉、把詩禁掉、把雜誌禁掉就天下太平了！罰，有黃色嫌疑的罰、有灰色嫌疑的罰、有紅色嫌疑的更要大罰特罰！』這樣世界不是簡單多了，大腦活動不是可以減少一些嗎？人就是靠這樣的簡化、附會的意義創造才能活下去的啊……」

「我更糊塗了，我想我實在不是讀心理學的料子。我只想弄清楚一件事：你現在要講，或剛剛講的那些故事，是眞的，還是假的？」我問。

「是眞的，可是我每次講起來會不一樣。」

「既然是眞的，爲什麼每次講起來不一樣？」我又問。

「因爲每次附會在這些事件上的意義都不一樣。」

「算了。眞的假的又怎麼樣？反正是個夢罷了。醒來後誰還管什麼眞的假的。」我放棄了。

「夢是跳躍、不連貫的。眞正誠實的生活，剝除掉自己創造的那些意義後，也是跳躍、不連貫的。所以夢比醒的生活還要眞實，或接近眞實。醫科那一年像一場夢一樣。首先是離家。成功嶺十二週。下來後住校。我是那種換床就睡不著覺的人。胡思冥想。在成功嶺時精神緊張，唯一讓自己休息的方式是幻想未來的醫科生、醫生生涯。堆積一個又一個最美麗的幻想。從最形上的到最形下的。一切可以滿足心靈肉體欲望的幻想。生命是神聖的光，神聖到我除了用一些宗教的象徵外無法去接觸想像。一座透出逼人光芒的門。我將成爲這光的守護者。同時無止盡地向這光趨近。我不是個教徒，可是在那段時候，聖經上的話，關於耶穌行蹟的，常常出現在我腦海裡。醫生就像是現代的耶穌基督。所有患重病的來到這裡都得痊癒。甚至死人亦可自地底復活獲得重生。拿撒勒的耶穌只行走在巴勒斯坦荒蕪黃沙的狹窄地塊上，我，醫生、現世的耶穌，卻是行走在錦繡山河的祖國壯麗景色間。簡直像黑白電影與彩色超大銀幕的差別。行走在水上光上。也許是這種意象的交錯類同太頻繁了罷，我有時甚至幻想醫生也能用五塊餅兩條魚餵飽數千人。想想看那塊大地上水深火熱的同胞。我躺在大通鋪上興奮冥想。

「高中時代讀過的浪漫故事也一下子都湧上心頭。只是故事裡所有的男主角統統變成醫生。年輕一點的就是醫科學生。浪漫的故事顯得更浪漫。長相俊穎、個性剛直而且醫術高明的青年到處逢遇到好女子。愛情的甜果在還未變酸時要盡情享受，然後毅然決然在太遲之前抽身而去。留給甜靜可愛女孩的是一點點悵惘，無價的回憶足供咀嚼一生。

「甚至在最原始衝動的欲望不得不解決時，醫生的形象都在自慰的過程扮演重要的角色。初中高中的時候，當其他男孩子偷偷傳閱黃色刊物時，我們這些模範生級的人都沒有份的。這是當模範生無可避免要付出的代價。通常長大了一點才了解這代價有多高。當大家聚在一起飯後談笑青少年成長的經驗，你突然變成了外星人。你存在因爲你奇怪。你的奇怪成了你存在唯一的意義。我高中時接觸sex知識的管道是去圓山一帶的英文書店找美國大兵看的書。即使是那樣，也都要挑封面、書名最不起眼的才敢紅著臉拿到櫃檯去付帳。結果是買了一大堆關於性的研究，而不是色情書刊。讀了那些東西，我一直有個印象，對於性，大部分人只會做，最粗糙地做，因而浪費了許多樂趣。書裡面到處是驚人的統計數字。超過百分之六十的女人一生中沒有體驗過高潮，諸如此類的。只有醫生，不僅能行還能知，才是最懂 sex 的人。他們知道女人全身的部位，神經系統的運作，生殖樂趣的發動程序。

國父不是說嗎，知難行易。可惜他不能公開地在書裡舉性交作例子。我覺得這例子比他說的那些都恰切適合他的理論。知了之後再來王陽明的『知行合一』一下，必定能獲致最好的效果。我躺在床上想著這些自瀆，發洩完了才昏昏入睡。

「住校以後還是常失眠。躺在床上要翻覆好幾個小時。比成功嶺還糟。第一、肉體上沒有操練，沒有那麼累，更難睡著。第二、熄燈早，不能看書，可是早上什麼時候起床又沒人管，沒有壓力，所以常常拖到三、四點才睡著，第二天 miss 掉所有早上的課，中午才起來，到晚上熄燈時，精神還好得很，如此惡性循環。第三、醫科、醫生不再是可以幻想的對象了，而是生活的現實。既然是現實就意味著無窮無止盡的挫折、失望。更何況我在嶺上時把醫科生涯想像得那麼美好，期望愈大爬得愈高，摔在花崗岩質般硬冷的現實上就幾乎要粉身碎骨了……

「剛開始是想家。不騙你。雖然週末都會回去，甚至星期中間也會回去。很近嘛，住校本來就只是做做姿態彰示自己的成人身分，不是實際空間距離上的必須。可是每到晚上就想家。隱約感覺到家變了。剛開始以爲純然是自己的身分改變了。回家時家人把我當客人的成分愈來愈濃。爸、媽、邵萍他們三個建立起一種以前我在家時不曾有的親暱關係。而我加不進去。邵萍那時十歲不到。動不動就賴到爸媽懷裡撒嬌。媽會用力地把她抱得緊緊緊緊地，直到兩人都發出『噢』的一聲，滿足的痛楚。你愛過嗎？如果你眞愛過就會知道這種感覺。想用生命整個去抱住所愛的人。最好是把她整個抱進身體裡，成爲你身體的一部分，永遠不再分開。看到媽那樣抱邵萍，爸會嫉妒，急著叫邵萍：『來、來，爸也抱一個！』邵萍轉投入爸的懷抱，故意把頭搔揉在爸胸口肩窩，弄得爸開懷大笑。呵呵呵，哈哈，呵呵呵……我一輩子沒聽過我的軍人爸爸這樣笑過！我爸他自己好像也沒聽過。笑停了自己驚訝起來，尤其一回頭看到我坐在同一張飯桌上，連忙不好意思地放開了邵萍，眼光閃閃爍爍地在我和桌上的菜之間逡巡徬徨。爸跟媽臉上尷尬的表情像是什麼祕密無意被外人撞見了般。

「我變成了個外人，我覺得。在我的記憶裡家的氣氛永遠都是嚴肅、靜謐的。頂多只有博物館式的溫暖，一些精緻易碎的東西在晶亮無塵的玻璃櫥櫃裡遠遠地觸動你心裡某種無法名狀的呼應，一股幾乎不可察覺的情愫在心的角落萌動，釉瓷上的金漆般在心的四周鑲了一道極細極巧的光芒。這是我對家的了解和感情。可是好像自從我離家後，博物館迅即遷移了，古色古香的莊嚴殿堂消失了，換蓋了一座歡樂人聲熙來攘往的遊樂場。更奇怪的是，我沒有可以進這座遊樂場的入場券。門口的警衛告訴我，我手上持有的是過期了的博物館門票。於是我只能站在旋轉門外看遊樂場。一根根血紅的平行鐵條提醒著那歡樂氣氛和我之間的距離。

「所以我想家。後來開始想生命的意義。原本以爲的生命靈光開始解體碎裂，像碎了一地的玻璃，這裡閃一點那裡閃一點，可是當你眞的去撿起這塊那塊玻璃碎片，你發現每一塊都不會發光。每上一次解剖，靈光就減弱一次。我們解剖、研究各種動物。有很多動物都是活生生地被帶到課堂上來的。然後迷昏，然後解剖，然後透過牠們的內部組織看牠們一點一點地死去。有的時候你知道是哪一刀讓牠們送命的，有時候你不知道。可是有一點是絕對確定的，牠們不會活下去。你明明看到牠們靈動的眼睛，你明明看到牠們無辜的表情。可是你要裝作這些都無關緊要。裝久了以後，好像也就眞的無關緊要了。剛開始同學們對屠殺一個生命多少有點敬畏之心，大家靜靜地動刀，輕聲地討論，彷佛怕吵擾充滿在實驗室空間裡的靈魂、逝者。可是愈到後來，實驗室愈像個屠宰場、肉市場。解剖刀劃下的力量愈來愈大、刀口愈割愈深。人們滿不在乎地邊解剖邊談論昨晚的電視連續劇、舞會和郊遊。器官、肢體、肌肉組織被任意地切割下來揚在空中開玩笑。我眞的不敢相信，在這麼短的時間內，他們，我親愛的同學們，就被訓練得不再把這些被帶進實驗室來的動物當生命看待、處理。沒錯，這些只是動物。可是每晚我躺在床上想到未來的人體解剖過程裡又會如何改變他們看待人的態度，總是不寒而慄，狠狠地發抖。

「那一陣子我不時都緊抿嘴唇、臉色凝重。和我相交較頻密的同學都說我太 sentimental 了。也許罷，可是我實在不了解，對待生命，除了 sentimental 你還能如何？cruelty 眞的就比 sentimentality 好嗎？其中有一個同學，經常出入於文學性社團的，看我這樣困惑，便介紹我讀一個學長的文學作品。他說我和那學長的性情可能相近些。我捧著他借我的剪報反覆讀了一夜。那個學長寫詩、也寫散文。可能也接觸過一些佛學的書籍。雖然大部分文章的內容我現在已不復記憶，不過我清楚記得我自己的感動。尤其有一篇，他寫他在解剖室裡，解剖課上，透過窗口看到外面飛起的鴿子，因而痛感生命的無常。他說有一些東西是人類不管知識、科學技術怎樣發達都無法解決的。例如生命之間永恆的彼此侵害掠奪。生命只有依靠戕害別的生命才有維持下去的可能。又例如生命中的無常變化。他說這些永恆的問題比醫學重要。重要得多了。

「我迫不及待地安排去見這位學長。他當時七年級，一面在醫院實習，一面在一個藥學實驗室做助理。我們在醫院的餐廳裡見面的。穿過一道充滿酒精藥味刺激得舌根發苦的走廊，推開一扇往來晃盪的輕薄木門，陡然飯菜的濃香爭先恐後地試圖刺穿原本謹慎採取防衛態度的嗅覺，那種轉折無可避免地給人一種怵然。就像我對那次會面的期待乍乍轉折成無聊、莫名。也許我不應該先在電話裡解釋說想和他討論文學作品。我的意思是那些作品的 sentimentality，及其背後含藏的哲理。可是他誤會了，他把我想像成又一個愛塗寫文墨，想要在文壇上爭取一點名聲、地位的無知小孩。我痛恨被人家當作無知小孩看待的感覺。沒等到我有機會陳訴我在初習醫階段對生命的迷疑，他滔滔不絕地跟我大談特談所謂『文壇』。這個那個作家、這個那個編輯。怎樣的報紙有怎樣的偏好。他愈講聲音愈低，刻意營造一種氣氛，好像在說：『這些是最有價值的祕密，我只告訴你，可不要給別人聽去了。』流露出小女生樣的瑣碎、扭捏。那一頓飯吃得我索然無味。白飯、一顆紅燒獅子頭、一小碟蠔油芥藍、一點蒜苗炒豬頭皮，和一大堆文人編輯們的內幕故事。我的嗅覺一直忙於忘掉餐廳外特別屬於醫院的沉凝藥味，以至於無法欣賞、享受菜式的飛揚濃香；同樣地，我的腦子裡忙於把原先對這位學長的形象塑造加以大幅修改，以致根本無暇跟他對話什麼。臨走時，他送我一份影印的原稿——那時節，影印可是稀奇得不得了的東西——他最新、尚待發表的作品。他鄭重地告訴我，國內的重要報刊中只有一家副刊他迄今無法攻占。他試過各種戰術都沒有成功。最近他終於輾轉透過一層一層的關係、一條一條的內線，知道了那位主編看稿的脾氣、選用標準。這篇散文就是他最新設法攻城略地的武器。『讀一讀，對你將來開始在文壇作游擊戰會有幫助的。』他說。這還是我第一次曉得寫作、文學原來可以是這麼充滿火藥味的文化活動。

「我抱著一顆尋求補償的心，違反了我向來的原則，一上公車毫不客氣地趕在一位中年婦人前面搶到僅有的一個座位，大剌剌地坐下來抽出那篇文章仔細地讀。我必須承認，那篇散文，作爲文學作品，實在寫得不錯。他的確花了大工夫去寫的。文字很好，簡捷、精確。可是，你猜得到內容寫的是什麼嗎？寫他們藥理實驗室爲了要做實驗，怎樣在三個月內從街上抓來了一百多隻貓，一一加以宰殺。他描寫那些貓的恐慌、反抗，形容牠們的利爪面臨生命威脅時的頑強飛舞，敘述最終的鮮血。他的文字愈精確，他背後那顆心的冷酷無情就愈明顯，讓人心驚膽戰。原來即使對一個經常大談佛理的人，生命畢竟還是可以這樣處理對待的！我提早三、四站匆忙地下車。腳一著到人行道，午餐吃下的所有東西就一古腦全部哇啦啦地吐出來。一團殘亂的碎黏半液體半固體狀東西不知爲什麼混成一種類似於粉紅的柔彩，從我口裡整塊地跌落到褪色的紅磚上。令我想到原生質那樣的東西。從此每回想到生命，眼前直接逼來的就是那團東西的影像。然後胃便蠢蠢欲動地抽痛起來。

「胃痛進一步惡化我的睡眠。我躺在床上擺脫不掉一個念頭的纏絞。這個念頭像是給瘋子穿的緊身夾克一樣把我綁得動彈不得。我想像著那位學長日後爬上社會的頂峰。我想像到我的同學們將來一個個都會爬上這個社會的頂峰。醫生們注定在這個社會做領導人物。這是社會的現實。可是他們……我對由這些人領導的社會實在沒有辦法抱有太高的期望。」邵強深深地歎了一口氣。

我這才插進來，問他：「爲什麼？」

「爲什麼？我太認識他們了，我太清楚他們惡質的一面。驕傲、貪婪、殘忍、虛僞、虛榮……而且我認識了台灣的醫療系統，只有那些狠得下心來無視病人眞正需要、利用病人來牟利的人才能在這個系統裡出人頭地。這個系統事實上是在訓練敗德的人，剛好跟醫學原來的目標相反。你愈遠離史懷哲，你愈受人尊敬。你剝削病人愈厲害，與藥商勾結得愈緊密，你賺愈多錢。你賺錢了，人家就叫你名醫。於是更多的病人甘心情願地把生命和財富送到你的刀下任你宰割。這個系統懲罰有良心的人……」

「我眞的很驚訝。從來沒有碰到一個對醫生持這麼負面批評的人。你太偏激一點了罷……」我說。

「偏激？在別的、比較健康的社會裡，通常偏激是和無知結合在一起的。在我們這裡，偏激卻是和了解手牽手的。你多知道一點，就無法不偏激……」邵強憤憤不平地說。

「不過你又何必爲此而失眠呢？你不是在考上之前就已經曉得了這些本省醫科生的生命格調了嗎？而且你的理想並不在台灣這個社會，而是在大陸啊。你有那麼寬廣遠大的祖國理想，又何必爲了台灣這個蕞爾小島憂心至此？」

邵強啜了口酒，咂咂嘴，苦笑說：「我實在不知道你是眞的這樣想，還是在諷刺我。大陸那塊土地只是理想、未來，而這島卻是你就算閉起眼睛來也無法逃躲掉的現實。我爸是標準那種刻意對這個島閉起眼睛來的人。他只在乎部隊、部隊、部隊。每天不管在營裡、在家裡，他最大的樂趣是攤開一張全開的中華民國地形圖，在上面用圖釘插滿各色軍事符號、標記。小時候他唯一耐心教過我的就是辨認這些符號。他總是設想著各種反攻大陸的戰術。藍軍有時從東南沿海登陸。有時過境韓國突然出現在東北。甚至空降外蒙古。長大一點，他會把我叫進房裡做兵棋推演的遊戲。我永遠是紅軍，擁有比較多的軍隊，可是永遠打敗仗。記憶中只有兩次差點打贏了。一次是他的兩個師還在長江下游一帶準備集結，而機動部隊被我吸引進入松遼平原。沿岸海軍過度保守停留於保衛新攻克的廣州、海南島。我的一支加強師，及獨立空降團先佯攻津浦線，似乎要順鐵路南下江浙，然而突然轉向打進山東半島，把他剛登陸的一個師全部吞掉。霎時整個山東半島布滿了紅軍的符號。他看著地圖長考很久。簡直像林海峰在對加藤下名人賽第七局。我得意極了，他想得愈久，我愈是面露喜色。他決定去廚房倒杯水喝。我樂呵呵地看著他重新走回房裡。沒想到他的脾氣突然爆炸出來，一個箭步衝上前啪啪就給我兩記耳光，大罵：『你這數典忘祖的狗崽子！你還記不記得自己姓啥名啥，哪裡人？看到自己祖宗的地方被共產黨占了，你還樂咧!?』右手食指重重地在地圖上標著臨沂的位置敲敲敲，『祖墳在這裡，你知不知道!?共產黨會挖你祖墳你曉不曉得!?把共匪帶進你自己家鄉，你算不算人啊!?你還算不算個人!?』我能說什麼?誰叫我是紅軍呢！

「另外還有一次是我決定冒險孤注一賭。我假裝沒注意到他的部署，把大部分軍隊都放在福建、浙江、廣東三省沿海。他有三個師在金門牽制，海軍活動頻繁，其他師在本島調動製造各種煙幕。我讓一部分的北方軍隊南下助防東海岸。他算計我部隊調動的時間，趁我部隊在途中兩頭難顧的時機，空降部隊在連雲港附近搶得灘頭，隨即掩護陸戰隊登陸。然後沿隴海深入。邊打邊掩護更多的軍隊源源藉海軍運輸艦載達。我故意讓我的紅軍顯得在安徽、浙江一帶打轉、混亂。終於藍軍深入到眼看可以切斷我的補給線了，我迅即調動海軍把沿海部隊向金馬台灣指去。這時台灣本島只剩一個常備師、兩個預備師。而我有六個軍團的兵力！他沒有辦法否認紅軍很快就可以占領整個台灣。他看了一眼放在台北紅軍指揮部的符號，想了想，說：『反正藍軍現在可以利用光復地區自組補給，你拿到台灣沒有太大的影響。』我那時比較大了，忍不住跟他搶白了一句：『可是政府都還在台灣啊。藍軍的總指揮部還沒有隨軍前進啊？』這話困擾了他了。我知道。因爲這意味著蔣總統被俘虜了。這對他而言是絕對不能發生的。他眞的困惑了。在考慮戰術時他不曾流露出這麼困惑的表情。我都有點不忍了，看到他臉上兀自地一層深一層風霜凝皺起來。還好，他終於找出一條解決的路。他直接地把我樹在台灣的所有紅軍符號統統換成藍軍的，輕描淡寫地說：『政府還在，蔣總統就還在對不對？所以你所有軍隊當然就被蔣總統精神感召了！你只有三分的物質力量，藍軍卻有七分的精神力量，所以紅軍在一夜之間全部改幟！記不記得西安事變？那時候張學良、楊虎城手下的部隊才多呢。幾十萬人咧。你一個個去點數，一輩子都數不完，可是蔣總統的精神卻可以深透到每一個人，穿透外表，進入內心。對不對？』我很高興兵棋推演這樣結局，我沒有贏，我爸也沒有贏，贏的是蔣總統。反正他一直就是贏家，只能是贏家。

「我要講的是即使像我爸這樣的人，整個心都投注在大陸上，眞的就能不受島上這個社會發生的種種影響嗎？他頂多只能做個鴕鳥，把頭埋在沙裡假裝什麼都沒看到。可是鴕鳥的身體根本還是暴露在外面，人家踢牠屁股牠能不感覺到，能不理會嗎？他平日假裝忘記我媽是個本省人，假裝得很辛苦、很吃力。他不曉得該跟我媽說些什麼。小時候他會跟我吹說他一共走過大陸十幾個省分。每一個他到過的地方簡直都跟仙境一樣。有別的地方不可能有的風光。別的地方不可能有的古蹟。別的地方不可能吃到的菜肴。他形容起那些食物比《聖經》裡講復活的神蹟還要不可思議。對那些食物的美化、懷念，成了他的一種 obsession 。不只他這樣，很多流離到島上的大陸人都是用這種方式來 relieve 一直無法回家的憂鬱。抽象地講想家對他們來說太遙遠了，不切身。想親人、談家鄉的點滴小事又不適合這些大男人們的形象。總不能一天到晚講媽媽怎樣怎樣，講到一把眼淚一把鼻涕罷？女人才那樣的。所以他們找到最具體最實在的、而且又不至於洩漏心裡情感弱點的話題，吃，然後固執地在這上面轉啊轉、繞啊繞。而且這是一個自足、不會被打破的自我欺瞞系統。他們心裡總還想著有一天終究會回去的。所以我爸不會太誇張風景的神奇。因爲這是可以證實的，有一天回去了，大家都可以親眼比對眞實的與描述的。吃過的佳肴卻不一樣，可能原來的館子找不著了、可能本來廚師的技藝沒流傳下來了，更可能是萬惡共匪的統治把中國文化的精髓都破壞無遺了！在這樣的 obsession 中，他們發展出一套極其複雜、精緻的語言來形容這些食物。我爸可以講一道雲南汽鍋雞講一個小時！可是我很小時就發現了，講這些東西，媽不能在場的。如果講到一半媽突然出現，爸會突然像個洩了氣的氣球再也彈不起來了。他沒有辦法忽視我媽的存在。他會帶點尷尬地說：『我正在跟邵強講汽鍋雞啦。我在廣西時吃到的，你還記不記得？』

「你知道他那話裡顯露出來的是什麼嗎？ psychologically speaking，他潛意識裡不能接受我媽是個本省人的事實。如果他接受這個事實的話，他大可以像對我一樣對我媽大談汽鍋雞。可是他不能。他希望我媽也是個外省人。可是又知道，清楚知道她不是。在我媽面前談這些東西會太過凸顯出我媽是個本省人的事實。所以他只能空泛泛地問：『你還記不記得？』自欺，好像這樣問了就代表了我媽眞的曾經和他一起到過廣西、吃過汽鍋雞一樣。唉，這樣明白的自欺。

「當然多多少少也欺騙了我。我很少去想我媽的本省人身分。因爲我爸在這上面投了太多煙霧。我知道我舅舅、阿姨都是本省人，他們人都很好，可是他們是本省人，我清楚意識到這點。對我媽卻不一樣，她是沒有省籍的人。

「這種情況在我醫科那年有了急劇的改變。那是民國五十七年的事，如果我沒記錯的話。先是那年八月，我爸發布爲一所兵科學校的校長兼兵科指揮部指揮官。那是個中將缺。通常按照慣例，這意味著下一年元旦我爸就要晉陞中將了。兩顆星星。他又要當他們那一期第一個升中將的人。展望未來，總司令什麼的，簡直是指日可待。這也就是爲什麼他在家裡心情那麼好的一個原因。我剛好因爲上成功嶺、住校沒有趕上那樣的家庭氣氛。他戰戰兢兢地幹兵科校長。幹了差不多兩個月罷，幸運地就得到了一個晉見蔣總統的機會。你可能不知道，那個時候正是台灣軍事戰略轉變的一個重要關鍵點。總統府那邊來的通知是總統要聽這些將領們對戰略計畫修改案的意見。特別是防禦部分。

「爲了準備這次『廷試』，我爸比讀醫科的我還要用功。結果咧，準備了一大套，講稿、圖表、地圖什麼什麼的，只見了總統一分鐘。問了三句話。『到學校去適不適任？』『適任！』『有沒有什麼重大問題啊？』『沒有！』『家裡好不好？』『好！』就出來了。出來後才曉得眞正的會議要在國防部開的，由少當家的主持。就是現在的蔣總統。機密會議室裡坐了十來個將領，我爸是官階最小的。敬陪末座。會開了三小時，發言盈庭，其實只有一個聲音：這是戰備整備最好的時期。雖然共匪文化大革命鬧得厲害，我們還是以強化防禦爲上策，以防毛匪在內部受挫情形下，瘋狂撲咬台灣來鞏固他搖搖欲墜的領導地位。這整個情況其實很明顯。中國人開會都是這樣的。在上頭的想要改變政策了便來開個會。他左右的人早知道了會議結果，便順著結果需要去找人，同時暗示他們會該怎麼開。我爸也不是不知道這種會。不過大概一方面急於表現，二方面捨不得做了半天功課完全付諸流水罷，結果，他竟然在會裡放炮！他說我們還是應該要積極爭取主動攻勢。攻擊才是最好的防禦。他建議立即著手準備打海南島。像當年『八二三』那樣『以戰練兵』，不然部隊都要出問題了。不打仗的兵百病叢生。

當別人都在說防、防、防時，只有我爸一個人講打、打、打。

「那年十二月一日，新命令發布，我爸的中將缺煮熟的鴨子飛了。調國防部當署長。坐辦公室的。很明顯要把他冷凍一陣子了。這當然是個挫折。不過我爸到底是個像樣的軍人，有很多疑惑、有一些牢騷，卻沒有抱怨、沒有沮喪。進了國防部之後，他才想清楚自己是怎樣丟官的。鴕鳥被踢到屁股了。整個國防計畫有了大幅的改變，好像地圖用了不同的比例尺。家裡那張中華民國地形圖過期了。新的地圖台灣本島占圖的一半。另外有四分之一是水藍湛亮的台灣海峽。剩下的四分之一留給金門、馬祖和一小部分的浙江、福建、廣東沿海曲折港灣。不要說山東臨沂，連南京都不在地圖上了。

「這一屁股踢得鴕鳥不能不把頭從沙裡抽出來了。有一天他下班回來，意外地帶了媽和邵萍去散步。劉姥姥逛大觀園般『發現』了邵萍讀的小學，長著一棵大榕樹的關帝廟，街口賣壽司的攤子，胖胖腆著肚子彌勒佛般開心地向媽和邵萍招手的米店老闆，在街上玩水槍的男孩——裡面搞不好還有你哩——這些他都不知道一直就存在在我們家周圍五百公尺方圓內。哈！散步回來以後，邵萍以為爸要發表些什麼議論——我們以前在大陸什麼的——沒想到爸一把讓自己翻倒在沙發裡，像吃完了螃蟹時特有的意猶未盡地歎一聲：『還不錯。這附近環境還滿不錯的。』老天，我們已經在那裡住了四、五年了！

「於是睡覺時又多了一項疑惑讓我輾轉難眠了。我必須思考我爸的改變。他一直是一個誇張、激動、無法靜穩下來的人。像個火燒得劈啦響的鍋爐，不小心打開爐門，火舌便會不留情地刺吐出來。可是他明顯地變了。突然之間，爐裡燃料急劇氧化過程的嘈雜聲音消失了。我弄不清楚到底是燃料燒得差不多，溫度要開始下降了；還是裡面換了不同的燃料，不燒木材了改燒煤炭，火默默地旺在炭耀亮的晶紅間。更糟的是：我發現爐門不再是我可以去打開來的了。我只能儘量蒐集週末時待在家裡看到、聽到的點點滴滴，帶回宿舍裡躺在床上分析、測猜。

「這個測猜的過程，從那之後就沒有眞正停止過。只是猜的範圍愈來愈廣。我原來只是想知道我爸這樣改變的來龍去脈，但最後發現自己是在解讀我爸這一生的過去。像解讀一些失落的古文字。我只擁有有限的材料，而且很難證實解讀的正確與否。十幾年過去了，這工作卻沒有完。我知道我讀懂了一些、猜錯了一些，可是更大一片的領域根本還是迷濛混沌。

「我第一件猜對的是：進了國防部後，我爸終於了解，不是一兩年可能打回大陸去了。從撤退到台灣來，他們一直像是點著了火放在空檔運轉的汽車引擎。總覺得下一秒鐘，任何一秒鐘，坐在駕駛座上那人就要把排檔打上去，油門一加要走了。這樣空轉著、等著。有時候油門還眞的踩下去了，引擎熱烈地轉啊轉，發出吵死人的噪音，可是排檔根本還停留在空檔上，齒輪沒有咬上車輪，車子虛張聲勢叫囂一陣，結果哪裡也沒去。就這樣空轉了廿年，油箱裡的油所剩不多了，駕駛座上那人終於決定把鑰匙一轉，讓引擎熄火一陣子。理論上，這車還是準備隨時可以跑的。事實上，誰知道呢？也許找不到新的油加進來；也許引擎磨損了、老了，再也發不動了；也許駕駛座那人根本沒打算再轉動鑰匙點火。誰曉得？我爸終於了解到引擎已經熄火了。他開始懷疑也許反攻大陸是下一代的事了。

「這是一個不得了的轉變。對他、對我都是。他輕鬆下來了。開始對住了廿年的這個島東張西望。要給自己一些心理安慰：萬一不幸眞的必須終老在這裡，也還算不錯罷。所以他開始看這個島的光明面。你看看這麼好的土地。你看看這麼好的氣候。你看看這麼好的建設。你看看這麼平安的社會。他原來對島上的一切不感興趣的，現在他變得不能容忍人家對這個島有什麼批評。對這個島的批評變成是對他生命意義的挑戰。他會頑強地挺身備戰。

「同時他把反攻大陸的夢投射到我身上。簡直是換了一副眼鏡在看世界。他開始抱怨我爲什麼沒有去念軍校。原來他對我讀書、選擇科系完全沒有意見的。小時我總覺得自己很幸運。看到同學們被家庭的壓力逼著選自己不喜歡的組，而我爸卻總是慷慨大方地揮揮手說：『你自己選去。我沒意見。只要是對國家建設有幫助的都好。』他之所以能那麼民主、開放，主要是因爲他自己有足夠的雄心跟自信。當時他的 mental picture 是他騎著馬揮軍掃定大陸，而我們這些後生小子則跟在他馬屁股後頭從事各種復原、重建的工作。他知道軍隊過後的土地有多麼荒涼，他親眼見過的。那種荒涼法，學什麼的人去都會很有用。

「可是隨著他 mental picture 的改變，他變得不能理解自己的寬大了。現在他看到的是再一個廿年過去，他已經老得沒辦法帶兵衝殺了。會有新一輩的將領威風凜凜地騎在馬上踏破萬惡共匪的防禦陣線。這些年輕將領他不會認識了。他只會認得他的醫生兒子畏畏葸葸地跟在別人的屁股後頭幫忙收拾殘局。這簡直像替人家擦屁股嘛！他愈想愈氣、愈不能接受。

「所以那一陣子我在家時，他總是有意無意地講講國防部那些軍醫的閒話。講他們如何懶散。講他們如何無能。這很明顯是指著禿驢罵和尚，他的結論總是：沒有步砲裝的衝鋒陷陣，醫生有個鳥用？不能反攻大陸，醫生連個鳥用都沒有。最後這句話正捅到了我破皮爛肉的大傷口。躺在宿舍的床上，我找不出可以拿來頂他的話。我不會眞的去頂他的。我還沒那麼笨到想去挑起家庭革命。可是每一個在這種極度專制的家長權威至上家庭長大的小孩，從小一定會練出一套自我防衛的系統。專制底下一定有不公平。軍人家庭的老婆孩子都要學會怎樣不讓這種怨氣積留太久，否則日子一天都過不下去。

「我小時候試過寫日記，剛學會ㄅㄆㄇㄈ和一些生字時。不過這條路沒走通。沒有地方藏日記本。一直到現在，我爸還是會想到就跑進我房裡東翻翻西翻翻。他覺得這沒有什麼不對。部隊裡安全檢查就是這樣。我日記簿被搜出來一次。結果是屁股腫了兩、三天。我只好改變對策。我跑到廁所去，把想辯白而不敢講出來的話躲在廁所裡講一次。以前在眷村，廁所跟住家頗有一段距離。我可以放心地愈講愈大聲，像眞的跟我爸吵架一樣。走出廁所時就有了和大便之後一樣紓解的暢快。

「搬進獨立的將軍宿舍之後，廁所不再是個安全的地方了。還好我也大些、自制的能力增強許多，於是能夠忍到睡覺前才躺在床上喃喃自語一番。找到理由把一天所受的氣統統辯解乾淨，便可沉沉入睡作個好夢。這是我的方法。邵萍比較少受到這種不公平的對待，而且爸對她的搶白反駁也比較能容忍些。不過碰到爸眞的霸起來時——我媽常安慰我們說：『爸爸的「爸」就是霸道的「霸」，不然爲什麼叫ㄅㄚˋ？』——她偶爾也還是會挨揍。她挨揍之後就開始大作其浪漫的白日夢。隨便找一個題目，跑去跟媽講，要不然就來跟我講。例如幻想她明年的生日會有多麼快樂。幻想她崇拜的少棒英雄下一場比賽會打五支全壘打，而且會轉學到她們學校跟她同班，坐在她隔壁。諸如此類的。

「媽也常受氣。她的方法則是講故事、講笑話。把當天發生的事改編一下，弄成一個童話故事，小聲地在床邊講給我們聽。我們心有靈犀，只要一聽到灰狼、狐狸、老虎這一類凶猛的動物就知道是在講我爸。而我們則是老鼠、松鼠、小鹿、小兔子和有著朝天鼻的小豬。故事結局總是老虎被兔寶寶耍得團團轉，然後我們就大笑一陣。我小時候都覺得很不可思議，我媽這麼會講笑話。她講時我們捧著肚子笑得死去活來。可是我把同樣的故事源源本本搬去講給同學聽，他們卻連一點微笑都擠不出來。大部分時候他們只是疑惑地一直問：『怎樣？爲什麼這樣？』長大後，我才明瞭，笑話其實是很悲哀的。笑得出來的人通常是因爲他們共同受著某種禁忌的管制、逼壓。一個社會的笑話主題愈多，包含的範圍愈廣，這一定是個不健康、充滿忌諱、壓抑的社會。

「那時候我覺得我爸那樣批評醫生是不公平的。可是躺在床上，我找不出話來在自己心裡反駁他。學醫有什麼用？如果不能回到那塊錦繡河山上濟世救人，有什麼用？我們整個生命格調是照著一千一百萬平方公里的國土、八萬萬同胞，這樣的數字設計的。現在突然間要縮水成三萬六千和一千六百萬，比對之下，好像不只是當醫生，生命的本身都不太有意義了。我開始從醫科的教室遊魂般慢慢地飄離。課翹得愈來愈凶。每天大部分時間叼根煙，無所事事地呆坐在椰林大道旁。或者漫走在往新店的路上。也沒有什麼目的地，就是不願太靠近人群，所以選擇市區的反方向。走過一畦畦的稻田，一些新蓋的房子。突然想起來舅舅住在七張，便一路走去找他。

「我跟母親那邊的親戚其實不怎麼接近，回娘家時媽通常只帶邵萍。那次會去找我舅舅純粹是心血來潮的偶然。舅舅家在七張開雜貨店。我站到店門口時，舅媽甚至沒有認出我來。我坐了五分鐘，不知要和舅舅舅媽說什麼，三個人都尷尬得很。後來舅舅想到了從冰箱拿出兩瓶啤酒來。不顧舅媽的抱怨，說我年紀太小、而舅舅的肚子已經太大，我和舅舅對飲起來。我們還是有一搭、沒一搭地說著話，可是三小時後，微醺地向舅舅告辭時，我卻覺得好久沒這麼痛快過了！

「後來我就去得頻繁了些。舅舅似乎也很高興有人能跟他一起喝兩杯。漸漸地酒把話從我嘴裡引了出來。我告訴他種種種種習醫的困擾。舅舅的建議很直接：『不要讀了。考得上醫科的人別的什麼考不上。不要念了，準備準備去重考。晚一年又怎樣？反正醫科讀下去要七年咧！』我從來沒想過這條路。乍然之間覺得很難接受。舅舅的理由也很簡單：『你爸不會喜歡你讀醫的。你媽也不會喜歡。啊你自己又不喜歡，爲什麼要讀下去？』是有點道理，可是我從來不知道我媽不喜歡我學醫啊？舅舅說：『她只是不講而已。你去幹什麼都比學醫好。』當我再度追問爲什麼時，舅舅只說：『再喝一點。』

「我通常都是下午去的，雜貨店裡很少來客人。舅媽有時也會一起坐下來吃點花生米什麼的，同時管住不讓我和舅舅喝太多酒。有一天，舅媽想起來翻出老相簿給我看我小時和外婆、媽媽在相館裡照的相。翻來翻去一直還找不到，突然舅媽指著一張老相片對舅舅驚呼：『你來看！你來看！』然後他們夫妻倆開始用我沒法完全理解的閩南語交談，我只隱約知道舅媽在強調我長得跟某人很像，而舅舅則堅持地說：『沒可能啦！沒可能啦！』

「我湊過去看那張照片，一男一女並肩站在不知什麼山林勝地裡，那女的應該是母親的少女時代，而那男的，從褪色的相紙上看，的確跟我自己有幾分相似！我當然好奇，我當然追問舅舅、舅媽那人是誰。舅舅用閩南語叫舅媽不要再說了，這句話我聽得懂，然後舅舅轉過頭來輕描淡寫地把我的問題擺擺手揮開，『大概是以前的一個鄰居罷，我也不太記得了。』他說。

「突然之間，我母親的過去，甚至我自己的小時都鋪上了一層迷霧。我陷落在不連續、斷層的懸疑裡。隨後的那個禮拜，我幾乎每天下午都在舅舅那裡。我不能直接問，只希望舅舅會在酒後意外地吐露些什麼。舅舅也知道我的用心。終於有一個晴天的下午，舅媽到恩主公廟去拜拜。我和舅舅把桌子從房裡陰冷的廚房角落搬到店門口。看著暖暖懶懶的陽光，我們默默地對飲。一直到夕陽開始照得我眼睛張不開。我索性閉上眼睛什麼都不看，拿起酒杯喝完杯裡冷涼冒泡的液體，把杯子放回桌上，聽舅舅倒酒的嘟喙聲，然後再拿起酒杯。反射動作般準確無誤。我們至少喝了平常兩三倍的分量。舅舅開始問我知不知道他一直很愛好文學。我不知道。他說他喜歡讀小說，甚至想過要自己寫小說。這我也不知道。他最欣賞的一位小說作家從日據時代一直寫到現在。我沒有聽說過那個名字。舅舅說那位作家寫過一部非常感人的小說，問我知不知道。我當然不知道。舅舅說他要講給我聽，問我好不好。我說當然好。

「故事是關於一個日據時代的台灣少女。在二次世界大戰中長成。那眞是一段苦日子。尤其是戰爭後期。她父親死於美軍的空襲轟炸。兩個哥哥去了南洋沒有回來。十來歲的女孩就必須堅強地面對生離死別。光復時她十一歲。十五歲她到台北城裡一個大戶人家家裡幫傭。愛上了那家的醫生少爺。她愛得那麼確定，雖然每個人都告訴她這樣的愛是不會有結果的。她的愛不求有結果。她說。像早春的櫻花不能因爲預見到立即豔美淒涼的凋零，就膽怯了而不願綻放一樣。在這點上她是極其日本式的。她雖然只受了兩年日式教育，但自修到能讀谷崎潤一郎的文學作品。所以當這段愛情的結束眞的到來時，她沒有驚惶、也沒有太多的悲痛怨懟。那是一九五〇年的事。國民政府剛到台灣不及半年。她的醫生情人一家被指控爲共產黨。老主人槍決。她的情人九死一生逃去了日本。扶桑之鄉、日出之國。她知道這生離亦即等於是死別。然而不管是生離是死別，生命總還會繼續下去的，一代傳一代，在她的子宮裡孕育。於是她平靜地替她的情人生下一個兒子。小孩生下來才三、四天，卻意外地悶死在被服裡。家人都擔心她會崩潰。她沒有。她只是了解到了這段愛情注定連這樣的結果也不能有。既然是命運她就接受。她想過要死。但又實在捨不得那百萬分之一的希望：今生還能跟情人在一起的希望。所以活下來了。命運可以剝奪任何東西，卻無法剝奪這愛的本身，愛永遠在她心中，不會死去。

「爲了幫助家用，小孩生下了沒多久，她幫人家奶養一個初生嬰兒。一個大陸來的軍人的小孩。在那段兵馬倥傯的時期經常有這樣的事。丈夫做軍官的隨著政府部隊先到了台灣，太太還在大陸逃難。擠上一艘船可不是一件容易的事，尤其對孕婦而言。常見的是經過一番折騰，一上船就開始覺得肚子痛了。當時船上的船員都知道，懷胎七、八個月以上的孕婦上了船，十個裡有九個半會挨不到下船。在船上生產的女人、小孩能不能平安，眞的完全是天意。這個軍人的太太就是在船上生產中過世了，小孩出世就用米漿餵著，苟延殘喘，繞道舟山、大陳，將近半年後才送到他父親手裡。營養不良、骨瘦如柴。傷心欲絕的軍官父親願意付一切的代價找一個奶媽。這少女的條件最爲適宜。孩子奶養了一年，黏她黏得不得了。稍微沒看到她，就哭得死去活來，讓人聽了不忍。一步都離不開她。不只這樣，孩子的父親也覺得離不開她了。這位跟她幾乎完全語言不通的大陸籍高級軍官瘋狂地愛戀著她。故事的結局是：一年之後，她正式成爲小孩的母親，後母。

「舅舅講這故事時，酒意已經浸得我幾乎要睡著了，所以眞就把它當故事聽，也沒細想什麼。舅舅講完後便趕我在舅媽回家前離開，免得我的醉態害他們夫妻吵架。我茫鈍鈍地把自己塞進計程車裡，直奔宿舍，摔在床上，睡了一場幾個月來最甜熟的覺。我差不多睡了有十二個小時。感覺到清晨的光線在我眼皮上滑走時，我突然從床上跳了起來。我在暈淡的光團裡看到我母親少女時代的模樣：十六歲的台灣少女。她旁邊還有一個高大些的身影。他們走在光裡。走了一陣子，轉過身來，對著我的方向微微地一笑：笑成了昏黃照片裡的模樣！母親和她的醫生情人。那個和我長得幾分形似的男人！

「我竟然浪費了十幾個小時才明白舅舅講這段故事的用心：這是我的身世之謎的解答！我直接從上鋪跳落到書桌前，左腳踝因劇震扭傷了也不管，弄出的聲響把所有室友都吵醒了也不管，我抓起筆來把舅舅講的一切寫下來，仔仔細細寫每一個還記得起來的細節。然後換上衣服，一拐一拐地跑到圖書館去借出舅舅說的那個小說家的書。所有的書。學校附近每一家可能賣小說的書店都去跑了一趟，確定沒有遺漏任何他的小說作品。回宿舍後開始翻找他的作品。果然不出我所料，沒有這樣一個故事。他的小說裡沒有一個這樣的故事！我覺得太陽穴兩側的血脈搏跳得像騰翻的空中飛人，不規律而且充滿危機。

「我在床上將這個故事來回分析了上百次，那一夜。第二天一早，我跑去找舅舅。果然又如我所料，舅舅否認跟我說過什麼小說、故事。舅媽在一旁嘲笑舅舅說：『他啊，叫他拿起一本書來看，好像比廿斤的米袋還重一樣。嫁他廿年，沒看過他讀一行書啦。』舅舅說那天下午我閉著眼睛喝酒，都沒說話。他以為我在想心事，就光倒酒給我，不想打擾我的思路。後來就看到我睡著了。他說我大概睡了廿分鐘左右，一直到他把我叫醒。意思是說小說、故事什麼的原來是我在作夢。嘿嘿，我還沒笨到分不清楚夢和現實……

「我知道舅舅只會給我這麼一次機會。剩下的我必須自己去找。我無頭蒼蠅般栖栖遑遑地跑了三天。一天下午，我無心無情地去上不能翹的軍訓課，課上到一半，一個念頭突然占滿了我整個人。所有外界的聲、色、嗅、味統統退隱了。我的五官一起埋沒在一個問題裡：嘿，邵強，你知道自己在做什麼嗎？你想要證明什麼？你要證明你不是邵將軍的兒子是不是？你爸不是眞正你爸。你其實是……我知道這『其實是』後面的答案，可是所有的感官一起繃緊起來抵禦這答案的出現。大概是這種抵禦突然之間耗盡了我所有的精力罷，我硬繃繃地從椅子上跌落到地上，喪失了知覺。

「這是我第一次發病。在醫院裡，我實在太虛弱了，不再有足夠的力氣阻擋思路順著這麼明顯的邏輯理路推進下去。是的，我是試圖在證明我爸不是眞的我爸。我和邵將軍可能沒有眞正的血緣關係。我是我媽和那個逃去日本了的醫生的小孩。如果這樣，第一、我的父親是共產黨嫌犯。第二、在被日本統治五十年後他最後竟然還是選擇到殖民者的懷抱裡。第三、我是個道道地地的台灣人、本省人。這三個推論把我嚇呆在病床上。連眼淚奔流浸濕了枕頭都沒有知覺到。像是突然間樹起了三面銅牆鐵壁把我圈圍住了。不過我隱約知道還有一面是開放的。我必須找到出路的那一面。在屋子完全封閉起來前找到路出去。

「我無頭蒼蠅般在自己想像的鐵屋裡亂鑽亂竄，試了一個方向、又一個方向。首先試圖替可能是我生父的那個人辯護。他也許不是眞的共產黨。也許只有他爸是，他無辜被牽連。可是他如果無辜的話，何必要逃呢？我們的政府不是不枉不縱嗎？即使眞的是匪諜都還說：『匪諜自首，既往不咎』嗎？我那時候還眞的相信這些。所以怎麼樣也無法解釋他爲什麼那樣鮮廉無恥地投靠敵國。從小我父親，給我們的教育就是親日本的人叫作漢奸，那是全天下最低級劣等的人。而且我們都聽過一位胡姓文人的故事。抗日戰爭時他在汪精衛的僞政權底下當一個部長什麼的，勝利後被政府通緝，他就跑去了日本。在日本寫了一本自傳。傳裡寫到他當時逃亡中從船上終於望見日本海岸線時，怎樣喜悅感動得幾乎要下淚。這是漢奸教育中標準的反面教材。我實在不能想像自己可以是這類人的兒子！這是條沒有光的死路。

「我也試過假設這個可能的生父已經去世。最好是在往日本的路上船遇暴風沉沒海底。最好是他死前還有些光榮的英雄事蹟。我想像著鐵達尼號那類的大海難。撞上冰山，船底破了一個大洞。海水急劇地灌湧進來，船一吋吋地下沉。做爲一個醫生，我可能的生父仁心仁術救治傷患，到把他們一個個安全送上救生艇。到自己來不及逃生。於是他雄赳赳、氣昂昂地與其他船長船員站在甲板上，高唱起國歌罹難。我在腦中完完整整地建立一個這樣的海難事件，不時修整每一個細節。直到我自己幾乎都相信它眞的發生過。如果一個生命有這樣英烈感人的結束，共產黨、漢奸什麼的應該都不足計較了罷。那是第一次我感受到其實道德的呈現會比政治的糾葛來得重要、來得 powerful 。不過畢竟這條路也沒走通。有一天在網球場上，一個念頭像根針般刺爆了我好不容易吹起來栩栩如生的大氣球。念頭是：就算他死了，也完全不能改變我是個本省人的這件事實。我原來是個本省人的醫科生！我所自恃與其他同學最不同的一點就維持不住了。我看不起他們這麼久，我怎麼能接受這想法：原來骨子裡我和他們都是一模一樣的。我不是山明水秀靈氣鬱鬱泰山周邊的山東臨沂人，而是根植在這個小島上的台灣人？多麼可怕的想法！

「又碰壁一次。又碰壁一次。我的精神狀態愈來愈差了。爸命令我回家。我開始在家裡晃啊晃。想不通這件事我的正常日子一天都繼續不下去。休學了。好幾次忍不住想問媽媽這整件事的來龍去脈，到底開不了口。我怕，怕媽會講出來我不願也不能接受的事。同時我發現媽似乎也怕我。有一次我跟她一起坐在客廳裡，我好幾次試圖問她，叫了一聲：『媽……』停一下又叫一聲：『媽……』反覆了大概有十次罷，於是我清楚地看見她姣好的面顏、清澈的眼光，透出了奇異的恐懼與生疏的表情。

「譁然間一條寬廣的路在我面前展開。平坦耀亮到我不敢相信自己竟然笨得一直沒察覺這路的存在。我找對了方向。我弄懂了自己的身世。我爲什麼一直想我爸不是眞的我爸呢?事實上所有的證據明明都指著我媽不是眞的我媽這個方向。舅舅明明講那少女後來成了小孩的後母。後母！我親生母親死在船上，而我親生父親毫無疑問是山東臨沂人，是個將軍。我想到哪裡去了?

「我自己分析出有兩個因素使我捨這條大道不行而誤入歧途。第一個是從小我的確是和母親比較親。父親一直是很遙遠，値得崇拜敬畏、卻無法擁抱的 figure 。每次在學校裡看到　國父、　蔣公什麼什麼人的銅像，我都會想到我爸。我眞的相信有一天他終究會被銅像化、永恆化。一個眞正的軍人、英雄。所以當我考慮到自從我離家後家中氣氛的改變，我潛意識裡就覺得可能是因爲我的存在讓爸不安。所以當我還在家時，他放不開像給予邵萍的那種自然的父愛。相反地，媽一直是我受任何挫折時心裡的支撐。她對我的疼愛是我一直沒有懷疑過的。

「第二個因素是那張發黃的照片。無論如何我無法否認我和照片中的那個男人的確有八分相像。舅舅舅媽神祕的閩南語交談讓我直覺地認定了這男人於我有極其重大的干係。我過早地與他的命運認同了而惹來一堆不得其解的冥想。

「想通這一切之後的幾天內，我成功地把這兩個因素結合起來給了自己一個圓滿的身世。記得我舅怎麼說嗎？他說：『命運可以剝奪任何東西，卻無法剝奪這愛的本身，愛永遠在她心中，不會死去。』我媽帶著最深摯、最偉大無懼的愛進入到我的生命路程中。她把對那醫生少爺的愛先是投射在肚子裡的小孩身上，那小孩不幸早夭後，很自然地就投射到接著奶養的另一個嬰兒身上，那就是我。我可以想像她多少次在恍惚中把我當成她自己的小孩，我才是她決定不顧親友反對嫁給一個外省籍軍人的主要原因。失去我，她不只失去一個奶養的小孩，也將永遠失去她自己的小孩，失去那愛情所有的著落點。

「這愛情的力量多麼偉大！它甚至蓋過了遺傳基因的決定性影響，讓我的相貌日益趨近她心中那個情人存留的影像。很可能也是這股神祕然而巨大的愛的支配，讓我終究走上習醫的這條路。我幾乎要成了她的情人的複製了。她的愛大到可以自己去塑造出一個著落的對象。雖然花了將近廿年，她的愛畢竟戰勝了殘酷的命運。

「我樂於做這樣的複製。我被這樁延續了廿年的愛情故事深深地感動了。羅密歐與茱麗葉的愛情悲劇突然之間顯得那麼平凡、甚至有些無聊。他們只是被命運擺弄的傀儡，連生死都被命運拿來戲耍，毫無抵禦的力量。而我自己身在、以我的一生參與的這個愛情，才是最不可思議、最偉大的。我開始一再地從現實裡滑離，進入到那張昏黃的照片裡。我不再是照片框外的旁觀者，而是照片裡的人。身著深色呢絨長大衣的醫生。

「我瘋狂地愛戀著我媽。我看她時不再覺得她是我媽，而是那個始終帶著黑白照片特有的細膩不同層次的乳白光暈的台灣少女。不可思議的美。我不厭倦地每天從早到晚跟著她，目不轉睛地盯著她美麗的臉龐看。一直到他們，爸、媽、醫生，決定我也許該住院一陣子。在醫院裡我作了一個可怕的夢。我夢見自己再一次跑進照片裡，帶著那個台灣少女在明媚的山水間嬉遊。然後在一個隱密的森林裡，我們歡暢地做愛。我將得自醫學理解的性知識運用在她身上，讓她一再地發出滿足的呻吟囈語。醒來後，我才一翻身就吐了，大吐特吐。殘亂的碎黏半液體、半固體狀東西不知爲什麼混成一種類似於粉紅的柔彩，整塊地從我口中跌落在純白的床單上。那白、那病房的藥味，是我一生中見過最醜惡的顏色、聞過最惡心的味道。我大概吐了有一個小時那麼久。吐到我覺得所有黏黏滑滑的內臟都吐乾淨了。吐停了之後，我曉得了，我不會再回去念醫科了。我覺得空虛得像棵植物一般……」

12

接下來發生的事是一團混亂。至今我還沒能將這些事完整地歸納出一個井然的秩序來。只覺得一層深一層的迷疑捲攪。甚至說一層深一層都有點牽強。這一層一層只是我不得已間硬是強加在這團混沌上面的分析觀念而已。

讓我借用一些圖表試著儘量把話講清楚。首先你會看到一個霧狀的方圍區域劃開了①和②。這霧狀地帶代表的是我的夢，長長的夢，與邵強對話的夢。①則代表我入夢前的時空區域。如果記得沒錯的話，①應該是一九七九年十月十六日的晚上。我從邵萍的生日餐會上黯然撤離，在房裡的床上睡著了，沿著箭頭進入夢裡，在夢中穿過似眞似假邵強生命中的迷離種種。在夢中我就強烈地意識到這只是一個普通的夢，一個會醒來的夢。果然不出我所料，夢的結尾處，邵強最後一句話：「我覺得空虛得像棵植物一般……」語音尚未落定，鬧鐘的嗶嗶聲就把我一下

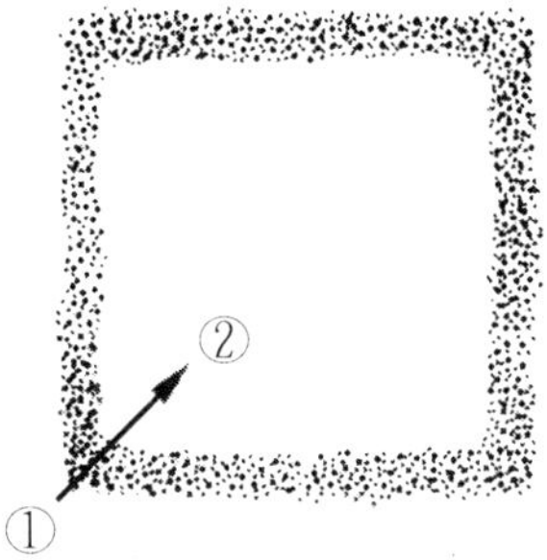

子從夢的迷濛地帶拖進了②區。

我很自然地將鬧鐘拿到眼前來。整個房裡還是漆黑一片，長短指針鬼魅的螢光出奇地刺眼。依照相關位置推定，應該是指著差不多五點半的樣子。我心中微微地訝異著。

首先是訝異經過了這麼長的一個夢，醒來竟然天還沒亮。我以為一定會睡到日上三竿的呢。接著這份訝異慢慢轉成了疑惑。平常我不是個會把鬧鐘弄到五點半響起的人。比我一貫的作息早了三個小時。我實在不記得睡前曾經調過鬧鐘了。不過這麼早響起的鬧鐘一定有什麼特殊的理由。

我第一個想到的當然是考試。也許今天有什麼考試必須早起臨時抱佛腳一番？我還是記不起來睡前曾經擔心過什麼考試。我把星期三（十月十七日是星期三）的課表在心中檢查一遍，還是一無所獲。

一想到考試這件事，我就躺不住了。從暖暖的被窩裡鑽出來，峻冷的空氣迅即刺穿皮膚表層，打裡面顛覆出一堆尖凸的疙瘩來，好冷。披上衣服後坐到書桌前，意外地發現桌上收拾得整整齊齊的，一副太平盛世的模樣。沒有留一絲一毫可供猜測哪科要考試的線索。

我只好又起身去掏掛在門上的外衣口袋。還好記事本乖乖地躺在裡面。任何考試、作業，我都會記在這深褐色塑膠皮面的小冊子裡。翻到十月十七日那一欄，我簡直不敢相信自己的眼睛。不是因為看到了什麼，正相反的，我什麼也沒看到。一片空白。十月十七日這一欄是一片空白！

難道我閒來無事把鬧鐘撥早三小時消遣自己？這實在不太可能。腦袋裡一團迷糊間，隨便地將記事本來回亂翻，忽然有一行字像電流般顫擊了我一下。在十月廿六日那欄底下寫著：「買昨天《中國時報》，光復節特刊，讀杜老師文章，下週討論。」這是怎麼回事？那語氣明明表示著是在廿六日當天記的。可是今天不是才十月十七日……

也許……十七日……也許今天不是十七日！這個念頭猛冒上來，差點把我敲暈過去。也許我這一覺睡醒來的②時空區域和進入夢前的①並不是連續的？

殘留的一點點睡意立即統統被趕到九霄雲外去了。我仔細地閱讀記事本裡每一條紀錄。十月廿七日。十月卅一。十一月二日。十一月五、六、七、八。連續四天都有紀錄。十一月十一日。十二日。十五日。十七日。十八日。……十一月廿九日，「存家教薪水二五〇〇元，目前郵局存款七一三五元。」老天。

我不敢相信。我開始懷疑是不是有人趁我熟睡時偷跑進來在我的記事簿上胡寫，並且把我的鬧鐘亂轉。這會是個比較容易接受的解釋。可是偏偏記事本上的字跡完全否定了這個解釋存在的可能性。明明是我自己的筆跡。

難道這意味著我十月十六日睡著後，醒來時十一月已經過完了？也許還不只呢。再翻下去十二月一日又有記事。十二月四號。六號。下一頁，十二月九號到十五號這一週只有十五號底下有一條：「六點半，陪邵萍去看邵強。」

邵萍！邵萍……我心劇烈地絞痛著，翻動記事本的手指也開始抖跳，我不可能睡得連跟邵萍的約會都錯失了罷？今天不可能已經過了十二月十五日罷？

翻開下一頁，我的心急驟地往下沉。下沉的力量大到我覺得連繫著心臟的各條肌肉都因爲過度用力想把心維持在原來掛的位置而隱隱發著痠麻的陣痛。十二月十七日，星期一，記事：「校長盃籃賽，贏中文系，比數45：37。」這怎麼可能？夢從來不曾給我帶來這麼大的麻煩。通常夢是讓我忘記現實的種種限制去接近邵萍，而這回我卻因爲進入夢中而遺漏了現實裡與邵萍相處的機會。這怎麼可能？夢和現實完全顚倒過來了嘛。

好像嫌這樣的打擊還不夠讓我沮喪似的，整本記事本中最後一道記事出現在十二月十八日那一欄：「軍訓課交作文，題目：『全國一心共同唾棄少數陰謀分子叛國行徑』，至少兩千字，遲交或未交扣總成績十分。」

這倒很像是會讓我一早五點半爬起來的作業。老天。我實在不想接受這種現實。今天會是十二月十八日嗎?我一睡睡了兩個月，卻選擇在清晨五點半醒來趕寫軍訓課要交的作文?我的老天，這是什麼樣的世界。夢爲什麼要跟我開這樣的玩笑?這兩個月到哪裡去了?這兩個月裡現實生活裡的我都做了些什麼?別人又發生了些什麼事?我怎麼能在迷失掉兩個月之後順利地重返現實?

每個問題都像是顆星星，卡通裡的星星，在我眼前飛奔著轉啊繞，我感覺到眼珠逐漸地往上拉吊，似乎馬上要暈死過去了。我不想面對這樣的現實。可是突然一記重錘從天而降，噹地一聲硬把我的眼球打回原來位置，定睛一看，「扣總成績十分」幾個字赫然浮突上來。

如果因爲缺交一篇作文被扣軍訓總成績十分……如果因此這學期的軍訓成績不到八十分……因此喪失考預官的資格……原來有希望當政戰官的變成了大頭兵……在外島出操構工……生命被萬惡共匪無情的砲彈持續威脅著……更糟的，每天不時被班長吆喝來吆喝去，用三字經橫加羞辱……以後出去找事，人家看你的資料……資料，有一些你永遠不曉得寫著些什麼的資料，會一輩子跟著你走……教官都是這樣說的……「你們不要跟我隨便，別以爲考上大學有什麼了不起的，你們的資料在我手裡，給你記上一筆你就一輩子吃不完兜著走了」……教官都是這樣說的!

我已經丟失了兩個月，可不能再大意弄糟一輩子啊!我瞬間理會到這篇作文竟然是關係到一輩子幸福的大事，千萬大意不得的。一陣冷汗肆流中，我已經完全接受今天是十二月十八日這個事實了，而後倉皇加上惱恨地發現將近一個鐘頭已經因此而浪費掉了。

我必須趕快開始動筆寫作文，二千字，媽呀，光抄就差不多要花一個鐘頭呢。

攤開稿子，先恭恭敬敬、工工整整地抄上題目:「全國一心共同唾棄少數陰謀分子叛國行徑」。抄完後卻楞了一下。題目挺面熟的，可是眞正意思又好像不太清楚。該怎麼寫好呢?……先破題罷，高中時國文老師教的，「聯考作文祕訣：1.破題：將題目逐字逐詞分析清楚……」逐字逐詞。「全國」，指的是我們每一個人……不，我們還不夠強烈，應該是台澎金馬一千六百萬同胞……不！這樣哪叫全國呢？全國當然是全中國啊，四萬萬……八萬萬……對，一千一百萬平方公里的錦繡河山上的八萬萬同胞……「一心」，就是一條心，就是電影國歌影片裡的「一心一德」，唱到這一句時，畫面上不是總統　蔣公就是蔣總統，所以一心就是跟蔣總統一條心，蔣總統想什麼我們就想什麼。以前的蔣總統這樣，現在的蔣總統這樣，以後的蔣總統也是這樣。……「共同」，這個比較簡單，就是大家一起來，像做大會操一樣，台上只要喊「一二、三四」底下每個人都知道要先兩臂高舉至與地面水平，然後在身前成六十度交叉，同時膝蓋微屈半蹲……一個口令一個動作……不，這樣太被動了，沒有口令一樣大家整齊動作……

再下來是「唾棄」。唾棄嘛，就是吐口水表示不屑，不過「國民生活須知」裡說不能隨便吐口水，在新加坡吐口水要被罰一萬塊呢。新加坡是亞洲民主進步的典範，對不對？……所以唾棄是象徵的，是用來表現不屑……比不屑還要強烈些，痛恨……轉成實際的行動，對於我們痛恨的東西，像萬惡共匪，就應該……消滅！對！抓起來關，要不然就殺掉。呼！呼！像以前我們的情報英雄犧牲自我爲國到處去殺人一樣。他們爲了國家立下那麼大的功勞，可是卻要等卅年、四十年才能把這些事蹟寫出來讓人崇拜，眞是委屈啊……「少數」，這很簡單，就是不多，少於半數，少數要服從多數，不服從多數的少數就是不民主。不民主的人不適合生活在民主的社會。像那些喜歡批評政府的人，他們懂什麼民主？我們政府有八萬萬人的支持，他們有多少？就算全台灣一半的人支持他們，也才八百萬，一百分之一而已！他們當然是少數。少數就要服從多數，怎麼可以輸不起亂罵呢？這種人不適合生活在民主祥和的社會。……不過我們政府也很可憐，有八萬萬人一心一德的支持，可是偏偏大陸不是個民主的社會。沒有少數服從多數這一套。共產黨也是少數，可是他們霸著大陸說不讓就不讓，眞是土匪……「陰謀分子」，就是偷偷摸摸做事不敢讓人家知道的人……就是不敢光明正大，做的事都神祕兮兮的……像在舞會裡他們說的那種「見光死」的女孩子，喜歡躲在暗處……保有一大堆機密怕人家知道的人……等等，這樣分析不太對，我們的軍隊也有很多機密啊，可是他們當然不是陰謀分子！……這個等會再回來想……

「叛國」，就是背叛國家，就是背叛政府，就是背叛黨，就是背叛中國文化，就是背叛領袖，就是背叛三民主義，歸根究柢就是背叛自己的良知理性……例如說跑到國外去告洋狀是叛國、違紀脫黨競選更是叛國……批評孔孟學會就是叛國……傳謠言說誰誰誰是蔣總統的兒子、孫子就是叛國……不曉得倫理民主科學與民族民權民生之間關係的就是叛國……「這麼簡單的申論題都不會，你們哪有資格當中華民國的國民，對得起　國父、對得起　蔣公、對得起國家嗎？」我們高中的三民主義老師都是這樣訓示我們的……歸根究柢一切不應當的行爲都是叛國……古代有孝，戰陣無勇非孝也、事君不忠非孝也什麼什麼的；現代則有國家，一切不良的行爲都對不起國家……政府也許該找一些學者教授編一本《國經》，既繼承又發揚《孝經》的傳統……

最後是「行徑」，行徑就是行爲，就是除了犯意以外還有實際的犯罪行爲……不過叛國的情形下，對於行徑的解釋應當儘量從寬……因爲這是關係到天地生民萬物的第一等大事……不不，不能這樣寫，　國父說要立志做大事，這樣不是變成　國父叫我們去叛國嗎？眞是亂來……在這裡關鍵是分清楚思想和動機……在其他罪罰裡只罰行爲不罰動機，但叛國思想只要在腦子裡一萌芽，就構成行爲要素……思想是天下第一等危險的東西……

第一段這樣寫可以嗎？不知道會不會有什麼問題？還是要小心一點，教官們有著全世界最靈敏的眼睛和鼻子，一下子就可以看出，或者嗅出，周遭環境裡的壞成分。我可不希望作文裡面不小心夾帶了不應有的東西。

好像專和我作對一般，第一段的草稿還沒想定，半個多小時已經過去了。更惱人的是，我腦裡愈因緊張而混亂，外面愈發無理地傳進來一些雜七雜八的聲響。一大清早怎麼會有這麼多雞零狗碎的吭吭嘰嘰？收音機、上下樓梯的腳步、老舊桌椅的關節、被任意隨興翻動的書頁……到處發著聲音。更離譜的是走廊上的電話鈴竟然也在這時湊熱鬧地大叫特叫起來。七點十分。七點十分！什麼樣的人一大早打電話來吵呢!?我沒好氣地拽了筆起身開門去接電話，拿起話筒老實不客氣地粗著嗓子長長地「喂——」了一聲。

那頭短短、試探著回了一個「喂」。邵萍。竟然是邵萍！「邵萍？」我驚訝地問。她聽到我的聲音似乎比我聽到她的還要驚訝。不只是驚訝。她在電話那頭用一種我沒聽過的悲憤音調吼起來：「你還在家裡！你不是說要來嗎？邵強失蹤了你知不知道!?」什麼？我什麼都不知道。啞立當場。邵萍又叫，帶著惶急近乎哭泣的口氣：「你快來啊！來啊！」沒有等我再說什麼，那頭就掛了。我甚至來不及問一聲：「你現在在哪裡？」

糟！我心裡急得像有一鍋爆米花在裡面亂跳亂炸一般。眞是一波未平一波又起。我必須在最短時間內趕到邵萍身旁。可是又要把軍訓課的作文趕寫完。而且我不知道邵萍在哪裡。而且我不知道教官出這個作文題目的眞正用意。而且我遺失了兩個月的記憶……除非我馬上變成超人。眼前這麼大的一片謎團需要超人的智慧才能拆解。可是在現實裡我是個再平凡不過的人了。連最簡單的智力測驗小問題都從沒有不看解答想出來過。以前有一陣子，邵萍很迷《練腦力》一類的書，心血來潮便拿我做考驗對象。我幾乎每次都讓她失望。

例如有一個問題：有一匹馬向東跑，然後向右轉向左轉，南轉北轉，轉得人暈頭了，最後停下來時，尾巴應該朝哪個方向？我緊張地跟著題目東指西指，算了半天，怯生生地答：「應該……是……東邊罷……要不然就是北還是南……」邵萍大笑，曲起中指輕輕敲我腦殼。然後帶著勝利的姿態宣布謎底：「傻瓜，馬停下來時尾巴當然朝地下嘛！」

接下來她又問一個問題：甲乙兩地相距三百公里。A車從甲地出發，時速五十公里；B車從乙地出發，時速卅公里。兩車相向而行。有一隻蒼蠅，時速一百廿公里，在兩車間飛行，牠從甲車飛出來，碰到乙車就回頭朝甲車飛，碰到甲車車頭再回頭，如此反覆。問到甲乙兩車相遇時，蒼蠅一共飛了多少公里？

這次我想我學乖了。我理都不理那些鬼數字，邵萍題目一講完立刻回答道：「結果是AB兩車會在路上相撞。無聊飛來飛去的蒼蠅會被夾死在兩輛車頭間，壓得扁扁爛爛的。兩個司機都受傷了，交通阻塞一片混亂。附近的居民都跑來觀看、議論紛紛。不耐煩的汽車司機們大摁喇叭。警察和救護車都被堵在半公里外動彈不得，誰也不讓他們。慢慢地血開始從扭曲成一團的鋼板間沁出來，一直流一直流。旁觀的人好奇地猜測流出來的血中哪些來自A車司機、哪些來自B車司機。其實他們都不知道，那裡面還混了一點點蒼蠅的血……」我話還沒講完，邵萍掉頭就走了，看得出來是氣得臉色青白、眼眶發紅。

在現實裡，我就是這樣笨拙的。怎麼辦呢？慌亂中我想起了可能是唯一的解決方法。除非是在夢裡。除非這整件事還在夢裡。我能把現實硬生生地變作夢嗎？我不知道，從來沒有試過。不過爲了軍訓成績，又爲了邵萍，這兩重生命大事加在一起，任何冒險似乎都值得一試，不是嗎？

我連忙坐回到桌前，開始告訴自己，這只是一個夢。讓我在夢裡變得聰明些罷。我要這一切還是夢。我從一個夢進入另一個夢，而不是醒來。我不能負擔醒來的代價。

所以這一切是夢。我必須想像自己不再是現實生活裡那個掛狗牌、喜歡在車禍現場看熱鬧的我，而是聰明的超人，進了電話亭之後的克拉克。現實是謎時，夢反而可以是透明清澈的。假想自己是超人從電話亭的玻璃窗探望出去尋找受難美女待援的地方。窗。窗外是一片漆黑。令人沮喪的一片漆黑。

慢著。我似乎找到了一點線索。鬧鐘上的時間是七點廿一分……剛剛不是朦朧一片天光貼罩在窗外荒涼的景物上，看似即將天亮了嗎？怎麼現在反而是漆黑一片？……這麼簡單！鬧鐘響的時間不是清晨五點半，而是下午五點半！我開始聰明起來了！萬歲！我回到夢裡了，我成功地把現實化成了夢。

用圖來表示的話就是這樣的。我原來在②的時空裡迷惑著，突然間藉著一個超越，擺脫了②，循箭頭進入③時空。我不太能確定這樣的超越算不算夢，因爲我沒有眞的睡著。所以那界線是實虛交雜的。

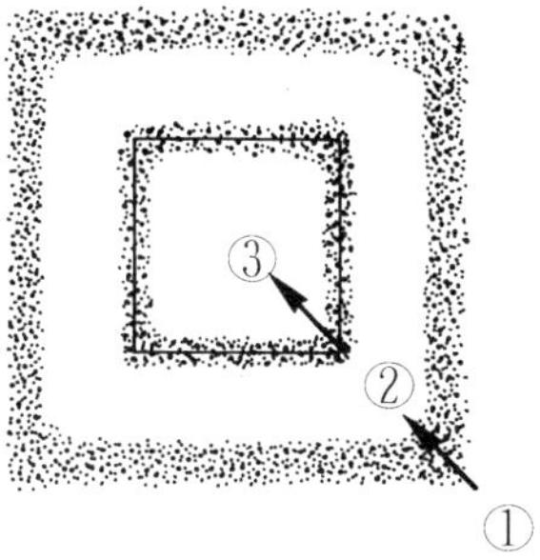

③是個什麼樣的時空呢？我一下子就用夢裡超乎異常聰明的腦袋想清楚了。應該是十二月十五日的下午。星期六。我大概是從學校上完課回來，累了就躺在床上睡個午覺。因爲和邵萍有約的關係，把鬧鐘調到了五點半。這就可以解釋天色爲什麼不亮反暗，可以解釋爲什麼外面有這麼多聲音，可以解釋邵萍打來的電話。更重要的，這樣的話軍訓作文就不必急著寫了！

當然我不是沒想到十二月十七日跟中文系的那場籃球。不過反正這是個夢嘛！人活著本來就不必事事計較對不對？教現代史的教授不都是這樣說的嗎？「學現代史有時候就是要睜一隻眼、閉一隻眼，每一條紀錄都要弄清楚的話，根本就活不下去囉！」明明白白的紀錄在還是可以把它當作沒發生過，對不對？

只有在夢裡，我才會聰明到借用現代史來處理自己生活上的事。也才了解原來歷史眞是有鑑戒立榜樣的功用呢。

解決了時間定點的問題，再下來就必須標定邵萍所在的地方。我只花了卅秒就解決了這項智力測驗。我和邵萍約好去看邵強。想來邵強一定是在醫院之類的地方。再一想，我的記事本上十月底附近有一欄零落地記著：「台療三一八」的字樣。兩下一連起來，邵強大概是住院了。台灣療養院第三一八室。我本來六點半要到那裡和邵萍碰頭的罷……

成功了！利用心靈的力量把現實轉化爲夢，再在夢裡把自己塑造成超人。不知怎地，竟有一種在讀中國現代史時特有的情緒一下子浮湧上來。我沒時間細想，推開窗子就打算朝台灣療養院的方向直飛而去了。不過眼睛乜斜在暗裡瞥到底下水泥地反射出的一點微光，我畢竟打消了這個念頭。我想還是不要急著試驗夢的邊界的好。我實在沒有把握夢裡的超人力量包不包括抗拒地心引力。

我繞出門口、走下樓梯，檢查了一次口袋裡的皮夾，然後叫了一輛計程車。週末華燈初上時節馬路上無可避免地有點塞。即使是夢的超越倒也拿交通堵塞沒有辦法。堵塞的解決只能依賴一些政府官員的心靈超能力。他們在紙上設計開闢一條新的馬路，每一個路口都禁止左轉，然後就可以在心靈裡規畫出一幅「從此台北交通大暢，巴士、小包車與摩托車共同過著美滿幸福的日子」的童話景象。這種超能力比我的夢先進至少廿年。

我到達時已經八點十五分了。三一八室當然是頭等病房。我推開半掩的房門，裡面空蕩蕩的，邵萍孤零零地縮蜷在深褐色大沙發的一角裡發呆。看到我時，她眼裡黯著眞正的無助與悲戚。

「Give me a hug, would you?」她的第一句話。我連忙過去前傾上身憐惜地輕擁了擁她。是了，這一定是個夢。只有在夢裡，邵萍，我的愛，才會這樣完全地依賴我。沒有家人、沒有朋友、沒有情人，只有我。我不是家人、不是朋友、不是情人，我甚至不是我。我只是我的愛情寄住的形體，我之所以存在是因爲對邵萍的愛必須藉著我來表現。

多麼美好的夢，卻又是多麼淒涼的美好。淒涼到我必須抑制不讓自己去讚頌那美好。每次這樣的夢裡，邵萍總是失去了些什麼、苦惱著些什麼。失去了、苦惱著一些在她生命裡眞正重要、比我重要的東西。即使在夢裡，也只有這種時刻，我才有機會和她共同分享一些苦澀，甜蜜的苦澀，或者，苦澀的甜蜜。

邵強在醫院裡失蹤了。邵萍的爸媽、滿樓的醫生都在找他。只有她留下來等我。醫生交代的：我最可能知道邵強去了哪裡。

我？爲什麼是我？我甚至連邵強的長相都記不全。很努力才勉強在心靈的映板上拼湊出一張模糊的臉，五官都還浮動著找不定應有的位置，像卡通裡畫的幽靈。我怎麼會知道邵強在哪裡？難道會是在茶樓還是地下酒廊，跟夢裡的我繼續在聊天？不可能啊，我們在夢裡的聊天醫生怎麼會知道呢？看我悶不作聲，邵萍開始用一連串的問話催我：「邵強他到底怎麼了？他這次崩潰到底又是爲什麼？爲什麼他都不說？不跟醫生說、不跟我爸媽說，連我來時他都一動不動地坐在床上，陰陰地瞅著我，一句話都不說，這到底是爲什麼？」

我怎麼會知道呢？我現在才曉得邵強因爲精神崩潰住院的。唉！這一定是發生在十月十六日與今天之間那段喪失的記憶裡的。那是一段完全模糊的日子，我根本不知道應該到現實裡還是夢裡去找。

非現實非夢的遺失。或者說現實與夢兩頭都落空的遺失。

那段時間內到底發生了什麼事？一定有特別的理由罷。我從來沒有這樣遺忘過，不管是現實還是夢。

「你說話呀！」邵萍的語氣急得帶著快要哭出來似的切促收尾。

我不曉得該怎麼講，「我也不知道……」

邵萍虎地變了臉，原來的哀告催求一下子變成咬牙切齒：「你到底是怎麼了？你有沒有良心啊!?他現在人失蹤了，大家急得跟熱鍋上的螞蟻一樣，而你手上可能握有最重要的線索！早一分鐘能找到他，就減少一分發生意外的危險，你知不知道!?……你快講啊！」最後一句是直截沒有任何轉圜餘地的命令句。

我也急啊。可是愈急我愈不敢隨便講。「我怎麼會知道什麼線索……」

邵萍的耐心用完了。完了。她勃然氣沖沖地站起來立刻往門口走去，我連忙跟上去，沒料到她忽然又一個急轉彎回過身，我收不住原本急追在她身後的腳步，和她撞了個滿懷。

一陣混亂。邵萍身上發出的淡柔體香。她厚實的胸部觸上我的毛衣。我簡直不知要怎樣收拾自己。好不容易笨拙踉蹌地找回自己的腳板和地面的適當位置，忙不迭地向後退了好幾尺。

邵萍卻好像完全沒有知覺到這小小的意外。她毫不留情厲聲地給我一頓痛罵：「我告訴你：我會記得的！我會記得在這種關鍵時刻你怎麼對待我、對待我的家人！白費我信任你、邵強也信任你！護士們都說你天天來，只有你來的時候邵強才願意講話。把所有醫療人員趕出去只講給你一個人聽！在這種關頭你卻背叛我和邵強對你的信賴！我發誓再也不要……」

晴天霹靂打得我腦袋裂成無數個碎片。從碎片的眼光看出去整個世界在顫抖、搖晃、傾頹。一棟棟高樓在我眼前倒塌、粉裂，隨即風化成碎石泥沙。我必須在邵萍發的誓完成前進行緊急搶救，要不然我的世界片刻間就要變成古代廢墟了。「邵萍，先別生氣，我講、我馬上講……」

我大概停頓了十分之一秒，眞的只有那麼短的遲疑。邵萍跨前了一步，直勾勾瞪住我，催我：「講啊！你是不是想瞞什麼？別忘了，我是他親妹妹，沒有什麼好替他隱瞞的……」

隨著她邁前的一步，我不由自主地退了一步。我還是不知該講什麼，我需要再爭取一點時間。時間的壓力擠塞得我面紅耳赤。「他講的東西很奇怪、很複雜，需要整理一下……」我喃喃地說。

「是什麼就講什麼嘛！」邵萍又跨前了一步。我從來沒有想像過她的存在可以變得那麼龐大。彷彿瞬間抽長了一公尺。而我則在她的陰影覆罩下縮成約莫一隻小北京狗的尺寸。

汪汪。汪汪。「邵強說他覺得自己變了，變得……」我一面說一面又退後了一步，猛地有東西在我背後搔拍了一下。我驚慌地轉身，還以爲會發現幽靈般的邵強突然重現了。結果是一株盆栽，將近一人高的植物，有著類近橘科的原綠沉實的葉子。

就在背對邵萍，暫時躲開她灼人的眼神的那一剎那，話未經控制地從我口裡流了出來：「他說他是一棵植物。他說他像一棵植物一樣空虛……」

我不知道自己在說什麼。這話實在太荒謬了。荒謬到提醒我這只可能是一個夢！

本來就是一個夢。初極狹才通人行數百步豁然開朗。夢是我的桃花源。像爐火突然被關掉，沸騰中的鍋立即平息無波。原本已經升到腦頂馬上要衝上天花板的血液也如溫度計裡的紅水銀般緩緩地降了下來。降到夢的水準。

我平靜地回頭重新面對邵萍。當焦慮升到一定的程度之後，即使是再壞、再不可置信的消息，都會帶來一點解脫的輕鬆。儘管有時是有罪惡感伴隨的輕鬆。我看到這種輕鬆在邵萍臉上停留了一會兒。然後才又繃緊嚴肅起來：「你能不能講仔細一點？」

講仔細一點？我怎麼能？事實上我根本不記得在醫院裡邵強都跟我說了些什麼。我也根本不了解自己到底發了什麼神經天天跑來看邵強。但是我畢竟還是講了。理由一：因爲邵萍要聽，那我不能也得能。理由二：反正這是個夢，要在夢裡創造出一個回憶來倒不算是什麼難事。

在夢裡創造一個回憶。是的，創造。正是經由這個夢的飛躍，我才開始寫小說的。在夢裡寫，用我的夢寫我的夢，夢見小說發表在別人的夢裡。

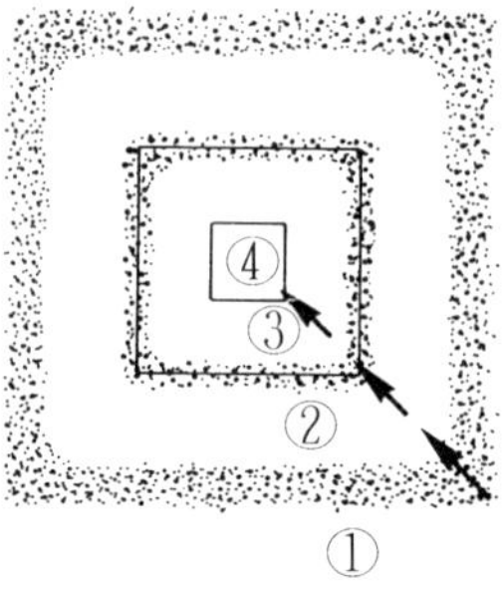

我的第一篇小說就是在邵萍的要求與逼問下產生的。邵萍。我的愛，這一篇小說的創作將我帶入另一個時空區域④——一個虛構重建的時空，用來填補十月十六日到十二月十五日間的那段空白。並且試圖從小說中找出邵強之所以失蹤的原因，及他目前下落的線索。

現在，將近十年之後，回頭看自己的第一篇小說，有時還眞感到慶幸，在那種先天不足的情況夾逼下，我很快地學會了許多在我們這個社會、這種時代創作文學作品時所不可或缺的正確態度。

例如若不是這小說的主角與唯一的讀者間的特異關係，我不會在敬慎緊張的心情下體會到那麼多隱藏在作品裡的奧祕。畢竟邵強是邵萍的哥哥，共同生活了廿年的哥哥。要在邵萍面前描述邵強，我第一個學會的是：作品的發展必須看著別人的臉色來決定。我的小說沒有既定的情節、沒有想妥了的道德教訓，甚至沒有統一的敘述原則，重要的是一邊創作一邊隨著邵萍的表情變化迅速作出最大限度的調適。有了這個經驗，以後每次寫小說時，即使在夢裡，我首先總要弄清楚應該看誰的臉色來寫。我寫作的書桌面對的牆上，隨時都貼著一雙大眼睛，烱烱有神地監視著我寫的一字一句。我依照那雙大眼睛的指示小心地劃定自己作品的界線。並且深刻地了解到：所有成功的作品都是安全地避開禁區，絕對不敢冒犯大眼睛的作品。依從這條原則，我甚至在夢裡得過一次國軍文藝金像獎和一次教育部的小說徵文比賽首獎呢！

我第二個學會的是：如果不是很有把握故事情節能夠說服、感動讀者時，最好的方法是在作品外面加上一層框框，假裝這故事本來不是要說給他們聽的，而是不小心被他們窺視到的。在我們的時代，很少人會相信別人的話、表面的事。他們只相信偷聽、偷看到的。偷聽、偷看給人一種自己就是監視者、大眼睛的錯覺。誰會相信那些高喊爭取民主的人要的只是民主呢？大眼睛告訴我們：他們的日記簿裡其實寫滿了其他可怕冷酷的陰謀。你會相信哪一個：民主還是陰謀？街頭演說還是日記簿？

日記簿。我的第一篇小說，在情急下，就是採用日記體的，正因爲它的內容是那麼不容易取信它的讀者，所以只有借用了最眞實、坦白的形式。

讓我們接著進入時空區域④，我的小說，我的日記。

1. 十月十七日　星期三

昨晚在邵萍生日餐會上出的糗狀讓我一夜失眠，直到天快亮時才倦極渾噩睡去，醒來時已經中午，錯過了民法債編。下午去上商事法，結果一如所料，陳老師遲到半個小時，提早走半個小時，中間大約四十分鐘的時間跟我們解釋他爲什麼會這麼忙。他說他忙得連行政院長請吃飯都遲到。可是院長好和藹可親，一點都不生氣，還頻頻詢問在這樣忙碌的生活裡，他是否有小心保養自己的胃腸。接著又跟我們描述了一會兒在那張飯桌上其他的高官顯貴及他們種種可愛有趣的地方。大家聽得津津有味。

提早下課多出的半小時本來想去打球的，可是沒有球場。在籃架下和阿品聊了一會兒。他說陳老師是個聰明人，校園黨部裡每一個都誇他。他們最喜歡聽他上課的錄音帶，因爲有趣，而且不必緊張兮兮、正襟危坐怕會聽到什麼需要做成紀錄向上報的不良言論。說老實話，我有點羨慕阿品的，他在校園裡眞是吃得開。上面還特別送他一台超迷你型的錄音機，小得不可思議。很多老師進教室第一件事都是先找找看阿品有沒有來上課。拉風跩得很。

晚上意外地接到邵強的電話。邵強！邵萍的哥哥！打電話來說要邀我出去談談！我簡直頭暈了。難道是邵萍……我又失眠了一夜，想不透邵強爲什麼會來找我。

2. 十月十八日　星期四

早上上中現課。照例大睡一場。睡到一半被韓學忠的聲音吵醒。好像除了他以外，其他同學都迷迷糊糊、睡眼惺忪，搞不清楚發生了什麼事。後來才曉得原來他在跟老師辯論　國父在清末革命中扮演的角色。他好像是要說革命不是　國父一個人領導的。老師咿唔應付了一陣，就大吼一聲命令韓坐下住嘴。然後氣嘟嘟地宣布下課，連名都忘了點。很多人都很後悔早知道會這樣就不必來了。阿品則在遺憾沒帶錄音機，又睡得太沉，根本不知道韓講了些什麼。

下午到市中心區的一家茶樓和邵強見面。整整聊了三個鐘頭。能想像嗎？我和邵強聊了三個鐘頭，而且沒有提到邵萍！

整個晚上我都在想一個問題：邵強爲什麼願意花這麼多時間跟我閒扯？我得到一個答案：人與人

之間的交往模式往往是由第一印象來決定的。那天在邵萍的生日餐會上邵強誤會了我是因爲不願討好邵萍所以沒有帶禮物去，繼而認定了我是個跟他一樣對凡事都極有主見、不隨同流俗的人，再由此有了錯誤印象以爲我會是個跟他談得來的人。他帶著這樣的第一印象來找我，所以他對我所講的話有特別的耐心，及某種固定的期待。即使遇到我眞的講了些膚淺無聊的話時，在不願輕易承認自己看錯人的情況下，他會努力想出法子把那些話解釋得彷彿眞帶有什麼特殊的意義一般。

例如說當他告訴我他正在寫一篇文章回顧反省鄉土文學論戰時，我是多麼愚蠢地暴露了我的無知啊。我問他：「什麼是鄉土文學論戰？」更蠢的是，我坐的位子剛好面窗，望出去是一道橫一道的中華路陸橋，橋上彩飾漆滿的標語一直占據著我的視線，其中最醒目的一句正是：「在每一個陣線上打贏反共聖戰」，因而我竟不自覺地在這兩「戰」之間搭上了聯想，我接著問邵強：「是反共敵後戰爭的一種嗎？」

邵強臉上的表情很難看。好像聽到突來的鞭炮聲，嫌惡著，卻一時還決定不了要怎樣反應。我晚上回想起來，如果他不是先入爲主地有那個第一印象在，他大概會對我的話嗤之以鼻、大加嘲諷一番，然後就拂袖而去罷。

可是事實上，他暫時隱藏了原本顯露出的嫌惡，停頓住，彷彿在嚼咀一樣奇怪的食物試圖決定它到底是什麼般地努了努嘴，半晌後突然在自己的大腿上狠拍一掌，啪地好大一響。他開始用讚歎的口氣說：「有你的，講得好！一針見血：『什麼鄉土文學論戰！』這樣的稱呼還眞太抬舉了那群不讀書的老少糊塗蛋！你質疑得好，我是應該在文章開頭就先批判這個 term 。」他很認眞地在想：「首先，『鄉土文學』根本就不能成立。文學就是文學，文學不應該被任何標籤綁手綁腳的。以前有什麼革命文學、國防文學，事實上產生出來的作品根本就不是文學。」

他興奮起來，提高了聲調說：「而且你諷刺得多好！他們這場亂打哪裡稱得上『論戰』，根本有戰無論，只有互丟泥巴罷了。而有些人還神經過敏地到處亂塞帽子給人家，講得慷慨激昂、口沫橫飛，好像眞的面臨了生死存亡的反共聖戰一樣，哈哈哈，諷刺得好，You are really smart, aren't you?」

（寫我的第一篇小說的過程中學到的第三件事：要讓故事可信，可以假裝無意地插進一些似乎不相干的旁枝，在這旁枝上輕描淡寫地討好你的讀者。我知道邵萍也曾爲了保護黨及社會國家的安全，接受過類似阿品在做的那種任務。他們系上有一個老師後來因爲她的報告遭到了警告。那老師嚇得在開車回家路上出了車禍，住院一個星期。邵萍爲此內疚地辭去了任務。她一直都不能說服自己其實那根本不是她的錯。誰叫那個老師自己要亂說話。所以當我提到阿品時，她的臉色顯著地和緩了下來。

（學到的第四件事：處理具爭議性的話題時必須超然、客觀。其實我一點都不了解鄉土文學論戰。當時我只知道這整件事和政治有關係。跟政治有關的事邵萍通常都不會知道的。絕大部分的女孩子對政治都不會很清楚。所以我讓邵強談鄉土文學論戰應該不會引起她的懷疑。而且我讓邵強把論戰的兩邊都批評一番——古代衙門與現代法院在面對沒有明顯輸贏的案子時的祕訣：兩邊各打五十大板——又給了他一個超然、獨立的形象。邵萍當然喜歡邵強是超然、獨立的。她當然會相信超然、獨立的邵強是眞正的邵強。）

邵強這樣地寬容、這樣努力改造我的話來符合他自己的意義建構，讓我又慚愧又感動。因此我自然地學得謹慎小心些了，不再輕易對不了解的事作出無聊的詢問。而他也的確說了許多我不太了解的事，大半都是跟政治有關的。對這些我一直只是點點頭。

後來他問了我一些家庭背景種種的細碎瑣事，對於我是台灣人這件事，他似乎很驚訝，並且爲此沉思了一下，喃喃地說了一聲：「可是你國語講這麼好……」我覺得很不好意思，連忙補了一句：「也不眞的是本省人啦，我們家的族譜可以追溯到宋朝的一個大官呢。」

要分手前，他問我星期六下午是否有空，他想再跟我聊聊。他那麼誠懇地邀請，我實在沒有理由拒絕。

3. 十月廿日　星期六

早上又有民法債編。我對這個課向來沒有太多好感。債，總讓我想到小時候貧窮的日子。我不喜歡想起貧窮。可是滿意外的，下午和邵強見面時，我們的話題卻一直繞著貧窮的故事在轉。

我們還是約在原來那家茶樓。週末下午擠滿了人，吵雜得不得了。很多時候我們幾乎像是在吵架般地互吼，例如邵強那句最震動我的話就是吼著說的：「你知道嗎？貧窮是全世界最高貴的現象。造成貧窮的社會是可恥的，但因貧窮而受苦的人卻往往有著最深刻、最眞摯的感情。」

我不知道我之所以感受到震動，是因爲那話的內容，還是因爲邵強那張因用力嘶吼而扭曲、漲紅的年輕剛直的臉？也許都有罷。

事情是這樣開始的。我們在茶樓會面坐定沒多久，邵強又問起我的家世和成長過程。我只好誠實地告訴他我不喜歡回顧小時候，尤其是來台北之前的那段，因爲我們家那麼窮、又是台灣人。

可是邵強堅持要聽，他還強調這對他決定要跟我交朋友交到什麼樣的深度很有關係。在他那樣凝重嚴肅的表情懾罩下，我只好呑呑吐吐地開始講了一些。

後來也不知道怎麼提到的，我告訴他小時認識的一個山地人的故事。那是在花蓮，我們小孩都知道有一個叫「阿咕」的山地人經常出沒在附近的廟口。他似乎雙腳都不方便，終日坐在街口的角落行乞。我們常去丟他石頭他也不生氣，反而會回頭來對我們咧嘴笑笑，然後合掌跟我們拜拜。他行動時是在屁股底下墊一塊不知哪裡弄來的臭牛皮，兩手撐在地上勉強地在地上拖移，發出刺耳的沙嘩嘩響聲。

後來有一陣子，在我們那一帶莫名地傳起來說阿咕的跛腳是裝出來的。似乎是有人聲稱在深夜時分湊巧看到阿咕在街上喝得酩酊大醉，醉得興起便一手拎著酒瓶、一手掛著他的那張臭牛皮，大搖大擺地站起來走路了。

在那樣平日無事的僻遠地方，這個傳言愈傳愈厲害了。有好事無聊的少年，竟然跑去用結結巴巴的山地話雜一些漢語嚇阿咕，說城隍爺已經知道他裝跛腳在廟口騙人，會嚴厲地懲罰他。不料阿咕根本不信城隍爺，他說他只信耶穌基督，除上帝外別無其他的神。

那些游手好閒的少年們並沒有因此而放過他。知道他信耶穌基督之後，就改口嚇他說上帝會懲罰他的不誠實。結果阿咕聽了捶胸大笑，說：「上帝早已經懲罰我了。我沒有行什麼不義，卻弄得雙腿不能行走，流落在異教徒中間，甚至不能固定上教堂作禮拜，上帝還可能再怎樣懲罰我？」他們聽他這樣講，忍不住就問他：「上帝對你這麼壞，你爲什麼還要信他？」他的回答是：「因爲只有耶穌基督和聖馬丁可以叫瘸子丟掉拐杖站起來走路，叫患痲瘋的立時潔淨了，叫在地上受苦的到天上享福。」

惡作劇的少年還不放過他。其中有一個突發奇想，跑去騙他說聖馬丁復活了，有一個自稱是聖馬丁的人來到了東部，凡被他的手觸摸到的，病得再重的人都立即會痊癒。

剛開始阿咕當然不相信。於是他們不知到哪裡找了一個陌生人來，那人大概是個混血兒罷，長得是有幾分像洋人。他們本來的用意是要那人碰阿咕一下，然後強迫阿咕站起來，這樣就可以知道阿咕的雙腳是不是眞的壞掉了。

好多人圍來看這場活劇。那混血兒一出現，阿咕的臉色馬上都變了。那種恐慌、畏懼與不知所措完全無從掩藏。眾人中爆出哈哈的笑聲。看來阿咕的騙局要被拆穿了。那人接近到差不多十步時，阿咕就拚命地用手在地上撥啊撥想要往後挪動了。可是那些少年擋住了他的退路。那人又走近了兩步，阿咕整個人緊張得彷彿要痙攣了。又走近了兩步，阿咕哭了，一邊哭，一邊用阿美族的山地話對那人哀告，他說他不信基督教了。他說他一直都不相信上帝。他不是隻好羊，不值得牧羊人對他的眷顧。又說他是個罪人，神蹟不會出現在他身上的。他哭得很傷心、很傷心，很多人都心軟了，紛紛說：「好了啦，知道他是假跛腳就好了啦！」可是那群惡戲少年卻不放手，要那扮演聖馬丁的人無論如何去碰一下阿咕。

就在那人的手快要碰觸到阿咕時，大家沒有想像到的事發生了。阿咕努力掙扎著躲開那隻手的過程中，他的腳動了。非常非常勉強地支撐起他的身體大概半秒鐘，立刻就潰倒了，把他的身體重重地摔在水泥地上。隨即他又試了一次，這次倒得更快、摔得更重，在額角上摔出了一個大洞，鮮紅的血一古腦地紛紛湧出來……

邵強急急地問我這到底是怎麼回事。原來這一場惡作劇反而證明了阿咕的雙腿眞的是壞的。自小得麻痺症壞掉的。

「可是那他爲什麼要躲呢？」邵強問。

「他以爲那個假的聖馬丁眞會把他的腿治好，這樣他就會失去了賴以謀生的依靠了……」

「他可以去做別的事啊。四肢健全時要謀生賺錢不是容易多了嗎?這樣傻啊……」邵強感慨著。

「也不見得。」我回憶起那些山地人,「他看他們族人的情形看多、看怕了。當時他們那個村裡眞的沒什麼人過得比他好呢,他們都羨慕他咧。」

「怎麼可能?」邵強做了一個「別開玩笑」的表情。

「眞的,」我認眞地說給他聽,「我們聽他講的。那時候他們村裡的一塊山坡地,本來種旱作的,被政府花錢開闢成了水田放租給幾個榮民,然後給了他們另一塊沙質土壤的河岸地作補償、交換,吩咐他們在那上面種花生以便賣到山下榨花生油。同時在村口新設了一個派出站,來了輪班値日的警察。從那以後,他們種作就出了問題。第一、每天要走好長一段路才能到達自己的花生田,遇到有山洪下來時,救都來不及救。第二、每天要吃的食糧現在必須靠賣花生換了錢到山下市集上跟漢人買。第三,原來自己釀自己喝的酒,現在都可能被警察當私酒取締沒收了。幾個因素加起來成了一套惡性循環。花生價格控制在山下的油商手裡,如果想買糧食,就得依他們的價錢把花生賣掉。所以往往種一季花生換不來一家吃的粗糧。種作所得愈少,愈不想種。愈不想種,生活愈艱難。生活愈難愈不想面對。愈不想面對愈需要酒。只要有酒什麼都好。於是那些比較奸狡的油商往往就拎兩打米酒上山,一塊錢現金不必付就把花生換到手了。他們酒醒後就發現自己生活上的問題更大更大了。更不想醒了。」

「他們可以到山下工作啊!?」邵強簡直有些氣急敗壞了。

「也很難。第一個是語言不通。山地小孩又很少上學的,所以第二個是沒什麼知識。到山下十次有九次會被騙。而且阿咕跟我們說,他們村裡下到漢人聚落去工作的,幾乎每一個都有被當作小偷關過的經驗。常常都是剛領了薪水,店主家裡就丟了什麼東西。然後他們就被送到警察局。警察就叫他們把薪水中的一部分拿出來賠丟掉的東西。都是這樣。有的甚至還被警察遊戲般地亂打一頓。都是這樣。甚至走在街上無所事事逛逛，都會被警察抓。所以他們才羨慕阿咕，能在廟口討錢，這都是拜他的瘸腿所賜啊！阿咕說他小時候是曾經好希望有一天能遇見聖馬丁來治癒他的腿，可是後來卻變得怕萬一眞的變回了四肢健全的人……那會是最可悲的事了。他只能祈禱基督耶穌和聖馬丁不會眞的那麼殘忍來奪走他的瘸腿……」

這故事似乎讓邵強很沮喪。他臉上浮換著各種變形的器官組合，好像拿捏不準該把自己的情緒反應定位在哪裡。時而沉默地凝思，時而淒傷地感歎，時而從喉頭擠出嗆嗆的咳聲……

不過這樣的情緒起伏並未如我所料般地打斷貧窮這個話題。相反地，他格外熱切地向我討索更多這類的故事……

我也不了解爲什麼在他明顯的關懷催促下，一個個兒時看來、聽來，總以爲早已忘懷透淨的故事竟然陸續地從過往的魔魘覆蓋底下蹦活了出來……

我告訴邵強阿興的故事。阿興是大姊的小學同學。即使以東部鄉下學校的標準來看，阿興都是無可救藥的爛學生，他的成績永遠都是倒數第一名。加上他的皮膚異常黝黑，大姊他們老師都叫他「番仔興」，久了大家就認定他一定是個山地小孩，也沒人去追究眞相。

阿興在學習上有一個最大的障礙，一直到小學三年級，他沒有辦法數全一到十。這已經成了大姊他們班固定的娛樂了。每隔一段時間，老師就會把他點出來從一開始數。三年級的時候，他還只會從一數到八。九、十、十一幾個數字則常常顚來倒去。引來全班哄堂大笑。

老師也實在努力過，試了好幾種方式都沒有辦法幫助他突破這個瓶頸，反而製造了更多的笑話。最有趣的一次就是老師企圖用兄弟姐妹歲數的序列來灌輸他這個觀念。阿興家有六個小孩。分別是十

二、十一、十、九、七、五、四歲，阿興排行老四。老師要他把家裡前四個小孩的年齡由小排到大，阿興的回答是：「十、十一、十二、九。」老師有點火，大聲問他：「你比較大還是你哥比較大？十二比較大還是九比較大？從小數到大！」阿興楞著，然後一副老實、委屈的樣子回答：「我比我哥大。所以九比十二大。從小數到大：十、十一、十二、九。」全班同學笑得人仰馬翻，老師氣白了臉，把他從教室裡趕了出去。

可是明天又看到他高高興興，露著兩顆喜孜孜的上門牙來上學了。

一直到有一次阿興意外地沒有來上學，這背後的故事才傳了出來。阿興放學回家途中在一家店裡偷糲糬被抓到了。他在警察局裡大剌剌地什麼也不說，只拿一雙骨碌碌滾著的眼睛輪流盯著每一個警察。聽說盯得他們心裡發毛，沒人敢打他。因爲那模樣不但不像個九歲的小毛賊，反而倒比較接近浪跡江湖有好一陣子的黑社會頭頭。警察懷疑他有什麼背景。認眞追查了半天，找到他媽媽。

是他媽媽在警察局裡哭哭啼啼地把一切講出來的，聽說他媽哭時，阿興還會一副大人樣地輕拍拍她的背，用略帶不耐煩的語氣說：「別哭了，有什麼好哭的？」

阿興他爸離家去了宜蘭，接著轉到台北有三、四年了。大概兩年前斷了音訊，不知下落。阿興他媽守著一小塊菜園子根本養不活這麼多個小孩。她本來早就萬念俱灰，想要帶六個小孩一起去死了的。她把家裡借來剩的最後一筆錢帶著上街買一罐農藥，阿興是家裡最活潑的小孩，吵著非要跟不可。賣肥料農藥的店過兩間就是糕餅店。那時不知爲了什麼節慶，糕餅店門口滿滿地擺了好幾桌子的紅麵龜，大概是什麼有錢人要送到廟裡還願的罷。

阿興他媽在買農藥時，眼角恰巧瞥見阿興鬼鬼祟祟地藏到麵龜桌下，正伸出手將一個個麵龜偷抓進自己的書包裡。她看了既生氣又緊張。生氣自己的兒子作賊，可是又緊張怕他被別人發現。所以她也不敢聲張，只是看阿興成功地從糕餅店門口溜出來時，心中暗下決定回家非狠狠揍他一頓不可。

據阿興他媽的說法，那應該是阿興第一次偷竊。因爲他從糕餅店那邊過來時臉色因緊張而失血昏淡。況且那一陣子他們幾個小孩也實在被餓慘了。

他媽無法完全隱瞞心中的憤怒，兩隻眼睛瞪住阿興鼓圓飽滿的書包幾乎要噴出火來。阿興察覺到了不對勁，他一手把書包撥藏到身後，一面慌急地想引開媽媽的注意力。

結果他囁嚅不安地隨便挑了一個話題問了一句，「媽，你買的那是什麼？」

這句話提醒了他媽。農藥。即將到來的死亡。阿興。還有其他五個小孩。一瞬間原本被怒氣脹擠了的心突然軟縮成一團被淚水與淌血浸漬揉泡過的衛生紙。

什麼樣的時候了，再懲罰阿興、再努力想教他做一個正直的人有什麼意義？他甚至可能過不了今晚！想到這裡，她平靜下來了。再一次地肯定了，死亡對這些挨餓到必須去偷竊的小孩應該是比苟活著好罷。

到家時，另外五張瘦黃貧血的臉都一起從陋簡的四壁間渴求地望向她。她反而對阿興的行爲有了一絲絲的感激了。至少讓一家在死前飽食一頓罷。於是她摸摸阿興的頭，說：「阿興，把你帶回來的麵龜拿出來大家吃。」

五個紅麵龜讓七口人嘗到數月來不曾有過的感覺——飽。其實只要五個紅麵龜。吃飽後，阿興她媽開始有些動搖了，一方面感到困惑，不太能說服自己下手。本來是因爲受不了看小孩挨餓所以要這樣做的，現在他們好不容易吃飽了，爲什麼卻不讓他們多享受一點這種難得的滿足？另一方面又覺得不值，許多原來沒有的念頭紛紛在腦裡亂吵亂叫。五個麵龜，其實飽與餓之間只差五個麵龜，亦即是生與死間只差五個麵龜。眞的要爲五個麵龜去死嗎？

最後她決定至少等到第二天罷，等到下次的飢餓。

第二天阿興放學時帶回來了兩把麵。他媽拿起掃把正要打他，驀地，擺在掃把旁邊的農藥罐子冷不防地映入眼簾。前一晚的心理過程再度在她心中重演一次。結果是家裡一起吃了一頓熱熱的湯麵。

在這樣複雜情緒糾擾牽制下，阿興他媽明知自己變相地在鼓勵阿興偷竊，可是就是下不了手教訓他。寬容了愈多次，而且自己也吃了那些東西，就愈難翻起臉來說這一切都是罪惡的了。

事情逐漸發展成最大的四個小孩都依賴阿興每天偷回來的食物在養活了。她肩上的擔子減輕了一大半，至少減到她可以負擔的地步了。於是久而久之，連那瓶農藥什麼時候拿去用在菜園裡了都沒有引起她特別的注意了。

不過隨著這種演變，家中的關係有了一個很大的轉折。阿興的地位愈來愈高，高過了其他的小孩，有時甚至他媽都不敢責罵他了。阿興他媽假裝從來不知道他每天偷東西的行爲，雖然心裡不斷受著怕他萬一被抓的恐懼折磨。她從不去注意阿興偷回家的東西，只是也不叫阿興到菜園裡幫忙了。阿興成了他們家唯一天天上學去的小孩。

沒有人知道阿興在這長達幾乎兩年的偷竊生活中到底經歷過了些什麼。只看到他每天準備好空空的書包，高高興興地出門上學去，像一個敬業的工人，摩拳擦掌毫不退縮地去迎接工作上的挑戰。

他的模樣、表情愈來愈不像個小孩，尤其是在家裡的時候。他甚至會正經八百地跟他媽討論說：「老大老二實在糟糕，那麼大了還愛玩小孩遊戲，什麼也不學，唉！」儼然是家中的男主人般……

聽到這裡，邵強眼裡竟然閃爍起一點淚光。讓我想起邵萍。唉。邵強抽了抽鼻子，神色黯然地說：「難怪……難怪他弄不清楚爲什麼十二、十一會比九大，難怪他老是學不懂，那該是多麼龐大的困惑，壓罩在一個九歲小孩這麼弱小的身軀上……社會整體共同的悲劇會給個人的成長帶來這麼嚴重的扭曲……」

接著，我又告訴他龜仔的故事。龜仔是另外一個我們小時候又怕又好奇的人。他背駝得很厲害，臉上有很深很深的風霜皺紋。從外表看，應該是頗有年紀了。可是追起小孩來身手矯健得又像個二、卅歲的青壯年。

龜仔在木瓜溪畔的河床石地上搭了一爿竹寮一個人獨居。靠在我們家附近一帶撿拾破爛維生。每次他出現時，我們小孩都會遠遠地跟在他後面丟石頭、大聲唸誦：「一粒龜、一粒龜，背在後背吃米粩。」這話是我們習慣拿來嘲笑駝背的，到底是什麼意思我也不曉得。

龜仔不像阿咕那麼好欺負。如果我們跟得太久或是眞有石頭打到他身上，他會馬上翻臉，把籮筐和夾子一拽，返身來抓我們。我們自然是嚇得四散逃開。不過因爲龜仔跑得很快，通常會有一個小孩被他抓住，提起來兩腿懸空哇哇亂叫。

龜仔不會打人。他只是自己氣得臉色發青，然後口裡結結巴巴不清不楚地威脅著：「你們看著吧、你們看著，等有一天，我中愛國獎券了，中第一特獎，再來修理你們……」

久了以後，「龜仔若中愛國獎券」竟成了我們那附近日常生活語言中很流行的一種表達方式。當聽到什麼不可置信的事時，不管大人小孩都會異口同聲地說：「龜仔若中愛國獎券啦！」

沒有想到，就在我們搬離花蓮的前一年，過年前不久，不可置信的事發生了：龜仔中了愛國獎券！而且是第一特獎。第一特獎！可能是數年內落在花蓮唯一的一個第一特獎！

據獎券行的老闆說，那天龜仔一如往常在開獎前一個小時左右抵達獎券行。花了廿分鐘東挑西選選了十聯獎券，付了錢，然後就坐在店裡的椅子上把獎券翻來覆去端詳個夠，再發了一會兒呆，終於等到收音機裡傳來開獎的號碼。從兩位數的最小獎開起。龜仔耐心地等著、對著每一個號碼。

報到第一特獎時，龜仔已經失望地站起來準備要走了，號碼報完，還是老闆先叫了起來，因爲他對龜仔剛剛買的幾聯號碼還有印象。龜仔愣楞在店門口，老闆催了半天他才敢把手裡的獎券拿出來細看，看完後非但沒有驚喜的模樣，反而是兩眼發直、臉上蒼白鐵青，接著明顯地全身顫抖起來。

像是看到了什麼惡魔一樣。老闆原來以爲是只差一點沒中，也替他惋歎了一番。誰知差不多過了五分鐘，龜仔靜定下來，口裡開始喃念著：「伊中了、伊中了……」

圍在獎券行聽開獎的幾個人都弄不懂他在幹嘛。看他失魂落魄地走出去，有人怕他會出意外，就好奇加好心地跟了出來。

結果他走了一條街到一家旅社去借電話。龜仔要打電話？這更是大家作夢都夢不到的怪異行爲。他說他需要打個長途電話到台北。旅社的女中當然不答應。後來還是那些尾隨而來的獎券友們，看他快要哭出來的可憐樣，答應替他墊付電話費才打成的。

戲劇性的事從此接二連三地出現。

他打電話給他哥哥。從來沒有人知道他有這麼一個親哥哥在台北。而且家裡有錢到裝私家的電話。更奇怪的是，龜仔打電話去通知他哥哥說：「你的愛國獎券中了第一特獎。」

沒人弄得懂這是怎麼回事，包括在台北電話那頭的人。龜仔漲紅了臉，費了好大的勁才把事情解釋清楚。他說因爲過年快到了，他覺得應該包個紅包給兩個姪子作壓歲錢。可是他實在沒什麼餘錢，所以就決定這期買的十聯獎券裡，兩聯算是給姪兒的。結果就是那兩聯中的一聯得了第一特獎。

在周圍聽他講電話的人一齊譁了起來。這簡直等於把幾百萬拱手送給別人！自己窮成這樣竟然還把上門的錢推走！

更不可思議的事還在後面。龜仔那個哥哥第二天馬上趕到花蓮來。四肢健全、頭腦清楚加上西裝筆挺的哥哥看起來至少比他年輕十歲。而且有家、有老婆、有一對兒子。

一無所有的龜仔把第一特獎的獎券送給這樣一個哥哥！大家除了覺得他笨以外，更覺得世界太不公平了。有幾個人便要求那個哥哥把獎金一半分給龜仔。當著眾人的面，龜仔他哥哥拒絕了，而且講了一段後來任何人想起來都會覺得咬牙痛心不已的話，他說：「我是爲了他好。難道你們看不出來嗎？他窮太久了，窮得怕錢！聽過沒有，窮得怕錢！不知道錢是什麼，不知道錢要怎麼用，怕錢會咬他。錢對他來講就像個陌生人，一個陌生人留在家裡，他怕都要怕死了！」

大家只得眼睜睜地看著花蓮賣出的第一特獎被帶到台北去。載著獎券和龜仔他哥一家人的小包車揚長而去之後，龜仔彷彿鬆了一口氣，自言自語地說：「錢放在他那裡，我要什麼他就會給我的……」

誰都知道他哥從來也沒給過他任何東西。他從來也沒要過。

事後，龜仔還是在街上拾破爛。小孩還是在後面對他丟石頭。他也還是會生起氣來回頭追抓我們。可是抓到了以後，他再也不知要講什麼。原本生氣的臉瞬間轉成灰黯。無望的灰黯。四散的小孩會又圍聚過來，大聲唱歌般地唸著：「龜仔若中愛國獎券、龜仔若中愛國獎券……」

我講到這裡，邵強的淚水，晶瑩的兩顆，倏地從眼角裡滾落下來。我覺得很抱歉，不知道他會是個這麼容易動感情的人。

邵強一直搖著頭。接著把我們桌上散亂擺陳的小碟點心，緩緩地挪置到距離我們倆都最遠的桌角去。「怎麼會有這種事？」他說，「我覺得反胃。怎麼會有這樣的不公平？怎麼會有這樣貪婪的人？這世界、這社會怎能坐視這樣的事在我們周圍發生呢？難道都不該想些辦法嗎？」

我攤攤手、聳聳肩，眞的不知道能怎麼樣。

邵強對著窗外發了差不多整整十五分鐘的呆才勉強湊齊一個比較不那麼悲涼的笑容。他起身要去付帳前，探過來拍拍我的肩，說：「下次有空時，我們大家聚一聚，介紹你認識幾個朋友。看看我們能做些什麼？」

能做些什麼？都十幾年前的事了還能……可是邵強大跨步地走出了茶樓，沒再給我任何發問的機會。

（這裡我再度驚險萬分、半強迫地讓邵萍接受了我所塑造的邵強。那些故事其實是誘引出邵萍臉部表情的餌，從她的眼神裡，我可以知道她有多麼同情窮人。於是我當機立斷也讓小說裡的邵強採取同樣感性充沛的立場。這是寫小說應有的正確態度之五：讓你的主角跟你的讀者有一樣的價值判斷。不要愚蠢地去挑戰讀者的價值。這樣即使有破綻時，讀者也比較不容易察覺出來。例如即使邵萍覺得她哥哥平日不是那麼感情用事的人，她大概也不會提出來。因為在她心目中：同情貧窮是對的，那她就自然不會希望邵強站到錯的那一面去。

（還有一件事我也是在創作這段日記時才深刻體會出來的：批評家的地位永遠比創作者高。我故事講到最後時總是讓邵強收尾來點出故事背後涵蘊的深義。邵萍對著邵強的這些簡短的按語不斷地點頭，臉上露出了崇拜的光澤。我知道我又誤打誤撞地對了一次。讓邵強扮演一個批評者的角色的同時，他的地位便自然地高於講故事的我。這種關係對邵萍而言應該是比較可信的罷。）

4. 十月廿二日 星期一

白天在學校亂混，沒啥好記的。主要是明天體育課要考雙槓和倒立，怕考不過可是又不想練，所以終日渾噩。我覺得那個體育老師有毛病。專教這種冷門難學的東西。

晚上邵強又打電話來，說要帶我去一個地方。我想想反正被明天的體育課弄得心裡煩糟糟的，也念不下午麼書，便答應了。

我們這回在師大門口碰面的。邵強顯得比前兩次嚴肅，雙手深深地插在褲袋裡，語氣極爲凝重地說：「我想我可以信任你，對不對？」我連忙對他點點頭。

他帶我穿過麗水街往永康街的方向走，鑽進一條小巷子，連續拐了好幾個彎，我幾乎都懷疑他是故意領著我多兜了兩個圈子，最後停在一扇老舊紅漆斑駁顯出木紋黏夾髒垢的大門前。

邵強拿出鑰匙來在夜暗中熟練地開了門。裡面是個樹影幢魅的日式庭院。窄窄的石板路盡頭隱約可以看見一棟黑瓦平房的模糊輪廓。

大概是聽到木門關上時缺乏潤滑的蝶式接合片發出的唧呱聲響罷，平房裡出來一條嬌小的身影，半跑半走地向我們迎來。

是個模樣頗爲活潑可愛的女孩。她應該是跟邵強很熟了才對，一來就做出要去勾挽邵強臂彎的動作。然而明顯地出乎她和我的意料之外，邵強竟誇張地把手一甩，並且做出了個眉頭緊皺極其凶惡的臉色。

完全不像我所認識的邵強。我呆著、尷尬著。

邵強不理會那女孩，逕自對我招了招，說：「進來。」

純日式的老房子。在玄關脫了鞋，邵強直接地穿過客廳拉開一扇紙門，進入另外一個房間。一個充滿書的房間。

「這是一間私人的圖書館。裡面有很多全台灣很難找到第二本的收藏。我想，了解一下這些書對你會有些幫助……」邵強跟我介紹。走到左側的書架前，又對我招了招，「我希望你先從這裡的一些書看起。這些都是小說，比較容易讀。裡面有很多關於受迫於貧窮的人民的故事，看了以後你也許可以思索比對一下你自己童年的經驗……」

這時候那女孩進來了，端一杯熱茶給我。看得出來她很想跟邵強講話，可是邵強看都不看她，繼續跟我介紹圖書館裡的書。

周圍的氣氛令我覺得窘迫不堪。屋裡似乎只有我們三個人。那女孩一直站在我旁邊，眼光卻穿過對她而言彷彿是透明的我，固執地黏著在邵強身上。而邵強也固執地無間斷地講著這本那本書。那口氣，不曉得是不是因爲她的緣故，顯得格外地冷淡，有些拒人於千里之外的味道。

在他們這樣怪異態度的夾擠下，我根本沒有心情聽邵強在講什麼。也不知過了多久，手裡的茶杯總算給了我一點靈感。

我連連啜喝掉大半杯的茶，然後找個機會跟邵強問洗手間的所在。邵強皺了皺眉頭，好像聽不懂我在說哪國語言似的。倒是那女孩反應得很快，立即指點出往洗手間的方向。

進入洗手間我才鬆了一口氣。隱約地聽到那女孩在跟邵強講些什麼。不知是不是老式房子特殊結構的音效，覺得那女孩說話聲音格外好聽，帶點弱弱的鼻音，像是剛睡醒時的慵懶，又像是無忌憚的撒嬌。

聽不清楚說話的內容，但很明顯邵強總共沒講幾句話。我在洗手間內待到一般合理時間的極限，讓馬桶沖水的聲音先傳出去，再隔了差不多一分鐘，我才走回圖書館。

那女孩已經不在了。我把在洗手間時想好的藉口搬出來說我想回去了。邵強沉默著，似乎也沒什麼心情，隨手在書架上挑了兩本書遞給我，就送我出來。

一直到我跳上公車，邵強沒有再說一句話。

奇怪的夜晚。

〈我終於在危機四伏的事實與虛構交錯的叢林裡找出兩條安全的道路。在夢裡，再度佩服起自己臨危時的機智。夢裡才有的機智。

〈我曉得要讓自己的故事可信，我必須避免去描寫邵萍所熟悉的那個邵強。我要創造摹想出一個深陷在祕密謎團核心的邵強。什麼樣的祕密邵強會格外不願意透露給家人知道呢？

〈男女情愛，可能。果然我一提到女孩，邵萍表現出特別強烈的好奇探問。之所以好奇就是因爲知道得不多。只輾轉聽說過邵強有個女朋友。事實上關於那女孩的聲音的描寫還是邵萍提供的。她接過幾次打來找邵強的電話。所以她的猜問就提供了我一些消息。而這些消息又反過來說服邵萍去相信我的故事。這是寫這第一篇小說學到的第六件事：所有作品其實都是靠作者與讀者間的共謀才建立起來的。

〈除了感情的祕密以外，我憑直覺又找到了另外一項：社會上一些神祕的禁忌。如果邵強違犯了社會上共同接受的禁忌，他大概不會去跟邵萍——那時還是堅決地擁護著我們大有爲的政府——透露罷。

（這點上，我又猜對了。邵萍聽到那座神祕的私人圖書館時臉色開始轉青，原本像是用削了皮的蘋果果肉做成的兩頰彷彿發生了化學變化，變成了青銅質地，厚硬而且沉重。她和我一樣，和我們大家都一樣，隱約地從教育過程中知道書是一種極其神祕的東西。書具有神祕的決定命運的力量。讀到好的書可以上大學、考高考、托福，一生一帆風順。可是壞的書，那些惡魔沾染的書，啊，我不敢去想像那些被邪惡的書帶壞的生命最終的下場……）

5. 十月廿四日　星期三

我從來不曾這麼困擾過。我不知道該不該把今天的事記下來。我不應該記的。萬一被別人看到他們會怎樣想？我應該就忘掉忘掉。忘掉。可是我又覺得該跟誰談談。我不敢去跟誰談……

先是那些書啊。爲什麼這麼奇怪。小說裡的地主那麼可惡，養蠶的農民那麼可憐。還有革命。到底革命是好的還是壞的。不是說武昌起義全國響應……革命被那樣無情地嘲笑著……

接著是晚上在那棟神祕的日式大屋的會議。簡直像是電視劇。邵強帶我走到一扇書架面前，不知第幾次地問我：「我可以信任你，對不對？」然後他伸手到一排書後面動了動。隔了半分鐘，書架突然無聲無息地轉動起來。一個鋪滿榻榻米的房間藏在書架後面！那房裡擠滿了人、菸味、酒味。邵強驕傲地指著牆上的一幅圖給我看：　國父和同盟會的同志們雜坐在榻榻米上共同簽署宣言的畫像。那氣氛眞有幾分相似。

那甚至很難說是個會議。比較接近吵架。大家講話都很大聲。剛開始是討論歷史。什麼歷史走錯了軌跡。一些人覺得民族的統一被阻礙了。另一些人則認爲是國際化的革命路線被背叛了。兩方相持不下。

後來又一個人提出台灣人在革命中的地位問題。原本作冷眼壁上觀的邵強這時也投入爭戰。面紅耳赤。有一個人說台灣人經過五十年的殖民統治加卅年的國家資本主義控制，已經沒有參與革命的力量，而只能被動接受革命解放。他並舉農民為例。他說農民是被剝削最久、最厲害的。所以馬克斯不相信他們有能力參與革命，而必須仰賴新興的工人無產階級來解放他們。革命不能依靠台灣人，和革命不能依靠農民是一樣的道理。老天，他開口閉口都是馬克斯。講到馬克斯時語氣像極了我們高中校長在引用《蔣公嘉言錄》。

另一方的主要發言人就是邵強。更可怕地：他也是滿口馬克斯。馬克斯及其他大惡魔們的名字在空中飛來飛去。我渾身皮膚砂紙般地布滿了雞皮疙瘩。那種感覺只有進到黑暗魔魘的蝙蝠洞裡時的震懾惡心差可比擬。邵強說依照馬克斯的理論，革命只能、而且必然要由工人無產階級發起。而列寧在布爾什維克革命中卻又證明了農民也可以動員起來參與革命。從來沒有人說過知識分子、官僚公務員或小資產商人有希望做革命先鋒。所以革命要開始必須先有工運、甚至農運。而很明顯地現今百分之九十五以上的工人、農人都是台灣人，所以當然不能把台灣人排除在革命活動之外。

他們兩人你來我往愈爭愈火熱。其他人有幫腔助勢也有試圖調停的。局面混亂成一團，根本聽不到誰在講什麼。突然邵強一巴掌重重打在我肩上，大吼說：「揍他！」他手指他的論辯對手，「他侮辱你們台灣人！」

我什麼都還來不及反應，那人已經一個躍起撲到我面前來，邵強挺身把他在半空中截住，接著兩人就扭打成一團，榻榻米上擺的矮几連連被撞倒，几上的茶杯食盤亂跳亂跌……我的天。又一個奇怪的夜晚……我陷入最深的迷惑裡……誰來救我？

（這裡我的小說有了一個很不幸的扭曲轉折。原來我是想多花點筆墨在邵強和那個女孩的浪漫關係上的。然而邵萍卻在這時露出了想要一探那間圖書館的究竟的意圖。她打聽起我從那圖書館裡帶出來的書的內容細節。我因爲怕她問得太多、太仔細以致露出破綻來，只好在倉促間決定把她的思路從這個方向上嚇開。

（我發誓，我原來只是要讓邵強對一些禁書有些興趣而已。可是這樣一來，我不得不轉入一些高危險的、我自己都不曾明瞭過的領域。我不知道在眞實世界裡這樣冒險干犯禁忌的人都在想些什麼。我唯一能猜想的就是他們的是非觀念大概是和我們相反的罷。所以我們覺得最可怕的大壞蛋也許就是他們心目中的英雄。順著這個觀念，我又雜湊了一些高中三民主義課批判過的名詞上去。我們覺得的謊言也許就是他們的眞理？就這樣編造出了讓邵萍目瞪口呆的一段內容。

（然而要從這裡再跳出來似乎不是那麼容易。我覺得對邵強有點抱歉，似乎莫名地加了一些罪行在他身上……）

6. 十月廿五日　星期四

台灣光復節。蔣總統發表文告呼籲大家同心協力，記取光復台灣的歷史經驗去光復大陸國土，解救水深火熱之中的苦難同胞。

我不知道爲什麼即使是經過了昨晚的那一場大混亂，我還是無法拒絕邵強。也可能是因爲邵強不再給我有拒絕的機會。他打電話來的聲音沙啞中顯得有些低潮情緒，沒有客套地說：「我需要你的幫忙。中午十二點，在新莊公路局車站。」然後就掛掉了。

猶豫不決地想了一陣子、加上縱貫道上交通堵塞費去了許多時間，使我遲到了差不多半個小時。邵強的臉色像剛颳過一場颱風的災後現場。冷冷地對我說：「連守時都做不到的人很難成什麼大氣候。」

我還來不及解釋，竟然就有一個聲音在旁邊替我說話：「你又不是不知道台北的交通？你自己還不是常遲到。」

原來是上次碰到的那個女孩。我慌張笨拙地跟她打了個招呼，加一個感激的眼色。她沒怎麼理我。而邵強臉上更難看了。彷彿颱風過後緊接著又有了一場地震。

三個人呆立在公路局站吸了十分鐘的車輛廢氣。我以爲還有人要來，後來才弄清楚是邵強和那女孩在賭氣，誰都不願先講話。我這莫名、可憐的電燈泡。

最後是邵強先開口的。他跟我解釋說他們約好了去一家工廠會見一些工人。而他們倆都不會講閩南話，所以要我幫他們翻譯。

在前往工廠的路上，邵強終於恢復了我比較熟悉的那張熱情、興奮的年輕面容，他邊走邊捏緊拳頭小幅度揮動著，強調地說：「革命不會在知識分子的空談裡成功的，就像一個肺炎的病人口裡吐不出一整隻鵝來。讓實踐行動來證明哪一條路線才是眞理。」

可惜我們的實踐行動是一場失敗。我承認有一大半的責任在我。邵強爲了要跟工人接近，決定把他準備好的講稿交給我用閩南話來講。可是我的閩南語只惹來工人們一陣接一陣的狂笑和一些譏刺的言語。等邵強發覺策略錯誤，自己接過去用國語講時，工人們已經完全沒有耐心聽什麼工會、集體議價能力、勞資意識對抗了。下午兩點，我們垂頭喪氣地走回公路局車站。邵強說要跟我搭同一輛車以便在車上繼續討論一些事。那女孩只好極其不情願地一個人上了三重客運。

很明顯邵強刻意要躲那個女孩，不願單獨和她相處。因爲在車上，雖然肩靠肩和我坐在同一個座位上，他眉頭緊鎖地看著窗外，一句話都沒說。

我覺得疲憊不堪。

（我愈陷愈深了。

（我原來以爲從這裡開始應該會很好寫的。首先學到了怎樣利用——眞不好意思用這樣的字眼——「文告」來充實小說的內容。其實我根本不記得十月廿五日眞的發生了什麼事。可是依照往常經驗幾句話點出文告的內容，果然邵萍沒有起任何疑心。文告是時間流逝中的弔詭。一方面每一年都會有新的文告，可是另一方面每年的文告又都可以用一樣的話加以歸納。這的確是最高智慧的結晶：普遍與唯一的辯證統一。

（然後我只要再把那女孩帶回來，就可以讓故事離開不小心走進的危險地帶，重回正軌。誰知天算不如人算，就在這時邵萍起了疑心：邵強爲什麼會把我帶進他們的祕密集團裡？

（我勢必得先解答讀者的疑問。於是而有了工廠、工人那一段，於是那危險地帶繼續陰魂不散地威脅著……）

7. 十月廿七日　星期六

今日大事：邵強入院了。邵萍打電話來說邵強精神崩潰，自己要求住院。而且指定要我儘快去看他。

我不知道該怎麼辦。爲什麼這麼多奇怪的事發生在我身上？我覺得很不舒服，大概快要病了。接了邵萍電話後我就躲進棉被裡，不停不停地發抖……我想我生病了……我害怕，而且是雙重的害怕：因爲一些不曉得、弄不清楚的事而害怕，又因爲不知道自己到底在怕些什麼而更加害怕……害怕……

到了傍晚，我相信我是發燒了。我說服自己：我病得太重了，不能去看邵強了。這樣想了之後，把棉被裹得更緊更緊，終於昏亂入睡……

8. 十月卅一日　星期三

放假日。逃不過的事總是會來。邵強自己從療養院裡打電話來，催我無論如何今天一定得去跟他見一面。他說這不是開玩笑的。他說如果不去，我想都沒想到的禍事隨時可能降臨毀掉我的一生……

我匆忙趕到時，邵強正在發作。激烈的恐懼與憤怒將他整個人如同麻花一般捲曲變形在床上打滾。他大叫著他不要見到任何醫生或護士。他的聲音彷彿來自地獄。

我差點奪門而出。可是邵強卻指定要跟我談話，不要其他人在場。醫生最後勉強地同意了。醫生離開前好心小聲地建議我保護自己最重要。少講話以免不小心刺激了邵強。如果覺得有危險時就按床邊的鈴。

我戰戰兢兢地看著醫生和護士撤離邵強的房間。很不情願地照邵強的吩咐關上了門。門一關好，邵強倒已完全平靜下來了。

「幾天了？從我住院到現在？」他全身放鬆半坐躺地倚靠著墊在床頭的白巾枕。指指床邊的椅子示意我過去坐。

「今天是第五天了。」我不好意思地答。這五天內我每天都在掙扎給自己找藉口不要來看他。

他倒是沒提我的拖延。他緩緩地伸長了個滿滿的懶腰，手舉得高高的。放下來時隨伴著一個閒散的歎息，「唉，不知還得再待多久。眞糟糕，你知道嗎，我開始有點喜歡上這裡了。在這裡反正人家都把我當瘋子，所以我也不必要守什麼規矩，可以盡情地把所有的情緒都發洩出來，可以莫名其妙毫無保留地大發一頓脾氣，像剛才那樣。發過以後有一種從未體會過的順暢，我怕再多待一陣子我眞的會上癮呢……」

上癮？發瘋也會上癮嗎？

他好像讀出了我心裡的疑問，笑了起來說：「我沒有發瘋。」不過迅即收斂了笑容，接著說：「比發瘋更可怕的事發生了……而且還在繼續進行當中……」

我不敢相信我聽到的。我眞希望我一句都沒記得。可是一整天邵強的聲音頑固地在我耳邊環繞、刺穿、環繞、刺穿……

逮捕。搜查。有人出賣我們。私人圖書館的書全部被沒收。我知道誰是我們中間的猶大。我想我還不至於有事。躲到醫院來。還好有過一次精神崩潰的病歷。他們。被抓走的大概都很慘。聽說了一些事。那些人抓人抓紅眼了。甚至波及無辜。去抓老馬時竟然出動了廿個人。兩三個進屋裡。其他都在門外亂晃亂逛。老馬家隔壁剛好有人家送殯出葬。樂儀隊吹奏起來。他們最後決定把那家主人也一起抓走。說他故意在「出山」儀式中演奏國歌。對國家不敬別有用心。國歌跟「出山」的樂曲本來就很類近啊。眞是欲加之罪。那些人抓人抓紅眼了。聽說小白被狠揍了一頓。你千萬不要將和我去的那些事告訴別人。不然我們兩個都會很慘。眞的很慘啲。我會儘量保護你。可是你自己千萬不要亂說話。

一整天邵強的聲音頑固地在我耳邊環繞、刺穿、環繞、刺穿……逮捕。搜查。出賣。

（我一直沒有想懂爲什麼會寫這一段。好像我的筆被一股奇特的力量控制著不聽從我的指揮。一股奇特、神祕的力量。

（我本來的設計是要讓邵強因爲愛情上的挫折而入院的。可是不知怎麼搞的。寫到邵強說毫無禁忌地發洩脾氣可以讓人上癮時，一道難以名狀的電流突然通過我的脊椎。我想中風可能就類似這種感覺。有一部分的神經毫無防備地被燙麻了，導致身體的某些器官好像立即停止了運作。原來想好的小說情節被卡堵在大腦底層，怎樣也傳不到手上來。可是手卻沒有因此而停下來。接錯了線路的電腦印表機般繼續書寫出不意的內容……

（我又把小說和邵強逼回那個充滿陰影的角落。我無法解釋爲什麼會這樣。好像一個酒癮犯了的酒鬼事後無法解釋爲什麼一而再、再而三地冒著生命危險灌下那麼多酒精一樣。似乎有一種類似的癮頭在我潛意識裡作怪……

（我不禁惴惶地猜著：難道編造故事羅織別人進入一個犯罪禁忌的網裡也會上癮嗎？我更緊張地想起歐洲中古時代的宗教審判者，熱切地尋找異端，快樂而滿足地看著那些被他們判定爲異端的人在火堆裡慘叫、燃燒。又想起那些不知在什麼魔癘充斥的夜晚聽來的故事：寧可錯抓一百，不願錯放一個，努力陷人入罪的警察們……

（我難道不正是在小說裡羅織了一個讓邵強成爲政治犯的故事嗎？這樣一步步地朝這個方向寫，我自己心裡到底眞正在想什麼？……

（我不知道。眞的不知道。）

9. 十一月三日 星期六

下午去看邵強，他告訴我一個好消息：這個案件基本上確定處理的範圍和層次了，他和我都應該沒事了。

奇怪的是邵強在講這個好消息時，表情卻好像正在承受著椎心的苦楚般。傷心、沮喪，似乎還有些內心過度哀愁引起的臉部肌肉不自主抽搐。

我有點不放心。忍不住多問了兩句。

「這消息是眞的嗎？」

「眞的。」

「可靠嗎？你哪裡聽來的？」

「絕對可靠。因爲是猶大告訴我的。我們中間的猶大。」

「猶大？」

「猶大。」講到這裡，邵強再也撐持不住了，竟然翻身趴在床上嗚咽地哭了起來。

他愈哭愈大聲，接著就拿雙拳先捶枕頭、又捶牆壁，最後將整個人往白粉牆上絕望地投去……

我不得不按下緊急叫人的紅鈕。護士衝進來，見狀又到門口去招男看護來……

這到底是怎麼回事？似乎每天都有一些我無法理解的事出現。邵強不是爲了躲避那件事所以裝瘋的嗎？爲什麼在聽說已經沒事了反而……？？？猶大？？

10. 十一月四日　星期日

我放心不下，又去看了邵強。我眞的很關心邵強，不過日記啊，你知道我更關心他昨天說的沒事是不是眞的沒事。我承認很多時候我是很小人的。我大概一輩子做不成英雄罷。每每在陣仗當頭，我老是先想到自己的安危。《大時代的故事》裡提到的那些革命先烈，都是捨身忘己，看來我這種個性是沒有希望留名在歷史上了。歷史似乎永遠是別人的事。

對了，我之所以會想起《大時代的故事》是因爲今早在走道上遇見住隔壁房的阿寶。等用浴室時和他聊了一會兒。他告訴我上禮拜他們考中通期中考，老師出一個題目問：「舉一位偉大的史學家及其主要著作。」結果他們班有三個人不約而同地寫：「李文中、《大時代的故事》」。他們老師的老鬍子氣得差點統統掉光。

歷史就是《大時代的故事》。其實也沒什麼不對。

邵強的神色比昨天好多了，只是顯得很虛弱，比我認識他的任何時刻看來都蒼白無血些。蒼白到產生些還童的效果。卅歲的邵強此刻看來倒像是十五歲耽溺於幻想、浪漫主義詩人的少年。

他以微弱但顯然清醒的聲音再度對我保證一切都沒事了。

「所以你可以出院了。」我想恭喜他讓他心裡舒坦些。

他點點頭。可是又說：「我不知道要不要出院。我需要想一想。」

我向來尊重會思考的人。會思考的人都不喜歡人家打擾。而且我已得到此行眞正想要知道的東西。而且今天是放假日。我有充分的理由可以回家去鬆口氣睡場大覺了。

就在我無聲息地退到門口，即將扭開門鎖時，邵強突然說：「人的國籍重要嗎？」

我甚至弄不清楚這個問題是不是對著我發的。他也好像沒有期待我回答似地，接下去又講：「民族主義值得以一生的努力去加以捍衛嗎？」

他抬起頭來看我，可是眼光裡完全沒有詢問的意思。非常奇怪，他那些帶問句型式的話傳達出來的是一種絕望、頹廢，不知道答案，但因爲尋找得太久了，所以也不再存有答案可能會出現的幻想。很實際地、例行公事般地問，問話本身就是一個充足的目的。

「要怎樣原諒不能原諒的人？」

「人一定要有什麼 Commitment 才能活得下去嗎？」

「人一定得對得起自己的良心嗎？」

「你能愛一個對不起你的良心的人嗎？」

「我站在水裡嗎？」

「站在另一個國度裡跟站在這個島上一樣嗎？」

……

他的問題愈來愈奇怪，我被這些奇怪話語所構築的失常氛圍困鎖在離門口只有一步的地方，卻一動也不能動。

一直到邵強傾囊問完了所有的問題我才離開的。當時他在床上屈起膝來，弓著背把頭深深埋在雙膝之間。那個姿勢傳達了一個清楚的訊息：他很沮喪。非常非常沮喪。異於尋常地憂鬱沮喪。

11. 十一月十一日　星期日

我知道自己在怕著什麼。怕著三件事：一是怕邵強眞的精神失常了。我怕看到他那副失神落魄憂鬱低沉的模樣。總不免給我一種窒息的感覺。不敢相信在這麼短的時間內，人可以改變這麼多，像是經歷一場雲霄飛車的高速驚駭後的反應。二是怕萬一邵強眞的精神失常了，萬一他維持外表平靜無事的機制同時完全失靈，萬一他開始將那些可怕的事，圖書館、讀書會、馬克斯什麼的隨意化爲言詞洩漏出去，萬一他把我也牽扯在那整件可怕得令人不敢想起的逮捕裡……三是怕其實他完全正常。那麼沮喪的原因可能是他預見到一些不能以言語描述的禍難正在醞釀，而前幾天那些安慰我的話也許就只是安慰而已，沒有眞實確切的內容……

我也知道這些害怕加在一起的結果：我每天掙扎著想去看邵強，又不願去看他……

拖了整整一個禮拜，今天終於還是去了。一切似乎完完全全是上個禮拜天的情況的逆反。對比強烈得又讓我百思不得其解……

邵強的臉色格外紅潤，整個人彷彿以兩倍的速度在進行新陳代謝，看到我去，他很興奮，很激動，而且也很多話。

整個下午的談話裡他竟然沒有用一個問句。全是堅定亢昂應該在結尾加一到三個驚歎號式的肯定句：

「我想懂了！而且我看到了！一種眞實的預感！我們不會再窩在這個島上偷偷摸摸地搞讀書會了！我們要把理想帶回大陸去！革命！革命!!革命!!!卅年前沒有成功的歷史軌跡要靠我們的犧牲把革

命傳統延續下去！我看到我們回到大陸上去，熱心的知識分子對抗虛僞的政權！我看到我們辦雜誌！民主！人權！眞正的社會正義、社會公理！眞正的社會主義！我們利用雜誌在呼喊！各地的人讀著雜誌在心裡呼應！我們成了政權的眼中釘！查禁！威脅！恐嚇！抹黑！羅織！可是我們不怕！我們的雜誌發行愈來愈廣，讀者愈來愈多！雜誌是我們發展最大的利器！我看到到處的雜誌社分社設立起來了！我看到獨裁政權統治者發白的臉色、發紅的眼瞳！我們眞正走向群眾！我看到獨裁者正式動用武裝暴力來鎭壓我們！我看到流血！我看到犧牲！我看到自己被邪惡政權的爪牙們追捕，我看到自己手腳並用匍匐在斜瓦的屋頂上逃亡！我看到自己的圖像被貼在每一個街口、每一個車站上！通緝！我看見自己昂然不屈地被捕！我看到那些酷刑！啊——！可是鎭壓我們的政權會犯一個最大的錯誤！我看到他們妄想利用審判我們作宣傳來欺騙更多的人民！哈哈哈！他們最大的錯誤！我看見自己在法庭裡將理想一古腦傾吐出來！連站在門口守衛的警察都被我的話感動了而熱淚盈眶！統治者們手忙腳亂！我看到自己犧牲了，可是卻播下了種子！如果麥子不死只是一顆麥子而已！哈哈哈……哈哈哈……我願意這樣壯烈死去！我寧可死在自己的土地上！鮮血灑出眞的社會主義理想國……」

我聽不懂他在說什麼。他可能眞的，瘋了。

我不知道。

（我不知道自己在寫什麼？我不知道爲什麼突然一個轉折又把邵強寫成這樣？難道是因爲在一連串地將他和那些可怕的思想羅織在一起後，我心虛、愧疚得覺得該把他塑造得比較英雄一點作爲一種心理補償？

（我寧可不要追究這個問題……

（在這過程中，我又學到了一件事：相信小說本身有時是有生命的，對一個寫小說的人只有好處沒有壞處。我們常聽一些小說家說：故事寫一寫，裡面的人物會跳出來自己講話，不再是作者所能控制的。如果你想寫小說，最好相信這點。因爲這樣相信之後，一方面你可以不必爲小說裡出現不合理的情節負完全的責任，可以推一部分給你的角色；另一方面也可以不必深探窮究自己設計某一個故事時心理的運作過程。畢竟小說最終的目的是讓作者、讀者都輕鬆愉快，不必動用太多大腦細胞，不是嗎？）

12.十一月十二日　星期一

我替邵強覺得悲哀。他好像眞的那個了。

可是怎麼會呢？他原來不是裝的嗎？怎麼在假裝的理由消失之後，反而變成眞的了呢？

今天我又去看了邵強一趟。這次我發誓，眞的，眞的純粹出於對他的關懷與同情。即使只是爲了邵萍，我也應該多花一點心力照顧他，不是嗎？更何況有一天像邵強這麼聰明的人竟會需要我的同情這件事實，對我原本萎縮得厲害的自尊也有一些打氣的作用。

邵強今天又變了一個模樣。他靜靜地伏趴在床上。額頭與雙膝貼住床面，屁股則向後撅翹了半天高。很像小孩冬天早上冷時捨不得離開被窩、賴床的姿勢。

我在病房裡轉了好一陣子。後來還試圖裝作不經意地敲弄出聲響來吸引他的注意。然而他就是不理。繼續保持著那個姿勢。

我終於忍不住走到床邊去叫了他一聲。

他百般不情願地總算偏了偏頭，把黑眼珠昂吊到眼眶的上角邊陲地帶，很嚴肅地，像個主持著儀式的老和尚被鬧得不耐煩，然而卻礙於宗教的神聖場面不能發作般地，用壓低到只聽到噴氣滋嘶聲高低起伏的音調說：「不要講話。去找個地方靜一下。默念偉大的革命家　孫文先生。對他的理想膜拜。這是個莊重充滿宇宙性意義的日子。靜靜地感受。去罷。」

簡直像是「功夫」影集裡老師父對小蚱蜢講話的語態。

可是那突出在被子間的屁股的形影實在是很難給人什麼太高貴的聯想。

邵強完全迷失在自己這種不協調的虔敬裡，不理會外在發生的任何事。

我只好噙住同情憐憫的淚水默默地離開了。

13. 十一月十八日　星期日

「瘋狂是逃脫獨斷視野控制的唯一救贖之道。在最深沉最黑暗的迷失裡，人會需要自身存在之外的另一個支點。瘋狂提供了這樣一個支點，讓人站出來，用棍子把自己原本陷困的生活撐起來，像檢查汽車底盤一般檢查生命油漬、髒汙的那一面。然後你會了解，事實上生命眞正推動的力量乃是藏在那一堆見不得人的複雜結構裡，漂亮的板金外殼只是後來才加接上去的……瘋過了以後你會了解……」

這是邵強講的話。我不是非常懂他眞正想要表達的意義，可是不知怎地他替瘋狂辯護、賦予瘋狂這麼大的存在價值的這一段，一整天在我腦裡暈轉著，不肯停息……

要怎樣看一個替自己的瘋狂狀態辯護的人？可以說因爲他懂得了要辯護正證明了其實他不瘋？還

是應該說他頑強地耽溺於瘋狂這行爲本身正是瘋狂的表現？

我不知道。

我所知道的是：邵強今天講的所有東西構成了一個晶瑩的謎團。兩種看似矛盾的特質結合在同一件事上。在這構成裡的每一個單位元素看上去都已呈現得簡單、清楚。然而它們透明的本體卻各自折射、反映出不同顏色、不同強度的光芒。是這些光，在剔亮的實物外表交織成一團難以處理的混亂……

早上被邵強的電話叫到療養院。才一個禮拜的時間，他卻好像瘦到只剩差不多原來一半的寬度。不過套在這陌生的體格上的笑容倒又是意外地熟悉。

我到時他正在跟他手裡的原子筆咬牙奮戰。看到我去他顯然鬆了一大口氣。他歎息地說：「我太虛弱了。我實在需要一個人幫我把這些事寫下來。藉著瘋狂的提升與超脫，我終於敢於去看這些過往，不僅把它們當作過往來看，而且是有如發生在另一個時空世界的事，在遙遠星河的另一端……」

於是我花了一整天的時間幫他筆記這個愛情故事的來龍去脈。

（寫這小說前，我大概看了一、兩本倪匡。存留在我腦裡的倪匡小說的習慣用語差點在這裡跑出來闖了禍。差點就把邵強寫進科幻小說裡。還好邵萍的臉色明顯地露出了懷疑，我連忙煞車，硬生生地用「愛情故事」四個字將自己偶爾會出軌的想像力緊緊鎖住。

（在這裡又多學到兩件重要的寫作訣竅：一、要讓小說寫得順利，最容易的方法是將別人的作品改頭換面地抄進來。不過要注意選好抄的對象，抄跟你水準相當的、風格類似的。由此前提推論出：寫小說最要不得的事就是建立自己的風格。有了獨特風格的作家一定走不了多遠。太辛苦了嘛，什麼東西都要自己想、自己寫，不亦重乎？而且也難逃自私之譴：自顧自寫，也不考慮提供一些讓同行們可以抄襲的資料，這很犯忌諱的。

（二、要保證小說吸引足夠的讀者，你非管住自己的想像力不可。而管住想像力最好的緊箍咒就是反覆在心中念誦：「我要寫一個愛情故事。我要寫一個愛情故事……」每當這樣祭起愛情咒來時，我的想像力就乖乖地伏在我的腳下一動不動了。靠著這條發現的幫忙，我寫的小說甚至成功地在夢裡進入了書市暢銷排行榜，一個雜誌用「青年戀情小說家」爲題刊登十張我的沙龍照和簡短的訪談紀錄……

（啊，我扯太遠了。以下是附在十一月十八日日記後面，我替邵強做的紀錄的影本。因爲是邵強口述的關係，紀錄中頗有些凌亂、斷闕的地方。

女孩和我之間的事。

她很不尋常。一個朋友帶她來的。來沒多久我們就覺得不對勁。說要把她趕走不讓她參加的。帶她來的朋友不好意思跟她講。結果派我去打電話。現在我知道了。被她的聲音迷住了。冬天裡的溫火。悶悶地燒。我就是沒辦法拒絕撒嬌的聲音。心柔柔地疼。不管話的內容是什麼。心柔柔地疼。眞的要講的講不出口。又開會時怕被大家批。先想好了一套理由。當時不覺得是理由。以爲事情就應該是這樣。可能也不完全是我的錯。看看現在社會上那些女孩。粗裡粗氣的。女孩講話沒個女孩子樣。如果所有女孩都柔聲細氣地講話社會就和平多了。好的分工社會男人陽剛女人陰柔。病態的社會害我遇到一個正常地像個女孩樣地講話的女孩竟然反而手足無措。現在其他那些女孩全違反自然給她們的生理聲帶結構。自然。人要回歸自然沒有被異化前的狀態。女孩子們被異化成違反自然地粗糙。我們這個社會的悲哀。我在會議上建議讓她留在讀書會。我負責對她做工作。先確定她是不是眞的那個。不是最好。即使是也要積極主動把她反正過來。我們對既有社會體制的不合理太被動了。只是閃躲。這可能是我們主動反擊的好機會。眞理站在我們這邊。説服一個不同信念的人正是試金石。如果連知識分子都沒辦法溝通了解我們的理想。也不必革命了。當時會上就有人提出危險性考慮。我説反正她已經知道讀書會的存在了。唯一避禍的方法事實上就是把她 convert 過來。那個人説這樣她知道愈多到頭失敗了犧牲更大。一聽到犧牲老馬的血氣就上衝。革命沒有不犧牲的。不想犧牲就不要搞革命。十年刑期是革命的最低消費額。付不起的不要進革命咖啡屋。老馬。老馬篤信犧牲是不可避免的。有時我甚至覺得弄不清楚。他到底是因爲堅持理想所以不怕犧牲，還是因爲渴望壯烈犧牲的英雄事蹟所以篤信革命？反正有他在場時我們都覺得自己是懦夫。沒有人好意思再跟他爭安全考慮。人生到底是怎麼回事。這算是誰的錯。當時的決定導致今天他們都犧牲去了。只有我一個人閃避在外。想犧牲、怕犧牲的都犧牲了。只有眞正釀造犧牲的人沒有犧牲。瘋狂過了以後才了解這一切都是我釀成的。都是我。

那女孩叫吳玉玲。很特別的一個女孩。印象最深刻的是一個冰霜凍寒的冬天我看到她在對街的人群裡。沒有任何道理但我就是看到她的紅手套貼依在白皙的臉頰上。沒有道理。那是年假期間。馬路上穿梭來往幾百輛計程車大公車摩托車私家車。她在兩排攤販中間走。擠得滿滿的人群在她四周。與天氣的灰樸恰恰相反的是整個空間裡充滿了人造的顏色。最繁美最炫人神志的顏色到處都是。完全沒有道理。可是我就是在卅公尺外一眼看到她的紅手套貼依在白皙的臉頰上。那麼許多顏色中間她手套的紅和臉色的白是唯一沒有重複的組合。在那團混亂裡唯一的紅與白。看久了便覺得所有混亂開始以那唯一的紅與白爲中心逐漸調整秩序。整個看得見的空間開始繞著那點紅與白旋轉。

我接近她並不是因爲喜歡她。我告訴我自己。我是革命的人有任務的人。必須要弄清楚那點紅與白到底是什麼。最後的結論只能是 either/or，不是紅就是白。那麼清晰不可思議地看到的紅與白的組合只能是幻覺。我約她去看電影。正常的男人追女孩時會採取的舉動。看完電影去吃飯並討論電影的內容。我邀請她去公園裡散步。假裝湊巧地把話題轉到公園裡塑立著的銅像。我邀她逛街。號稱「小老婆」街的高級進口商品集中區。那裡的東西果然貴到只有養小老婆的有錢人才買得下手。我邀她去郊遊烤肉。公路局班車會經過煙囪林立空氣汙濁交通擁擠的衛星城市工業區。我邀她去逛書店。假意有人託我到台灣書局買幾本高中課本。我們一邊吃著重慶南路的鳳梨冰一面討論歷史課本的現代史立場。晚上時我送她到她家巷口。她走進去了。突然回過頭來再向我搖搖手告別。正好在水銀路燈下的位置照得她的臉煒白。春天了不必戴紅手套的手掌心也是白的。

春天了。很難說哪一項先開始。我們變成親近的朋友。她變成讀書會潛在的敵人。可能是我們親近了所以確切地發現她參加讀書會有特定的目的。也可能是隱約察覺到她不可能是個向讀書會理想認同的人所以更刻意接近她。反正是接近到一個程度。近到她在外面上洗手間時會無防備地把皮包交給我拎著。我早就懷疑她皮包裡藏著玄機。不知是第幾次在女生廁所門口等她時終於破解了打開夾層的機關。下一次在夾層裡發現她寫到一半的報告和衛生棉。

令人血冷的報告和令人臉熱的衛生棉都是需要深藏的。這個連繫後來成爲我們關係發展的主要脈絡。我在走一道鋼索。背著其他同志的命運在走高空鋼索。而且這索隨時可能斷掉。必須用盡方法阻止鋼索橫生被切斷。一切方法。理性的說服在這種緊急狀況下顯然進展太慢。

春夏之交的一個夜晚。早上出門前還有些春寒餘威。入夜之後反而氣溫陡升。在靜靜的介壽路上面對著龐闊的總統府正牆疾走。愈走愈熱。脱去了薄夾克。脱去了毛背心。夾克和背心掛在手上的重量讓我覺得走得更熱更吃力。煩躁中索性不顧體面把襯衫也脱了。總統府愈來愈龐大。愈來愈高。像一隻緩緩展翅盤旋的禿鷹。突如其來地害怕禿鷹會在任何時刻排山倒海地俯衝下來攫抓。我覺得熱得發臭。從身體內發出一種腐臭的味道。屍臭。更害怕了。我覺得自己發著吸引禿鷹的屍臭。我躲進介壽公園。找不到一棵夠壯夠茂盛的樹把總統府從我視界裡擋開。那個在夜裡散發著凝血般暗紅色的龐大存在。我疲憊地在一棵樹下蹲著。熱得受不了了。我失去所有抑制的力量一下子把上身僅存的內衣也一併脱去。光裸的肌膚直接觸著暖熱異常的空氣。可是奇怪的是這種從熱汗的蒸風裡解放反而帶來一陣接一陣劇烈的顫抖。奇怪的是肌肉不自主的運動卻帶起情緒上莫名的亢奮。純生理肉欲式的亢奮。我不是一個偷窺狂。可是那一刻不小心瞥見樹叢暗處一對男女正熱烈地在交纏擁吻。我從影子的暗示可以摹想得出男的一隻手正伸入女的上衣裡在乳房上活動。在總統府的鬼魅背襯上貼著一對情欲盎溢的黑影。我竟然無法克制地自瀆起來。我從來沒有過這麼強烈的射精。精液像砲陣出膛一樣猛力前衝。在高潮的那一刹那腦子裡突然浮起一個句子。一個笑話。沒有辦法講給別人聽的黃色笑話。「砲轟總統府」。

就是在砲轟過總統府後拉上拉鍊時，確定了處理吳玉玲這件事的新策略。只有一個辦法。讓她在感情上依賴我。只有這樣可以避免她出賣我。出賣讀書會。而要贏得女孩子完全的感情依賴聽說最好的方法是透過肉體。從莫斯科到巴黎最近的路是經過中國。

我沒有讓讀書會的朋友知道我在進行的這些。大概因爲我自己都覺得太冒險了不太可能獲得他們的認可。一種魔鬼式的交換。我多透露一點會裡的事才能引誘她也多講一些關於她的政治理念的眞話。而每剝開一層她的政治外衣我必須同時剝去一層罩覆在她身體上眞實的外衣。而我們每在肉體上親密一層她就會從我這裡多知道一點讀書會的祕密。如是循環。這是一個魔鬼的遊戲。

我必須算準每一步。冷靜地執行同時探入她的報告與衛生棉的計畫。我冷靜地在植物園吻了她。我冷靜地把手掌探入她薄薄的白襯衫撫摩她細膩質地的背脊。一步一步地。我知道我可以。我知道自己超人的理性控制可以贏得她的信任。逗引她的渴求。一個晚上我解開她胸罩的扣環卻只輕觸乳房的外圍地帶。小心翼翼地像在崇敬玩賞易碎的白磁骨董。另一個晚上我的手指到達乳暈卻避開乳頭。再一個晚上我近乎病態地玩弄她的肚臍雖然她明顯地希望我的手指會再往下移。再一個晚上我柔順地梳理她的陰毛至少兩百次卻沒有碰到更敏感的部分。我知道我會成功。弔詭的是：正因爲我對她沒有眞正的愛所以我會成功地贏得她的肉體。我不會衝動。一步步像沒有進展般地自然進展。她的渴望她的預期永遠比我的愛撫先替我打好灘頭。我不會把她嚇退。我開始有點崇拜自己。擁有拒絕受肉體控制的理性算計。那時我剛好讀到一本日本的推理小說。學到了一種折磨女人的方式。殘忍的折磨。然而被折磨的人卻以爲眞正受苦的是執刑者。我學習三島由紀夫般對自己男性身體最大限度的控制能力。我們終於第一次做愛時我給了她一個狂野的夜晚。我冷靜設計操縱的狂野。我打賭她一輩子不會忘掉那晚體會到的性的美好。她可能有半打的高潮。

我猜對了她會渴望更多這種狂野的夜晚。當然我不會再給她了。照我的計畫除非她完全在我面前放棄原來的政治信念政治任務反過來成爲讀書會的保護者反間諜她不可能再得到那樣的滿足。

我繼續找機會跟她做愛。在她即將到達高潮的前一秒鐘粗暴無理由地抽身出來。她再三探問我才告訴她我不能。心裡有一些結擋著我。沒有解開這些結我就是沒辦法完成。

我知道她有多麼想要。我知道她快要到崩潰的那一點了。我知道我快要可以逼她作出任何承諾簽署任何條約了。城堡已經接近要豎白旗無條件投降了。那一晚我相信自己已經站在成功的邊緣了。當我一如計畫再度抽身出來時她放聲慟哭。一方面是她自己的渴求無法滿足。另一方面她更痛恨她自己無法滿足我。她哭得在榻榻米上滿房間打滾。在那個節骨眼我只要提出要求我就贏了。可是最後畢竟還是成了輸家。

在那個節骨眼。我突然看不起自己。不能相信我把一個女孩子折磨成這樣。一個愛我的女孩。我一定是瘋了。看她痛苦成這樣還在想要如何從中得利。在那個節骨眼。我覺得看她痛苦我體內相應有撕裂的劇刺。她白皙皮膚完全展露的裸體原本是上帝創造最美的藝術品。現在卻在我的惡意下醜陋地扭曲。我成了邪魔在人間的代理毀壞一切好的東西。美、愛情。在那個節骨眼。我重新進入她。把性愛的高潮給了她。也給我自己。

瘋狂了之後我現在才敢承認我愛上了她。可能跟她愛我一樣多。甚至可能更多。我們每週定期在讀書會的祕密圖書館幽會。我們習慣在牆邊窗下做愛。窗戶開著時映進來的月光和樹影。還有枝葉搖擺的沙沙聲。有一次我們做完愛並肩赤裸裸地靜靜躺著。外面卻嘈雜騷動起來。原來是下雨。一顆水珠濺彈進來剛好準確地落在她亢奮過後尚未完全軟化的乳頭。順著不高然而弧線完美的半圓山丘滾落下來。我禁抑不住要去吸吮那水珠的衝動。並用舌尖舐舔水珠流過的紋跡。又一顆水珠打進來。又一顆。又一顆。我覺得自己像回到了愛玩水的兒時。看著暴雨來襲時正漸高漲的積水而雀躍不已。我急急地追蹤著紛紛霰降的水珠的落向。吻她敏感細白異常的肌膚。還童的情緒帶來的竟然是最最成人的樂趣。當再度進入她時我腦中占滿的是兒童們不顧雨勢不理會大人責罵蜂擁到積水盈尺的街上潑水戲耍的景象。

像不知愁煩暴雨會帶來的損失般的兒童。是的。我。應該就是那次激情不顧一切的結果。我們原來都很小心的。只有那次。她因著懷孕的事實而陡地變了一個人。頑強地拒絕著我可能會有的建議。不讓我有機會提出來。她原來的自我好像突然之間全萎縮不見了。或該說是濃縮結晶了成爲一個簡單的念頭。要那個嬰兒。其實那根本還不是嬰兒。但她爲了要影響我而在市面上搜購了一切可愛的嬰孩的照片畫報。每天拿給我看。久了她自己相信肚子裡可能還不到一吋長的胎兒一定就是長得那樣。如果可以用照相機去照她心裡的圖影的話一定照出一個出生三個月大的嬰兒的模樣。她堅持不到三個月的胎兒長著一副出生三個月的嬰兒的模樣。她整個人因而化成一個要保護這虛構的嬰兒形象的念頭。我不是一定不喜歡嬰孩但我更討厭不理性。她願意放棄一切來保護那個嬰兒。但那嬰兒根本還不存在。存在的只是一個不超過一吋的胚胎。其實我知道這是我最好的機會。我只要提出交換條件我就是贏家。我和讀書會都安全了。可是我就是不能。因爲那嬰兒本來就不存在怎麼能拿來當條件交換？

發瘋了以後我才發現還有一個理由讓我終究放棄了第二次贏的機會。因爲這贏充其量只能是個慘勝。如果爲了讀書會而把自己放在必須一輩子照顧她和小孩的約束上我還能算是個贏家嗎？我輸掉的不會比贏來的多。所以到底我又再次成了輸家。不。讀書會和我的同志們才是最大最悲哀的輸家。

我知道把孩子拿掉後吳玉玲就開始設計這一切了。她恨我。可是因爲曾經付出過那麼多愛她又不願意恨我。於是將大部分的恨轉到讀書會上面去。她要先讓我脫離讀書會然後再將讀書會毀掉。我現在完全明白了。她是個聰明的女孩。輪到她一步步算計一步步執行她的計畫了。

首先她在我心中挑起對工人與工運的興趣。的確理論上來說只有工人才是革命的發動機。俄國與中國革命的一個很大的錯誤就是把太多的權力給了知識分子和黨。社會眞正決策力量來源應該是農工無產階級自主組合的民主團體。沒有工運怎麼可能會有社會主義革命。而目前的結構限制下到中國大陸從事工運是絕對不可能的。所以我們革命理想要落實唯一的路是以台灣的工運作實驗爲將來的全中國社會主義革命進程畫下藍圖。這在理論上是絕無反駁餘地的。但在實際上卻讓我成爲兩面陣線上的雙重炮灰。一面是這個想法正戳中了讀書會幾乎所有成員都是外省子弟的這個組成的要害。從老馬以下這群人基本上對台灣人有慣習的看不起。他們無論如何不能接受必須將革命領導權交到以台灣人爲主體的工人群眾手裡這個理論所推出的現實。我的想法立即成了被猛烈炮轟的標靶。另一面實際想突破現狀去接觸工人思索發動工運的可能性時又遭受無情的挫敗。我發現自己完全無法跟工人們溝通。不只是語言的問題。更深刻的是意識上的差距。短短的時間内我失去了原來革命信念駐足的讀書會卻又攀鉤不上懸崖那端的工運美夢。我走在沒有實質連繫的微末水珠所組成的高空雲層上。

隨即吳玉玲使起一陣大風連那層雲霧也要把它吹走。她開始申請學校準備到美國留學。而且她明白地表示要長留在美國。於是在革命工運以外民族主義也加入了這場打得我遍體鱗傷的戰爭。吳玉玲是個聰明得不得了的女孩。在和她的論辯過程裡我原來民族主義的鞋跟也被抽拔得支離破碎了。第一點是世界革命的觀念。如果要接受馬克斯在《德國意識型態》一書裡的講法革命的成功必須靠全世界的階級解放同時達成。在十九世紀形成的世界史潮流裡單一國家革命成功已經不再可能。所以在世界上任何一個地區從事階級解放運動都同等重要有同等的價值。

對這第一點我所能提出的挑戰只有從革命策略的角度來說一個人在自己的國境内從事鬥爭是最有效的。因爲熟知那個社會裡的種種壓迫型態及反抗資源所在之處。對此吳玉玲又提出第二點來。由實際經驗顯示台灣不是這樣一個國境。由於與一般台灣人的隔絕已經使我們這些外省青年子弟明顯喪失了因了解這個社會而易於發動從事革命活動的優勢。而且就大陸方面而言我們就算眞有機會回去從事運動也必然被兩岸政治情勢弄得束手束腳。根本談不上去動員反抗資源。反過來美國是當今資本帝國主義的顚峰。沒有理由覺得在那裡從事運動有什麼理論與實質上的不便。革命不是盲目的道德情緒。吳玉玲這樣說。

可是我的道德情緒畢竟讓我覺得這樣決絕去國是一種背離。民族主義也是一個價值。也是一個commitment。我終究沒有和她一起塡寄那些申請表格。這些日子裡我在飄泊著。上下左右一無依恃地飄著。我和吳玉玲之間的感情連繫突然間變得如蟬翼一般薄而易碎。我們的愛原來是支撐不得一點點重量的。

一個多月前她坦白告訴我美國大學的入學許可已經寄到了。春季班。一所學費昂貴名聲響亮的大學。之所以能被接受進這大學有一主要原因是她拿到了「中山獎學金」。哈。我那時就知道會出什麼事了。

其實那時她還沒完全死心。我們依然每週幽會。她依然想說服我跟她一起出國。她保證可以找得到門路。我聽了立即陽痿不振。從那時起我便避免和她單獨相處。我不想再聽。我學習把頭埋進沙裡的鴕鳥。躲避任何即將來臨的危險的徵兆。去新莊的那天我知道她死心了。我知道讀書會被出賣了。

事發之後她還來看我。我罵她是我們之中的猶大。她否認。她說她甚至還救了我。後來我想了又想。也許眞正的猶大是我自己。她只是釘十字架的羅馬人……

（邵強的這段自白是一個證據。證明小說和作者之間的複雜關係。一個小說作者透過小說寫作會進入到一個他原本完全不知道的祕密裡。這是最危險的部分。怎麼會寫這樣的東西，我自己一點概念都沒有。像是一個神魔突然附到身上來。眞的，寫小說就是會有這種類似練功時走火入魔的恐怖時刻。所以偉大的批評家們請不要把這段說的種種算到我頭上來。我寫的不是我。或者該說不是眞正的我在寫這些我根本就不了解的東西。

（我是被附體的……）

14. 十一月廿四日　星期六

期中考週。今天中午考完最後一科。走出學校時覺得累得想哭。可是又哭不出來。沒有力氣哭。而且心裡空虛得找不到實質的自己、哭的主體。很想拋開一切到哪裡去輕鬆一下。然而四顧茫然，有什麼地方可以去呢？

結果是，我又走上了最近一段時候不知走過了多少次的路：去療養院的路。

本來醫生不讓我進邵強房裡去看他的。醫生說他這幾天都沒怎麼睡，精神很虛弱很虛弱。可是就當我和醫生說話間，邵強卻按了鈴。他知道我來了。他說他可以感覺到我來了。堅持要我進去。

他很蒼白。非但沒有坐起來的精力，根本連講完一句話都吃力地狠喘。所以他沒說什麼。我看著他露在被子外面一雙磁白的腳，心裡湧起一股莫名的淒然。那腳，純白得不透任何血色，讓我想起死去的祖父。祖父過世的那天早上，特地要伯伯和爸把他從搖滿樹影涼蔭的房間搬到天井邊去。陽光爬高了首先就照到祖父的一雙腳。純白、意外地全無皺紋的腳。金黃色的陽光彷彿馴服地被那白盡情地吞噬進去，在裡面經過轉化，變成更純更不帶任何溫度的冷磁白光透出來。陽光愈熱，照得那腳愈是雪白。將近正午時祖父就過去了。

那天我剛走了差不多兩個小時的路從師公那裡回家。五歲的時候罷。我被送去學童乩差不多才三個月。祖父斷氣隨後的哭吵維持了有半個多小時罷，突然之間整個周圍靜下來。沒有一點聲音。聽說就是在那個當口，我開始渾身發抖起乩了。那應該是我一生當中唯一一次起乩的經驗。聽說我壓低了稚弱的嗓音，用祖父的語氣說了差不多十分鐘的話。一些怨悔、一些交代。死去了的祖父透過我向他的子女們道歉。他說他的一些古板脾氣害這個家沒落不振。他不知道祖公們會不會原諒他。教出來的孩子一個個都不曉得、也不敢占人家的便宜，只會忍氣吞聲地吃虧。他說他不會忘記有一次，大概十年前罷，家裡開木炭行的時候，三叔和大姑準備拉車送炭去給人家，一籮筐一籮筐稱好了的炭。大姑恰巧看到兩三枝燒壞了的炭夾在裡面，順手便把那些抽走了。他們才走到隔壁家門口，就被祖父追了回來。爲了什麼？爲了大姑沒有再補同樣重量的木炭回籮筐裡就要送去給買主了。就爲了那兩三枝木炭，祖父大發一頓脾氣。把所有小孩叫到廳裡，當著他們的面，大姑被狠打了一番。死去之後，祖父特別對這件事耿耿於懷。他覺得就是類似這樣的經驗害了他的小孩們。害他們一直生怕占到別人的便宜以至於苦了自己，艱難地過著日子。他最後交代大家忘了他教訓的一切，過得富足才比較重要。因爲貧窮而送出去的孩子要讓他們回來。替別人著想卻讓自己的子孫們受苦是沒有道理的。他悔怨著他沒有道理地胡耗了的一生。

我唯一一次起乩，結束了我童乩學徒的生活。祖父的葬禮之後，我回家了，爸開始考慮離開老家。

我把這段童乩的經驗講給邵強聽。他好像很感興趣。可是又好像很困惑。我講完後他吃力地問了幾個問題。

「你祖父眞的變成你在講話嗎？」

「大概是罷。」

「所以在那一刻你既是你，也是你祖父囉？」

「也可以說既不是我，也不是我祖父。」

「人連自己是不是自己都可能成問題……唉……難道沒有簡單一點的生存方式嗎？……」

（也許是我的童乩經驗使我能夠寫邵強的故事？邵強透過我在寫一些我自己不理解的事？

（還是因爲寫了一些奇怪陸離的東西，怕被批評家的大眼睛質問，所以才找出童年時的這段往事來搪塞，作爲我創作動機的藉口？）

15. 十一月廿五日　星期日

今天去療養院卻沒有見到邵強。雖然邵強再次知覺到我的到來，堅持要我進去，可是醫生畢竟沒有答應。護士告訴我邵強的身體惡化得很厲害。他現在整天頭暈，覺得自己飄浮在一艘船上，覺得他周圍所有東西都在游移，沒有一樣是固定的，他每隔一段時間就會發出可怕的、絕望的嘶吼，叫著：

「這些移動的……這些移動的……」

可憐的邵強。他原來是要裝瘋避禍，結果在環境及一些事件的影響下，卻成了眞瘋。弄假成眞。

我該怎樣幫他？我能幫他嗎？

16. 十一月廿九日　星期四

和吳仔他們約了去中華體育館看飛駝對裕隆。買了票還有一點時間，便跨過寬得誇張的敦化北路去看了邵強一會兒。

他今天的情況好些。就是有點恍惚。我在他房裡待了差不多廿分鐘。他反反覆覆只講一件事：「如果人能夠有根……」

……如果人能夠有根就沒有要不要去、要不要留的煩惱了。如果人能夠有根就不會不小心進到陌生的地域裡被歧視侮辱。如果人有根就不怕頭上吹的風暴了。如果人有根就不會動搖了。如果人有根就不會被背叛了……

我不懂。如果人有根不就變成植物了？

球賽結果裕隆輸了一分。最後五秒鐘洪濬哲在底線跳投得分。簡直可惡。

17. 十二月二日　星期日

去療養院。沒有見到邵強。護士說他的情況時好時壞。最近兩天他自己想到一個恢復精神的方法。跟護士要一盆水把腳浸在裡面。浸一會兒整個人就站起來。站得直挺挺的。看起來好多了。麻煩的是他腳一浸水就堅持要站著，怎麼勸都沒辦法讓他坐下來。一站站了一兩個小時，一動不動的，護士們必須輪流去看著他，因爲到了一定時間，他會整個人崩倒跌在地上。

就這樣固執。把他扶上床時，他猛喘氣喊：「我的腳缺水啊。我的腳缺水啊。」

18. 十二月六日　星期四

療養院三樓的護士我差不多都認識遍了。今天醫生還是規定不讓邵強會客的。不過一個好心姓張的護士偷偷讓我進去。

她告訴我邵強剛剛才站在腳盆裡站了四、五個小時，現在累倒了在床上胡言亂語。我走到床邊，他眼睛張得很大，可是好像完全不認識我。不，好像根本沒有看到我。事實上，我也不太認得他了，他變得很瘦很瘦，整個人皮膚上泛著一種青蒼的顏色。

他嘴巴不停地念著：「把我種到那裡去。大家都有理想的時代。種回革命的時代……還是戰爭的時代……有理想不必覺得丟臉的時代……那個時代……那個時代……」

那不太像是人聲。嗡嗡嗡地比較接近山林裡微風吹過樹梢的響音。聽著，我渾身出了一趟冷汗。

19. 十二月七日　星期五

晚上作了一個噩夢。夢見邵強變成一棵樹。葉子絨茂深綠的橘科植物。然而他的臉卻幻化成一朵龐大的向日葵。沒有看過那麼嬌美的顏容。比最柔美的女性還要女性化。接近於理想、抽象的「女性」概念的超俗昇華形象……

醒來時渾身出了一趟冷汗。

20. 十二月十三日　星期四

「陽光啊。我需要陽光。」

我站在療養院圍牆外的人行道上，聽到細細喘息的聲音在我身邊吹拂著。鬼魅細抖的聲音。而我四周根本沒有人。

我匆匆忙忙地攔下一輛計程車回家，打消了想去看邵強的念頭。

在計程車上渾身出了一趟冷汗……

……

……

……

我的第一篇小說戛然終止於一連串的刪節號。因爲當我寫到這裡時，邵萍的一個問題毫不留情地拆解了原本艱難地維持著平衡的作者／讀者關係。藉著問題的導引，邵萍從一個讀者的身分一變而爲共同作者，硬生生地插了進來。然後像一隻靈活的大嘴巴小精靈般，一進到我好不容易建構起來的螢幕裡，便左衝右突大咬特咬、大吃特吃起來了，吃掉了所有閃光的實體，透出我小說骨子裡虛浮無重量的夢的本質……

邵萍的問題是關於前幾天發生在高雄的事件。她問邵強這幾天有沒有可能從報紙或電視上得知這事醜惡可怕的來龍去脈。

我答不出來。因爲我自己也不知道高雄發生了什麼事。這不是在我小說的時空範圍內所能憑空想

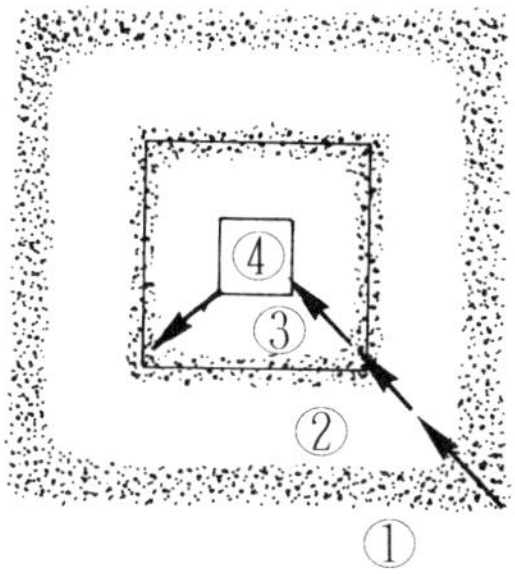

像創造出來的。一下子，我被從小說作者的敘述權威地位上拉了下來，回到十月十六日的現實時空裡。用圖表示的話就是沿著下行的箭頭又從時空領域④回到了③。

我還在考慮要怎樣應付處理這個問題時，邵萍焦急地跟我解釋：她和家人們都知道邵強對政治有一種特殊的熱情，以及遠超過安全界線的關懷。所以當他失蹤時，大家的第一個猜想是因爲受了「美麗島事件」消息的刺激而導致的。可是如果事實上，如我說的，邵強最近幾天根本沒怎麼和外界接觸，那麼事情會更令人擔心。如果邵強是因爲我小說裡寫的這些原因的積累而從療養院出走的話，那麼一出到外面，萬一又看到關於「美麗島事件」的報導，那怎麼辦？

「美麗島事件」？我隱約覺得藏在腦殼深處的某個部位開始緊縮發痛，彷彿原來就有個傷口在那裡。這痛像電波干擾源般發射出擾亂我原來在夢裡運作得還算順利的智力機制……

我的傻笨又不適時地回來了。我試著要安慰邵萍，說：「他也不一定會看到什麼『美麗島事件』的報導罷。美麗之島、婆娑之洋，怎麼會變成什麼大事件呢？」

邵萍像是聽不懂我在講什麼。她自顧自低頭想了一下，依舊憂心忡忡地說：「昨天警察才到立法院抓了黃信介，今天的報紙上滿滿都是這件事。何況還有幾個人在逃，那些大惡棍們。糟了，如果不趕快把邵強找回來的話，這事對他已經脆弱不堪的神經會造成怎樣無可彌補的傷害啊……」

我不知道爲什麼有時候我就是沒辦法控制自己的愚蠢。即使在夢中。即使這麼難得的與邵萍獨處的機會。我竟然問她：「『美麗島事件』到底是什麼啊？黃信介又是誰？」

完了。一切都完了。倪匡筆下的美麗女主角第一次看到外星人時露出的大概就是邵萍現在這樣的表情。過了差不多十秒鐘，驚訝轉成輕蔑。像是弄清楚了奇妙的外星人原來是個低度進化的原始生物，邵萍從齒縫裡噴出兩個字：「白癡！」最後輕蔑再度轉成憤怒。「邵強怎麼會選擇跟你這種白癡做朋友！這是他一生當中做過最不合理、最沒有智慧的事！你還是一樣！什麼都不知道、什麼都不關心！麻木不仁！我們國家偉大的、神聖的憲兵被暴民們打成那樣，你竟然都不知道？那些人要顛覆我們政府，要把我們外省人丟到台灣海峽餵魚你都不知道？我們差點就變成另外一群海上難民，你竟然都不知道？這些統統不知道，而你竟然還大搖大擺地活得好好的？」

「我不是不知道，我忘了……」

「忘了？忘了國仇家恨、忘了政府的恩德？除了吃飯睡覺，你什麼都會忘了！課本上教的、報紙上寫的、電視上現代吳鳳聲淚俱下講的，你統統都會忘掉！統統忘掉了卻還活得好好的，簡直沒有天理！」

我慚愧得恨不得趕緊找個地洞鑽進去。是啊，這些我都不知道。這麼重要的事我都不知道，怎麼還能活得好好的呢？我真是個怪物。

「你這怪物！」邵萍狠狠地在我胸前推了一把，「我不要再在這裡跟你浪費時間了！邵強、我要去找邵強……」

她最後一句話帶著點哽咽的語尾。可是沒等我來得及心疼，她已經轉頭跑了出去。邊跑似乎還邊舉手在頰邊拭淚。

我竟然連反應都被干擾得變遲鈍了。發呆看著邵萍在廊上奔跑的背影看了將近一分鐘，才想起來該去追。連忙跑向樓梯、跑向療養院門口，一直跑到大街上。

哪裡還看得見邵萍的身影？唉！我這個笨蛋！

不知道絕望地在敦化北路和八德路口徘徊來去了多少次。夜漸漸深了，年底的冬風隨著夜而灌湧得愈來愈強勁。一張報紙被風帶著劈頭向我飛來，我無意識地在面前將它抓住，水銀燈光照耀下，報上顯赫的中央部位一張照片無從逃躲地打入眼簾內：一對母女跪在一群揮舞棒棍的「暴徒」間，一對花蓮來的善心母女……

我覺得反胃、暈眩。我把報紙丟開，可是它卻堅持地又向我眼前撲來。我擋開、它又撲來了。我只好回頭就跑，然後那報紙像是被什麼惡魔支使般地一直追在我背後……

我不要知道這一切！我不要知道這些！我不要知道政治！

邊跑我可以感覺到劇烈寒意迅速占滿了身體各部肌肉，引發連串的顫抖。抖到讓我再也跑不下去了。一停下來那張報紙馬上緊緊地攫抓住我的背。我驀地了解了：我之所以發抖不是因為怕知道政治。如果眞的不知道，我甚至不會意識到含藏在那照片背後的是赤裸裸的政治。如果不知道我沒有理由看到一張飄飛的報紙就怕成這樣。事實是我知道這些，我知道這一切。在夢裡變聰明一些些時，我無可避免地意識到這事的來龍去脈中躲著一些報紙講得含混不清的東西。是這些東西不斷在撞擊我心中原本靜止無波的政治理念。我不想面對這些騷動不安。我這個無可救藥的笨蛋。我這一下子全明白了。我進入夢裡想逃避這些騷動不安，然而進入夢裡後一顆更為敏感的心反而更讓我察覺到這些騷動不安龐然的幅度與向度……

這是一個噩夢，從任何角度看都成了一場噩夢。邵強在我的羅織底下成了可怕的共產主義者，又成了瘋子，最後成了植物。邵萍視我為怪物、為白癡。我還停留在這個夢裡做什麼？

我一路沿著新生南路、羅斯福路走回指南山下。回到住的地方天已經濛濛地快亮了。我沮喪地把自己投丟在床上。剛入睡不一會兒，附近的中學升旗典禮上傳來莊嚴的國歌。我抓住機會讓國歌洗

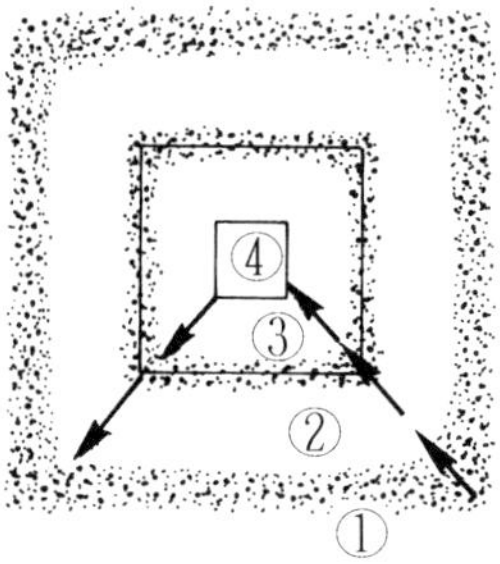

滌、潔淨我被夢的混亂汙染了的精神，然後隨著國旗歌的音樂從似夢非夢的③時空領域裡超解出來，回到了②。

我的鬧鐘適時響起。八點半。我起身換衣服時瞥見書桌上攤著一份寫好了的軍訓作業。「全國一心共同唾棄少數陰謀分子的叛國行徑」。作業邊另外有好幾份報紙社論。是了，這才是寫這種作文正確的方法。

出門時順手在報攤上買了份《中央日報》。報頭的日期是民國六十八年十二月廿二日。我覺得放心了。開始津津有味地看報上關於這次暴動事件的報導。

只是讀完以後，莫名地對自己夢裡這一遭無謂的時空混亂生出一種無可名狀的悵惘之感。

13

邵萍，我的愛。唉。

可憐的邵萍。我兩次在時空網絡裡的嚴重迷離，其實都是關係著邵萍生命中無可彌補的損失。一九七九年年底那次，邵強從療養院裡出走失蹤，從此再也沒有音信。連生死都無法確知。兩年後，一九八一年的深秋，陳忠祥神祕地死亡。拖延至今這案子還沒有正式結案。中間錯綜複雜的程度，超出了一般人所能理解的範圍。我只輾轉聽說陳忠祥的一些朋友們私底下進行了調查，肯定陳忠祥是被謀害的，沒有自殺的可能。但究竟凶手是誰，他們幾個調查的人也有不同的猜測。

八一年之後，邵萍的生命，至少我所知道的部分，一直沒有超脫過這兩件慘劇的陰影纏結。甚至我想這樣講都不算誇張：邵萍後來的種種轉變都是隨著她對這兩件事的反省而來的。

我，當然還是藉著各種夢的超越才能接近、理解到邵萍那美麗外表包裹著的高貴心靈裡的千迴萬轉。

八二年夏天，從大學畢業後隨即入伍服預官役。當年秋冬之際，結束了在經理學校的專科訓練，發配到駐紮在南部一個小鎮上的步兵師裡擔任營務官。

這一段軍旅生涯，讓我嘗到了最痛苦的挫折——夢的挫折。隨著那龐大、細密的組織網絡日益蓋罩到身上來，我驚覺發現在其他場合裡不斷幫助我超越、躲避挫折的夢，在此卻乾枯萎縮了。部隊的生活現實，竟是無從以夢來加以改變的。相反地，夢會變成一種可怕的延遲，挫折的來源。我可能進入一個夢裡，夢見自己好不容易捱過了各種精神折磨，畫去了一些記事本上標誌的離退伍日數，然而只要一個不經心，卻從夢裡溜滑醒來了，回到原點，平白地忍受了這麼多，距離退伍卻依然還這麼久。情何以堪！

我覺得被背叛了。比被最愛的人背叛了還令我不能接受（苦笑：我的最愛，唉）。這是我生命裡面臨過的最大危機：連夢都不能信任了，我要怎樣處理自己，在這外界洶洶推湧而來的沮喪憂鬱焦心疑惑中載浮載沉的自己？

我常常希望邵萍能幫助我，不管是現實裡或夢裡的她。然而很難。現實裡，邵萍剛剛投入一項助理祕書的工作，陌生的環境，截然不同於校園裡的人際關係、價值判斷，使她忙得甚至沒有給我寫過一封超過半頁信紙的回信。而我對愛的信念，又使我不願做出任何可能會騷擾到她正常生活的事。至於夢裡的邵萍，不知是不是受睡眠環境改變的影響，變得像影子般的存在。總只是在夢的境域的角落一閃而逝，一閃而逝。

對那樣一閃即逝的影子的追索通常持續不了太久。營務室的隔壁就是營長室。徬徨顧盼找尋邵萍的影子時特別容易被營長的鼾聲，或遲歸時醉酒的叫罵聲吵醒。還有好幾次在這當口被守夜的衛兵、安全士官或營輔導長叫起來。喝得爛醉的營長又連人帶腳踏車掉到歸營路上的那條水溝裡了。我們幾個屬營部的軍官必須趕緊在消息傳出去之前去把他抬回來。肥胖腆著中年油腹，身上沾滿溝泥及自己濫吐的穢物的中校軍官。我是營部軍官裡官階最小的（當然！），所以清洗這具龐大身軀的職務就落在我頭上。騎車到廚房，半拜託半命令地喚醒值日的伙房兵，燒一桶熱水，用板車推回來。替他褪除衣褲時，口裡必須不斷喃念著「我在洗一隻豬。我在洗一隻豬。」才能排祛掉想吐的衝動。可是你知道，豬是不會罵人的，被人翻動擦洗的營長卻會。最難聽的話。

勉強幫他換上乾淨衣褲推上床後，我還得把板車推回廚房，再把腳踏車騎回來。這樣折騰一趟通常要兩小時左右。終於躺下來時，眼前全是可憎油膩黑糙的肉影，還有那惡心的多毛發臭的下體器官。我只能盼望在起床號響起前有能一小段不被這可怕夢魘破壞的睡眠。還能再奢求什麼？

這樣的事平均一星期大概要發生一次。我實在無法抑制自己去懷疑：我為什麼要服侍他？剝得光光之後，他那兩顆梅花的官階有什麼意義？就算清醒時，他那愚蠢與剛愎自用相結合的個性又能給他任何理由這樣支使我嗎？我到底是為什麼？

我討厭自己這樣想。不只是討厭，我甚至覺得慚愧羞恥。我必須反覆地把軍官級的《奮鬥》月刊拿出來閱讀誦唸。服從是軍人的天職，懷疑命令是軍人的恥辱，我需要一再一再地複習莒光日電視教學裡面說的每一句話，我不能讓自己對生活裡的權威的信心有一點點動搖。

不過諷刺的是，這樣的努力使我成了營裡政治教育考試的常勝軍。每次師級軍官團的考試，營長總要命令我坐在他旁邊。我發現他根本從來不讀政治教材！更進一步地我發現他根本不相信政治教材裡面講的東西！

那為什麼他有資格下命令，大部分時候是可笑的命令，來讓我遵守？如果政治教材是對的，那麼了解政治教材是軍人的基本精神訓練，而我們營長連這樣的基本素養都沒有！這是怎麼回事？中校營長實際上不配做一個中華民國反共聖軍的一分子？還是政治教材根本就錯了。要做一個好軍人，懂不懂政治教材根本就不重要？

還記得那是八三年的春夏之交。師部公文下來：總部將於兩週後到各師驗收政治教育成果，各單位加強準備。營輔導長特別給我半天的假，要我負責出一份詳細的複習考題，影印後發給全營的士官兵。

又是政治教育，唉。在那個格外炎熱乾晴的日子，我卻不想看到陽光。總想去找一個地方躲一下，不是要躲誰或躲什麼事，而是想躲開自己腦裡這些不必要且無用的疑擾。

出完考題，在往小鎮街上影印文具店的路上，我一頭躲進了大黑箱子般的電影院。銀幕上映著不知什麼年代的西洋電影，只知道是關於一些有錢的貴族們在上世紀的歐洲社會裡愛來愛去、恨來恨去的故事。有豪華的舞會、有男女主角深情的擁吻、有比畫西洋劍的決鬥，還有黑皮膚的奴隸幫泡在大木桶澡盆裡的伯爵擦背洗澡……

黑皮膚的奴隸。突然之間，這個畫面好像從眼球上穿射透過後腦。弄得我頭上一陣劇痛。那是奴隸。那是奴隸做的事。那是一種主奴關係。我什麼時候、為了什麼理由，被陷入了一個主奴關係裡了嗎？官階的高低可以在事實上轉化成一種主奴關係嗎？

這些我一直想逃避的問題變本加厲地貼黏過來綁住我每一吋肌膚。我躲不了。我是一個奴隸。原來我是個簽了兩年賣身契約的奴隸。

我不知道到底哪樣事情讓我覺得最不能接受，到底哪個是讓我走出電影院時，面對陽光，沮喪得不想思考的主因——是因為發現自己像個奴隸，還是因為發現了過去覺得那麼令人精神亢奮的光榮革命陣營的實際關係運作？

我不知道。我想我大概只剩小腦在勉強維持著基本的生命現象。遊魂般地走到文具店把稿子交給店裡的小姐印八百份。

說眞的，如果不是那個小姐，後來我知道了她的名字叫作劉淑惠，如果不是她，我不知道會給自己惹來多少禍事。

是她發現我在稿子上把「擁護中央」抄成了「擁護中共」的。也是她發現我剪貼上的疏忽把一部分的選擇題弄到是非題中間去了。

一陣冷汗夾金星亂竄亂冒之下，我的大腦意識總算艱苦地重新開動了。然而這會兒卻又是雙手配合不上了。我的手稿被我弄得一團混亂。

恰好沒有客人需要招呼的劉淑惠又適時地給我援手。她很自然地推推我的臂膀，笑笑地說：「這樣粗手粗腳要到什麼時候？我來弄還比較快！」

我很不好意思地讓到一邊去。她很熟練地把割得碎細的紙條重組出應有的秩序，然後抬頭問我：「看一下，這樣有沒有錯？」

再看一次那些政治教材裡習用的詞語不知怎地讓我強烈反胃，無法控制的生理翻攪。我勉強忍耐著。忍耐著。

檢查到一半左右，她好心地又來拍了拍我的臂膀，說：「欸，你怎麼了？你好像不太對欸。」她探身拉了一張椅子過來，「你先坐一下，身體不太舒服是不是？」

我跌坐在椅子上講不出話來。她還好心地彎下腰來看我想必是相當蒼白的臉色，說：「你坐一下看會不會好一點。那個我可以幫你看。反正那種東西我也看多了。不用擔心啦。休息一下，印好了再叫你啊？」

不知道是不是在那一剎那就愛上她了？或者這事從頭到尾就不是愛？我只知道坐在影印店裡的那十分鐘內，我覺得她是全世界對我最好的人。我的心強烈地收縮，像是被什麼東西圈圍擁抱擠壓著。我無法用過去經驗來比擬解釋。就是一種非常非常特別的感覺。

我後來想，也許是要曾經被降到類近於奴隸地位的人才能夠領略到這麼強烈的感激感動罷？從一個很犬儒的觀點來看，也許可以把這個當作「上帝畢竟是公平的」的證據罷。被剝奪得愈厲害的人，愈能充分享受最微細最微細的擁有的喜悅。是這樣罷？

也可能不是這樣，不止是這樣。

當天晚上，在夢裡，影印店這一幕幾乎源源本本地重演了一次。不同的是在夢裡，我生理上的反胃、暈眩不存在了，所以我可以很清楚地觀察眞正發生了的事。很像是在現場目擊和從一台有很多影霧遮障的電視上看錄影片的差別。

首先看到劉淑惠的手。原來對她的好感不只來自於她的親切態度。我想我沒有看過那麼靈巧的一雙手，配合著那麼敏銳、判斷迅速的眼和心。她幾乎是毫無考慮耽擱立即下刀切開每一個有錯誤的部位，立即加以重組，順手撕一小方膠帶將細長紙條浮貼在正確位置上。這樣的巧心巧手實在不應該浪費在無聊的影印、賣文具上。

接著聽到她的聲音。才知道原來對她的好感卻有一部分被這個抵消了。她的聲音粗粗的，至少不是適合撒嬌的那種。而且她講的國語帶有濃濃的南部地方口音。

然後又看到她低垂下來探到眼前來的臉。笑容很自然。自然地流露出關心。可是除此之外，五官幾乎都違反我覺得是美的原則。當然，我所覺得的美一直是以邵萍作標準的。邵萍，我的愛，唉。劉淑惠幾乎完完全全是邵萍的對反。稀疏的眉毛。細細長長的眼睛。肥隆的鼻頭。稍厚的嘴唇略呈菱角狀。平圓的下巴。

我順勢看到她的頸項。領口。驀地，我不再確定下午時的那股強烈感動純然是因爲她對被類似奴隸地位搞得沮喪的我的自然關懷態度了。在夢中，我發現坐在椅子上的高度剛好可以探視進她因身體彎低而開露的領口。那絕不是一件暴露的衣服，只是那個角度那麼剛好可以看到她的胸罩，胸罩裡垂凸的乳房。更令我驚異的是，她似乎是穿了一件尺寸不合的胸罩，肉色的布料並沒有緊貼在皮膚上。在那露開的小縫隙裡我看到了一點點深褐色。我想那是她的乳頭。她跟我講話時，我眼睛一直盯視著那一點點褐色。

喔。我的天。起床號剛好在這時響起。我的天。我在床上兀然坐起，不知道該相信現實裡的第一印象，或是夢裡的仔細近鏡頭分析。而且夢真的是現實的全般重演嗎？或者那色情的部分根本只是我自己在夢裡的潛意識虛構？

我不知道。人生本來就有很多疑問是無法去求取絕對的解答的，不是嗎？何況是這種夢與現實的穿插，兩界茫茫如霧如幻，又能奈何？

不過這問題畢竟在心裡徘繞了好幾天，沒辦法立刻釋然忘懷。

而就在兩天後，我還記得是個星期四，營裡發生了一件意外。第八連的少尉排長早晨帶部隊跑完五千公尺，突然昏厥過去，送醫護室後呈現休克狀態，連忙由專車送到附近的軍醫院，據說是非常勉強才救回了性命。

營長、營輔導長、政戰士、訓練官、訓練士統統趕到醫院去了，營部只留我一個人上莒光日。下午的軍官團教育也是我一個人代表全營軍官去總值星官室報告。傍晚時候，他們才回來。從他們的臉色判斷，應該不會有什麼大事了。他們看起來遠比平常上了一整天政治教育後的星期四有精神多了。營長和訓練官都已請好假，一回營就在收拾東西了。輔導長必須處理一些政戰業務，於是改派我去醫院看守，若有什麼變化立即打電話通報。

我一吃過晚餐就出門。天色還沒有全黑。上了大街正朝向暉彩裡因空氣折射關係而氤氳著些水濛濛塵霧的夕陽。日頭已經完全看不見了，襯在多色澤的背景上的小鎮街景對照顯得格外壓抑、灰澀。

紛紛點亮或高或低的日光燈招牌間，看到劉淑惠單獨站在店門口的騎樓下。

左手竟自然地就按下了煞車。刺耳的摩擦聲響停了，才在心裡給自己找到停車的藉口。我要去證明夢裡對她身體的偷窺是與現實無涉的純然夢幻。我不能這樣罪惡地把自己心底泥層的汙穢想法隨便投射在一個清純少女的身上。

把腳踏車鎖好才慌忙地在小小的帆布背袋裡找尋可以影印的東西。找來找去只有《奮鬥》月刊。我知道這樣做會很可笑，卻也沒辦法了。

「你有沒有搞錯啊？印這個幹嘛？」果然，她把書接過去時忍不住講了一聲。

我搔搔頭，那副笑容一定傻得可以。

其實這整件事都傻得可以。站在她身後看她熟練地翻著書頁影印時，我才理解到。我要怎樣證明在現實裡我並沒有偷看到她的乳房、乳頭？怎樣才能證明當時現實裡強烈的感動、感激是純然不夾雜汙穢的色情影響的？

除非證明夢裡看到的與眞實的不一樣。證明她從來沒有穿過不合尺寸、太大的胸罩？或證明她的乳房長得不是夢裡呈現的形狀？

沒有比這個更荒謬的想法了。要這樣去證明，結果只會更增高我對她的感覺裡的色情成分。可是說老實話，有時愈是荒謬的想法愈讓人無法擺脫……

我急急地騎車逃離文具店。然而面對著彷彿電影裡淡出鏡頭般迅速黯去的夕陽霓麗的天空，我有了預感，我會再被那個荒謬的想法吸引到劉淑惠身邊去……

第八連的少尉排長整整住院一個月。聽說是心律不整的毛病。在那一個月內，我是營裡負責照顧這個案子的軍官。必須塡寫日報表，等他出院後還得呈正式的公文。聽說這樣的案子公文必須一直批到陸總部及總政戰部。

營長當然不敢掉以輕心。每天一定催促我記得去醫院。醫院裡另有一份探病的簽名表，到時可能也會附在公文後面。營長可不願冒將來被指爲對部屬不夠關心的主官的危險。

這任務成了一種深具誘惑的自由，對我而言。隨意進出營門的權利。空白沒有人監視的時間。是的。我一次又一次地到文具店找劉淑惠。從有藉口到沒有藉口。從知道她的名字到請她到鎮上的餃子館吃餃子。我這一生從來沒有這麼大膽、主動地接近過一個女孩子。以前我總覺得只要跟女孩子單獨在一起聊過兩次，我滿身的缺點一定就會暴露無遺，女孩會嫌惡地離去，而我只平白地沾惹來一堆沒有救贖希望的恥辱。

只有在劉淑惠面前感到安全。她是個好女孩。不會給人任何壓迫感。除了她個性善良的因素以外，我必須承認，另一個原因是跟她在一起時，我覺得自己安全地受到一層光環的保護。

是從與劉淑惠的交往裡，我了解到爲什麼我們的社會上男人習慣找年齡比較小、學歷比較低的女人作對象。因爲男人是強者。男人靠隱藏自己的弱點來保持強者的形象。所以他們需要這種關係裡建立起來的光環來炫惑女人的眼睛。男人只有和看不穿這層光環的女人相處才覺得舒服。

如果有一天，有一個社會，女人變成了強者，她們也會轉而覺得年紀較小、學歷較低的男人才是比較合適的對象罷……

有太多隱潛的誘惑讓我接近劉淑惠。可是在當時，我顯意識裡只接受一個：我要去證明夢裡偷窺到的劉淑惠不是眞正的劉淑惠。這變成了一種毫無理由的執迷，正因爲沒有理由，所以無法抗拒。

隨著氣候進一步地暖熱，我實在無法不去注意劉淑惠衣服底下若隱若現的胸罩輪廓，我原以爲透過對她的胸罩與胸部尺寸的用心估量，也許可以察覺找出解決夢與現實互證關係的線索。然而事實上，每回多看她一眼，都只帶來了臉部與小腹一上一下的雙重充血效果，眞正冷靜的比對考慮根本沒有可能。

終於在我的特別通行證即將失效時——第八連少尉排長出院的前一天晚上，我被自己不知是眞是假的色情幻覺帶進了一個以前從未想像過的領域。一切來得那麼突然，來得那麼偶然。我請劉淑惠在街上唯一一家鐵板牛排館吃過晚飯。送她回家時八點檔連續劇甚至還沒演完。我一直送她到門口，不像會發生任何事的夜晚。

她進了大門，我也走向回營的路上。心裡充滿了莫名的愁緒與困疑。就這樣結束了我和劉淑惠這段無從歸類的感情了嗎？不這樣結束又能怎樣？心空茫茫無所決定時一些生理的反應就強烈地浮冒上來。脹滿了的膀胱開始妨礙緩慢跨挪的腳步了。我於是選擇了一個垃圾堆邊的無光角落先就地解決再說。

尿完還來不及拉褲子拉鍊，牆角處竟然響起腳步聲。我連忙轉身想躲，然後一個人影已經撞到我胸前來了。我們一同發出了驚疑的聲音，並且因聽到對方的聲音而又訝異地啊了一響。是劉淑惠。提著家裡的垃圾桶要來倒的劉淑惠。

沒有比這個更尷尬的事了。我靈機一動一手立刻把她拉近身來，確保她不至於看到我還露在褲子外的器官，另一手慌急地想把它塞進去。可是現在劉淑惠的身體軟柔柔地貼著我。微溫透過絹布裙直接渥著最敏感的皮膚。我的下體自然地脹大起來，脹得更不易塞回開有拉鏈的洞裡了。

我的天。我從來不知道把一個女孩子抱在懷裡是這種感覺。也從來不知道接吻來得這麼自然。接吻的霎時刺激讓我根本忘了這一切開始的原因，只是想著要進行下去，進行下去。我的嘴唇離開她的唇轉下到頸項，而我的手也離開了自己尷尬外露的下體移上到她的腰部、慢慢到達乳房一帶……

眞實的乳房。難以形容的觸覺，軟細然而堅挺有彈性的質感。她掙扎了一下，畢竟放棄抵抗了。她不再提著垃圾桶的雙手探索我的背脊……

我不知道到底是怎麼發生的。她原來深擁著我的姿態不知怎樣變成了有一隻手伸到前面來了。她摸到了沒有準備要摸的東西。一個昂脹亢奮的器官。她嚇得大叫，狠狠地推了我一把，氣都沒喘過來，喑啞地逼出一聲：「你是變態的……」然後返身踉蹌匆忙就跑走了……

結果是兩個人都從垃圾堆邊落荒而逃。可能想像到比這個更不羅曼蒂克、更荒謬的結局嗎？我的老天！……

驚魂未定、心慌意亂間回到營務室，我只想趕緊鑽到被窩裡努力鎮定一下，可是偏偏這時候營輔導長進來催討關於第八連排長住院經過的報告，我不得已強迫自己釘坐在桌子前面胡亂寫了幾行無關緊要、不得罪任何人的敘述，連同每日紀錄一起交了出去。

熄燈號早已響過。我在被窩裡翻了大約有兩個小時。彷彿連氣溫都在跟我作對。潮重帶著氣味的棉被一蓋到身上就產生一股燥熱。可是不蓋被時直接侵覆來的夜涼又會叫起皮膚上一層層的疙瘩。彷彿連天色都跟我作對。轉向牆壁睡時，眼前是一片悚人的黑暗，像個蠕動帶強烈吸力的怪獸口腔，又像恐怖電影裡魔教殺人獻祭的山洞。轉朝外睡時，從窗口透進來的月光又亮得詭異。像盞荒野裡沒有電源供應卻兀自亮著的水銀燈。唯一的作用在襯托荒野的空曠寂寥。照著無從掩藏的孤單感受。

最後我只好放棄側睡的習慣。逼自己死屍般仰躺著。黑暗在我左邊，月光在右邊。我眼前是漩渦般圈繞的黑白混同。一個炫人旋飛的水渦。我努力不去注意那些變動掙扎的光影。凝神在漩渦中央不動的一點。讓那一點不斷放大，不斷放大。

放大到一個程度才發現，那一點既不白也不黑。也不是黑白混合的灰樸。竟然是一股躍動的紅色！一股猛力向前衝來的紅潮。我想制止已經來不及了。瞬間周圍的黑與白全部被紅色淹沒。我自己也被淹沒了。鮮紅色的濤湧灌滿上下前後左右。奇怪地帶著點黏稠，卻又洶翻得厲害的紅色。

我幾乎要滅頂在其中，我拚命揮動四肢向後退、向後退。折騰了半天退到一個距離後，所有的觀點開始如同電影鏡頭般平順地滑出來。原來漫天蓋地的紅色現在變得好像一片平面銀幕上投射搬演的幻影了。不過一整銀幕的血紅淋漓，看來還是頗嚇人的。驚魂未定之際，銀幕的鏡頭觀點繼續在倒退。嘩地退穿一道厚壁。壁外還是紅色的。不過中間夾了些突兀的青紫。鏡頭繼續退，退到可以看出來剛才的紅色原來是動脈血管裡的血液。附在搏跳激烈的心臟上的血管。慢慢地整個心臟輪廓出現了。霎時震耳欲聾的心跳聲也從四面八方灌擊過來。肌肉收縮的運動聲中夾響著血液被擠壓冒泡發出的「咘唧咘唧……」

鏡頭繼續退出。階梯般整齊排列的肋骨。纖維粗大雜亂的肌肉。薄薄乾鬆的皮膚。純白的布質絲線。紅色不見了。鏡頭邊退邊擴大視界。原來似乎規律節拍的心跳聲，在退到一段距離之後，卻有了些失落準確時間掌握的怪音。呯呯，第三響卻落後了半秒，呯呯呯，呯，呯，呯呯呯……

我覺得意會過來了些什麼。鏡頭上也在這時容納進了一張臉。八連少尉排長病弱的臉。懸在我床頭的天花板上。神祕地配合著不規律的心跳聲魚一般將嘴巴反覆地開合。開合。應該是在講些什麼。可是我聽不到他的話聲。我豎起耳朵努力想辨聽被心跳聲嚴重干擾的言語內容。聽到了一點點。可是畢竟距離太遠了。我於是撐起上半身的肌肉。努力接近天花板上的那張臉。

努力接近。最後我發現自己從床上浮了起來。一無依恃地浮在床和天花板之間。還來不及驚訝，八連少尉排長的話像突然扭開了的麥克風般灌耳而來：

「你一定要幫我啊。長官，只有你能幫我。營部長官……」

「我不是你的長官。我們是同期的少尉預官。」我告訴他。

「誰有權力寫報告的就是長官。官階不重要，重要的是講話有人聽。長官，你寫的報告可以操縱我的命運……」

「別開玩笑了，我哪有這麼大的權力？」

「你有的。我講的話都沒有人要相信。只有上面有蓋官章的報告才是認可的事實。其他的都是風啊，一陣風啊，吹過去吹過來吹得吊在樹上的屍體搖啊搖、搖啊搖，搖在沒有人理會的枯冷林子裡啊……」

「你不要說得這麼恐怖好不好？」我懸在半空中，連個可以手抓的欄杆什麼都沒有，更覺得孤懼。

「眞的啊，再這樣下去我會在退伍以前變成一具光榮、驕傲的死屍。我心律不整的毛病不能再做劇烈運動了。已經不曉得第幾次醫生這樣跟我講了。大學時我去台大醫院檢查，醫生就是這樣說的。那個好心的醫生替我開了甲種證明。聽說台大不隨便開甲種證明的。因爲可以拿去作免役證明。當然如果三總的複檢也沒問題的話。我既然來當兵了，你就知道是複檢出了問題。三總的醫生說情形很難講。不容易決定咧。要看看、討論討論。

「我讀公共衛生系的。也在醫學院。認識很多醫學系複檢通過不必當兵的人，其中有一個告訴我所謂要討論討論意思就是需要一點錢去疏通疏通了。另外一個告訴我，不然就是找認識的、比較有名有地位的醫界前輩（最好是國防醫學院出身的）去『了解、了解』。我當時是多麼驕傲、無知得像隻陳覽後待宰的孔雀啊。我竟然不理會他們的意見。我竟然強烈相信台大醫院的甲種證明有足夠的『科學』基礎，應該不是隨便幾個三總醫生可以上下其手，加以否定的。

「我當然錯了。錯得離譜、可笑。『科學』不『科學』也完全是由人來決定的。科學跟傳言在官僚體制裡有時連一層薄膜界線都不存在。照三總醫師的講法：我似乎是有點心律不整的毛病。但這毛病經檢查後得到的是類近於『事出有因、查無實據』的結論。爲了一個冠冕堂皇的公平理由，他們決定我並不具備免役的條件。

「我家人、我女朋友都幾乎急瘋了。這時候那些醫科的朋友們又出現了。帶著嘲弄的口吻指摘我如何缺乏應付、欺瞞體制的智慧與技巧。又諷譏我窮酸小氣不懂得在刀口上用錢的道理。兩年的青春重要還是區區父親幾個月公務員薪水？很多人想花錢都還找不到可以和那些軍職醫生們把酒言錢的門路呢。他們這種沾沾自喜、傲慢自得的態度激怒了我。啊，可笑的我，一隻壞脾氣的螳螂哪。

「我以爲可以用不與他們同流的姿態來爭取自身的尊嚴。我放棄最後的一些後門機會，直接搭上政府補助出錢的平快車，往鳳山步兵學校報到去。我自以爲英雄的行徑這一年來不知多少次在台北年輕醫生圈裡成爲引來哄堂嘲笑的大話柄呢。

「我在步校受訓時心臟罷工過一回。住醫護室兩天。沒有人願意替我打報告要求退訓。因爲沒有用。受訓像是一條賊船。上了就別想溜得下去。有一個醫官解釋給我聽：打報告上去層層簽意見蓋章，要有結果至少要三個半月。受訓期間是十八週，早已過了一大半。而且今年退訓，明年同一時間還是要收到入伍通知。一定還要來報到。報到後再呈退訓申請書。又在等待中白過三個半月最痛苦的兵訓。要連續核可退訓三次才能眞正不必當兵。這樣一再折騰，值得嗎？

「是不値得。而且很沒面子。軍隊是一個面子的世界。男人好面子的集大成。所有的獎懲就是要讓人成爲面子的俘虜。而最大的侮辱、最沒有面子的事就是笑你像個老百姓。要不然就是笑你像個女人。老百姓和女人。每一個從醫護室回到隊上去的人，都被以懷疑的眼光看著。甚至有時當面以嘲刺的口吻談說著。醫護所是男人畏縮想變回老百姓、或變成女人的渠道。在部隊裡，生病永遠不是眞的。永遠是逃避、躲藏的藉口。只有受傷、只有向外流湧的鮮血才是眞的。流在心臟血管循環系統裡的血是陰性、女性的，只有透過破壞傷害外化了之後才轉成軍隊裡認可的陽剛象徵。

「就在這種陽剛面子的制約下，我拚過了一關又一關。當上排長後情況更糟了。整個軍隊官階制度本來就沒什麼眞正合理的基礎。階級之間的梯距其實是靠一些虛空的面子堆累起來的。官在兵面前就是靠撐起來的紙老虎面具才像個官樣。這張紙面具撐得我手忙腳亂吃力透頂了。

「救救我罷。我不想再爲了這張面具而冒著生命危險亂跑亂混了。救救我罷。」

他一番長話講得我更是丈二金剛摸不著頭腦。「爲什麼要求我救你呢？我又能怎樣救你？」我認眞地問他。

「用你的道德勇氣啊。」他映在天花板上的臉色泛現幾條剛紫的筋肉。

「我有這種東西嗎？要怎樣用？」我困疑地問。

他歎了口長氣，「我知道他們會怎麼教你的。他們教你怎樣不得罪人。他們教你眞話是恐怖分子的劫機炸彈。是最具殺傷力的東西。官場做官和部隊裡做官都是同樣的原則：瞞上欺下。他們一定教你不要直寫我心律不整毛病的嚴重程度。一定要避免描述我這次的意外多麼可怕。我幾乎死掉。這麼嚴重的事一定要追究責任。一追究起責任就一定有人要倒楣。誰都不想倒楣。誰都不想冒可能會禍事臨頭的險。他們一定這樣教你寫報告的，對不對？」

「他們沒有這樣教我。眞的。」

「眞的嗎？那意思是說你可以寫眞話囉？你寫眞話我就有可能提早退伍，或至少調到師部幕僚單位了！」

「可是我報告已經寫完交出去了。」我有點不好意思地說。

他可能是從我臉色上看出了什麼。他急急地問：「你沒有寫眞話？」

「……要怎樣講呢？……」

他露出絕望的臉色。「你被他們同化了！是不是？雖然他們沒有指示，你還是寫了份無足輕重的報告？」

「也不是啦，是這樣啦……」

「你怎麼能這樣！」他語氣立刻變得十分不客氣。「你的道德勇氣在哪裡？你的良知理性在哪裡？你這樣會害我送命你知不知道？」

我被他逼急，實在不能不替自己辯護：「你把這些責任都賴在我頭上就有什麼良知理性嗎？你這種態度只是想找人陪你在水深火熱裡墊背罷了！講得那麼堂皇漂亮，什麼道德良心啦，我如果有道德勇氣，我如果在報告裡寫眞話，對你眞的會有什麼好處嗎？我除了挨營長一頓狠刮，跟你們連長反目成仇之外，會有什麼效果？你以爲營長會簽這份公文？你以爲營輔導長會簽這份公文？只是拉我下海跟你一起難受而已，有什麼用？」

他彷彿也動了怒，立刻把話頂了回來：「沒看過這麼沒有良心還理直氣壯的人。營長不簽、營輔導長不簽，你不會利用政戰特殊管道替我陳情？」

聽他這樣講，我更是氣從中來：「你講這什麼話？要我爲了你去跟政二、政三打交道？有沒有搞錯？我過得已經夠戰戰兢兢的了，沒事跟那些專搞思想、統戰的政戰人員來往幹嘛？」

「問題是眞的有事啊！我的事難道還不夠嚴重？」他氣急敗壞地說。

「你的事是你的事。爲什麼我要去替你冒險？」我不客氣地說。

「冒險？要冒多大的險？」

「你覺得不冒險，爲什麼不自己去搞？我又不欠你！」

他的臉在天花板上漲成豬肝色。先是像生豬肝，接著大概是怒火中燒、溫度太高了罷，又轉成熟豬肝的鐵灰色。「你不欠我？你欠我一個大人情！你以爲我不知道你利用來看護我的機會自由進出營門交女朋友！你以爲我不知道？我要是去告你一狀，倒看看你麻不麻煩？我幫你省了這麼大一個麻煩，你卻連替我到政戰部講幾句眞話都回絕得這麼無情！你不欠我？才怪！」

我沒有防到話題這麼突兀的一個轉折，一時接不上話來。

他看我沒有要反駁他的樣子，話就更如連珠炮般紛紛炸落在我臉上。「我知道你們這些人。這些沒有正義良心的人。這世界就是這樣的。一些人受苦讓另外一些人享樂。我到鬼門關口險險地走了一遭，卻造就了你們逃避部隊約束的機會。你們不在乎什麼公平原則，有利可圖的時候就盡情無保留地加以利用……」

我辛苦地擠出一句沒有太多內容的抗議：「我不是這樣的人……」

「你不是？」他從鼻子裡哼出一個裊繞如煙圈的問號。「那我倒要請教：你自以爲是怎樣的一個人？」

「我一向奉公守法、遵守一切上級指示的規則規律。我愛國愛家，視當兵爲一生莫大的光榮……」

「是嗎？」他又噴出另一個問號打斷我的話。「保防規定部隊裡私人不能擁有收音機，你有遵守嗎？」

「……沒有……可是，那是因爲這規定過時了嘛，再說我良心保證，從來不收聽匪僞廣播，聽聽公家電台播放的音樂又沒什麼妨礙……」

「規定黃豆、麵粉等物資沒有用完必須定期繳庫，不得私賣民間五穀店換現金，你遵守了嗎？」

「……沒有……可是，那不是我能決定的呀！營長要這樣做，我有什麼辦法。再說繳回倉庫裡放著發霉對誰都沒有好處，賣掉的話一部分營長、營輔導長拿去以外，還有些就轉作加菜金啦，對兵士弟兄也都好哇……」

「規定軍官週末休假，應於星期天晚上九點以前收假回營，你遵守了嗎？」

「……那是、那是因爲……家實在住太遠了嘛！星期一透早跟星期天晚上回營也沒什麼差別啦，是不是……」

「規定軍官到營外公幹必須著整齊軍服，爲什麼你來看我時卻換了便服？」

「……怕憲兵啊，你知道嘛……」

「不只這個理由罷……」

他步步進逼的咄咄氣勢弄得我面紅耳赤。我一定得想個辦法趕緊離開這般不利、慘遭質問的地位。我選擇了撤退以求保有主力的戰略。「我知道你要我承認什麼。是的，我是有點假公濟私的嫌疑。利用天天來照顧你的職務便利從事了一些私人活動。可是，難道你沒有戀愛過嗎？你沒有經歷過戀火在心中燒時不由自主的窘境嗎？我以爲每一顆曾經年輕、浪漫過的心都應該能體諒我的狀況。那個女孩對我這麼好，愛情是膠、是磁場，不斷地把我從正常軌道上吸偏，不斷朝向她那裡歪扭我的路徑……」

他還來不及反應，我也還沉醉在自己難得的便給修辭裡，陡地，從我飄浮著的身體底下冒出一個憤怒的女低音：「你說得眞好聽！」

我渾身一下子爬滿雞皮疙瘩。竟然會是劉淑惠。我甚至不敢回頭朝底下看。可是我知道是劉淑惠，躺在我的床上講話！

我張口呆直地聽她的抱怨與指控。「你那算是什麼愛情？你這個變態的！我想通了，其實你只是在利用我。當兵時無聊利用我該死、幼稚的好心來娛樂自己、消遣時間……」

我發出痛苦的吶喊，「我不是這樣的人……我不是……」

「怎麼不是，你這個變態的！你眞的愛過我嗎？你眞的有打算要愛我嗎？大學生？你退伍後還會愛我嗎？不！甚至不必等到退伍，你只是想利用我滿足你變態的欲望。把我騙上床以後你還會愛我嗎？便宜占到了以後你會變成什麼樣的人？也許你同時還是個虐待狂呢？……」

「我不是！」我用盡吃奶的力氣大吼。

「你是！」浮在天花板上的八連排長又開口了，我腹背受敵，不知所措。他用同樣大的力氣把星散的口水噴喊到我臉上來，「你是個沒有原則鑽營圖利的小人……」

「我不是！」

「你是個採花大盜，不負責任的花花公子……」輪到劉淑惠在我背後喊。

「我不是！」

「你一切貪圖自己方便，根本沒有什麼規則約束得了你……」他說。

「我不是！」

「你性變態……」她說。

「我不是！」

「你爲了自己的好處，殘忍地把別人踩在腳下當踏板……」他說。

「我不是！」

「你自欺欺人，故意拒絕面對現實……」她說。

「我不是！我不是！」

我喉嚨一下子就喊啞了。漸漸地我的嗓音沒有辦法和他們輪番的轟炸相抗衡了。他們的聲音霸占了整個空間。他們把我形容成一個十惡不赦的大壞蛋。各種最惡毒的話紛紛接踵出籠。

他們的聲音大得差不多全營區的人都可以聽得見了，我想。我不能再姑息他們這樣歪曲事實、散布謠言。我不能讓所有的人只聽到他們的片面之詞，用他們的誹謗當作對我的正確認識！

在近乎絕望裡，我鼓足餘勇使出了撒手鐧。「住嘴！」我試圖學習那些軍校畢業生喊口令的發聲方式。還眞的有點用。他們楞停了一下。我立即對著天花板上的那張臉說：「你難道忘了我是營部的長官了？你難道忘了我有權利寫報告，而報告是部隊裡唯一算數的東西？」

這招有效！他立刻沉默下來，臉上明顯地冒出駭怕反悔的驚惶了。

這給了我莫大的信心。我隨即翻身俯對床上的劉淑惠。不客氣地伸長拳頭在她鼻子前面晃了晃，「你最好也立刻住嘴。否則當心我揍你！」

她直截的反應是頂一句「你敢？」回來。

我眞的敢。我給了她一個結實響亮的巴掌。並且給她一些教訓：「我是軍人。軍人沒有不打老婆的。我們營裡六連的連長老婆管得太多。其他連長都勸他要打。女人不打不會乖的。像馬戲團裡的動物一樣，不打不教就要咬人。吃過皮鞭之後就乖乖的，要她玩什麼把戲就玩什麼把戲。你不想皮肉受苦，最好就乖乖住嘴！」

她眞的不講話了。

翻回來重新面對八連排長。想起他剛才囂張跋扈的樣子我心裡就火。「你知道嗎？我想到一個最好的辦法來寫關於你的報告。我就寫你根本沒什麼大毛病。就是想躲避訓練和責任。我說你裝的！我就說營長、營輔導長基於愛護部屬的心情，雖然知道實情，還是讓你靜心休養，以免出了什麼不可收拾的意外。現在你的情況既已完全正常，營長、營輔導長，再次出於替部屬考慮的長官愛心，覺得應該建議將你調往外島去，用戰鬥的實際磨練來矯正你錯誤的心態。你看這樣的報告營長、營輔導長會不會簽字蓋章？」

他一張原本激動得猩紅的臉立即轉成透涼觸感，玉般的青冷。「不，不，」他喃喃地求著，「你不能這樣寫。你不是眞的要這樣寫罷？」

這種感覺不錯。他們都不敢再跟我作對了。「我是怎樣的人？」我揚揚眉毛再問他們。他們兩人面面相覷，不敢說一句話。「我是怎樣的人，我自己比較知道還是你們比較了解？」

「你啊。當然是你自己比較清楚。」他們異口同聲地說。

「你們有權利解釋我是什麼樣的人嗎？」我厲聲地問。

「當然沒有。當然沒有。」他們低聲地應。

「我是一個好人。」我說。

「你是一個好人。」他們諂媚地複誦。

「我是一個守法愛國的好人。」

「你是一個守法愛國的好人。」

「我是一個感情豐富、充滿愛心的好人。」

「你是一個感情豐富、充滿愛心的好人。」

「我是……」我想了想，正要給自己的性格一個更高尚的解釋時，突然他們兩人互相使了個眼色，我還來不及猜測那代表什麼，他們竟已從天花板和床上同時消失了，我伸手要去抓他們撲了個空，人卻落錘般地從飄浮的半空中摔跌下去……。

跌在床上「碰！」地好大一聲。於是便醒了。原來是一個夢。這夢結束得眞不是時候。我閉著眼睛不想醒來。那麼甜美的滋味。那麼討好阿諛的聲音……。

懷著依戀與淡淡的悵惘心情，我終於睜開眼睛，卻發現周圍的氣氛不太對，天色亮得出奇。一點也不像是清晨的樣子。倒比較像個部隊出操忙碌的下午。可是卻又靜得不可能是下午。

我怎麼睡的？這是什麼時候？我坐起身來，頭腦裡昏沉沉的沒一點概念。就在這時有人敲門喊：「報告營務官！」

「什麼事？」我本能地反應。

「報告營務官，大門口會客室打電話來，有人在會客室等你。」門口傳來不知是哪個士兵的聲音。

會客？這倒是新鮮。我入伍這麼久可從來沒有過訪客。再說這是什麼時候，怎麼會有人來找我？難道……

我一面匆忙換上草綠服，一面狐疑地亂猜。難道這會是個放假日的下午？可能嗎？是什麼樣的放假日？又有誰會來看我？

推開營務室的房門，面前營部的樣子讓我不能不相信：我一覺起來竟是個假日午後。不知是九連還是十連派來的班長坐在安全士官的桌子前。而門口營集合場上，被禁足的士兵正在出軍紀操。

看來是輪我留守的假日。我含混地交代安全士官替我跟長官報備一下，牽了腳踏車便向會客室騎去。

我這可憐無人理睬的少尉預官。我甚至不知道會客應該要辦些什麼手續。會客室一向總給我一種不潔的風塵味。一方面是因爲營裡幾個排長喜歡用「接客」這樣的字眼來調侃有客來訪的弟兄；另外一方面我也常聽那些班長形容假日無事胡亂在會客室附近繞逛看女孩子的種種情形。

不過世界上的事就是這樣，往往你覺得最不可能發生的事，偏偏就會活生生現演在你眼前，嘲笑你有限的人類智慧。啊，這個充滿神祕力量的宇宙。

最不可能和風塵味沾上一點點關係的人，坐在會客室的藤椅上等著我。你一定猜對了。邵萍，我的愛。

這當然是一個夢。我當下馬上了解了。只有夢裡才會發生邵萍千里迢迢從台北跑來看我這種事。我知道這是個夢，我其實還沒有醒。

走進會客室和她打過招呼，坐下來她馬上提出來的問題、要求，又增加了這整件事是一場夢的證據。

「我想你也許能幫助我。」她美麗的長睫毛誠摯地眨啊眨。像一對想飛卻又捨不得飛的翅膀。「我最近煩惱死了。我不知道要怎樣去認識一個人。我不知道對一個人的形容、解釋，怎樣才是正確的。」

啊哈，果然是夢。邵萍提出來要和我討論的這個主題，不正是剛剛那個夢的延續？

前一個夢的經驗讓我能夠立刻肯定地回答她的問題：「那個人他自己最清楚怎樣的形容、解釋才是最正確的。」

她那對翅膀靜靜垂了一下，同時彷彿散放著光暈的臉龐變換成一種憂鬱、愁結的顏色。顯然並不滿意我給的答案。

一晌，她終於說：「可是如果這個人已經死了呢？」

我心裡為之一震。立刻明瞭邵萍指的是誰，一個很久很久沒有進到我夢裡來的人。一個在我夢裡消逝散亡的人。

「我是指陳忠祥。」她悠悠地吐出這個名字。

我知道。

我想了一下。慢吞吞地說：「那就應該問那些跟他比較親近的人罷。像你。我相信你對他的認識應該就滿正確的罷。」

邵萍開始搖頭。先是非常緩和、幅度很小地搖動，後來發展成一陣狂烈的亂甩。甩得一條半長不短的馬尾在腦後打轉。像是要甩脫發洩掉一些沉重的挫折。

「如果那樣我就不用來了。」邵萍說。

我只能苦笑。只能阿Q地在心裡安慰自己：你看，邵萍把你當作最好的朋友。在你面前她多麼地安心。她甚至不必為說出這樣惹人傷心的話而感到抱歉。只有在你面前她是最坦白的她自己，沒有任何掩飾的必要。

邵萍深吸一口氣，繼續說：「陳忠祥還在的時候，我覺得我愛他。他發生了意外後，我反省了我們的關係，我覺得我原來並不愛他。可是現在，我赫然醒覺到，我根本不知道他到底是怎樣的人，沒有認識到可以決定愛還是不愛的程度！」

「怎麼會呢？人死了那些記憶應該就不會再變動了……」

「會的。」她用一種遺憾的口氣說。「一切都在變動，一切都像捕捉不住快速動態的照片一樣，模糊一片……」

她告訴我事情大致是這樣開始的。陳忠祥過世沒有多久，一個同學拿了一份黨外雜誌，經常被查禁的那種，給她看。上面登了一篇關於陳忠祥的報導。報導裡介紹了陳忠祥生前投身黨外運動所抱持的一些理念，以及所做出的貢獻。報導的作者自稱是陳忠祥的忘年之交，衷心佩服這位年輕小朋友在反對運動上的理論建構能力。他總結陳忠祥的理念爲三點：本土關懷、打破禁忌、每一個社會戰線上的全面民主運動。文末疾聲呼籲這樣一位青年才俊的神祕死亡值得每一個人的注意與關心。

邵萍當然從來不相信這種雜誌裡寫的東西。不過那文章中記錄一件關於陳忠祥的軼事，卻讓她感動不已。那年一位熱情創作演唱「自己的歌」的民歌手因救人而不幸溺斃。許多朋友們辦了一個紀念會。陳忠祥也被邀請去講話。他坐在那會裡時就很深沉地在想事情。輪到他上台時，他只講了一句話：「朋友們，我和孩子們有約。」就離開了。弄得大家錯愕不已。陳忠祥從會場走出去。拎著吉他直接就到中南部去。他一個人在各地鄉村小鎮流浪。每到一個地方就大剌剌地進到國中、高中裡去，教那些孩子們唱自己的歌，鼓勵他們當場把周遭發生的事講出來，他立刻把這些即興謠詞譜成歌唱給他們聽。讓他們知道歌可以是這樣的。他幾乎放棄了課業在做這樣的事。帶回來了一籮筐一籮筐充滿小孩純稚想法的歌。例如這首：

如果男生不必理光頭
如果朝會不必曬日頭
如果老師不板起臉孔
如果訓導主任不老是給我們看他的大鼻孔
我們會是多麼快樂

我們會是多麼活潑
如果女生不必耳上一公分
如果及格不必六十分
如果不用常常練習大會舞
如果不用偷偷摸摸跳舞
我們會是多麼活潑
我們會是多麼快樂！

民歌手周年祭時，陳忠祥，曬黑了、累瘦了，在他墳前燒獻所有的這些歌，並且大哭一場。

邵萍沒有聽陳忠祥講過這事。不過直覺上他好像是會這樣率性而爲的人。她沒有什麼懷疑地就接受了這個故事。心裡奇異地柔柔疼了疼。很難解釋的感覺。

過了幾個星期，又是一本黨外雜誌。又是一篇關於陳忠祥的報導。又是一些邵萍從來不知道的軼事。例如說陳忠祥有一次因爲課堂上的言論被告密，遭到教官的約談。教官劈頭就把他罵了一頓。陳忠祥微笑著，極有風度地把教官剛剛罵的話一句一句拿來質問教官。它們眞正的意思到底是什麼？它們背後有什麼樣的根據、在邏輯上又是怎樣推演的？那沒有什麼學問的教官被他問得幾乎都呆了，大概是第一次體會到自己講的話竟然這麼禁不起分析罷，慚愧得不得了，即使最後老羞成怒時，也只敢反覆地說：「你出去，我不跟你談了。」怎樣也不敢再口出惡言了。

又例如說有一次陳忠祥回南投去，剛好遇上香蕉採、賣的季節，他自告奮勇出面替蕉農與青果合作社的代表爲了多採收的斤數進行談判。那個代表平常作威作福慣了，從來沒有料到會出現一個這麼聰明精幹的談判對手，一時措手不及，胡裡胡塗竟然就同意了有利於蕉農的條件。他回去後自然就後悔了，連忙帶了五、六名彪形大漢連夜趕到陳忠祥家裡，意圖以暴力威嚇改變原本談妥的條件。結果陳忠祥自然沒有退讓，他義氣凜然地站在門口把他們一個個指著鼻子大罵了一頓，罵得他們夾著尾巴潰退了……

這回邵萍心裡有了比較複雜的感覺。不知道要不要相信這些故事。她覺得陳忠祥好像不是那麼有耐心會跟教官論理的人。他一向對不喜歡的東西都是以暴躁脾氣直接表達的。而教官正是他不喜歡的東西之一。然而反過來說，正因爲那麼不喜歡教官，他似乎也不可能乖乖地讓教官罵他，而沒有某種形式的反抗。也許這會是最理想的反抗方式罷……

另外，陳忠祥曾經跟她說過一些南投蕉農的事。每次說起來都很沮喪、很失志。因爲他想不出能做些什麼來影響這整個不公平的交易系統。這是他最嚴重的挫折錯亂之一。他總覺得抱持這麼多理想，卻對改善自己家人生活一籌莫展，實在是項莫大的恥辱。如果眞的有他們說的那種勝利，陳忠祥應該不會這麼覺得無可奈何罷。不過邵萍卻又私心地希望這故事是眞的。畢竟那個對抗惡劣商人的正義形象，多麼像只有在課本和電視劇裡才看得到的英雄。雖然逝者已矣，能得識一位英雄，也算彌補了一點虛惘的感受罷……

在短短的時間內，各種不同的黨外雜誌、甚至地下刊物紛紛出現紀念陳忠祥的文章。簡直令人眼花撩亂。她都不知道這些作者到底是些什麼人。可是他們卻好像都擁有一些她沒聽說過的陳忠祥生前軼事。英雄的、溫情的、眞性情的大小故事……

突然之間，她的日子被陳忠祥的影子和平日避之唯恐不及的黨外雜誌包圍了。以前她從來就不會想讀這種東西，然而因爲陳忠祥的關係，現在卻不能不看了。黃昏夜將侵入最僻遠的房間角落的那一剎那，她會不知所以地猛烈一陣寒戰，抖過後出的卻是一陣燙得皮膚表面微血管僨張通紅的熱汗。死去了的陳忠祥彷彿正以另一種的形式不斷回來、回來，如同生前一般，逼迫她讀一些奇怪可議的文字……這次都是關於他、陳忠祥……

這些寫在白紙黑字上的故事愈多，她覺得愈不知道陳忠祥。每一個故事好像都可以在腦海裡叫喚陳忠祥的影像出來重演一番，可是也都好像哪裡不太對勁……

那位專門替她蒐集黨外雜誌的朋友，有一天極其祕密地告訴她，這些黨外人士這樣密集專注地報導陳忠祥是有特別理由的。他們首先想讓大家知道陳忠祥的死很可能有什麼政治上不可告人的內幕。然後再用這案子試圖喚起對政治謀殺迫害事件的注意。陳忠祥是個幌子，主要是因爲報導他比較不會引起情治檢查單位的監視、查禁，然而眞正有心的人卻可以從他的死亡聯想到其他更敏感、更重大，現已成爲禁忌詛咒的血案，例如，孿生女與老太太之死……

邵萍說到這裡，聲音低得幾乎聽不見了。我必須把臉靠到離她嘴巴不超過三公分距離處。我知道遠遠看一定很像她正在親吻我的臉頰。我從來沒有和邵萍處在這麼親暱的位置。她帶著蘭花般悠遠香氣的呼吸氣息規律地吹拂著我突然之間被血液脹飽、格外敏感的每一顆毛孔……

可是我卻沒有完整的安詳心情來眞正享受這份親近。因爲邵萍講的是最令人不知該如何接受，可怕的事物……

政治。邵萍也從來沒有想像過自己會有一天跟政治離得這麼近。她甚至從來沒有想像到政治硬生生地透進了明明不應該是政治的事。陳忠祥的死現在變成了一個政治事件、至少是一個政治象徵。而報上明明都說與政治無關的林宅血案竟然又被這些人硬生生地與政治拖在一起，透過陳忠祥的死的連繫……

她眞的迷失在一團冷霧裡了，日復一日，她拿起那些報導來讀，一股寒意便彷彿從接觸紙張的指尖電流般刺穿入骨髓裡，不，比骨髓還要深一點的地方；而她的眼前是一片迷茫，那些字彷彿一個個都沾滿了厚厚的塵埃，它們眞正的意思藏在灰樸的髒污底下，可是她沒有力氣去拭抹……

陳忠祥被包圍在政治裡。似乎從來就沒有眞實過。「可是我的愛呢？或者是我的不愛罷？」她不禁這樣自問：「我的愛、以及後來的不愛，也沾染上了這些政治的濛濛塵昧嗎？」

差不多一個月前開始，黨外雜誌上再也看不到關於陳忠祥的事了，或者該說，登了陳忠祥的事的黨外雜誌就再也看不見了。那個朋友這回帶來的卻是在邵萍心目中完全相反的刊物。一些邵萍從小在家裡耽讀的權威性雜誌。愛國、理性、觀點正確的雜誌。換這些雜誌開始報導陳忠祥。

邵萍原來還歡欣了一陣子。她以爲一定能在這些刊物裡找到救她出迷霧的繩索。不像黨外雜誌那樣混亂雜音，這種刊物一定有些斬釘截鐵的答案、正確無誤的結論罷。

沒想到得來的是更深更深的黑潮深淵。沒有出路、甚至不知底在何處的洞穴。她讀的第一篇文章是講「複雜與簡單」。文章裡說有些事是很簡單的，可是有些人硬要把它們弄得很複雜。舉例來說：陳忠祥的死其實是很簡單的。辦案警察知道得很清楚，只是因爲謹愼所以遲遲尙未公布調查結果。眞相是陳忠祥很可能是失足溺斃的。爲什麼會失足，很簡單，因爲他喝醉了。爲什麼知道他喝醉了，因爲他本來就染有好酒的習性。大學生而好喝酒怎麼不出事？所以出事溺斃是簡單的事實，沒什麼好意外的。只有那些別有用心、陰謀搗亂的人才會想把這麼簡單的事弄得複雜不堪……

邵萍不敢相信。首先是不敢相信自己竟然愚蠢到爲了這麼簡單的事煩惱這麼久。接著不敢相信那篇文章的作者用這麼冷酷無情的字眼來談論陳忠祥的死。最後她終於鼓起勇氣來不相信這整件事是這麼簡單。

她知道陳忠祥的確有時喜歡喝兩杯。可是她更清楚陳忠祥個性中嚴肅、自律的一面。好幾次邵萍目睹他愈喝愈清醒，喝酒通常只是讓他發洩出心中最深最眞實的苦惱，而不是狂歡式地忘懷一切。她不太相信陳忠祥會喝到失足掉進海裡……

接下來再讀到的其他報導就更令她爲難了。那種權威、教訓的語氣是那麼熟悉，那麼自然地就從她心裡叫出想要接受、相信、服從的衝動，可是那內容卻又讓她搖頭猶豫不已……

一篇報導專注在講陳忠祥的糜爛生活習慣。作者說他和陳忠祥相識已久，平日就看不慣他空想放蕩的個性，經常苦勸他回頭是岸，然而陳忠祥總是笑他不懂得享受人生。如今陳忠祥落得這樣無意義的下場，他覺得欲哭無淚。因爲氣憤超過了哀傷。氣陳忠祥受了一些壞朋友的影響而斷送了原本美好的前程。所以他覺得有義務把這些回憶寫出來，警惕那些處在迷失邊緣的孩子們。他說陳忠祥生命最大的目的就是及時行樂。這種享樂主義的哲學無可避免地與社會上的規範有所牴觸。而每當社會規範限制了不讓他得到當下的滿足時，他就詛咒誹謗這個社會。陳忠祥是一個百分之百自我中心的機會主義者，就像那些一天到晚批評戒嚴法的不法分子一樣。你如果不想干犯規律，規律的存在對你有什麼妨礙？所以陳忠祥那種隨意詆罵校規、法律的惡劣行徑正證明了他想從破壞規範裡獲取個人利益。然而不尊重規範、追求享受，最後的結局是什麼？就是陳忠祥咎由自取的意外……

另一篇報導形容陳忠祥如何缺乏愛國情操。報導中引述他的同學說他根本老早就想好將來要出國留學歸化成爲美國人。他沒有民族氣節，早就把自己中國人的屬性否認了。又說他盲目地崇拜美國、西方，鄙棄自己中華文化五千年的長遠傳統，經常在中國通史課上插科打諢，嘲笑中國文化……

再一篇報導說他的家庭關係如何被他弄得一塌糊塗。說陳忠祥的父母都因爲養出這樣奇怪不負責任的小孩而感到愧對社會。又說平日陳忠祥總喜歡留在台北與一群躲在陰暗角落裡沒有正當職業的朋友們鬼混，根本置在南投鄉下辛苦耕作的老父老母於不顧。文章接著引述另一位匿名的朋友說，有一次這位朋友在暑期中去拜訪陳忠祥。在那將近攝氏卅五度高溫燙熱的天氣裡，陳忠祥六十歲的老父老母一早就在田裡辛苦忙碌，而陳忠祥卻躲在屋子裡吹著電風扇優閒地與女朋友打長途電話。中午時分，他母親還特別從田裡趕回來下麵給他吃，他非但絲毫沒有幫忙——甚至沒有表現一點要幫忙的意圖——而且還惡言惡狀地挑剔那麵做得不夠好吃……文章的結論是：「這樣的人因為自己喝醉了摔到海裡去喪了命，難道死後還要折磨別人，找什麼人替他的死負責嗎？」

讀這些東西時，各種複雜而強烈的情緒輪番地在邵萍心裡排山倒海地翻絞。有很多明明和她記憶中的陳忠祥形象完全不符合的，可是那些文字是那麼強烈肯定，讓她開始懷疑自己的感官接受的能力。前一秒鐘，可能一股憤怒完全蝕吞了她，她會因為氣生前的陳忠祥這樣隱藏眞實的缺點肆意欺騙而放聲嘶吼；而下一秒鐘，這憤怒的浪頭又可能完全一百八十度地逆轉，她又會因為氣這些用各種奇怪筆名的作者對一個死去的人這樣無情訾罵而咬得牙根吱嘎作響……

除了憤怒以外，還有一股恐懼。眼看陳忠祥各種眞的假的惡劣行跡紛紛被披露出來，她愈來愈擔心哪天會在這些權威的刊物上看到自己的故事。如果他們決定攻擊陳忠祥的感情生活，如果他們決定暴露塑造陳忠祥用情不專的花花公子形象，那麼邵萍就將正式地被捲進去了……

她焦急地逡巡在書攤間尋找最新出刊的雜誌。昨天，審判日終於來臨了。在一本每一個公家機關一定會付錢訂閱的雜誌上，登出了一篇短文，題目叫作：〈陳忠祥，我逝去的愛〉。作者的名字，邵萍很熟悉。是陳忠祥另一個女朋友。

邵萍站起身從我們會客室的雜誌架上抽出一本來，苦笑地說：「你看，你們這裡也陳列著。」她翻到那一頁，遞給我，「你自己看罷。」短文是這樣寫的：

我是陳忠祥的女朋友。我愛陳忠祥。

在我們三年多的交往裡，一直到他死前那天，我始終全心全意地愛他。因爲愛，所以願意容忍他的一切。因爲容忍，所以捨不得去知道太多。我相信一個女人活得最快樂時，就是當她擁有一個浪漫的夢。有什麼比我們之間的感情更浪漫的嗎？我完全放棄了自然的好奇心，完全接受陳忠祥講的、在我面前表現的，就是我整個世界的現實。而他也完全放棄了他眞實的自我，專心地在我面前扮演一個最純潔、天眞的男孩。

我們彼此的付出，維持了這樣一個浪漫的夢。即使他的死使得這個夢成了虛空的回憶，可是我沒有一點怨悔。我的青春容不下苦澀的悔意。我不要。

在他死後，我知道了很多事。原來在別人面前，他是這麼沒有價值的人。原來他的個性如此令人不能忍受。原來他一直跟另外一個女性有極親密的交往。我相信這些都是事實。我沒有懷疑的必要。雖然大部分的朋友都擔心我不能承受這種事實的打擊，那是因爲他們不了解我。

知道了陳忠祥現實上這麼壞的一面，我只會更愛他。因爲我這才眞正了解到他花了多大的工夫在我面前變成另一個人。一個可愛、無邪、充滿愛心的男孩。這是愛情的力量。這是浪漫愛情的極致表現。

我只是遺憾，我沒有早一些了解他的愛。如果我能愛他，像他愛我一樣多，如果我的愛情能將他多栓鎖在我身邊，他會完全轉變成社會上最可愛的一分子。

那麼他現在還會在這個世界上。是的，這其實是我的錯，是我沒有把握住這消逝得太快的愛……

我讀完了，不敢馬上抬頭。何等聰明的邵萍立刻察覺了，她問：「你被感動了對不對？」

我尷尬地揉了揉眼睛，胡亂地敷衍：「也不是啦……」

邵萍憮然若失地說：「我想每個人都被感動了。包括我自己在內。初讀時，我哭得在地毯上爬不起來。覺得這是全世界最偉大的愛情。我恨我自己，像個莫名其妙走錯舞台了的小丑似的，在這裡面攪什麼局呢？哭停了之後，我又發現原來瘀結在心裡的不痛快減輕了一大半。從這個偉大的愛情出發去看，陳忠祥是個好人還是壞人似乎都不重要了，不是嗎？」

我用力地點頭附和。

邵萍失望地用手掌覆住了雙眼。歎口氣說：「你這……我眞不知道怎樣講你才好。如果眞是那樣，我來找你做什麼？問題就在，仔細想了一夜以後，我覺得不對勁、不甘心。她這樣一寫，彷彿就坐實了他們描寫的陳忠祥的惡形惡狀。可是我認識的陳忠祥眞的就不是這樣呀？你知道決定來找你是多麼長的掙扎結果嗎？我失眠了整夜。最後我決定了：我要自己去找尋眞相。這意味著我不再相信那些權威雜誌上的每一字每一句了。爲了陳忠祥。唉，他依然在將我拖離原本靜穩的生活軌道，我覺得一種出軌失落的眩傷……」

她放下手掌，晶亮的眼睛正面射來一股劍般的鋒芒，「告訴我，好不好，你認識的陳忠祥，是好人還是壞人？」

好人還是壞人？我不知道。我眞的不知道。

可是邵萍一直催促我。我只好試圖在心裡擺上一個電視螢幕。想像地將陳忠祥的影像映到電視上去。電視對我而言，像個照妖鏡般有效。所有在電視上出現的人物，一下子就可以分辨出到底是好人還是壞人。

陳忠祥出現了。可是一個死板的浮像沒有用的。必須要讓他動一動，有些劇情才行。不知怎麼搞的，螢幕上的陳忠祥一動，開口的第一句話就是：「對我而言，政治是狗的味道……」

我想起來了，這是我最後一次見到陳忠祥時他講的話。那個怪異鬼魅的夜晚。陳忠祥對邵萍的詆毀，我們因此而引發的打架……

「我想他不是什麼好人。」我終於找到這樣的答案。

邵萍馬上追問爲什麼我會這樣覺得。

唉，我這個愚蠢的人，面對邵萍時我什麼都藏不住。總是該講、不該講的一古腦全部被她特殊的氣質吸出來。你能相信嗎？我竟然把那晚和陳忠祥的對話一五一十都告訴了她。我眞的不知道怎麼搞的，一個是我這一生的最愛，一個是已經死去的朋友，這世界還有比我更糟糕的人嗎？我竟然講死去人的壞話（對於死去的人，沒有無條件讚揚就等於是說壞話。這是我們中國的傳統，對不對？），並因而傷害了我最愛的邵萍的心……

邵萍臉色蒼白得如同卡通裡的白雪公主。聽完後，她靜靜凝思了好長一段時間。然後低著頭喃喃地說：「是這樣。是這樣嗎？爲什麼又給我另一個陳忠祥？和其他人講的又都不一樣？到底要我怎麼辦？要我怎樣去認識他？難道，難道陳忠祥也不愛我？難道在我發現自己並不愛他之前，他已經先從我們的故事裡撤退了？……」

要離開時，邵萍甚至都沒有力氣正式跟我招呼一聲。她只是用被淚水點得汪亮的眼睛掃了我一下，起身就走了。

我跟在她後面走了兩步，舉手張嘴想要喊她，然而畢竟放棄了這樣的企圖。因爲我不知道喊了她之後，該再講些什麼？我能講出些什麼不至於再傷害到她的話嗎？

我不知道。我不能信任我自己。我是我自己最大的敵人。

我只能祈禱這會是一個馬上可以醒來的噩夢而已。然而邵萍走出營門的那一瞬間，原本包圍著太陽的雲朵突然全都散逸了，白嘩嘩的午後烈日鎂光燈般把周遭照得通亮，營門、衛兵、崗哨，到旁邊芒果樹的枝葉脈理細節都因而清清楚楚地呈現出來。

就像是無可懷疑的現實影像。

14

邵萍來訪的那個夢讓我付出了昂貴的代價。我沒有從那個夢脫身出來。噩夢毫不留情地轉成現實。而且這個現實比原來的倒退了一個多月。也就是說，我又多在部隊裡無聊地消磨了卅多天。唯一差堪告慰的收穫是：在這個倒退的現實裡，不再有心律不整的八連少尉排長，也沒有了劉淑惠。我這一生中曾經最眞心、親切對待我的女孩就這樣消失在另一個時空裡了。有點遺憾，但也很慶幸那些麻煩究竟也隨之不再存在了。

不過比起我眞正喪失的，這收穫就太渺小了。從那次在會客室關於陳忠祥的談話之後，邵萍沒有再給我隻字片語的聯絡。我持續小心翼翼地定期給她寫些信，可是她從來也沒回。

更令我傷心的是：八四年五月，我終於退伍回到台北，鼓足了勇氣打電話到她家，卻發現她已經搬出去住了，而且交代她家人不隨便透露新住址電話。這還是我第一次這麼直接地被拒絕，而竟然那嚴峻無情的聲音就來自邵萍的家人。邵萍，我的愛。唉。

我只好像在公家機關辦理什麼手續般，對著愈來愈冰冷的電話筒留下各種身分資料，希望邵萍在審核後，會同意給我她的新電話號碼。

等待是我那一段時間生活的主題。等待求職的結果加上等待邵萍的音訊，讓每一個日子都好像是一支裝滿酸液的試管。你把自己的一部分投進去。然後眼睜睜地看著它慢慢被蝕噬掉，一直到化爲烏有，彷彿從來也沒存在過。日子一天天過，自己就一天天地縮小、縮小，擔心著不知到哪一天，整個人也就這樣消失了，彷彿從來都沒存在過。

兩個多月後，我在一家極有名、極龐大的法律事務所找到了一個薪水微薄、地位也不高的工作，然而邵萍還是沒有消息。我知道現實就是這樣。在現實裡，我只是個影子般的存在，對邵萍而言。只有在夢裡，我才能取得進入她生活範圍的通行證。

所以等待依舊，然而等待的目標卻慢慢飄移了。後來與其說我在等邵萍跟我聯絡，還不如說我是在等待這個現實出現隙縫，讓夢能夠進來接收，或讓我能夠出去尋找一個比較友善的夢境。

這樣等待，又過了差不多整整一年。漫長的時間裡，我完全沒有機會去了解邵萍正在經歷多麼劇烈的心理變化，以至於到那一天，我眞的能夠再次透過夢的釐清打破既有現實的烏煙瘴氣，重又和邵萍見面時，竟至有一種彷彿處於不同世界的陌生情悸。

那又是一個我生命中少數熱鬧、充滿事件的日子。一大早到辦公室時，聽說了一個其實跟我完全沒有干係的消息，竟而由此引發了一連串莫名其妙的反應。

事情是這樣的，那時節我們的事務所正祕密接受政府委託在美國打一個聽說與國家利益非常有關的官司。這種大而重要的案件，當然跟我們這些小職員沒有什麼交道。只是大家閒下來不免會瞎扯傳一些謠言。

那天早晨事務所整個氣氛就和平日很不一樣。幾個有律師牌的大頭們帶著特異的笑容進進出出地又開會、又打電話。稍微敏感的人馬上就猜說一定是大案子有了突破。經過一陣複雜的耳語網通訊運作，從一些胡亂的懷疑裡竟然就浮出一個肯定的答案。聽說是美國那個官司勝利在望了。昨天晚上最後一道障礙終於打通。政府層峰決定在完全封鎖國內消息的情況下，可以有條件地放棄「中華民國」

的官方稱呼，在法院裡與對方放手一搏。

細節內幕當然是最高機密，我們連猜的資格都沒有。不過單是這樣一條光棍、沒太多實質內容的消息，已經夠在辦公桌間製造出一些風波了。

十點十二分——我的座位正對街另一頭大飯店門口的鐘，我不時會盯著那兩支長短的時針分針發一會兒呆，作爲一種休息調劑——意料不到的事爆發了。也不知道是怎樣起頭的，我知道時已經有一群人圍在辦公室西側的角落裡，製造出奇怪的騷動了。我從椅子上站起身來才發現有一個人站在一張辦公桌上，成了大家熱鬧起鬨的焦點。

我看同事們紛紛蜂擁過去，就想應該沒什麼危險，所以也跟去了。走近一點，認出來正拿辦公桌作舞台，慷慨激昂地在叫囂著的，原來是小孔。這倒是不意外，畢竟沒幾個人比小孔有資格在辦公室裡做出驚世駭俗的舉動。

小孔的父親是立法委員，而且還在黨機關裡做著頗有實際勢力的官。大概是這樣身世背景的關係罷，他也沒經過什麼考選的手續就進到我們事務所來當「安全課」課長。沒人知道「安全課」是個什麼東西。全課上下只有小孔一個人，而且也從來沒看過他辦個公文什麼的。

小孔倒是個表演天才。平日穿梭在辦公室的漂亮女職員間，表現得既溫柔又體貼，紳士極了，可是這會兒爬到桌上去，握拳疾呼竟也像模像樣的咧。以前有同事偷偷跟我說，幾年前圍打中泰賓館的英雄裡就有小孔，我原先還半信半疑，現在才知道，這消息恐怕不是亂傳的嘞。

小孔站在桌子上，由上俯臨對著圍在他旁邊的人意氣昂揚地大吼：「……我們要表達我們的憤怒！我們要求解釋！這一定百分之百是野心分子惡意造謠！我們英明的領導中心怎麼會做這種出賣民族大義的決定！我們是中國唯一的自由政府，我們的國號永不更改！我們的國號就是我們的第二生命，不！我們的第一生命！」

大家都帶點尷尬地莞爾。原來在地底下流傳的事，被他這樣大吼張揚出來，大家還眞不知要用什麼態度去面對。像是一個身材姣好的美女突然赤裸裸地出現在公共場所般地令人不知所措。而且就在這時候，大老闆也從他的豪華辦公室走了出來。氣氛一下子緊張迫窘起來。

小孔繼續他的驚歎號連環炮：「民族正義比利益重要！漢賊不兩立！我回家告訴我爸爸！你們這些不愛國的傢伙……」大老闆在差不多三張桌子開外站定，用盡丹田的力氣，瞬間起爆一響震撼藥包：「小孔！你給我下來！」

小孔被震了一下。可是很快就恢復了神志。他竟然不理會大老闆的命令，反而轉過頭來正對著大老闆吼回去：「你跟我解釋！你跟大家解釋！講清楚這是怎麼回事？不用『中華民國』的國號？我第一個不依！你來解釋，來呀！」

大老闆瞪得兩隻銅鈴眼彷彿要從眼眶裡掉下來。「小孔，我警告你，你馬上停止，要不然一切後果你自行負責。」

「我負責！一切後果我負責！你告訴我，會有什麼後果？」

大老闆眉頭緊皺，想了一想，用右手食指指著小孔：「你給我下來！」

「除非你來解釋爲什麼不用『中華民國』國號，否則我的滿腔熱血愛國情操不准我下來！」

大老闆氣得七竅生煙。「你要自己下來，還是要我叫警衛!?」

「警衛!?」小孔好像是存心要給大老闆難堪，「警衛來抓誰？抓愛國的人嗎？這裡愛國的人這麼多，看他怎樣抓!?」他隨即轉向呆呆地觀望他們吵架的其他同事們：「來，愛國的人跟我一起高喊：中華民國萬歲！中華民國萬歲！」

「中華民國萬歲！」小孔拉長了聲音，右手臂如同軍訓教練裡指示的那樣伸得又高又直，實在像極了什麼重要慶典即將結束前，帶動最後高潮的司儀。

那一秒鐘，一個致命的錯覺進入我腦裡。我突然覺得這一切，律師事務所、打卡上下班、公車上的汗擠、法律、政治、歷史，原來只是一場大型的國慶日紀念大會裡無聊的講演。而這冗長令人站著等得要昏厥過去的會終於接近尾聲了，只要喊完幾個響亮的口號，真正的放假日就來了。

這麼該死的錯覺在腦中一閃，我竟爾反射地、興高采烈地隨著小孔舉起手來喊：「中華民國萬歲！」

才一喊完，眼前刷地衝來一道人影，我還沒弄清楚怎麼回事，對方彷彿武俠小說裡武藝高強的大俠，已經一手攫住了我的肩頭。

一股強大的爆發力量硬生生地把我甩到人群外，撞上椅子的膝蓋痛得我齜牙咧嘴。我正想反擊，回過頭來卻看到一張鐵青的大臉，大老闆的大臉。

雷打在我頭上。「你！馬上給我走路！馬上到會計室去領資遣費。中午以前給我從這個辦公室裡消失！」大老闆接著轉頭：「其他人限時五秒鐘給我回到座位上去辦公，要不然就跟他一樣，」臂膀向後一擲，伸長的食指差點戳進我眼睛裡去，「走——路！」

一陣騷亂。我從不知道我的同事們各個原來都有這麼矯健的身手。真正五秒鐘。五秒鐘後，只剩小孔孤零零尷尬地站在原來地方。

眼看場面在控制之下，大老闆原本全身繃緊的肌肉稍稍地放鬆了，他降低音量，對小孔招招手，「小孔，你下來。你到我辦公室來。這種事情不能這樣鬧的。你要知道什麼，我跟你講。來。」

十點廿七分，一切恢復正常。整個辦公室每個人都刻意地把屁股釘牢在椅子上，不敢亂動。只有一個例外。就是我，繞著辦公桌時站時蹲地在收拾東西。有比這個更可笑的事了嗎？唉，我都不知道該怎樣跟人家解釋了。我因爲喊了一句「中華民國萬歲」而丟了工作？誰會相信呢？在我們這個充滿口號的社會裡，有比「中華民國萬歲」更安全、無害的口號嗎？可見什麼東西到了我身上都會變酸。爲了喊一句「中華民國萬歲」而被炒魷魚，我的老天！

我跟著去午餐的同事們一起走出大樓，每個走過我身邊的人，彷彿都想要講什麼，可是畢竟都沒講。我成了一個反常靜默氛圍的中心，一路掃向旋轉門。

門外是夏日驕陽。一九八五年七月十九日，我不會忘記這個荒謬的日子。

我沿著平常吃午飯的小巷子走，然而兩旁陳列的食物及散發的香味這時完全失去了吸引力。失業的事實才剛剛包圍過來。方才被這事的不可思議驚訝住了，以至於沒有眞正感覺那種被羞辱了的痛楚。

午餐街走到盡頭是一所小學。繞過小學的圍牆是另一條半寬不窄的巷道。我就這樣漫無目的地走下去。兩邊是陌生的公寓建築，頭頂則是熟悉的狂烈紅日頭。

沒一陣子，汗就濕透了襯衫。我趕緊把只能乾洗的棉紗領帶解了下來。我想我需要休息一下。最好是有個涼涼的地方可以讓我躺一躺。例如說一棵大樹的深厚樹蔭。正這樣想著時，眼前眞的就出現了一個小公園及公園正中一棵老榕樹。我立即直直地朝那樹走去。

迫不及待地趕到樹下。把公事包一扔，就躺下來了。睡覺是忘掉煩惱事的仙丹。我決定先給自己一個長長的午睡再說。失業了也要先享受不必趕回去上班的樂趣罷……

我眞的想都沒有想到，我等待了一年多的夢卻在這最狼狽不堪的時候來了。我睡著了。我夢見有人不客氣地把我推醒。夢見醒來時，公園不見了。我原來躺下時看得眞確的長條椅也不見了。我就躺在乾硬的泥土上。而且在兩條大馬路交接處蓋起來的圓環裡。替我擋去陽光遮蔭的也不是什麼榕樹，而是一尊高大的銅像。

夢見把我叫醒的是一個凶巴巴的交通警察。我想我知道這樣的夢中情境的現實來源。上個月家裡才剛買了一台錄放影機。前天三姊下班時租回來了兩卷卓別林的電影。其中《城市之光》的開頭，卓別林演的流浪漢就是出現在偉大的銅像間，被警察趕來趕去。

我在夢裡變成了衣衫襤褸的流浪漢，想要藉著銅像的庇蔭乘涼睡個午覺而不可得。交通警察告訴我：銅像周圍方圓十五公尺間不准有活人活動。否則就是瀆汙了銅像的神聖意義。

我實在不能了解這麼高深的神聖意義。那警察也不給我機會思考，手腳並用又推又踢地硬把我趕出圓環、拋擲在車水馬龍的柏油路上。而且就像卓別林電影常見的鏡頭一樣：我的公事包也被丟出來砸在我的腳趾頭上。我痛得抱住一隻腳，金雞獨立似地亂跳一番。一邊跳一邊還要閃躲從不同方向開來的小包車、摩托車、大公車……好不容易跳啊跳，快要跳到紅磚道上時，才發現我的公事包還留在馬路當中，於是我又險象環生地左跳右跳跳進車堆裡，撿起被好幾輛車輾得嚴重變形了的黑提包，再跳跳跌跌地殺出重圍。

就在我跳上人行道的那一剎那，兩個女人因爲差點被我撞到而尖叫起來。啊，聰明的你又猜對了，其中一個就是我日夜想念的愛，邵萍，唉。

我衣冠不整，領帶斜披在肩上，襯衫鈕扣上下顚倒，身上沾染了塵泥，公事包活像一堆等待發酵的麵團，而且還因一隻腳抱在手裡而重心不穩搖擺踉蹌……

久違兩年多的邵萍看到的我，就是這副可憐又可笑的模樣。更不用說她旁邊還有另一個同樣衣著入時顯露著高貴氣質的女士了……

我眞希望邵萍乾脆把我當作不識的陌生人算了。以我過去認識的邵萍的個性，她是很可能會這樣做的。可是邵萍變了。她沒有猶豫地叫出我的名字，然後抑止不住地大笑一場。邊笑才邊問：「你……怎麼……會這樣？」

我知道我在一個夢裡，我知道夢通常是不可捉摸，會出現各種怪事的。可是邵萍這種爽朗豪放毫不掩飾的笑法，即使以夢的標準來說，也是令人驚異的……

反倒是跟邵萍一起的那個女士先跟我有一個比較正式的點頭招呼，然後問：「你腳受傷了嗎？嚴不嚴重？」

我這才窘迫地想起來，自己多麼像默片或卡通裡的丑角。原來是因爲腳痛所以把腳縮起來用手拉著，結果痛楚感覺消退了，卻忘了要讓腳回復到正常支撐身體平衡的位置。

連忙把腳放下來，卻糗得說不出一句話來，只是猛搖頭，手在半空中無意義地隨便揮擺。

那個女士很體諒地把注意力從我身上移開，去拉一時爆笑得失去控制的邵萍。她輕輕地在邵萍的臂膀上拍了一下，說：「欸，你這人怎麼一點禮貌都沒有，笑成這樣子！」

邵萍勉強止住笑，對她做了個鬼臉，說：「沒辦法，實在太好笑了嘛。突然冒出一個這樣滑稽的人……」

那個女士大概是怕邵萍又說出什麼傷人自尊的話，連忙大方地伸出手來引開我的注意，禮貌、得體地自我介紹：「我叫詹美珍。是邵萍的朋友。」

唉，這世界就是這樣，你總是愛上對你最殘酷的人。「愛」這種事情本來就是不自然的罷。正因爲不自然、奇怪，所以才被看得這麼重要。像錢財一樣，是不是？對於空氣和水，我們覺得自然，所以就不重要。一個陌生人的好意也太自然了，自然到與「愛」的「偉大」本質不相符合，是不是這樣？

可能是在法律事務所工作太無聊的關係罷，我那一陣子變得特別好玄想一些不切生活實際的東西。第一次跟詹美珍見面握手時，我就是忙於這樣奇怪的哲思，以至於沒有注意到這個名字以前絕對曾出現在我的生命經驗裡。

一直要到差不多十分鐘後，邵萍和詹美珍起了爭議一陣子之後，我才真正了悟我在作一個多麼多麼奇怪的夢。

爭議是這樣開始的：詹美珍像個大姊姊般告誡邵萍，做人有些基本的禮貌，不能太率性不替別人考慮。這樣不但常常會傷了人，更容易反彈回來傷了自己。

邵萍不同意。邵萍覺得我們這個社會最大的問題就是僞君子太多了。大大小小的事都要罩個會發光的蓋子，不管底下臭成什麼樣子。每個人每天忙於脫脫戴戴換置各種不同的面具，忙到忘記了還有一個眞我被忽略了，正在枯黃萎縮。

詹美珍反駁說，追求眞我並不等於變成自我中心。自我應該是在關心別人的練習裡才能找到的。一個孤單的中心是空洞而無內容的。要靠很有同情心地與他人互動，一個人才能眞正認識他自己。

邵萍猛搖頭。她認爲我們的關懷必須著眼於社會的大體，而不是瑣碎的個人交往。我們的社會現在最大的問題就是虛僞。各種謊言代替了眞相。如果我們覺得這是病態，如果我們要批評這些社會現象，那麼我們自己必須先能做到純眞無掩飾地表達自己的感情、感覺，證明這樣活著是一種值得人人去追求的享受……

我聽著她們一來一往的言詞，簡直如墜五里霧中。尤其是邵萍講的這些，這眞的是我青梅竹馬

（？）一起長大的邵萍嗎？那個留著長長辮子，經常都潔淨、高雅，除了偶爾愛國情緒的表露外，彷彿都不食人間煙火、不被紅塵沾染的小公主邵萍？小公主什麼時候長大了變成開口閉口「社會」、「病態」、「批評」……這些世俗不堪的字詞？

接著她們兩人話鋒一轉，給了我更大的震撼。

是詹美珍先提的，她很嚴肅、鄭重地告訴邵萍：「如果陳忠祥還活著，他不會同意你這種看法的。他是那麼熱情隨時準備替別人犧牲的人。他寧可把痛苦忍著往自己肚裡吞，也不會爲了自己一時這樣的情緒發洩，而去傷害到別人的感情……」

陳忠祥？我眞的聽到這個名字嗎？

邵萍有點激動，急著打斷了詹美珍，「不，正好相反。如果陳忠祥還活著，他不會這樣小裡小氣地計較的。他對這個社會的批評是沒有保留的。我們要了解本土的歷史發展，用意就在看清楚我們身上殘留了多少各代外來統治者強加在我們社會的畸形體制影響……」

「你太偏激了，」換詹美珍插嘴進來，「陳忠祥沒有這樣。他仍然認爲理想社會是一個彼此親切祥和對待的社會……」

「那是理想！可是對於爭取、實現理想的人，則需要有大開大闔的瀟灑氣魄。陳忠祥是這樣的，我哥哥邵強也是這樣的。如果邵強現在還活在這世界上的哪一個角落，他也會同意這個原則。我們不可能用紳士的方式去爭取一個紳士的社會。我們現在眞正需要的是先解放自己……」

邵強？陳忠祥？這到底是怎麼回事。我覺得彷彿有數千隻毛毛蟲同時在我皮膚底層忙碌地爬啊爬、爬啊爬……

詹美珍頭搖得像博浪鼓一般，「邵強怎樣我不知道。但你不能把這樣的想法強攤到陳忠祥身上。

他明明就不是這樣的人。我記得很清楚：以前我比較害羞、不喜歡理人。見到人時，常常愛理不理的。其實我不是故意的，只是我不曉得該怎樣。那時陳忠祥就常苦口婆心地勸我，要改掉這種自我中心、自我封閉的習慣。要把自己放掉，用別人的感覺來充實自己的感覺、來豐富自己的生命，他常說：『關懷是人類能夠擁有的資產中，最美好的一項。』……」

我的老天，我想我知道這是怎麼回事了……

邵萍和方才詹美珍一樣認眞用力地搖頭，說：「不、不。你誤解他了。我還記得以前有一次我寫了一首現代詩，興高采烈地拿去給他看。他很嚴肅地告訴我，他對這種東西沒有胃口。因爲那不是眞正內在我的聲音。『爲什麼要讓你眞正的情感包藏在這麼無聊的形式、這麼繁複裝飾的字詞裡？爲什麼不讓它自然地流出來？該是怎樣就讓它流成怎樣，難道不是更好嗎？』我當時還很氣他這樣澆我冷水，現在回想起來，卻是心中充滿了感激。這才是眞正的他。雖然當時好像傷了我的自尊、我的感情，然而那份眞摰卻足以彌補這些而綽綽有餘……」

她們的爭議結束在下午一點半整。詹美珍必須回去上班了。邵萍拉著我送她到公司大樓門口。她們還約了下次一起吃午餐的時間。

臨要走進去前，詹美珍不僅親切地向我說再見，而且善解人意地說明：「我和邵萍不時這樣爭習慣了，兩人都很認眞，但都沒有惡意的。」

看著詹美珍走進電梯，我迫不及待地轉身要問邵萍，可是大概太急了罷，反而瞠目結舌發不出個清楚的聲音，「她……不是……」

還好邵萍，聰明的邵萍，曉得我要問什麼。「她是。她是陳忠祥的女朋友，以前。現在成了我的好朋友。」

「這怎麼可能……」我終於把所有的驚訝集合化成這樣一句話。

看來我的夢愈來愈愛開我玩笑了。這種事竟也透過夢變成了事實。可是我又不能抱怨說這夢太荒謬，因爲也唯有在這樣的夢裡，邵萍才會有時間、有心情邀請我到附近的西餐廳裡閒坐聊天。我可不想把夢裡邵萍的好意還原成一場虛空。這正是我會日益陷入一些荒謬的人生變化裡，不得已的原因……

邵萍先告訴我她最近失業在家裡。還來不及問她離開原來工作的理由，一股莫名的興奮讓我先多嘴地講起我自己的遭遇。畢竟即使在夢中，我也很少有跟邵萍眞正處在同一種困境裡相互鼓舞、安慰的經驗。我多麼急著把握這很可能稍縱即逝的機會……

我說我也失業了，就是剛剛被炒魷魚。然後自以爲會討好邵萍地將早上那場鬧劇加油添醋地講了一番。重點當然是希望能把自己刻畫得英雄一點，爲了愛國，爲了慷慨激昂地喊一聲「中華民國萬歲！」而不惜放棄許多人羡慕渴求的職位。

這樣的情節一定可以感動少女時代，甚至大學時代的邵萍的。然而在大學畢業後三年，卻差點讓邵萍拂袖而去。

沒聽我講完，邵萍已經準備要起身了。她很不耐煩地給我一個白眼，「你這個人怎麼那麼瑣碎，怎麼會一直都沒有進步呢？爲了喊一聲『中華民國萬歲』而丟掉工作？這……這簡直是個笑話！」

還好我畢竟在成長的苦痛過程裡至少學到了一個經驗：隨時準備好自己會愚蠢地在邵萍面前犯下一些很難想像的錯誤，並且隨時準備彌補。我不能再讓這次的見面結束於邵萍掉頭就走，不，我生命中已經有夠多這種創傷了。看邵萍臉色不對，我馬上就著她的話接口說：「這……本來就是個笑話。我怎麼會眞的這麼可笑去喊什麼『中華民國萬歲』呢？對不對？我編來想逗你笑的啦！」

邵萍還是滿臉的不豫。「這並不好笑！」她說。不過至少她又重新在椅子上坐了個比較安穩的姿勢了。

嚇出我一身冷汗。也嚇得我不知道該怎樣再選下一個可能比較安全的話題。可是又不能讓氣氛就這樣沉默下去，我只好很空洞地感慨一聲：「邵萍，你變了一些……」

也許是被那種滄桑感慨的口吻傳染了罷，邵萍回我一聲長歎，說：「經歷了事往時移的緣起幻滅，我怎麼可能還是以前的那個邵萍？」

她把頭撐在兩隻手掌裡想了一會兒，開始悠悠如同敘述一個古遠故事般講起我和她失去聯絡後的種種……

一切從詹美珍講起最後再繞回到詹美珍。當然在邵萍與詹美珍交往的背後，還有另外一個人，或該說對那個人的回憶。

是詹美珍先打電話找邵萍的。離邵萍到軍營來找我之後沒多久。詹美珍的聲音抖得很厲害，她沒有先告訴邵萍她是誰，直截地就說：「我能問你一個私人的問題嗎？」邵萍當然先問：「你是誰？」電話那頭靜靜地考慮了五秒鐘，就掛掉了。

過了兩天，她又打來了，這次她勇敢地講了，「我是詹美珍，我想問你一個私人的問題，可以嗎？」她這樣主動的態度完完全全不是邵萍聽各種傳聞建立起印象中嬌柔退縮、習慣被疼被寵的女孩。邵萍不知該怎樣反應，只好匆匆地掛了電話。

一直到第三次，她們才眞正交談起來。邵萍覺得自己上回掛電話的那種逃避實在是懦弱得可笑。所以當詹美珍眞的又打來時，邵萍也很直接地用堅毅的語氣說：「你問罷。」

邵萍在精神上準備好不讓自己受傷，最大的一個武器就是：她並不愛陳忠祥，所以任何和陳忠祥有關的事現在都不能被拿來打擊她了。可是她沒有想到詹美珍要問的正是：「你並不愛陳忠祥是嗎？」

邵萍沒有馬上回答。詹美珍在電話那頭怯生生地加了一些解釋：「我聽說你告訴一些朋友，你並不愛陳忠祥，這是眞的嗎？我想聽你親口證實……」

邵萍還是沒有回答。她也不知道自己爲什麼在那個當口反而猶豫遲疑了。如果是別人、別的朋友，邵萍大概會馬上答：「是的，我並不愛陳忠祥。」可是那頭是詹美珍。邵萍不知怎地就是說不出口。她反問詹美珍：「你爲什麼要知道我愛不愛陳忠祥？他人死都死了，我的答案能有什麼用？」

這樣一句反問崩潰了詹美珍一定是好不容易才維持住的鎭定聲音。她的音量陡地降了一半，而且話語間開始有一些顫抖：「我想要多知道一點……這些事……」

邵萍想起詹美珍那篇登在半官方刊物上的文章——「知道了陳忠祥現實上這麼壞的一面，我只會更愛他……」——不覺地有了點怒意，便很不客氣地說：「你想從我這裡再多知道一些陳忠祥的壞事，以便能夠更愛他是嗎？」

這話完完全全戳破了詹美珍吹氣維持的感情外表。她邊否認邊就哭了起來，「不是的……不是這樣的……」她好像忘記了是在對著一個素未相識而且曾經做爲情敵的邵萍說話了，一古腦地把心中的委屈噎噎抽抽地流吐了出來，「我再也無法這樣維持下去了。痛苦每分每秒在撕裂著我的心。我只是在自欺欺人。我以前總是騙自己，我對陳忠祥的愛不同於別人的愛。我以爲我一直原諒他、一直去強調他怎樣在我面前扮演一個我想看到的男孩，是一種眞愛，是一種大愛，我以爲這樣就可以繼續支持我的感情生活。可是最近這種大愛再也支持不住了。不管怎麼解釋，事實是陳忠祥一直在欺騙我。他的愛徹頭徹尾是建立在欺騙上。我無法再肯定這種愛的價值。我發現我眞正擁有過的只是我自己付出的愛。我想知道我付出的愛對他是不是唯一的……只有這個是眞的。陳忠祥一直在欺騙，我捉摸不住眞實的他，我所能試圖肯定的只有我自己的愛……」

被這樣坦誠的告白驚訝了罷，邵萍竟更說不出不愛陳忠祥的話了。她的淚水也在眼眶裡打轉，很誠懇地告訴詹美珍：「我應該告訴你我不愛他。我的確跟一些朋友講過這樣的話。可是這不是眞話。眞話是我和你一樣捉摸不住眞實的他，他是許多模糊影像的重疊，我沒辦法決定對這麼模糊的東西是愛還是不愛……」

詹美珍哭得更厲害了，幾乎講不完整一個句子，「你……是說……你過去……沒有眞……正……愛……」

「我不知道，」邵萍重重地歎了一口氣：「我曾經以爲是愛，後來又以爲是不愛，現在發現那什麼都不是……」

詹美珍恨恨地抗議：「爲什麼，爲什麼對我們這樣不公平!?爲什麼我們的愛的對象逝去之後，我們還得去否認『愛』的本身竟是欺瞞的浮花浪蕊……」

邵萍覺得悲從中來，說了：「我們……」就再也說不出話了。而這「我們」兩字的尾音就這樣繞在兩人的哭泣抽噎聲間迴盪，迴盪……

兩天之後，詹美珍又打了一通電話來。她向邵萍道歉前次的打擾。臨要掛電話時，邵萍突然想起來問她：「我能問你一個私人的問題嗎?」詹美珍大方地同意了。邵萍問：「你怎麼會有勇氣主動打電話找我?很多人都跟我說你是個比較柔弱的女孩……」

詹美珍回答說：「我是很膽小的。我原來想都不敢想要打電話給你的。後來一個念頭出現，給了我很大的勇氣。我想如果陳忠祥還活著，他會希望我打這個電話的。因爲他那麼疼我，他會希望我去掉心中的鬱結的。他會支持我去聽到你親口說的答案的……」

邵萍苦笑地說：「他是這樣的嗎？他會這樣嗎？」

詹美珍以抱歉的口吻說：「我很糟，我知道。我還是要借助自己記憶裡的陳忠祥……」

「不，你一點也不糟，」邵萍還是苦笑著：「至少你還清楚地知道有一個陳忠祥的記憶可以尋訪，我是完完全全不敢問：『如果陳忠祥還活著……』這樣的假設問句了。」

這話聽在那頭，又引出了詹美珍的眼淚。她說：「我只是強迫自己這樣認爲。其實他死後，一些相關不相關的人跑來告訴我許多我不想知道的事，這些事知道了比不知道時還令人迷惘。『如果陳忠祥還活著……』，只是我設法排遣這些疑惑的不得已的方法……」

「如果陳忠祥還活著……」這樣的假設，竟無端地刺傷了邵萍自己覺得已經千瘡百孔的自尊。即使在陳忠祥死後這麼久，這個三角關係裡的中心、邊緣卻還是分得那麼清楚。詹美珍畢竟可以藉由「如果陳忠祥還活著」的假設問答，減輕生命無常困頓的許多壓力，而邵萍自己呢，有的只是既無從肯認，又難以否定的一些情意拼湊罷了。邵萍嫉妒、惱恨……

而生命的玩笑、戲謔好像沒有什麼適可而止的節制。偏偏就在這時，邵萍上班的公司裡發生的事，更對比地顯出她在感情上一無傍恃的孤薄……

邵萍沒有告訴我整件事來龍去脈的詳情。她不願意重新把自己放進那個黑幕裡去咬牙切齒。她簡單地說主要牽涉三個人：G，一個在公司裡和邵萍非常要好的女孩；B，邵萍公司裡另外一位男同事；C，某一家經常承包公家建築計畫的大營造商小開。G原來曾是C的女朋友，後來C搭上了一個小有名氣的電視女星，便把G給甩了。剛和C分手時，大概是一種缺乏自信兼加空虛感覺作祟罷，G那陣子格外殷勤地跟好幾個不同的男人約會。結果有一次，G和B約會出遊，竟被B強暴了。G在驚惶中逃出，第一個能有的念頭就是去找C。C接納、安撫了她，並保證替她修理、懲罰B。由此開端，事情經過一些非常複雜的轉折，後來卻變成了G逐漸喜歡上了B，然而C卻不願放棄從折磨B當中所得到的病態滿足。

也不知道C怎樣去安排的，在那段時間裡，B反覆地被各種不同單位的情報治安人員登門造訪。有時甚至被帶到奇怪的場所進行徹夜的質問。他們還頗客氣的，只是不斷地暗示B和許多稀奇古怪的案件似乎都有關連。G看B每日生活在這些可怕的政治陰影裡不得解脫，連忙跑去求C，告訴C，她已經接受B的道歉與解釋，對那夜的事，她不想再追究了。她不要看到B這樣悽慘落魄的樣子。

沒料到這更激起了C的虐待興趣。他現在可以同時虐待G和B了。於是各式各樣的花招更是紛紛出籠，那些可怕的踐踏蹂躪……

在絕望的瘋狂邊緣，G把整件事告訴了邵萍。邵萍聽了後，大吐一場，在床上躺了兩天。G其實並沒有求救的意思，然而病倒在床上的邵萍卻沒辦法不去想到自己的家世、自己的將軍父親……

邵萍開始考慮利用父親的關係介入解決G的困難。最好是順便以其人之道反治其人地整一整C。可是事情沒有那麼簡單。她沒辦法對中風之後愈來愈與世無爭的邵將軍講這事。邵將軍一定把它當作小孩子遊戲般揮揮手撥掉。而且邵萍也不知道C背後到底有怎樣性質的勢力，會不會因此而傷害了邵將軍？

在這樣的徬徨心情下，邵萍一個早上醒來，莫名地無法忍受家裡的靜寂，窗帘布紗篩漏過的陽光透進來成了一種淡淡的死白，她開始尖叫、大聲大聲地尖叫，叫來了媽媽，躺在媽媽的懷裡，邵萍講不出一句話來，因爲這些都不是媽會理解的，於是在浪濤般捲翻的悲傷情緒裡，她呼喚著一個名字：

「邵強、邵強……」

邵強，你在哪裡？邵萍幾乎是帶點憤怒地這樣問。如果邵強在就好了，邵萍想。她記得小時候，和同學出去放風箏，風箏卡在電線上了，她哭著回來，邵強聽她說完，那麼自信地說：「邵強去幫你拿回來，好不好？」他眞的去了，十分鐘後就把風箏完整地放在邵萍面前。他摸摸邵萍的頭說：「你是個傻女孩，你自己知道嗎？那個地方不可以放風箏的。我幫你把風箏拿回來，可是要罰你一個禮拜不能再到那裡去玩，這樣公平嗎？」邵萍當然覺得公平。一個多禮拜以後，邵萍卻發現原來那個風箏竟還掛在電線上。可是那已經不再是她的風箏了。她的風箏是手裡邵強給的那個。

邵強知道她的脾氣。邵強知道怎樣替她解決問題。如果邵強還在，只要把事情告訴他，他會作所有的決定。邵強可以在一秒鐘之內衡量清楚利害得失，並且一切兩斷地宣布最好的解決方法。邵萍需要這樣的智慧幫忙。

然而邵強畢竟不在了。邵萍只能和媽媽抱頭痛哭一場……

沒有了邵強，邵萍必須自己作決定。然而更悲哀的是，她甚至找不到可以幫她出主意的人。她一想像身旁周圍的人，對這樣的事，好像連一個敢有點意見的人都沒有。眞的，在這種處境下，她驀地理解到：這一生竟然只認識兩個對身邊周圍凡事凡相都一定有自己意見的人：邵強和陳忠祥。

她知道邵強會怎樣。邵強會把所有的麻煩攬過去，把妹妹保護在自己背後最安全的地方。槍林彈雨他會去闖，卻不讓妹妹聽到一點點吵鬧聲。可是陳忠祥呢？彷彿在大海上撈到一根浮木，她開始想像陳忠祥可能會有的意見。

她想了一整天。想像把各種話放進陳忠祥嘴裡講出來。想像到後來，腦裡的陳忠祥的表情、動作各種細節全都栩栩地完整呈現了，只是每一句話似乎都不太對勁……

她眞的錯覺了陳忠祥還活著。在一陣恍惚中竟拿起電話要撥陳忠祥的號碼。塑膠話筒的涼沁接上耳朵的冷意才悟過來，虛楞猶豫了一陣，她最後撥了詹美珍的號碼。

邵萍毫無保留地把G的事全告訴了詹美珍，就像對著陳忠祥，不，比對陳忠祥還更坦白，因爲畢竟詹美珍也是個女人。詹美珍在那頭不時發出「好可怕！好可怕！」的驚呼，甚至好幾次說：「你不要再講了好不好！不要再講了好不好？」邵萍執意講完，因爲她必須要問：「如果陳忠祥還活著，他會不會同意我這樣介入干涉？」

「如果陳忠祥還活著……」詹美珍眞的很用心地想，「我想，他沒有理由會反對。他不可能忍受這樣的事發生著，而什麼都不做……」

「可是我想他不會同意我用我父親的關係，」邵萍質疑，「他對特權有一種根深柢固的仇視，如果我使用特權，那和C有什麼差別？」

「當然不一樣。救人、助人跟害人當然不一樣……」

「可是陳忠祥有一些很嚴格的原則。我記得他說過：原則是我們擁有的最後自尊……」

「幫助別人脫困就是一種原則啊。」詹美珍急急地說。

「陳忠祥的想法不會這麼簡單的……」邵萍說。

「你錯了！他就是這麼簡單的！」詹美珍的語氣裡又有了些淚意，「在他內心深處常常就是這麼直截、簡單的，不要被他那些複雜的外表欺騙了……」

「簡單才是他扮演出來的……」邵萍抗議。

「你們爲什麼老是要把簡單的世界弄得這樣複雜才甘心？」詹美珍有點小女孩耍賴的樣子了。

「可是世界本來就是很複雜的、陳忠祥本來就是很複雜的……」邵萍強調地說。說完後，卻把自己嚇了一跳。她不知道什麼時候，自己竟然走完了單純世界觀的少女時代，這樣地去強調世界的複雜了。她怳然驚訝於一個新的身分在這段對話裡偷偷地從自己體內鑽了出來，那種感覺只有第一次月經來潮的尷尬可以約略比擬……

就這樣開始了邵萍感情生活新的一個階段。她和詹美珍成了經常見面、通電話的好朋友。她們兩人共同發現了一種特殊的愛的形式，關於愛的爭執，或說以爭執爲前提的愛。

邵萍這樣跟我解釋：「我們總是討論著：『如果陳忠祥沒有死』會如何如何。在爭論中放進日常生活裡層出不窮的困境難局。例如當詹美珍她們全辦公室的女職員只剩她一個不化妝時，她會問我：『我想如果陳忠祥還活著，他會覺得我應該繼續堅持不化妝，對不對？』那我就必須放掉自己直覺的反應，去想陳忠祥會有什麼意見。這樣反覆的過程下來，我們兩人對陳忠祥的想法有固定的差異，然而我們共同的收穫是：在他去世這麼久後，我們才眞正了解他這個人的價值。我們才了解其實他的意見、他的看法經常是最正確的。我們逐漸放棄了原來自己的一些錯誤偏見，很誠實地面對這個世界，發現自己竟不知不覺中在想法、作法上追隨著死去的陳忠祥。詹美珍和我都變了，變了許多許多。你對了，我不再像是以前的那個邵萍了。

「我想這才是眞正的愛。我的意思是，我應該收回以前的否定，勇敢地承認，其實我深愛著陳忠祥。一個人還能再愛得更深嗎？我現在生命最大的意義就是去實現陳忠祥的理想，只有這是眞感情的最終依藉。詹美珍對陳忠祥的愛應該和我一樣多、一樣深。可是我們兩人之間沒有嫉妒的苦澀，也沒有仇恨的敵意，因爲我們的愛是更高一個層次的大愛……」邵萍說。她發著光的眼睛像是兩顆藏盡宇宙祕密的吉普賽水晶球。

我們的午後長談結束於邵萍對「大愛」的解釋。我覺得自己更加渺小了。除了面對她的美貌之外，我現在更還要面對她煥發著神聖光芒的「大愛」，相形之下，我的委瑣更加無所遁形。我不知道該說什麼才好。

我們默默地走出餐廳。默默地背著夕陽走向站牌。我可不願意這樣彆扭沉默地和邵萍分手。考慮了半天，我終於想起來問她：G那件事後來的結果。

邵萍笑了，「詹美珍說對了，那次。世界並沒有那麼複雜。我打了個電話給C，把他罵了一頓，並且故意提幾個我父親比較熟的官場人物姓名，一切就解決了！」說著，她轉過頭來對我說：「還好世界有時也滿簡單的。有時眞羨慕你，還活在那麼簡單的世界裡。『中華民國萬歲』？哈！」

邵萍很快消失在擠在公車門口的人群裡。天跟著就黑了。黑得像個夢一般。我苦笑著穿梭在夜夢間，不知道該在哪個世界裡醒來才好。簡單的？還是複雜的？我實在拿不定主意。

15

不管是在哪一個世界裡醒來，有一件事情是改變不了的。我離開了原來那間大事務所，回家結巴窘迫地編造了一些拙劣的藉口，窩進房間裡重新面對失業的困局。覺得自己像是棋盒裡被拿起了又放下的黑子或白子，苦苦地等待下一次意外被挑中放到棋盤上占一個位置的機會。

每一個位置似乎都不太適合我。我走過了秋涼一直轉至冬寒的台北街頭，找不到一張可以坐下來的辦公桌。台北開始下起沒完沒了的雨，我口袋裡剩存的錢也開始令人沮喪了。

退伍一年半的廿六歲男人，大學畢業，加起來湊成一張所謂的「面子」，這張面子擋在我前頭，阻斷了再跟爸媽要錢的一切可能。

那一個下午，我體會到什麼是「一文錢逼死英雄」的感覺。轉車到板橋面試用完了我身上所有的回數票。面試一如過去沒有立即的答案。從總經理室出來時意外地看到一位同班同學的側影。我匆匆忙忙地在他沒有發現我之前離開。出了門看到白花花拚命往地上掉的雨絲，才想起來傘還留在經理室。我衡量了一下，決定就算必須淋雨也得保住已經沒剩什麼了的面子。悲涼、義無反顧地走進雨中。我身上的錢絕對不夠再買一把雨傘，甚至不夠買兩張公車票。我只能儘量挑選一班到達最接近家的公車，然後淋著年底直冷到脊椎深處的雨，步行四十五分鐘回去。

正如預料地，回家就病倒了。所有的因素都指向著我應該要在床上躺幾天。這種天氣。體力在冷意裡因不停顫抖而消耗殆盡。心情上的疲乏。更重要的，生病可以讓我暫時躲開現實，暫時不必花任何一毛自己的錢。

不過我倒是沒有料到會病得這麼嚴重。我連續發了兩天三夜的高燒。昏睡在床上。各種稀奇古怪的幻影在我眼皮上跳舞。有一刻我甚至以爲自己已經死了。進入到鬼魂的世界。許多已經死去的人都在我身旁長跪膜拜。後來我發現他們膜拜的對象原來是我們死去多時的老總統，我便急忙踉踉蹌蹌地的跑開了……

又有另外一刻，我作起荒謬的夢。夢見邵萍知道我失業了，熱心地替我介紹工作。把我介紹到一家貿易公司去。貿易公司裡的人考我各種進出口的術語，我竟然都答對了。他們又要我打字，我也一板一眼地敲著各個英文字母鍵盤。他們要我寫商業往來信件，我拿起筆想都不想，一排排的英文字就從筆尖流了出來。

於是我錄取了。我高興地跑去告訴邵萍。邵萍也很高興。不過這到底只是個夢罷了。我在夢裡就知道了。我告訴邵萍：「唉！只是空高興一場，有什麼用嗎？都是假的、都是假的。我怎麼可能會這些東西呢？我從來就沒有學過。我怎麼可能到貿易公司上班呢？我是個學法律的呀！」

夢裡的邵萍回答說：「不要被這些僵化了的分類觀念桎梏了你。先入爲主地認定自己是怎樣的人，只能去做怎樣的事，是最封建無聊的觀念。用這樣的觀念只能構建狹隘的世界觀。自我奴役自我封鎖，同時侵害了別人自由發展的可能性。」

「你在說什麼啊？邵萍。我完完全全聽不懂。」我疑問。

「舉例來說，很多人都覺得男人就應該在外面工作賺錢。這麼簡單的一個想法害死了多少人。所有的男人因此都刻意壓抑自己想留在家裡做家事、帶小孩的那一面渴望。不管喜不喜歡，就只能做特定那個出外賺錢的事。這不是自我奴役嗎？沒有選擇權利就是把自己陷在奴隸的地位啊。反過來說，因爲分工的需要，這樣一個觀念就同時把家事統統定義爲女人的事，這不是同時侵害了女人要有不同發展的機會？」邵萍理直氣壯地說。

「我搞糊塗了……。」我搔了搔頭皮。

「人的可能性是無窮的。這是我的信念。每一個人的存在都有無窮的意義。而現實只是這無窮可能性中的一個。重要的是，我們應該要有選擇自己要實現開創的意義的自由，而不是隨意地讓外在的力量宰制賦予我們意義……」

我覺得眼前的幻覺太可怕了。講話的人剛開始確實是邵萍的模樣，可是後來卻逐漸地變化，有一些奇怪的東西飄蕩在空中扭曲了邵萍的輪廓，那張臉一忽兒變得好像憤世嫉俗的陳忠祥，一忽兒又和喜歡談論哲學話題的邵強比較相似……

我來回搖晃我的頭。「反正這只是個夢。反正我的現實就是失業無救，我最好還是面對現實……」

對面那張臉——是邵萍嗎？也許——很有把握地說：「現實只是無窮可能中的一個隨機呈現而已。夢是另一種呈現。你爲什麼非得把自己陷在哪一個特定的呈現不可？」

我愈弄愈迷糊了。「你的意思是，我可以選擇這個夢當作現實？也就是我能夠進到貿易公司裡工作，解決掉失業找工作的煩惱？」

他（或她？）肯定地點點頭，「當然。人的解放的第一步就是拒絕被任何一個偶然的現實定義，不斷地開發其他的可能性……」

「如果有這麼好的事，我當然願意換到這個可能性裡來。」我笑著說。

「當然，每個可能性裡都有它的危機和後遺症，在不同的可能性中轉跳，並不意味著你可以一直都快快樂樂沒有煩惱，而是你可以開發體會各種不同的煩惱、不同的痛苦、不同的感慨……這才是眞正的選擇……」

講完這些，那個被扭曲的影子突然消失在背景的黑布帘裡，我驚惶地叫：「邵萍！邵強！陳忠祥！」可是覺得都不對，最後只有叫：「喂——」

我的叫聲把自己吵醒，醒來卻發現自己趴在一張頗有年紀的辦公桌上。辦公桌在一間日光燈照得通亮的陌生辦公室裡。定下心來仔細辨察，這不就是我夢裡通過考試的那家貿易公司？

我正半張著嘴惶然不知所措時，桌前竟已站了一位年輕的女職員。她把一份文件遞到我桌上，說：「老總要你打開發客戶的 cover letter 還有信封。」

我還來不及反應，她已經掉頭了，走了兩步，她卻又回過頭，雙手抱胸，微側著頭對我說：「欸，我怎麼老覺得你很面熟？我以前一定在哪裡見過你！」

我這才仔細看了看她的長相。不覺驚「咦」了一聲。「是啊，」我說，「我也覺得你很面熟呢。會是在哪裡遇過呢？」

我們都想了一陣，沒有明確的答案。她聳聳肩回到自己的座位上了。我開始手忙腳亂地撥弄電動打字機，隔了一會兒，上次在夢裡面試我的那位先生從總經理室走了出來，對著剛才那位女祕書說：「吳玉玲，你進來一下。」

我腦裡彷彿抽筋了兩秒鐘。吳玉玲？吳玉玲。這個名字也很熟。

不可能。不可能。我想起了些什麼，連忙自己把那個念頭打散。可是它固執地一再回到我腦中。我拒絕的意志鬥不贏它。最後我只好對自己承認，我見過吳玉玲。然而那不是在另外一個夢裡嗎？

不，不僅是在夢裡，而且是我在夢中寫的小說裡。她明明是我小說裡創造出來的人物，爲什麼會活生生地在我面前出現？

你能相信這一切古怪的發生嗎？我進入一個夢裡，幸運地找到了一個自己根本不可能合格勝任的工作，然後遇見了自己小說裡的人物！

夢轉成現實，而虛構的小說卻又魘罩了這個現實。

我當然記得吳玉玲在我小說裡是一個怎樣的女人。看到她活生生地給我一個豔美卻又不失純眞的笑容，讓我渾身猛爬一陣疙瘩。

也許她不是那個吳玉玲。然而不管她是抑或不是，我的注意力無可避免地老投向她坐的那個角落，一種奇怪的吸引，像精采的懸疑恐怖片之於好奇的小孩。

更糟的是她也對我表示了特殊的興趣。我剛去上班那幾天，她反覆地找到機會便來問我，我們可能在哪裡見過。我小心翼翼地避開任何可能導向提起邵萍或邵強的話題。我是個頂怯懦的人。怯懦到不敢嘗試去碰觸可能聯絡上不同現實的線。我不能想像後果會是怎樣。

被她問急了，我隨口敷衍她說：「也許是作夢罷。我們在作夢中認識了彼此。很難說的，人世常常就有這麼神祕的事。」

她被我逗笑了，邊笑邊用一種低柔嬌媚的語氣對我說：「就算是作夢罷，我也得弄清楚爲什麼會跟你作一樣的夢呀！」

我的小腹處好像突然晃燒起一隻火爐。我不知道她那話裡是否眞的有什麼暗示。只是我無可避免地想起在編造的小說裡，藉著邵強的回憶，如何描寫邵強逗弄吳玉玲身體的種種過程。還有，暴雨中他們在窗下做愛歡娛的模樣，突然之間，穿透了小說、夢，變成現實影像纏絞在我腦海中……

在這種混亂中，我接受了吳玉玲的邀請，下班後一起去晚餐。那是非常接近舊曆年底的時節，冷寒的季候與街上來往人潮的熙攘成了強烈的對比。每個身穿厚棉大衣的男女都被裹成同樣的形狀，沒有明確稜角的輪廓很容易就在稍遠一點的距離外融混模糊起來，加上每張嘴裡呼出來的白茫茫水霧交錯亂飛，整個給人的感覺是一種唯美沙龍電影式的迷濛……

她帶著我穿過幾條陌生的小巷。挨得緊緊的房子高高站在兩旁，只留前頭一點光亮影像舛換可以知曉路的出口，加上低壓彷彿直逼到房子屋頂的灰黑雲層，隨時可能會下雨的濕濃空氣，使得我幾乎錯覺自己是走在一條隧道裡。一種悶昏昏的感覺貼著耳朵爬進心裡。聲音很多很嘈，然而每一道聲波都急急地投向不同的方向，很快地被周遭的物質黏吸進去，所以聽不到太多的迴音。這是一條魔術的巷弄，持續地將人的功力能量吸出來、吸出來……

好不容易走到盡頭。彷彿「嘩」地一聲打開了一道門。一個世界。大概是隧道效果引致的錯覺罷，突然之間不太記得巷子那一頭的世界是什麼模樣了，一腳踩進一個全新、不在記憶匣中存有資料的新世界……

也許是舊世界。咿咿呀呀遙遙地傳來胡琴的叫響。一道灰樸的牆跨進去了是緊密擠挨的磚屋，屋與屋間勉強讓出來的空地上有人辛苦地準備要起煤爐，爐邊一群小孩穿著薄薄的單衣跑來跑去，叫嚷著不知何地口音的粗話……

我迷失在一個不應該有新鮮事出現的大都市裡。一個我居住了十幾年的地方。我戒慎緊張地跟著吳玉玲的步伐，留心著她是否一樣有迷茫不知下一步該往哪個方向踏去的表情。還好她沒有。我稍稍放了心。

終於到了餐館。老舊塵樸的房子。小小的招牌扁扁地貼附在門上，竟然是用英文寫的：Chef

Kao's Restaurant, please come in，向左邊拉開的鋁門根本沒有一絲做生意的氣味。

裡面是一個不同的天地。木製的桌椅都已因反覆使用而變了顏色，然而天花板上垂吊下來的燈卻是嶄新的，火晃晃地照出廳裡每一道帶點朽腐氣息的斑駁印跡。四面的牆都做成堆疊形式繁雜無序的架子，架上擱滿了各式各樣的外國工藝品，從顯然停擺很久的雕花鐘到最新號稱電腦控制的削鉛筆機。

一坐定，一個穿著白襯衫又陰陽怪氣地打著個大花領結的中年人便送上冰開水及菜單來，熟練地用英文說：「I'll be right back with you.」打開菜單，裡面又都是英文。

吳玉玲看我一副不自在的模樣，笑了起來低聲跟我解釋。這家餐館主人的父親原來還大有來歷。年輕的時候從江浙鄉下跑到上海去打天下。三轉兩轉先是去了租界區的外國旅館當門房，扮印度阿三，後來進了賭場當小弟，再後來進了上海的幫派胡亂混了幾年。民國十幾年時局大混亂時，逞勇敢殺了幾個人，在幫會裡闖出一點小名氣，接著又出賣了幾個人，跟政府接上了不錯的關係，短短幾年內就聚積了頗可觀的一筆貲財，做起外國生意來。日本人來了以後，他又靠他的關係偷偷地輸物資給重慶政府，從中竟然又賺了一筆。不僅如此，抗戰勝利後，還獲得政府的愛國楷模表揚。

大陸易色時，隨著到台灣來，很快成了政府裡處理美援的重要幕後人物，又風光了好幾年。誰曉得不知怎地，在一宗不大不小的匪諜案裡被咬了一口，由老總統親自下令收押徹查。還好他家人大筆大筆花錢，匪諜罪沒有成立，可是卻被查出在若干美援項目上曾經上下其手、中飽私囊，最後被免官且財產充公。眞是個大起大落的人物，曾經這樣有錢有勢，晚年卻一路流落到台北市區中最糟糕落伍的眷村邊上。最後眞正是窮死、瘐死。當年門庭若市絡繹往來的朋友，等他死時根本忘記了有他這一個人的存在了。

在絕境中，他兒子才勉強拼拼湊湊把家裡的行當硬排撐起一家西餐廳來維持家計。算是天無絕人之路，當時越戰打得正熱，這眷村挨在酒吧區的邊邊上，對於美國大兵而言，這裡大概是算最具家鄉情調的了罷，所以生意也著實好過一陣。隨著越戰結束，自然他們家的行情又走下坡了，原來雇用的人又紛紛辭退，現在又剩下老夫妻兩個，一個下廚、一個跑堂了。

「不過，」吳玉玲說：「這是厭倦了台北的無聊，想追求些異國情調的人的天堂。很多文藝界的人都喜歡來這裡吃飯、聊天呢！」

她接著興奮地唸了好些人名，可惜我一個都不認識。「還有，」她眨眨眼，似乎染上了一點感傷，「這裡也曾聚集了一群不知天高地厚的年輕人，一喝酒就談論一些離經叛道的話題……」

我一定臉色煞白。我想起我小說裡的邵強。難道說這個吳玉玲……難道說我所編織的故事後來竟然眞的成了現實……不不不，應該是原來就有這樣的現實，而是現實發生了之後才透過某種神祕的精神力量進入到我夢中想像的小說裡？……

還好吳玉玲似乎也不願多想這些。她叫了兩杯雞尾酒，然後替我點了一道豐盛的火雞大餐：半隻雞胸，外加蔬菜沙拉、馬鈴薯和一團白飯。

甜甜的酒我們一杯接一杯地喝。一定是那僞裝藏在果汁裡的酒精的關係，我們像兩個老朋友般地談了起來。對了，還有那整個異國風情夾帶的浪漫氣氛，讓我平日庸俗不堪的想像力開始飛揚……

她告訴我她剛剛失戀。我大笑著說我也是。她說她發現那個男的是個黨外，毅然決然就把他甩了。她描述那男的怎樣想盡辦法要求她回心轉意。她怎麼都不肯，「我再也不跟有政治危險性的人在一起了，對我好，對他也好。」她一口飲盡杯中的酒說。

她問我怎樣失戀的。我幽幽地開頭說：「我一直失戀了十幾年了。」可是邵萍的事到嘴邊時卻又吞了回去。相對於她的故事，我對邵萍的愛實在顯得太窩囊了。人要是喝了酒還不會想逞英雄，那不是還沒長大，就是已經老朽了。更何況講起邵萍還得冒著掀出邵強的事的危險呢。

於是我編了一個故事。把從小讀來的小說和看來的電視情節東拼西湊，講了大半個小時。講到後來，不知怎麼搞地，竟然感動了自己，聲音不自然地哽咽起來。其實難過的是眞實生活裡的虛構空幻罷。

吳玉玲盯著我，很豪爽地說：「哭罷。如果想哭。沒關係，這裡很安全。人在異鄉異國，可以放開了大笑大哭。喝酒，人生難得幾回醉……」她又喝掉了一杯酒。

我也喝。卻喝到了自己的眼淚。我弄不明白爲什麼會落淚。可是愈弄不明白卻愈傷心。愈傷心愈是想講些什麼，可是怎樣也湊不成一個完整的句子了……

我聽到吳玉玲在說：「唉，你是個眞性情的人。因爲太眞了反而像是夢裡的、假的。」然後她突然熱切地伸出雙手扶托住我的臉，說：「你要答應我：等會兒如果我提出任何要求，一定不要答應。千萬千萬不要答應！」

我不懂。可是看她那麼堅持的樣子，我就點點頭。

我們喝了好久。老闆大概看多了藝文界那些喜歡標新立異的人罷，一點都不覺得奇怪地一杯杯送上酒來。甜甜的水果味讓人無法從舌頭感覺酒精分量的界限，一直等到一陣強似一陣的反胃在體內翻了起來……

我在髒黑汙黃的廁所裡吐了個死去活來。嘔吐時全身肌肉用力更惡化我莫名其妙流著的眼淚，一顆顆簌簌地掉到馬桶裡，混進了穢物堆。

吐完後暈騰騰地腳底老找不到地板。一切感官暫停有意識的活動，回到本能。長期訓練下不必思考的一些習慣動作。點頭是其中一樣。吳玉玲提議該走了。我點頭。她去付帳我也沒力氣跟她爭。走出來，以爲冷空氣會讓我清醒幾分的，結果也沒有。好像是我身體發散的熱總比我人先到達將周圍的空氣弄暖了。

吳玉玲說我這樣回去會失溫感冒的。我點頭。她咬咬唇說也許應該先到她那裡去休息一下。我也點頭。路口沒有風。只有潮得把人包得緊緊、濕到骨子裡的夜露。她在我身邊走離幾步又走回來。走離幾步又走回來。又問我一次要先到她那裡休息一下嗎。我又點頭。

她很無奈地挨在我肩下仰臉看我。然後表情變成懊惱，撒嬌地說：「你不是說好了不答應的嗎？」她微微地跺了跺腳，「你不能答應我任何要求的呀！」

我不了解這是怎麼回事。太複雜了，不是這種狀況下我的大腦所能解析反應的。甚至不是任何時刻我的大腦所能處理的。我所能做的就是馬上改成反面的答案，「我不答應。對，我什麼都不答應！」

聽我這樣說，她卻又嚇了一跳。她輕拍拍我的手臂，怯生生地問：「你生氣啦？」

我根本連生氣怎樣表達都不記得了，怎麼會生氣呢？而且，有什麼好讓我生氣的？可是這一切都太複雜了，我根本無能思考，就隨意地再點了點頭。

沒想到這一點頭卻引來她激動的辯白，「不要生氣、不要生氣。我沒有惡意的。要怎樣講呢？唉！我怕，不，不是怕你會對我怎樣，而是怕我自己，」她突然背過身去，仰頭看了一會兒天上被光障渲得隱約閃躲的星星，又低下頭去看自己纏絞在一起的雙手十指，然後用低啞得近乎中性、故意儘量不帶感情的聲音說：「我怕這樣子我會愛上你……」

我以爲我精神錯亂了。她眞的這樣說。我以爲我會立刻融成一攤爛泥。我的整個神經系統完全缺乏這方面的準備，我的記憶也在這一陣亂擾中失焦了……

不記得怎麼到她住的地方去了。不記得去了以後又跟她說了些什麼。不記得是多久以後，她起身很客氣地問：「我可以去換睡衣嗎？你放心，很保守的那種，不會讓你臉紅的。」不記得是在什麼情況下坐到她床上去的。不記得怎麼搞的她變成躺在我懷裡說：「你能抱著我嗎？我沒有什麼企圖，你放心。我只是覺得我們在談這麼親密的事，兩個人的身體卻那麼疏遠隔離，很不協調、很不習慣……」不記得她怎麼把嘴唇湊過來吻我的。我回吻了她。我的手在變換姿勢時不記得怎地探入了她睡衣的衣襬裡。最後記得很清楚的是，我的手一直上挪到她臀部附近，卻赫然發現她沒有穿底褲……

我所有自制的禮教防線被這個暗示完全衝破決堤。我生命中的第一次……

事後我大概是睡著了。應該沒有睡太久。因爲天還沒亮時就被她叫醒。她赤裸裸地靠躺在我身邊。燙過後有些焦硬的捲髮刺癢著我的頸子。她問我：「你愛我嗎？」

我心裡想起邵萍。回答說：「我愛你。」

接著事情又以駭人炫目的氣勢起了新的波折。吳玉玲突然尖叫起來，像發瘋般了地說：「不，不，你不愛我。你不會愛我的。你不是眞的愛我的！」

我嚇了一跳。我其實是因爲呆楞了而不自覺地張口，她卻錯以爲我想講什麼，一手立即重重地摀住了我的嘴，慌張地說：「不要講，先不要講，先聽我說完了你再講！」

我是個會被任何命令語句震懾而不敢違背的人。於是我靜靜地看著她近乎歇斯底里地向我解釋她是怎樣的人。她告訴我她如何在高中二年級時便在一次郊遊露營中有了最初的性經驗。大學時候愛上一個年紀比她大的男人。一個經驗豐富的男人。逗得她瘋狂。後來她替那個男人懷了小孩。又在他的堅持下墮了胎。大學畢業後，當了一陣子情婦，對象是公司的老闆，一個殷實能幹的年輕商人。除了跟這兩人有過比較固定的性關係之外，還有一些一夜春夢式，與愛情毫無關係的純做愛。

我的教育背景讓我無法和別人面對面地談論生殖方面的事。尤其是剛剛才發生過那麼熱情的私人交接。我知道我的臉色一定窘迫得難看。

她講完這些，隨即給了我一個極其挑釁的眼光，說：「我很誠實。我有這樣糟糕的歷史，你還覺得你愛我嗎？」她直起身時，聳挺的乳房就逼到我臉上，我不自主害羞地閉上了眼睛，她馬上變了一種哀怨的口氣說：「我知道你會覺得不屑。這樣也好。我早知道沒有一個男人可以忍受誠實的女人。這樣也好，你再也不要理我了。」

說著說著，她又轉成啜泣，然後再變成哭喊：「你一定不會再理我了！你一定不會再理我了！」

我被這麼猛烈的情緒起伏嚇呆了，背硬貼著床，一動都不敢動。心中暗叫糟糕，怎麼遇見了個瘋子。她趴在我身上亂揉亂哭一場，突然又跳了起來，我還搞不清楚怎麼回事，一件接一件的衣服從空中直打到我臉上，她用要把喉嚨喊破的尖聲嘶叫著：「你出去！你出去！你不要理我現在就出去！」

我像鬧劇裡被男主人追殺出房門的偷情者般，衣冠都來不及穿戴齊整就被扔擲在街上。還好清晨的巷弄裡尚未有人走動。我終於整裝好後，走出大馬路看到冬天裡難得出現，將昇未昇的朝陽，覺得生命荒謬得可笑復可悲，而可憐的是我連這悲歡因由都完全弄不清楚？

這一整個荒謬的晚上到底是怎麼回事？這樣快速的布景及劇本移換似乎只有在二級的好萊塢電影裡才會出現。可是我怎麼會在電影裡呢？而且電影裡不會有混鬧一陣卻完全不知意義的事。主角一定有些想法、有什麼領悟。可是我呢？

像一個夢遊者的我走穿過中山北路尚且相當安靜的辦公大樓。如同生命中其他困惑時刻，我唯一的解救是向夢求尋。我開始思索，難道這會是個夢？我又進入了一個不同的夢境？原來的夢化成的現實裡的邏輯，在這裡又失效了？如果是夢，我會覺得好過些。可是方才那肉體肌膚相貼廝磨的欲情，難道也會只是個夢？難道這個夢醒我就又變回一個完全不曾有過經驗的處男？那會是件多麼尷尬的事！

我實在無法確定是不是在作一個沒有條理的夢。花非花、霧非霧，我的夢是夢非夢？只有一件事可以證明這是一個跳脫原來空間的夢。邵萍，讓我迷失、跳躍的夢一定都是和邵萍有關的。

除非出現邵萍。我的現實與夢最大的差別就是邵萍。

我發現自己正走下林森北路。這個都市裡的上班族正開始從巷衢深處鐵窗關鎖的公寓窄屋裡出來，齊聚到立在紅磚路上，招魂旗般的公車站牌下。我無意識地瀏覽過一張張睡眠不足還未準備好要做出任何表情的臉，一張張陌生的臉。

走過了一站又一站。站下的臉顯得如此類似。沒有一張我能辨識。有一些在陽光間慢慢地縮小縮小，一縮小原來就沒有什麼特色的五官就更相似了，一直縮一直縮，縮到輕得可以離開身體飄起來、飄起來，一邊飄還一邊縮，一直到變成一顆顆分辨不出形狀、顏色，在金黃的光波裡扶搖浮沉的塵埃，一粒塵埃是一張臉。過去的童話說，天上一顆星、地上一個人，現代的都市童話說，一粒塵埃就是一張臉。

至於那些等待在比較陰寒角落的臉則愈變愈重。愈來愈下沉。沉啊沉，比重愈來愈大，身體承受不住了，只好讓凝固不再有變化的臉跌落在地上，噹地一聲變成了一顆夾在紅磚隙縫裡的石子。一顆石子也是一張都市的臉。

所有的混亂都化成塵石之後，終於我遇見了邵萍，站牌底下唯一還有特殊形貌的一張臉。啊，畢竟這是個夢。我既欣喜又帶點惋惜地告訴自己。

畢竟只有夢裡，邵萍才會那麼熱心地跟我打招呼。也只有在夢裡，她要搭的那班車，也才會剛巧也到我們公司附近。只有在夢裡，我們一起在冬天暖暖的陽光裡等怎麼也等不到的公車。只有在夢裡，邵萍熱心問起我最近的情況。只有在夢裡，我告訴她眞正遇見的問題。只有在夢裡，周圍都是塵埃與石子，我可以放心大膽地把昨晚發生的事源源本本地告訴邵萍。只有在夢裡，公車終於來時，我們還能在車尾找到一個兩人座的空位。

車子一如往昔地塞卡在馬路上。邵萍很認眞地在想。她說她也不了解這是怎麼一回事。但是她可以想一想。想了一會兒，她推推我，說：「你也來幫忙想罷。」我正就是想不懂啊。她說：「不是的。很多事我們自己想都想不懂的。這時候我就會想：如果邵強、如果陳忠祥他們還在，他們會有什麼意見。常常這樣可以想到許多自己想不出來的東西。」她的臉上、眼睛裡全是光，車窗上閃進來的陽光加上別的一些什麼神祕的東西。「愛是我們最大的資源，」她說：「我現在發現：透過對邵強和陳忠祥的愛，我有時甚至可以找到智慧。」

可是我眞的無法去想邵強。想起邵強、加上吳玉玲，只會讓我一夜少眠引發的頭痛加劇。我們的車子陷爬在一個已轉成紅燈的路口。兩側不同方向的來車喇叭大作。就在這時邵萍輕輕地說：「我想我知道這是怎麼回事了。」在金屬噪鳴充斥裡，她的聲音帶來唯一的平和。

邵萍從女性心理出發，覺得這整件事背後的最重要原因是吳玉玲試圖保護自己，忙亂地希望用一切辦法減低一股失去控制的愛的情愫所可能造成的災害。

「你是說她眞的愛我？」我似懂非懂：「可是爲什麼會是災害呢？」

愛的心理運作像蒸汽。邵萍解釋給我聽。一般的愛是慢慢燒熱逐漸釋放出壓力，讓人一步步朝愛的對象接近。然而有的時候，在特殊的情境下，幫助愛燃燒的各種條件都太有利時，愛的蒸汽要把整個愛的機制炸開。愛控制了一切，甚至主導了許多理智所不能允許的動作。

邵萍認爲吳玉玲的情形正是這樣。她突然之間不能抑制要想接近我的單純念頭，她盡一切努力試了，然而所有的客觀因素都剛好與她的努力相左。她畢竟向心中的熱情投降了。這樣的熱情沒有一直導向男女之間最最親密的行爲是不會停息的。然而弔詭的是：一旦這熱情眞的達到了肉體的實現，愛情反而不容易產生。

這正是後來攫抓住吳玉玲的惶懼。原來是追求愛情的衝動，一轉身卻傷害了愛情。激情抵達終點之後，所有其他的顧慮糟亂亂地全回來了。她第一個想法可能是看不起自己，同時更怕我看不起她。然而事情都已經發生了，於是她絕望地以歇斯底里的反面形式，掙扎著希望對這份關係的未來仍能有一點控制與掌握。

「你說她怕我看不起她？可是爲什麼她要講那些……」我實在不明白。

車子走到了一個主要的路口，擁上來站滿整個車廂的人。兩個中年婦女站到我身邊來開始談論昨天到區公所辦事的經驗。我實在不能忍受邵萍這麼有智慧的解釋時被那種惡劣瑣事干擾，於是我轉頭把她們都瞪成了靜靜飄在前面那人頭頂上的塵埃。

這樣總算能專心聽清邵萍講的每一字每一句。

「這大概有兩個可能，我猜。」邵萍說：「第一是，她眞的有那樣的過去。昨晚的事發生後，她很怕你會懷疑她是個頗爲隨便的女孩。更怕你因爲這樣想而去跟別人打聽她。萬一那些事從別人口中傳到你耳朵裡，那麼你是絕不可能再用正眼看她一眼的了。你說是不是？」

「大概是罷。」我承認。

「你們這些莫名其妙的男人！」沒料到引來邵萍豎眉不耐煩的批評。還好她馬上接下去說：「所以她寧可先自己說出來，這樣至少還有『誠實』的這道防線好守。同時也是逼你作決定，免得到時候投入更深了才受更重的傷。」

「沒想到她以前……」我感歎。

卻被邵萍打斷，「先別說這麼快！還有另外一個可能是：她根本沒有那樣的過去，她編出來的！」

「怎麼可能……」我不敢在邵萍面前質疑她所說的，然而到底一聲低喃還是溜出了口。

「當然可能！」邵萍坐正了，伸起指頭義正詞嚴地說：「我說過，她看不起自己這樣隨便讓一時的感情流洩就和你有了那麼親密的關係。她不知道要怎樣跟你、跟自己解釋這事怎麼會發生。每個人青少年時期以來總會有想墮落、變壞的衝動。她在這個時候讓這種長期被壓抑的衝動浮上來，然後肆意地將自己想像成一個風華絕代煙媚塵世的壞女人。這樣把剛剛發生的意外推成一個不占什麼重要性的事件，讓自己心裡的羞愧懊悔用這種方式得到暫時的解脫。另一方面，她不曉得你會對這樣的事看得多嚴重。她不希望你以為她是利用這種關係在逼你對她有什麼責任感。她不要你錯覺她是有目的地在引誘你。」

邵萍一口氣說完，我終於了解閃在她身上每一寸輪廓外的，原來就是智慧之光。我甚至不能衡量，我和她在智慧上相去多遠。克羅馬儂人與現代人的差距嗎？大概罷。

我知道不應該那麼偷懶又貪心，可是我實在忍不住在一種眞誠崇仰的心情下問：「那我現在應該怎麼辦？」

邵萍，我的愛。她是我的世界裡一切的價值。我親眼看到她在這一刻變成我唯一的聖者大德。在她那麼年輕貌美的臉龐上輝煥著沉思後啓示的耀亮。在這樣世俗汗垢夾陳的公車裡，我領略到了一種寺廟或教堂裡的宗教肅穆。

邵萍凝想了好一陣子。我耐心地等待答案。她公司那站到了，我連忙跟著她下車。走到一家補習班前排滿腳踏車、摩托車的騎樓下，她對我說：「陳忠祥曾經說過：我們隨時要保有一顆眞實去領受被壓迫者的苦痛的心。尤其當我們自己是屬於與壓迫者有共同利益的一群人時。我以前總把這話放在社會階層上來理解。今天你告訴我的這件事讓我領會到：其實男女關係何嘗不是如此。不管是我猜的兩種情況中的哪一種，吳玉玲都是這種不平等關係中的受害者。很簡單的，讓我們想像現在有豐富過去歷史的不是吳玉玲，而是你，一個男人，在這樣無法預期的激情發生後，你會覺得你過去的事這樣讓你心焦、難過嗎？一個男人在愛情的感動下，誘逗了一個女孩跟他有了 sex 之後，會覺得羞恥、歉疚，會急得要歇斯底里地自我解釋、自我保護嗎？不會的。這種不公平的折磨只加諸在女性身上。更不用說性行爲後懷孕的恐懼也只有女性在承擔了。吳玉玲愛你，我想，只是她被這種不公平的兩性關係弄得沒有可以坦然處理這感情的方法。所以，我想，你應該眞正從心裡感受這份愛，並且回應以眞誠寬容的愛。」

我發現有幾個原本坐在機車坐墊上嬉鬧的補習班學生，竟也靜下來，專心在偷聽邵萍講的話。邵萍繼續說：「這不只是我做爲一個女性的意見。我剛才很誠實地想過，我想陳忠祥也一定覺得這樣是對的。就像看到那些被不合理的社會結構犧牲了的窮人，我們光是心裡同情是不夠的，我們要眞實去認同他們的利益，付出最深切的關懷去爲他們打拚。今天，你親身體認了我們這個社會裡的兩性關係底下的犧牲者，最最底層眞實的苦痛，我想陳忠祥一定會希望你從個人的覺醒投入開始，就從你對吳玉玲的愛開始，建立一份站在她的角度的寬容的愛，爲改變這種不公平的關係做一點努力。」

邵萍說完，勉勵地拍拍我的肩膀，上班去了。留下我在原地呆立了一陣子，努力地咀嚼她話裡眞正的意思。無心間回頭才發現，那幾個補習班學生都兩眼直勾勾地在盯看著我。我不知道他們爲什麼要看我，也許是被邵萍的話感動了以致對我發生了特別的興趣罷。然而不論如何，讓人家這樣看總不是件舒服的事。一個直接的念頭是想回瞪他們一眼，最好也把他們變成塵埃或者是石頭。然而就在這刻，一個要命的想法切插進來：難道我還是在一個夢裡嗎？難道我會突然醒來發現邵萍不是眞的坐在我身邊，告訴過我這麼多有智慧的事？我當然不希望這是個夢，我寧可這就是現實。

這樣一個想法讓我付出昂貴的代價。我爲了要試驗這究竟還是不是個夢，便抬起頭來對著那幾個補習班學生狠狠地瞪了五秒鐘。瞪到其中長得最爲凶惡的一個叫罵起來：「你看什麼看？欠幹！」隨即他們幾個人一擁衝了上來，我連忙轉身就跑，不過背後還是不幸挨了好幾記拳頭，重得讓我烏青好幾天，眞眞實實的痛。

16

我所講的昂貴代價當然不只是幾個捶在背上的拳頭而已。

如此一個念頭的干擾，讓我再也找不到走出那個夢的門徑了。是的，那個夢就這樣又變成了現實，我只好戰戰兢兢地順著這樣詭異的開頭去調整我的生活。

八六年一整年，我被纏捲在與吳玉玲間變化多端的情感裡。那是台幣波動逐步升值的年代。我們公司和其他貿易商一樣，對眞正的出口生意不是那麼衷心在乎，比較重要的毋寧是保證能利用外幣進出換新台幣時，賺取其變動的差價。所以除了幾個專門跑銀行的業務員之外，其他人的工作都是不慍不火地進行著。沒有大風大浪。有充分的時間去尋找此個人的生命意義，樂趣或折磨。

剛開始的時候，吳玉玲一直躲著我。我不時地在腦中複誦重演邵萍講的那番話，才能鼓起勇氣一而再、再而三地去接近她。我知道自己所面對的不是身材瘦長嬌柔的吳玉玲而已，是龐大無比的風車。她的畏縮逃避是大系統底下的產物，而我必須有英雄的胸懷，用我的愛去克服這社會心理機制布下的重重障礙。一種唐吉訶德式的悲壯情懷慢慢在心中滋生。是這種悲壯情懷讓我風雨無阻地每晚送她下班回家，即使在路上她一句話都不對我說，也不給我一個正眼。

也是這種悲壯情懷讓我開始改變自己。在小心翼翼伴侍追求吳玉玲的過程裡，我注意到了這個城市裡許多誘引人的執迷。我逐漸了解了吳玉玲的個性與思想，更重要的，在這了解中體會了邵萍智慧眞正深奧的意義。

例如因爲吳玉玲痛恨下班尖峰時間的堵車，她習慣利用平常人趕回家的時刻走路逛街。很不好意思地跟在她身邊走在各式商品的櫥窗前三、四次之後，我驚異地發現了櫥窗的美。我的眼睛好像到這時才開發出一種全新的功能。我才知道以前的觀念是怎樣桎梏了我。從小就覺得逛街看櫥窗是女人才做的事，是大丈夫所不屑爲之的。多麼蠢的想法啊！在有限的空間裡，設法擺陳出最令人覺得賞心悅目，勾引出想要擁有的欲望，這是多麼具有挑戰性的創作！每天勤勉擦拭得晶亮的玻璃，仔細排列的各色燈光，配合大街公共空間裡行人走路流動的波線，交投出一個特殊的視覺力場，這是多麼偉大的成就！而這些都在僵化的男女活動的分類觀念裡被隔離在男人的享受之外，這又是多麼不合理、不公平的剝奪！

陪她逛街之後，我才知道原來吳玉玲一直是化妝的。這是不是很可笑？曾經跟她有過一次那麼親密、最最親密的接觸，然而我遲鈍的感官竟沒有察覺到那淡淡的香味，原來是化妝品製造出來的效果。吳玉玲偏好專門爲淡妝設計的化妝品，就是那種東西可以讓你化了妝，改變了一些五官長相，然而人家卻以爲那就是沒有經過任何人工裝飾的你。我更是深深爲這種男人無法分享的人類可能性吸引、感動了。流連在多種色澤、不同香味的口紅前面，以敬畏的心情思索起人類存在的大問題。一個化了妝的你，是不是眞正的你？不管你化上午麼樣的妝，我們通常都還是曉得那是你，所以顯然人的存在有其基本的連續性。然而不同潮流的化妝方式會傳達給人不同的預想和期待。別人對你的個性、社會角色會有不同的認知。而往往你也就會被別人的期待影響而變成了適合你化妝形式的那種人。因此化妝不只是隨時可以戴上拆下的面具，而是決定你存在的一個重要因素，是不是這樣？

與逛街比較，原來男人世界的那一套顯得多麼膚淺而且無聊。我以前從來讀不下午麼藝術或哲學的書籍。可是突然之間，在一道靈光刺穿的頓悟中，我由櫥窗認識了藝術，由化妝品領會了哲學。

而占有百貨公司最大樓面的女裝部門，更是令我歎爲觀止。以前總以爲那只是一些大同小異的布製成品的量的堆積罷了，只有深入去體驗女性試穿選擇衣服時的莊嚴氣氛，才能眞正了解其實這又是一個男性被排除、剝奪參與權利的豐富文化。只舉最簡單的例子，在選擇任何一件衣服的時候，女性必須考慮衡量要暴露身體的哪些部位、多少比例，讓它成爲別人的視覺領域的一部分。相對地有哪些部位是保留爲不可侵犯的祕密。這其間的複雜程度，就遠非只懂得一、兩顆襯衫鈕扣扣與不扣差別的男人所能望其項背的。即使是最沒有時裝概念的女性，從青春期以後，也一定在這種特殊的文化訓練下，培養出對自己的身體的熟悉，由熟悉而來的親密感覺，由親密感覺而來的靈巧控制，由靈巧控制而來的對別人的眼光視線的敏感，由敏感而來的解讀眼神訊息的能力……這一切一切都是專屬於女性的！

這是我追求、進而與吳玉玲相處的過程中，唯一可以稱得上比較有收穫的一個階段。雖然從表面的愛情進展上，這個階段是完全的死寂，吳玉玲盡她可能地忽視我的存在，我亦步亦趨跟在她身邊，然而大部分時間是單純地扮演一個觀察者的角色。

這個階段持續了大約有一個月之久。我的觀察給我一個更加強了的信念：邵萍是對的。這個社會上男女關係是不公平的，不但對女人不公平，其實對男人也不公平。男人、女人都應該來打破這種不公平。這是一種理想，一份英雄事業。我此生第一次想起邵萍時可以稍稍不慚愧地挺挺胸，我想著她所說的「大愛」，爲理想而愛、爲原則而愛，我想我對吳玉玲的愛至少有一點點這種味道罷。

吳玉玲很快就開始考驗我這份愛的韌性。她開始對我的伴隨、追求有了反應，負面的反應。她先是隔幾天會告訴我她下班後有事，希望我自己回家。幾次下來，看我依然耐心地笑臉陪她，她明白地告訴我她下班後和別人有約會，叫我不要妨礙到她。聽她這樣講時，我心情意外地平靜，沒有嫉妒，也沒有焦慮。我知道這是眞正的愛。我對她的關懷不是自私的。

會默默地偷偷地跟蹤她，其實眞的沒有一絲一毫的惡意。我只是愈發感覺到對她的愛給我一份神聖的使命。我不能讓她在沒有任何保護、防備的情形下，和另一個男人又陷入不公平的兩性關係裡。我只是想知道那男的大概是個什麼樣的人罷了。所以當我發現她其實沒有和任何其他男人交往共進晚餐時，我眞是感到無限欣喜地安心。

後來她挑釁地在我面前誇耀前晚的浪漫約會時，我眞正的不自在是不曉得應該怎樣看待她這樣的說謊行爲。我必須要弄清楚這算不算她不健康的兩性觀念中的一環。如果算，我下一步應該怎麼幫她矯正？

她大概是誤會了我的關心。她大概是以爲這樣的謊話眞的足以傷害我罷，她似乎陷入在一個自我矛盾的折磨裡無法超解出來了。前一刻她會用特別尖刻的話惡劣地刮損我，臉上露出虐待得逞的獰笑，然而下一刻又會對我表現出罪咎歉疚帶來的溫柔同情。我必須承認，從這時起，我的「大愛」開始動搖了，一個依照原則、理想行事的愛有一個致命的問題：當對方製造出來的現象變化快到你沒有時間仔細用原則、理想去衡度、解讀時，擾攘不安的迷惑，可以讓生活的任何細節都轉成加倍的折磨。

被她發現我跟蹤她的那晚上，她把我召到她住的地方去狠狠發了一頓脾氣。她氣得似乎不太知覺自己身體各部位的舉止動作，看著她整個人被強烈的憤怒情緒恣意地擺弄著，我突然之間明白了動物的「張牙舞爪」其實往往是肢體語言的混亂失控罷了。

她用各種能夠想像的詞句罵我。小人、卑鄙、無恥、下流、惡心、流氓、痞子、狗屁、僞君子、陰謀家、共產黨、野心分子、無聊男子，一直到平常不會從女孩子口中聽到的器官語言。說老實話，我覺得她眞是沒有必要氣成這樣。我儘可能用最溫柔磁性的聲音、友善的姿態跟她解釋我的苦心、我地愛。可是這到底不是電影，當我以充滿感情、加點懸宕遲疑效果地說：「可是……問題是，我眞正地愛著你啊！」她的回答是：「放你媽的狗臭屁！你這樣偷偷摸摸跟蹤我、羞辱我叫作愛我，笑死人！笑掉人家的大牙！」

「我沒有羞辱你，我怎麼會……」

「你怎麼沒有，不然你跟蹤我幹什麼？」

「要保護你啊……」

「我頭殼壞掉才找你保護。第一次約會就被你占盡便宜，你保護我！」

我幾乎從椅子上跌下來。「你在亂說什麼？發脾氣就發脾氣，不要亂顚倒是非黑白……」

「我怎樣顚倒是非？你自己不要臉做的事還怕人家講嗎？」她大叫。

「我看你氣得頭上冒出了一點點白煙。可能是腦子裡過熱了。你最好休息一下……」我是眞的開始擔心她的神經系統。雖然心裡很不服氣她講那樣的話，爲了我自己理想中的大愛，我還是決定陪著笑臉勸她平靜下來。

「我好得很！我清醒得很！你想要自欺欺人說我發瘋了，所以我講的都不是事實對不對？也許你還要反過來捏造說那天的事是我挑起的是不是？告訴你，這種把戲我看多了！敢做不敢當的男人！髒事醜事做了，卻偏要好面子怕人家講，狗屁！我偏要講、偏要講！我沒說你第一次約會就強暴我，已經很客氣了！」

人憤怒的情緒到底是怎麼回事？與吳玉玲之間的衝突，是我第一次眞正經驗到仇恨的產生。憤怒像是某種對環境適應能力格外強、而且繁殖迅速的動物。不僅如此，這種動物還會發明創造物件來改變環境。對了，憤怒之於個人簡直就像「人」這種生物之於自然一樣。它一旦出現，就迅速地分裂出許多同類的個體，這些個體然後匯集結合起來，造出工具，然後使用工具把周圍的環境大大地變形……人工世界完全不同於自然世界，同樣的，憤怒熾長的意識、記憶，也會完全不同於平常時候的……

憤怒征服了人生理與心理的全部，就產生仇恨。仇恨然後就可以出發去侵略其他的個體，像人類往不同的大陸、甚至其他星球擴張那樣……

吳玉玲在憤怒中塑建的說法終於也激怒了我。我們像兩隻鬥雞般站在客廳中央放開嗓門用最大音量爭議什麼是事情的眞相。在那一刻，我的天使邵萍已完全被憤怒拋擲到九霄雲外去了。我的記憶裡只剩下吳玉玲的過去。而且本來她用語言單調描述的事，被憤怒一燒，燒成了鮮活的超寬銀幕上的活畫，在我眼前上演，我放任自己不斷攻擊她的敗德……

我們的爭吵終於上升到一個無法自然回頭平息的地步，她隨身抄起桌上的雜誌向我丟砸過來，我本能地閃躲了，卻看到她正拿起更厚更重的電話簿，我衝向前要阻止她，她卻誤以爲我報復地意圖傷害她，於是丟下了電話簿轉頭向房間跑，我又莫名其妙地追了上去，她打開門進去，重壓地關上門把我鎖在門外，誰曉得不巧我伸長的右手食中無名三指正卡在門縫裡……

瞬間的重壓痛得我殺豬般慘叫，而同時露在她那頭的指尖也從指甲處迸冒出鮮血來，引得她也尖聲高嘶……

這意外停息了我們之間的戰火。憤恨、仇恨總是要以血作爲句點。她匆忙地拿出藥來替我包紮。在包裹傷口的動作裡，憤怒轉成了同情，她哭了起來，一面向我道歉，一面親吻我的手。我連忙俯下身舐舔她此時看起來無比動人的淚水，沿著淚水的流向親吻她的兩頰、唇角、下巴、耳鬢、頸項，以及頸項以下更多更多的部位……

然後我們熱烈地做愛。不知是否因爲這愛是由方才戰爭敵對的仇恨中轉來的緣故，我可以感覺到她以一種近乎攻擊的猛烈動作回應我的器官，我自然還以同等衝撞程度的肌肉運作……

當一切終於都平息時，我們倆都已疲憊不堪了。我手指傷口沁出來的血浸透了紗布，紅紅的紗布又在她臉上身上，對男女歡愛最敏感的部位都染了顏色，我的鮮血的顏色。這讓我保持著奇高的興奮。雖然已經累得不能動彈了，我身體裡、心裡卻有某個部位不懈地在期待下次的機會。這期待讓我覺得吳玉玲的美，超乎想像的美，會是我一生中不可或缺的精神鴉片，而我願意陷溺……

我們緩緩地幫對方褪去方才因激情迫切而來不及完全卸除的衣褲，讓光裸淌汗的肌膚直接彼此接觸，我將她抱在懷裡抱得緊緊的，一邊柔柔地噬咬她的耳垂，用已然嚴重沙啞失聲的喉音問她：「我們結婚好不好？我愛你、我眞的愛你。」她害羞地把頭埋在我的肩窩裡好一陣子，然後偷偷地用唇觸吻我的胸，吻到我的乳頭時，一陣輕得像春天微風的吐息傳了出來：「我們結婚……」

此後的其他，應該留給觀眾想像，如果這是一部電影的話。可惜生活總是無法像電影一樣在最適當的時刻出現「完」。生活是冗長、拖沓、寫壞了的劇本。至少我和吳玉玲之間的是這樣。浪漫的高潮中所作的承諾往往要打些折扣。我們不但沒有從此過著幸福美滿的生活，甚至也沒有結婚。從床上醒來後，我們各自都發現了一些不太方便於結婚的條件。在吳玉玲那邊是因爲她媽媽正透過她阿姨的關係在申請美國永久居留權。她必須保持未婚身分才能跟媽媽同時拿到綠卡。否則就得重新申請、重新等待。

至於我，當然是想起了邵萍。倒不是說我對邵萍有什麼幻想。而是在沒有弄清楚結婚會對我付出給邵萍的愛有什麼影響之前，我實在不願貿然行事。

雖然沒有結婚，我和吳玉玲到底是在一起生活了。我們的共同生活，大致就是以那晚上發生的過程作為典範。經常是由一點點意見不合開始，到彼此大吵，吵得天翻地覆之後做愛，做完愛休息一陣子，想談一些比較甜蜜的話題，可是話題一不小心就導到剛才的爭吵，於是在檢討方才的事件責任歸屬中引爆另一場惡吵，再吵到筋疲力竭，以彷彿面對世界末日時的激情交歡收場……

最愛與最恨的情仇意結，整整持續了九個月。八六年十一月，在一次脫軌的吵架中，我被趕出了我們同住的公寓。午夜一點半，而且我身無分文。還好那幾天還不算冷，身上一件薄薄的夾克尚足以禦寒。我漫步走到了市中心區，睡意開始在四肢到處搔爬了，而且也擔心著明天還得上班的事實。在無可奈何中，流浪漢似地盪進了公路局車站，在通明的燈火和來往稀疏旅客的注目下，選了一排座椅躺了下來。

那樣的情況下當然不可能熟睡，更不可能有好夢。我的經驗是，夢就像在堆積木，必須要耐心地把積木堆排出一個井然的秩序才能享受到好夢的舒暢。這需要時間。噩夢則是把堆好的積木打亂，只要隨手一揮就可以了。所以斷斷續續無法眞正入眠的夜晚帶來的總是一連串的噩夢。

那晚最可怕的噩夢是夢見吳玉玲變成一隻怪獸。我走近時，看到她正蹲踞在地上大口大口地吞食一棵已然顯現萎相的植物。仔細再看，那植物竟揮擺著枝葉在掙扎抗拒，接著已經被放進吳玉玲口裡的一部分發出求救的哀號，用的是邵強的口吻和聲調。接著濃綠的汁液從吳玉玲的嘴角淌滴下來……

然後跳格斷片，下一個情景卻是我用力掐住吳玉玲的脖子，她呼吸不過來，慢慢變回了原來的人形，然而胸部卻突然間脹大了兩倍，以色情片中出現的尺寸亭亭聳立，我忍不住放鬆了勒住她的手，改在她身上輕薄地遊走……

再一次跳格斷片。下一個鏡頭是一把厚硬且新近磨利的菜刀的特寫，吳玉玲正拿刀要往我背上砍下，我連忙從她身上翻下來，褲子都來不及穿地跑進廚房尋找自衛的武器，吳玉玲揚著刀進來，我把隨手能拿到的碗盤瓶罐拚命地朝她丟，一件件砸在牆上的硬體把磚牆都敲出一個個的凹洞，吳玉玲在閃躲中不愼絆跌了一下，我抓住機會撲上去把刀搶了過來……

斷片跳格。下一格是我用力架著吳玉玲的脖子，逼她答應從此要服從我，不可以違背我的意志。她怎樣都不肯，於是我的手不知何時濺滿了從她動脈管裡噴射亂飛出來的血液……

跳格。再來是我沒命地在街上奔逃，心裡的恐懼到達了一個無法忍耐的程度，我要醒來！我要醒來！我在夢中大叫，可是沒用，周圍依舊是噩夢裡特別的慘紅色調。我跑過了一條又一條腥臭血紅的大街，典型的台北馬路，終於在遠方出現一點點金黃色，我以爲那會是陽光，拚命跑拚命跑，跑近了才發現原來是火車站樓面上的鐘，在黑夜裡映出的燈芒，在失望的迷惘裡，我無意識地跑進了公路局車站……

在廁所外的椅子上找到正在睡覺的我自己。夢裡的我於是費盡剩餘的力氣試圖搖醒睡覺的我。然而一點用都沒有……

糟了、糟了。我可不能被陷在這個變成殺人犯的夢裡啊！絕對不能！我現在是夢裡的存在，所以叫不醒正在作夢的另一個我。我必須要想別的辦法。轉頭看到身邊的一排公用電話，我慌忙想試打電話回家，然而沒有仔細考慮的情況下，卻誤撥了邵萍家的電話。實在是因爲我對邵萍的號碼的熟悉程度，遠超過對自己家的。

尤其湊巧的是：邵萍竟然在家，而且是她家裡唯一深夜裡還會起來接電話的人。聽到她的聲音，我難過得差點痛哭出來。

我告訴她，我流落在公路局車站無家可歸，不知道她能不能幫忙。她只想了一下下，就答應送一點錢過來借我。也許還可以帶我到她租房子的地方借住一宿。邵萍，我的愛。我的天使。

於是我從公路局的塑膠椅上醒來，第一眼就看到邵萍的笑容。這太奇妙了。我更不了解夢與現實的穿插到底是怎麼回事了。還好我不需要了解。我只需要跟邵萍借一個銅板，打電話確定吳玉玲依然活得好好的，會從睡夢中被吵起來接電話，我只要知道終於走脫了那個噩夢就夠了。

從這樣的噩夢中嚇醒，當然不會再有什麼睡意了。殘剩的半個夜晚，我就在邵萍租的地方，和她一直聊到東方既白。

我們從吳玉玲聊到邵強，再從邵強聊到陳忠祥。我的感覺是，不到一年的時光中，邵萍又變了，變得在想法觀念上更加執著、清楚，然而在表達自己的意見時，卻又去掉了些原來的火氣衝動。我眞的不曉得她在同樣的外表底下，怎麼能經歷這麼多的彎曲轉折。

「這其實是我們的悲劇。」邵萍告訴我：「是時代使我們不能不變。我們沒有一個太平的環境讓我們安全地執守些什麼，因此大家都只能不停地尋尋覓覓。有時候只恨自己變得不夠多、不夠快，有時卻又傷懷於過去竟然被拋得這麼遠了。」

我同意邵萍說的每一句有智慧的話。「是啊，有時我覺得你變了。可是你不管怎麼變，好像總有一些基本的色調在統一著這許多的變貌。尤其和其他人相比時，那些大學時代的王子公主們，看他們怎樣在畢業後變得世故、無聊，我又會覺得你反而是比較沒變的，那種說不出來的清爽的學生氣，好像一直沒有完全離開你……」

「不要談我了啦，」邵萍有些不好意思，「你和吳玉玲之間到底是怎麼回事？」

我曉得邵萍遲早會問這事。我一直就在想該怎樣講才適當。「問題很多。我照你講的抱持著一個理想去接近她，去愛她，然而她在很多方面根本和我原來預期的女性有很大的出入……」

「例如說？」

「例如說她非常凶悍。她絕對不是那種在男人的逼壓之下，沒有聲音，沒有機會或沒有勇氣表達自己意見的女性……」

「這樣有什麼不好？」

「可是有時實在是……她有時連最基本的溫柔婉約都沒有一點點，講起話來大剌剌地都不考慮是否傷了別人的自尊，這樣……這樣很容易就起衝突……」

「可是你自己呢？你覺得你比她溫柔嗎？」

「當然不是啦。我怎麼可能呢？我的意思是如果她能夠溫柔一點，就可以省掉許多不必要的摩擦嘛，對不對？」

「這種覺得女性應該要溫柔的要求，本來就是男女不公平權力關係下的產物，你難道不明白嗎？你說你是抱著一個理想去愛的，可是卻還夾帶著這麼封建保守的想法？」

「不是啦。我只是覺得兩人和平相處也很重要啊，也應該在這方面做些努力，不是嗎？」

「和平、安定，是權力控制者最常拿來馴服弱勢者的惡質之鞭。和平不應該是在一方必須付出特別犧牲的條件下達成的。那不是和平，那只是成功的宰制。如果你眞覺得退讓、柔順有助於兩人的關係，那你自己就應該先這樣做才對呀！」

「問題就是……我不是不願試著退讓，我也不是沒有退讓過。問題是她的個性太具侵略性了，我退縮一步，她並不會因此而相對也退一步，讓大家海闊天空好好地過活啊。例如說，同居之後，我才知道她有多麼邋遢，多麼不愛打掃房子做家事。剛開始我就講她，講到她不高興了，兩人就大吵一架，把家裡弄得更髒更亂。我也不是天生來就愛做家事的呀，可是後來看情況不對，我受不了了，就主動自己做家務事，洗碗、煮飯、燒菜、收拾雜物、掃地拖地、倒垃圾，哪一樣我沒做到。我原本想這樣也許可以感動她，至少會讓她覺得不好意思，也接一半的家事去做罷。誰曉得我做了幾天，她就把家事看作理所當然我應該要負擔的了，一副事不干己的模樣了。後來她甚至得寸進尺到，吃完飯要她幫忙收收飯桌，把碗盤拿到水槽，都得看她心情好壞，一不小心就又是一頓好吵，這樣叫我怎麼受得了？」

「其實這也沒什麼太特別的。傳統家庭裡面，男人還不是就這樣一古腦地把家事推給女人。在你們的情況，只是這種不公平的關係倒轉過來了……」

「可是傳統家庭的女性不必出去工作賺錢啊……」

「現在也有無數多的家庭裡，女性既要和男人一樣上班工作，回家又得獨力撐持處理家務瑣事、兼加照顧兒女的責任啊。我倒是很高興你能有這樣的經驗，這對現代男性的醒覺是非常重要的，你應該能格外同情那些忍受雙重勞動剝削的婦女了罷。你說不定還能在婦運中參與扮演重要的角色呢！」

「妳別糗我了。我一個大男人怎樣去參加婦運？再說即使吳玉玲，她也不是什麼意識解放的新女性啊。」

「嘔，會這樣說就代表你對什麼是新女性已經很有概念囉。你進步很快呢，我都沒想像到。」

「唉呀，不是啦。我只知道新女性應該要自立、獨立，有自己的生活空間，才能有生活的自主權，是不是這樣？像吳玉玲，偏偏她依賴心又重得不得了。凡事不喜歡自己作決定，此其一。她對事情都有很多很多意見，可是眞該要決定時，她卻又要躲避可能會有的責任。所以她總是半強迫地要我同意她的想法，幫她作決定。這樣萬一決定是錯誤的，我是該負責的人。誰叫我沒有反對她的想法。

可是我眞的能反對嗎，我有反對的權利嗎？如果當初作決定時我有跟她不一樣的意見，她馬上就會指責我霸道、一意孤行，爲什麼家裡的事都得聽我的。這樣叫我怎麼自處？第二是，她要到哪裡去，一定都要我陪。不然她就不去。甚至連上班都這樣。我偶爾有出差的機會她就鬧，說如果我去她也要跟，不肯去上班，所以我只有放棄所有出城的任務。她想去逛街，也不管我有沒有事、有沒有心情，就一定得陪她去。不僅如此，我還被剝奪了自己東張西望、欣賞冥想街上景致的權利，必須亦步亦趨地對她挑選的無聊物品狠命死命地擠出些意見來，這……」

「不要激動、不要激動。你平靜一下。我知道你的意思。她是正處於新舊性別意識交接的過渡時期，你不必太認眞。我自己也經歷過那樣不太講理，亂占便宜的階段。」

「你也經過？那你知道這樣要過渡多久？」

「隨人而異罷。重要的是，你不要一直從自己的角度出發去指責她。你要曉得你現在對她的支持有多麼重要，過了這時期，她會像蛻羽的蝴蝶般變了一個人，然後她會知道你對她的好。你應該把疼惜、忍讓本身，當作一種價值，一種收穫……」

「唉。我常常在想，說老實話，我剛開始常常懷疑，我這樣做到底是爲什麼。如果她沒有遇見我，別的男人會同樣容忍她這樣的個性嗎？如果我沒遇見她，如果我就是和別人一樣選一個十分溫柔順從的女人，利用她成長過程中學到的對男人的幻想、屈服，那我不是過得很幸福、很美滿嗎？我不會懷疑你所告訴我的這些理想，可是我眞的不了解，如果相信這個理想的人，都像我一樣遭受這麼多額外的折磨，那理想怎麼能吸引住爲它努力的同志呢？」

「那是因爲你沒有眞正了解理想。理想的抱持、信守，必須本身就是一個目的，而不是去交換烏托邦的手段。所有附隨理想之信持而來的喜樂或苦惱，我們都應甘之若飴地迎接。沒有排拒、也不陷溺。所以從這理想出發的愛才會堅貞不移啊。」

「……我好像懂了，又好像還不懂。是不是我的愛還不是眞正的大愛？」

「大愛？」

「像你對邵強和陳忠祥的愛，無條件的愛……」

「那當然不一樣。畢竟邵強和陳忠祥都不在了。不在我身邊，我的愛很難說是針對一個可捉摸的對象，毋寧是我的愛必須自己設法去創造出它的對象來，這和你對吳玉玲的，當然很不一樣……」

「我眞是羨慕你，擁有這樣的愛，去愛兩個值得愛的人，兩個完美、有理想的人……」

「邵強和陳忠祥是有理想的沒錯，可是他們不是完美的。這是我最近才想懂的。我前一陣子太美化他們了，不敢去看他們的缺點，潛意識裡怕傷害、玷污了我對他們的愛。約莫上個月左右罷，有一天回家幫媽從儲藏室裡拿冬裝出來時，看到了許多邵強過去零零星星寫的東西。他剛失蹤時，我把那些看了一次又一次，想尋出線索去找他，這次再讀，感覺完完全全不同了。老實說，邵強是一個標準的沙文主義者，大男人，他對女性連最基本的尊重都談不上。他的遣詞用字，詞裡行間，都洩漏出對女性的輕視，他糟糕透了，在這一點上。可是我不需要因爲他這樣的缺點就否定他，他有他可愛的地方。你知道當時他爲什麼會從地理系轉走的嗎？說起來你會笑死。他自己寫的這樣一個故事，那一年，他替一位研究所的學長做助手，做關渡平原人文地理的論文。其中有一段時間，他自己對關渡平原的夜晚有了特殊的興趣。他覺得地理學裡很少把白天與黑夜地貌、生態作明顯的區分，而大部分的調查卻都是在白天裡做的，他就很興奮地想作突破性的『黑夜地理學』。所以他每天搭最後一班淡水線火車到關渡，然後背著帳篷、儀器到處記錄，到第二天早上才回來。他在火車上每次都碰到一個年輕貌美，臉色蒼白的女孩。一個人搭車，靜靜地坐在角落的位子上。從來沒看過有人和她交談什麼的。更怪的是她每天都穿同一套，非常老式的洋裝。在暑假酷熱的天氣裡，那衣裝顯然是差了一個季節。

「他好奇起來。終於有一次鼓起勇氣來隨著那女孩在忠義站下了車，一路偷偷地跟她走過大街小巷、廟後的山路。最後到了哪裡你應該猜得出來。對了，是墓地。他自己其實當時心裡已有數，知道應該是遇到鬼了，當然有點怕，可是也不免有些浪漫、書生狐仙式的幻想。一走進到荒寂的墳墓堆裡，原本毫無生氣的女孩突然就活了過來，淺笑著回頭跟邵強打招呼。不過誰也沒料到她講的竟然是日語。人鬼之間發生了溝通的困難。那女鬼跟邵強比手畫腳了好一陣子，彼此都不知所云，她只好四處去找來了好幾個其他的鬼，他們從墓裡爬出來，嘰嘰咕咕地講的不是日語就是閩南語。邵強只聽得懂一點閩南語。他們好像是在說，台灣陰間現住民絕大多數是講日語和閩南語的，所以這兩種語言被定爲標準語言，其他的，包括國語，都不准講了。

「結果邵強只好悻悻而還，帶著極度挫折的沮喪。他開始質疑爲什麼要花這麼多時間研究這塊土地的地理。這地底下根本是個異鄉！一生唯一遇到的一次驚豔，竟然是個日本女鬼，這對大中國情結很深的邵強實在是很大的打擊。這就是他轉離地理系的重要因素。你看，他對這塊土地是這樣看待的。這也是我現在完全不能同意的。

「我很高興現在可以坦然面對、承認邵強的缺點了。因爲他不是我全部價值的唯一來源。幸好我還有陳忠祥。當然，反過來說，陳忠祥也不是完美的。他其實不是很了解社會主義。他生前最後的時刻還在跟同志們爭左右路線，爭得幾乎要反目成仇。在眞正的社會理想上，他有許多情緒性的動搖。我現在也都明白了。幸好我還有邵強。一個徹頭徹尾的社會主義者。

「我覺得他們兩人，在離開我身邊後，還一直在教導我領會一層深一層，愛的意義。眞正的愛、大愛，現在對我而言，是你知道了愛的對象的一切缺點，然而可以完全無損於你的愛，因爲你所認同的理想，永遠是和他們分享的，你愛的不只是他們個人留下來的回憶，而是他們的理想……」

邵萍講到這裡，早晨的第一道陽光剛好鑽出重重大樓天際線的阻礙，從落地的鋁門窗透射進來，一下子盈滿了小小的客廳，邵萍眼睛一亮，說：「這如同夢般美好的早晨呵……」

17

那是不管在夢，或在現實裡，我最後捕捉到，我一生最愛的風采。新鮮的陽光把邵萍的耳垂照成帶點血紅的半透明玉塊，彷彿她轉頭時會發出清脆響聲般地晶瑩剔透。

她轉過來對我說：「這如同夢般美好的早晨呵……」讓我想起小學時，我開始愛上她的時候……

那晚長談以後，我的生活再度淪陷在無望地追蹤邵萍行跡的尋覓裡。八七年一整年，不斷有事件在解嚴前後的台灣各角落發生，隨著這些駭人聽聞的騷鬧，不時有朋友的朋友的朋友，帶來零碎、關於邵萍的傳言。

聽說邵將軍過世了。邵萍拒絕參加葬禮，因爲他們要替他覆蓋黨旗。他們還要在報上登訃聞，用立法委員的頭銜葬他。聽說邵萍說：「不要用這種可笑的頭銜羞辱他，他還沒有那麼壞！」我不禁想起邵強。

又聽說邵萍去了山地。然後回到台北，在街頭上。聽說她與這群人結合，又和那群人分裂了。聽說她學了一口古怪的客家話，專門拿來對付那些愛在集會時講閩南語的台籍男人。聽說她被某些人恣意地討厭著……

在這個謠言時代的氛圍裡，我嘗試過好幾次在現實裡去確證邵萍的情況，失敗了無數次之後，我也曾努力在無眠的夜裡呼喚我的夢。可是不知怎地，邵萍似乎已經走得很遠很遠了，不管我怎樣把夢的觸角伸張出去，就是捕捉不到一點她的存在，即使是一方美麗的裙角……

我也曾試著用這樣的想法安慰自己：我對邵萍的愛是絕對的，我實在不需要知道她現在到底變成怎樣。我的愛一向就是準備自己，當邵萍需要我時，我眞正能幫上一點忙。她不需要我，意味著沒遇到什麼太嚴重的困難罷。我應該安心、甚至高興才對。

再說邵萍不是給了我一個榜樣嗎？她對陳忠祥的愛，可曾有希望尋求一絲一毫的回應？是理想連繫著她和陳忠祥之間的大愛，我也應該這樣看待我對邵萍的愛。一個接一個夢的付出。

不過我畢竟是個意志力比較薄弱的人罷，我想。我學不來邵萍的愛的堅韌。一九八七年七月，我到底結束了和吳玉玲的同居關係。我可以全心全意地擁抱理想，可是我卻無法帶著理想過日復一日的平凡生活。分手那天，吳玉玲很瀟灑地握握我的手，說：「謝謝。讓我們還是朋友。在你找到更理想的伴侶前，我還是你女朋友。知道嗎？」依然是命令語句，而我也依然乖乖地接受照做。

同時我離開了貿易公司，重新回到法律這一行。和幾位同學共同創立了一家新的法律事務所。新的辦公室在大樓的頂層，十九樓。後側窗可以看到立法院與中正紀念堂。我們替公司裡每一個員工都買了一副雙眼望遠鏡，在有事情的時候，我們是半空中的現場目擊者。

每天中午吃著便當，邊看各種示威抗議，對我們事務所整體士氣有極大的幫助。大家在熱烈爭辯時事是非中培養了同志的親密感受，而且目睹一個社會的變化具體而微地日日上演，也給人一種特殊的鬥志。

當然我私心裡一直盼望有一天在望遠鏡裡會出現邵萍的蹤影。畢竟很多人傳說她經常參與那一類「破壞社會安定」的活動。八七年過去了，八八年的戲碼愈來愈誇張，而我還是找不到邵萍。

這是一個謠言的時代。謠言慢慢取代了一切。新的政治是謠言。新的社會是謠言。新的愛情、新的歷史、新的經濟活動都慢慢變成了謠言的臣民。甚至連我的夢也逐漸地讓步給謠言了。

我每天要聽到無數的謠言，接納其中一部分、排除一部分、修改一部分，然後建立起一個現實。這個現實可能在下一秒鐘被新的謠言立即推翻……

八八年，又是新的關於邵萍的傳言。聽說她被某些運動者排擠。聽說她被劃歸入一個過激的派別裡。聽說她因爲堅持反對陣營應先處理內部女性歧視問題，而被毀詆爲陰謀的破壞者。聽說一位女性運動先鋒人物，從國外回來後在一個公開場合痛斥邵萍，說她嚇走了女性運動可能的中產支持者。聽說邵萍退出了這個團體以及那個團體。聽說她去了南部。聽說她隱居在山裡靜心思考問題……

我是多麼努力地希望透過這些傳言，去了解邵萍啊。又是多麼無望地被一再冒出的陌生感覺阻絕在一堵無形的牆外……

一直到五月底。五月廿日。一夜的台北街頭混戰中，我卻意外地有了一場熟睡。在睡夢中聽到電話鈴響，然後電話自動地飛到我耳邊，傳來邵萍的聲音。啊，我終於又作了有邵萍在其中的夢了！

我夢見邵萍問我一大堆有關邵強和陳忠祥的事。問得我暈頭轉向不知所措。這其實眞的不能怪我，因爲邵萍問得那麼快，而且她好像自己不太搞得清楚什麼是邵強的想法、什麼是陳忠祥的了。她在兩者之間混亂地來回跳躍。

我只好告訴她：「我被你搞糊塗了。陳忠祥不是邵強、邵強也不是陳忠祥啊……」

她在那頭似乎正急著要找出什麼：「我也搞糊塗了。邵強還是陳忠祥？我該選擇邵強還是陳忠祥的意見？我很清楚我該採怎樣的立場，我知道他們兩人中至少有一個人會支持我這樣做，可是是哪一個？邵強、還是陳忠祥？」

「邵強罷，我猜……」

「不，應該是陳忠祥……」

「陳忠祥……」

「也不像，也許是邵強……」

「邵強……」

「啊！我不管了。眞正支持我的是我對他們的愛，我只要這個就夠了！我的愛現在又有了一個新的意義，我懂了，我懂了，隨著時間的逝去，對他們的記憶會慢慢模糊，我愈來愈弄不清楚他們誰是誰了，然而這已經不重要了，我懂了，我依舊可以愛，不再是愛他們的哪一個，而是愛他們種在我心中的理想，依照這愛去選擇原則就好了。我懂了，謝謝你……」

我來不及想再多跟她說一句話，我的電話機已經飛離了。我慌忙地想抓住那逝去的語音，卻不小心從床上摔了下來。這一摔也把我從夢裡摔了出來。電話好端端靜靜躺在客廳桌上，什麼也沒發生過。我懊惱地用拳頭痛捶地板，然後嚎啕痛哭一場……

18

我對邵萍的愛，唉。

在夢與現實交錯的過程中，隨著年歲的增長，我所能控制的好像愈來愈少了。我多麼希望八八年五月廿日那次，能夠留在夢裡和邵萍多談一會兒，多分享一些她的苦樂，可是我卻被無情地摔出來了。

八九年三月，相反地，我希望是夢的一件事，卻似乎一直停留在現實裡不願離去……

那是一個春雨泥濘的傍晚，我剛從外面進來，同事遞給我話筒，在完全沒有預期的情況下，邵萍的聲音傳來，講了些我至今不太懂，也不是很想去了解的話。

「我眞的想懂了，眞正眞正想懂了，」我可以感覺到她非常興奮，連珠炮似地一口氣講：「我想懂了，事實上根本沒有『大愛』這種東西、這種事！我發現了，所謂『大愛』其實只是一個藉口。這幾年，其實我並不愛陳忠祥。我也沒有那麼喜歡邵強。他們只是我的藉口而已。他們根本不存在，而是我用我自己的理想投射去塑建出來的。我不愛他們。我愛的是那些我自己似懂非懂的理想。可是我不敢正面去愛那些理想。我們的時代、我們的社會不鼓勵愛理想的人、尤其是愛理想的女人。我們總需要些浪漫的藉口，需要把理想擬人化，要有些什麼英雄人物讓我們去擁抱，讓我們把自我消融在對他們的崇拜、對他們的愛裡面。只有這樣我們才能間接地觸及理想。可是今天，我眞的想懂了，我們根本不需要這種愛作我們的拐杖的，因爲我們其實沒有殘肢斷腿！我不需要愛他們，也可以做我要做的事，追求我想追求的。我重新學習了、認識了我自己，我覺得我自己可以負擔這些理想。當我可以說：『我不愛陳忠祥』時，我才又重新變成了我自己。

「你懂我的意思嗎？你了解我爲什麼想懂了就馬上給你打電話嗎？你懂吧。你要做你自己，對不對？你不需要那些夢幻了，你應該告訴自己：『我不愛邵萍了！』然後變成你自己！你懂嗎？你懂嗎？……」

我不懂。我不懂。我不懂。這一定是個夢。這一定是我的夢在開的玩笑。我拒絕接受這樣的現實。這是夢。這是夢。我的夢。我要我的夢來解救我……

19

我對邵萍的愛，啊，永恆而純眞的夢。

一九九〇年六月於美國麻州劍橋

【後記】愛情的變貌

終於把《大愛》寫完的那天，我覺得一切都不對勁。因爲這世界繼續靜靜地航行在它的軌道上而特別感到不對勁。

按照我最後再調整過的進度表，《大愛》應該在那兩天後寫完的。我腦子裡想像著寫下最後一個句點（或是刪節號？）時，突然之間，這麼長一段時間內一直壓在我身體某一部位的重擔消失了，然後我會像穿鐵鞋練輕功的俠客般，一不小心就飄飛起來，在天花板上把頭撞出一個包來。

可是那下午也不知怎麼搞的，竟然在自己還沒完全準備好的心理狀態下，匆匆就寫完了。而且寫完就寫完了。放下筆，什麼也沒發生。一個一點特色都沒有的下午。典型北美大西洋岸溫帶氣候裡的約華氏七十度的夏季，在窗外安穩地亮著。

結果心情反而特別鬱悶。因爲不知要到哪裡找尋歡慶氣氛而彆扭著。

《大愛》從開始寫到最後完成，花了超過廿三個月的時間。遠比我預計的多出了兩三倍，而且約莫只涵蓋了我陸陸續續構思想寫進去的內容情節的三分之一。

而事實上，《大愛》這個小說在我心中醞釀的時間還比正式寫作時間長上幾年。如果不是刻意屈指去計算這中間飛逝的年數，還眞不能相信有這麼久了。

我清楚記得寫這樣一篇小說的念頭出現的那一剎那。還是對愛情、對浪漫的社會理想有著無盡熱切想望的大學時代，在電影院裡看香港電影《天天星期七》（台灣改的片名我已不記得了），馮淬帆和葉德嫻演的。片子接近結尾處，馮淬帆演的角色在意外中喪亡，死在他一直關懷、幫助的精神病患手裡。電影的最後一組鏡頭，是拍葉德嫻在馮淬帆死後，接過他的工作，和生前的他一樣奔馳在大街上試圖保護那些流離的患者。我們看到她跑不動了停下來喘氣，然而想起馮淬帆的全心貢獻態度，她咬緊牙，肩起大得誇張的背包，繼續向前衝……

散場的燈亮起時，我的心裡刻版浮雕般顯現這兩個字：大愛。走出戲院，我一面收拾著自己激動的情緒，一面在西門町嘈譁感覺不到任何理想存在的街巷中，自以爲蒼涼地摹想一個末世的愛情故事。

那個時代，還很有一群愛好文學的人深深地相信，最好的小說一方面應該表達人最眞摯永恆的情感，另一方面還要反映大時代的安危動盪。我是其中的一個。

於是我想像著，在敗德的社會，一個堅持信守正義公理的人，如何成爲大家討厭的對象（我當然還記得易卜生的《人民公敵》）。即使是因著某些機緣必須與他共事，常有機會接近他一顆純潔然而充滿憤怒的心的女孩，也不喜歡他。然後他爲了自己的原則犧牲了。女孩覺得遺憾，但仍然相信自己從來不愛他。再下來，一些事發生了，女孩卻慢慢地被自己看事情、評斷是非的觀念驚訝了。她發現她不再是原來那個庸俗的女孩了。她發現死去的他才是對的。於是在否定了個人情感的「小愛」之後，她卻肯定了「大愛」。這愛改變了她，改變了她周圍的世界……

不是很清楚爲什麼我畢竟沒有把構想中的這個故事寫出來。我的確試過。大概是捉摸不準那麼有正義感的人該如何描寫罷。也很可能是寫了幾次，連我自己都覺得這樣執守原則的英雄實在太平面、太不可愛了，所以放棄的罷。

可是這故事一直在我心中，每隔一段時間就會冒出來騷擾我一下。它跟著我從大學畢業，跟著我入伍服役，跟著我一面在兵營裡看莒光日電視教學，一面在鳳山街道讀各式的反對雜誌。有一晚，帶著學生做班攻擊的夜間訓練，我獨自等在終點的山頭，我的左邊是漆黑的戰鬥教練場，右邊越過一個溪溝，可以清楚地看到高雄市區的萬家燈火。我突然之間覺得呼吸困難。覺得眼花暈眩。突然之間在一個象徵的暗示下，了解了自己可笑的處境。

我知道台灣這個社會正以多麼驚人的速度在變化著。許多過去被黑暗遮蔽的角落紛紛由各式各樣新的燈火堅持地照亮暴露出來了。另外還有那麼多人，繼續堅持固守著僅存的無光的空間，自己把它設想成某種規則簡單、攻防清楚、是非明白的戰場。然而更有一些人就坐在光影氤氳的黑暗地帶，觀望遲疑猶豫著。大部分的文學文化人正是這種灰色地帶的鴕鳥……

包括過去的我。我這樣地理解了自己以往所愛好的文學，在骨子裡潛藏了多少拒絕被檢證的自我欺瞞。尤其是在政治上。我們的文學中所呈現的世界是個不受政治事務干擾的世界。明明台灣的政治滲透到社會生活領域的每一顆毛孔裡，然而我們的文學中看不出一點點討論、「反映」。

新的想法因而促使我在非常不利的環境下，重新開始動筆寫文學作品。政治塞滿了從腦細胞連絡到握筆的指頭間的每一條神經。於是那個「大愛」的故事改頭換面後出現在我的寫作計畫裡。這時英雄當然變成了執守政治反對立場的人了。而女孩所感受的愛也隨而變成一種政治權利意識啓蒙的過程。

又試了幾次，我畢竟還是沒把這個故事寫出來。這樣的念頭看來簡單，要把它化爲由許多事件細節串合起來的小說，而且不淪爲無聊的意念排列，對當時忙於和服役單位政戰部門力辯奮戰的我而言，卻實在太難、太費事了些。

所以只好讓寫作計畫繼續保留爲計畫，記在小冊子裡，塞在大皮箱側袋的某個角落，隨我飄洋赴美。

在美的第一年，是我人生中經歷的最大波折，也是我犯下最多無可彌補的錯誤的時刻。在隨時都怕自己會在下一刻被生活與感情的波濤淹蓋滅頂的恐慌裡，我眞正認識到了愛情的複雜與無可捉摸。我發現過去對「大愛」的單純想法，其實何嘗不是借托在舊的美學信念裡的一種自我欺瞞？

到了八八年夏天，我的生活被我自己弄得一塌糊塗，我的心無救地分裂、淌血。我在一種幾近自虐的絕望感受中，開始寫《大愛》初稿。那是一個遠爲簡短的版本，裡面充滿了我悔恨的生活記憶與虛構情緒混亂的纏捲交織……

一直要到進入八九年，我才逐漸從心靈的恍惚狀態中恢復過來。在比較平靜的心情裡開始重整《大愛》。這次我在檢討自身的狂悖中，有了新的領悟。我開始察覺原有故事的英雄架構底下的男性中心的自大。因而我完全修改了故事後期發展的方向，並且將主要敘述者的形象作一個一百八十度的扭轉，從英雄到反英雄……

而且在二稿的寫作過程中，台灣社會本身更加速了變化，新的議題的風起雲湧，也給了這個故事一些原來沒有計畫進去的曲折。我一點也不後悔最後這本長篇小說完整呈現在讀者面前時，已經離開我最初構想很遠了。蕪雜的細節模糊了原本作爲主線的故事。然而我自己覺得那些細節，作爲對台灣長期戒嚴文化的一些浮光掠影的反省呈露，其實遠比故事本身有趣、重要得多。

當然太多的枝節使得這部小說在字數上嚴重地膨脹。從原訂的十五萬字擴張成廿四萬字左右，並且一些重要的環節——例如陳忠祥死亡事件的來龍去脈、邵強豐富生命經驗的一些環節及他最後的去向——都必須等到後續的作品裡才能加以交代。

在流行輕薄短小的今天，我知道自己正做著多麼不合潮流的事。不過如果在《大愛》的成形過程中，我眞正學到什麼的話，那可能就是：眞正的理想、熱愛是不能太在乎潮流走向的。

「一莖草能負載多少眞理？」面對厚疊的原稿影印，回首《大愛》寫作的風塵霜雪日子，疑沮、不對勁的心情，也許便約莫如是罷。

一九九〇年七月於美國麻州劍橋

楊照作品集 05

大愛

作　　者　楊　照
總 編 輯　初安民
責任編輯　高慧瑩　陳思妤
美術編輯　許秋山
校　　對　吳美滿　白淑美　楊　照　高慧瑩

發 行 人　張書銘
出　　版　**INK** 印刻出版有限公司
台北縣中和市中正路 800 號 13 樓之 3
電話： 02-22281626
傳真： 02-22281598
e-mail:ink.book@msa.hinet.net
法律顧問　林春金律師

總 經 銷　成陽出版股份有限公司
訂購電話： 03-3589000
訂購傳真： 03-3581688
http://www.sudu.cc
郵政劃撥　19000691 成陽出版股份有限公司
門市地址　106 台北市新生南路三段 96-4 號 1 樓
門市電話　02-23631407
印　　刷　海王印刷事業股份有限公司

出版日期　2005 年 10 月 初版
ISBN 986-7810-15-5
定價　350 元

國家圖書館出版品預行編目資料

大愛／楊照 著.-- 初版, --
臺北縣中和市： INK 印刻,
2005〔民 94〕面 ； 公分（楊照作品集； 5）

ISBN 986-7810-15-5（平裝）

857.7　　91020357